WARRIORS

貓戰士

外傳之V

黃牙的祕密

Yellowfang's Secret

艾琳・杭特(Erin Hunter)著
羅金純、彭臨桂 譯

晨星出版

特別感謝基立·鮑德卓

貓后　（正在懷孕或照顧幼貓的母貓）
羽暴：棕色的虎斑母貓（生下小鋸、小焦）。
亮花：橘色虎斑母貓（生下小黃、小果和小花楸）。
池雲：灰白色母貓。

長老　（以前是戰士、貓后，現在已經退休）
微鳥：體型嬌小的薑黃色虎斑母貓。
蜥蜴牙：有一根鉤狀牙齒的淺棕色公貓。
銀焰：黃灰相間的母貓，亮花的母親。

雷族 *Thunderclan*

族長　松星：綠色眼睛，紅棕色的虎斑公貓。
副手　陽落：黃色眼睛的鮮黃色公貓。
巫醫　鵝羽：淺藍色眼睛，有斑點的灰色公貓。見習生：羽掌。

戰士　花尾：玳瑁色母貓。
蛇牙：黃色眼睛，雜色的棕色虎斑公貓。
褐斑：琥珀色眼睛，淺灰色的虎斑公貓。
半尾：有著暗褐色斑紋的虎斑公貓。
小耳：有一對小耳朵的灰色公貓。
知更翅：體型嬌小的棕色母貓。見習生：豹掌。
絨皮：毛髮老是倒豎的黑色公貓。見習生：斑掌。
風翔：淺綠色眼睛，灰色虎斑公貓。

本集各族成員

影族 *Shadowclan*

族長　杉星：腹毛白色的暗灰色公貓。

副手　石齒：牙齒很長的灰色虎斑公貓。

巫醫　賢鬚：有著長翻鬚的白色母貓。

戰士　（公貓，以及沒有子女的母貓）

鴉尾：黑色虎斑母貓。

蕨足：淺薑黃色公貓，但腿部是深薑黃色（黃牙的父親）。

拱眼：暗色條紋的灰色虎斑公貓。見習生：蛙掌。

冬青花：暗灰白色的母貓。見習生：蠑螈掌。

泥爪：有棕色腿的灰色公貓。

蟾蜍躍：有著白腿、白色斑點的暗棕色虎斑公貓。見習生：灰掌。

蕁斑：有著薑黃色斑點的白色母貓。

鼠翅：擁有厚毛皮的黑色公貓。

鹿躍：有著白腿的灰色虎斑母貓。

琥珀葉：有著棕色的腿和耳朵，暗橘色母貓。

雀飛：黑白色公貓。

暴翅：白色斑駁的母貓。

蜥蜴紋：有著白腿的灰色虎斑母貓。

見習生　（六個月大以上的貓，正在接受戰士訓練）

蛙掌：暗灰色公貓。導師：拱眼。

蠑螈掌：黑與薑黃色相間的母貓。導師：冬青花。

灰掌：淡灰色母貓。導師：蟾蜍躍。

河族 *Riverclan*

族長　霞星：毛髮豐厚的灰色公貓。
副手　貝心：灰色花貓。
巫醫　鱒鰭：灰黑相間的虎斑貓。見習生：棘掌。

戰士　波爪：毛色銀黑相間的虎斑公貓。
　　　木毛：棕色公貓。
　　　鴞毛：毛色棕白相間的公貓。

貓后　獺潑：毛色白色與淺薑黃色相間的母貓貓后。
　　　白莖：淺灰色貓后。
　　　憩尾：淺棕色貓后。

長老　鱒爪：灰色虎斑公貓。

族外的貓 *cats outside clans*

橘子醬：體型壯碩的薑黃色公貓。

琵希：毛皮蓬鬆的白色母貓。

小紅：橘色母貓。

圓石：灰色公貓。

潔兒：黑白相間的老母貓。

霍爾：深棕色虎斑公貓。

貓后　**月花**：銀灰色母貓。
　　　罌曙：毛髮很長的暗紅色母貓。

長老　**草鬚**：黃色眼睛，淺橘色公貓。
　　　糊足：琥珀色眼睛，有點笨拙的棕色公貓。
　　　雀歌：淺綠色眼睛，玳瑁色母貓。

風族 *Windclan*

族長　**石楠星**：藍色眼睛，毛色帶點桃紅的灰色母貓。
副手　**蘆葦羽**：淺棕色虎斑公貓。
巫醫　**鷹心**：帶有斑點的暗棕色公貓。

戰士　**曙紋**：身上帶有乳白色條紋的淡金色虎斑貓。見習生：高掌。
　　　紅爪：深薑黃色公貓。見習生：波掌。

長老　**白莓**：體型較小的純白色公貓。

序章

星光穿過岩頂上歪七扭八的裂孔照進寬敞的洞穴。高聳的岩壁包圍在洞穴兩側，在昏暗的銀色光暈下，一塊在洞穴中央高高矗立的岩石及另一側漆黑的隧道入口隱約可見。

一群影子在隧道口蔓延開來，只見六隻貓走進了洞穴。帶頭的是一隻全身毛髮凌亂、帶有斑點的灰色公貓。他走向岩石，轉身看著其他的貓兒們。

「賢鬚、鷹心、鱒鰭，」他一邊說，一邊對被他點到名的貓點頭致意，「我們四大部族的巫醫之所以聚在這裡，是為了舉行重要的巫醫見習生引薦儀式。」

其餘的兩隻貓在隧道入口徘徊，在微光中閃著斗大的眼睛。其中一隻顯得局促不安，四肢像是被冰冷的岩石凍住似的。

「拜託，鵝羽，趕快繼續啊。」鷹心不耐煩地抽動尾巴咕噥道。

鵝羽瞪了他一眼，接著轉身問站在隧道口

的兩隻年輕貓咪。「羽掌，你準備好了嗎？」

其中一隻體型較大的銀色公貓緊張地點點頭。「算是吧。」他喵聲說。

「那就過來月亮石前面站好，」鵝羽指示：「馬上就要和星族分享舌頭了。」

羽掌開始猶豫，「但是我……我不知道見到祖靈時該說什麼才好？」

「你會知道的。」旁邊的另一隻年輕貓咪告訴他。她伸出鼻頭輕觸他的肩膀，白色皮毛泛著微光。「一定會很棒，你到時就知道了。就像當時我成為鱒鰭的見習生時一樣！」

「謝謝妳，棘掌。」羽掌喃喃說道。他走向鵝羽。此刻的賢鬚、鱒鰭和鷹心就坐在幾個尾巴遠的地方，棘掌也走到導師旁邊坐下來。

突然間，月光從岩洞頂端的裂口射進一道眩目的白光。羽掌站在原地，吃驚地眨著眼睛，看著月亮石瞬間綻放出熠熠銀光。

鵝羽走到他面前。「羽掌，你是否願意以雷族巫醫的身分貢獻出星族最深奧的知識？」

羽掌點點頭，啞著嗓子回答：「是的，」他清清喉嚨又說了一遍：「我願意。」

「那麼跟我來。」

鵝羽轉身，甩動尾巴要他過來，隨後走了幾步來到月亮石旁。當他開口說話時，那淡藍色眼珠有如兩枚發光的月亮。

「星族戰士們，我在此向祢們引薦這位見習生，他已選擇了巫醫這條路，請賜給他，祢們的智慧和領悟力，讓他能吸取祢們的知識，並遵照祢們的指示醫治他的部族。」他對著羽掌彈彈尾巴，並低聲說道：「在這裡躺下，把鼻子貼在石頭上。」

羽掌立刻照辦。他在岩石旁蜷伏下來，拉長身體用鼻子碰觸那閃閃發亮的石面。其他巫醫全來到他身旁，以同樣的姿勢圍繞著岩石。在一片寂靜和璀璨的亮光中，這名新的巫醫見習生閉起眼睛。

⚡⚡⚡

羽掌眨開雙眼跳起來，赫然發現自己正站在草長及胸的青翠草地上，四周盡是陽光普照的林子。頭頂上的樹枝在和煦的微風中沙沙搖曳，空氣中瀰漫著獵物和潮濕的蕨叢氣味。

「嗨，羽掌！」

年輕公貓連忙轉身。

一隻藍色眼睛的白底虎斑母貓正穿越草地朝他迎面走來，並親切地對他彈彈尾巴。

羽掌望著她。「葵……葵毛！」他倒吸一口氣說：「我好想念妳！」

「親愛的，我現在雖然是星族戰士，但我永遠都在你身邊。」葵毛發出呼嚕聲，「很高興見到你，羽掌。希望以後還有更多這樣的機會。」

「希望如此。」羽掌回應。

葵毛刷過雜草繼續往前，走去和林子邊的薑黃色公貓會合，隨後兩隻星族貓便一起消失在樹叢中。

就在祂們消失的樹叢附近，還有一隻星族戰士蹲在一窪小水池旁舔著水喝。幾個心跳的時間過後，一隻松鼠倏地衝出空地，沿著橡樹樹幹往上逃竄，緊追在後的是羽掌另外兩隻閃著星光的祖先。

羽掌再次聽到有人呼喚他的名字。「嘿，羽掌！來這裡！」

羽掌掃視空地四周，視線落在一隻隱身在冬青叢暗處的黑色公貓。他身軀瘦小，口鼻因年邁而顯得斑白。

黑貓搖著尾巴要他過來。「來這裡！」他低聲地急切重複著。「你的腳是被黏住了嗎？」

羽掌鑽過蔓生的雜草，來到公貓面前。「你是誰？你想做什麼？」

「我叫鼴皮，」這隻貓回答：「我有個訊息要給你。」

羽掌睜大眼睛。「我第一次來這裡，星族就有訊息要給我？」他喃喃說：「哇，好棒。」

鼴皮不耐煩地咕噥道：「等你知道是什麼事之後，可能就高興不起來了。」

「趕快說啊。」

鼴皮的綠色眼睛冷冰冰地看著他。「一股黑暗勢力正洶湧而來，」他激動地說：「破壞力足以衝擊雷族的核心，而且將由一隻影族巫醫所引起。」

羽掌尖聲大喊，「這怎麼可能？巫醫根本沒有敵人，而且也不會找別族麻煩。」

鼴皮不理會他的爭辯。「我是很久以前的影族巫醫，」他繼續說：「我和族貓們做了一件很對不起另一個部族的事——他們和我們一樣有居住在這座森林的權利，但卻因為我們的自私和狠心，害他們四分五裂。我知道我們錯了，也一直懷著忐忑不安的心，等著部族受懲罰的一天到來。」

「受懲罰？怎麼懲罰？」羽掌嘶啞地問。

「時候到了！」鼴皮睜大綠色眼珠，似乎在遙望遠方。「毒藥將會從影族核心開始蔓延，然後擴散到各部族。」他幽幽地發出詭異的嗚咽聲，「一場血與火的風暴將會狂掃整座森林！」

羽掌驚恐地望著眼前的這隻老貓。他還來不及開口，只見一隻壯碩的黑白公貓從蕨叢中鑽出來，走到前方的冬青叢。

「鼴皮，你在做什麼？」他質問：「你為什麼要把這一切告訴雷族見習生？你根本還不知道現在時機成不成熟！」

鼴皮不屑地說：「沉肚，不要忘了，你曾經也是我的見習生！我**知道**自己肯定錯不了。」

沉肚瞄了羽掌一眼，然後轉向鼴皮。「現在情況不一樣了。」他喵聲說。

「你指的是什麼？有事情要發生了嗎？」羽掌顫抖著聲音問。

沉肚沒理他。「現在沒有必要懲罰影族，」他繼續說：「事情都已經發生這麼久了，巫醫守則將能讓各部族平安無事。」

「你真蠢，沉肚，」鼴皮咆哮，「巫醫守則**根本**拯救不了各部族。」

「你又知道了？」沉肚看鼴皮沒有應聲，便轉向羽掌。「拜託，千萬不要將這件事洩露出去，」他喵聲說：「現在沒有必要引起大家的恐慌，因為未來會怎麼發展連星族都摸不著頭緒。你在祖靈面前發誓，千萬不要跟任何族貓說！」

羽掌眨眨眼。「我保證不會說出去。」他喃喃地說。

沉肚點點頭。「謝謝你，羽掌。走吧。」他輕推了鼴皮一下，帶著這隻老巫醫離去。

羽掌凝視著祂們的背影一會兒。幾個心跳的時間後，他從冬青叢底下鑽出來，晃頭晃腦地走進灑滿陽光的空地。

「即使鼲皮說的都是真的，還是太扯了！」他大聲喵道：「雷族怎麼可能受影族巫醫的威脅？」

第一章

「影族戰士們，攻擊！」

小黃衝出育兒室，直奔影族營地另一端。她的手足小果和小花楸緊追在後。

空地旁立著一株株垂蔭的松樹。小果瞄準樹底下的一顆松果奮力飛撲。「我逮到了風族戰士！」他尖聲大叫，小小的棕色腳掌對著松果一陣狂揮。「滾出我們的地盤！」

「追兔子的傢伙！」小花楸猛動起爪子，「偷獵物的賊！」

營地四周環繞著刺藤叢。小黃埋頭撲向從中攀長出的一根藤蔓，腳掌反而被刺藤勾個正著，一時失去重心，連滾帶爬跌了過去。她搖搖晃晃站起身，蹲在刺藤前，咧著嘴咆哮起來：「想把我絆倒是嗎？」她大吼一聲，爪子嗖的劃過刺藤葉。「看招！」

小果瞇著琥珀色的眼睛，開始掃視空地四周。「你們還有看到其他風族戰士在我們的地盤出沒嗎？」他問。

小黃看見一群長老在一抹陽光下分享舌頭。「有！在那裡！」她嘶吼道。

小果和小花楸跟在她後面，飛速穿過堅硬的泥地，在長老們面前急剎住腳步。

「風族戰士！」小黃說道，拚命裝出族長杉星威嚴的口氣。「看你們是贊同影族是所有部族中最厲害的呢？還是得讓你們的皮毛嚐嚐爪子的滋味才甘願？」

微鳥坐起身，薑黃色的皮毛在暖陽中閃爍光芒。她笑瞇瞇地朝其他長老們使了個眼色。

「不，你們太兇猛了，我們怎麼打得過。」她喵聲說：「還是不要開戰吧。」

「你們願意承諾讓我們的戰士隨時可以跨越你們的領土嗎？」小花楸咆哮道。

「我們答應你們。」小黃的祖母銀焰趴在地上，抬起頭眨著眼睛，滿是驚嚇地看著眼前的小貓。

蜥蜴牙拖著瘦弱的棕色四肢，畏首畏尾地想閃避這三隻小貓。「影族比我們強大多了。」

「沒錯！」小黃騰空躍起。「影族是最強的！」她興奮地跳到小果身上，彼此灰色和棕色的皮毛扭成一團，在地上翻來滾去。

我一定要成為森林最強部族中最厲害的戰士！她興高采烈地想著。

她從小果身邊離開，搖搖晃晃站起身。「你來當風族戰士，」她催促道：「我知道一些很厲害的打鬥招式！」

「打鬥招式？」此刻突然傳來一個語帶不屑的說話聲，「就憑妳？妳只不過是隻乳臭未乾的小貓！」

小黃急忙轉身，看到小鋸和他的手足小焦就站在幾個尾巴遠的地方。

「那你們又算哪根蔥？」她斥問，仰著頭挑戰眼前這隻高大的暗虎斑公貓。「你和小焦不也只是小貓而已。」

「但我們很快就要當上見習生了，」小鋸回嗆，「而你們想開始受訓可就要等上好幾個月了。」

「沒錯。」小焦舔舔薑黃色的腳掌，在耳邊刷了幾下。「那時我們早就是**戰士**了。」

「少作夢了！」小花楸快步衝到小黃旁邊，小果則站到她的另一邊。「我看兔子當戰士都比你們兩個強。」

小焦身子一低，繃緊肌肉準備朝他們飛撲，但小鋸伸出尾巴攔住他。「他們不值得你浪費力氣，」他高傲地喵聲說：「來，矮冬瓜們仔細看好，現在就讓你們瞧瞧什麼才是**真正的**打鬥招式。」

「你們又不是我們的導師！」小果忿忿地說：「就只會破壞我們的好事而已。」

「破壞你們的好事？」小鋸翻翻白眼說：「風族要是真的攻進營地，你們不尖叫著衝回育兒室才怪。」

「才不會！」小花楸大聲說。

小鋸和小焦不理她，轉身背對這群較年幼的貓兒。「你先攻擊我。」小焦一聲令下。小鋸倏地撲向手足小焦，瞄準他的耳朵出擊。小焦快速閃過去，一把揪住小鋸的尾巴。小鋸一個翻身，揚起四肢抵擋他的攻勢。

小黃心裡雖然很不是滋味，但還是忍不住佩服起這兩隻較年長的公貓。她的四肢蠢蠢欲動，很想立刻練習他們的打鬥招式，但她知道她和手足們若真的試了，只有被恥笑的份而已。

「走吧！」小果戳戳她，「我們去看看刺藤叢裡有沒有老鼠可以抓。」

「就算有，你們也抓不到。」小鋸喵聲說，站起身把皮毛上的碎石礫甩掉。

「我又沒有跟你說話。」小果豎起皮毛，露出如針般尖細的牙齒。「寵物貓！」

一時間，五隻小貓全愣在原地。小黃可以感覺自己的心臟怦怦跳著。她和手足們都曾聽過長老們為了小鋸和小焦的生父是誰而議論紛紛，很好奇羽暴的伴侶是否果真是寵物貓。那隻年輕母貓以前常常到兩腳獸的地盤閒晃，而且從沒看過她和族裡任何一隻公貓有過密切的往來。但小黃知道這件事絕不可大聲張揚。

小鋸走近小果，氣到僵住四肢。「你**叫**我什麼？」他大吼，低沉的語氣中帶著殺氣。

小果張大雙眼，顯然有點懼怕，但沒有因此退縮。「寵物貓！」他又說了一次。

小鋸從喉嚨發出一聲低吼。小焦露出凝重的眼神，不停伸縮爪子。兩隻貓看起來一點兒都不像毛髮蓬鬆且溫馴的寵物貓。小黃鼓起勇氣打算幫手足解圍。

「小果！」

此刻突然傳來母親的聲音，小黃轉身發現亮花正站在遮蔽育兒室窪地的荊棘叢旁，只見她的橘色虎斑尾巴不耐煩地抽動著。

「小果，要是你不能乖乖玩，就給我回來。小黃、小花楸，你們也是。不准打架。」

三隻小貓心不甘情不願地走回育兒室。「太不公平了，」小果的腳掌刷過地上的松葉，嘴裡一邊喃喃道：「是他們先挑釁的。」

「他們只不過是愚蠢的寵物貓。」小花楸小聲說。

小黃來到荊棘叢，忍不住回頭瞄了幾眼。小鋸和小焦就站在空地中央猛瞪著他們的背影。小鋸的強烈憤怒讓她既害怕又迷惑。她可以從怒氣背後感受到他的內心存在一個充滿焦慮疑惑的晦暗地帶。小黃突然想起了自己的父親蕨足。他不時會說說巡邏隊、狩獵隊還有四喬木集會的事給他們聽，也會任由他們在自己身上爬來爬去，假裝自己是狐狸讓他們攻擊。小黃很愛他，也希望有一天自己能像他一樣。

父不詳是什麼樣的感受？特別是大家都一致認為你是寵物貓的孩子時？

小黃發現小鋸的目光直視著她的眼睛。她慌張叫了一聲，趕緊往蕨叢底下鑽去，倉皇地跟著手足溜進育兒室。

第二章

「我好無聊，」小果抱怨，「我們去戰士窩玩好不好？」

小黃對他眨眨眼睛。「你是鼠腦袋嗎？那些戰士不剝了你的皮才怪。」

跟小鋸和小焦的爭吵事件雖然已經過了三個日昇，小黃看到他們還是覺得很不自在，在營地裡總是刻意避開他們。

「妳真是膽小如鼠！」小果嘲笑她，「妳該不會連到灌木叢底下偷瞄都不敢吧？」

我現在絕不能就此退縮，小黃心想。她望向空地另一端刺藤盤結的戰士窩。就和影族所有的睡窩一樣，戰士窩盤據在低窪之處，周圍纏繞著密密麻麻的荊棘和刺藤。一個個睡窩圍著松樹林中央的空地排列。空地的一端是營地入口，另一端則矗立著一顆爬滿青苔、被稱為部族岩的巨石。

小花楸戳戳小黃。「不要去！亮花在那裡盯著我們看呢。」她用耳朵指了指正在獵物堆旁一同享用一隻田鼠的亮花和蕨足。亮花在用餐的同時，仍不時轉頭查看自己小貓的一舉一動。

小黃心中突然湧上一股對母親的愛意。**我能長得像她真是太好了**，她心想。有一次她從水窪中目睹自己的倒影，發覺自己簡直是縮小版的亮花。雖然她天生一襲灰色的皮毛和母親的橘色虎斑有所不同，但她們同樣有張寬扁的臉、獅子鼻及間隔略寬的琥珀色雙眼。

我想以她和父親為榜樣，成為戰士和貓后，然後生很多小貓，把孩子們調教成部族裡偉大的戰士，小黃許下心願。

「我想到一個好遊戲了！」她大聲說道：「你們當我的小貓，我來教你們怎麼抓青蛙。」

「好啊！」小花楸把尾巴盤在腳邊端坐在小黃面前。

小果轉了轉眼珠，最後還是默默地走到小花楸旁邊坐下。

小黃嘖的一聲。「我從沒見過這麼不愛乾淨的小貓，」她責備道：「小果，你剛才是不是到刺藤叢裡亂鑽了？還有你小花楸，**看看**你胸前的毛，**現在立刻**把它舔乾淨！」

小花楸低聲喵嗚傻笑了一聲，開始舔起胸前的毛。小黃用爪子假裝幫小果拔掉身上的雜刺，小果不耐煩地扭來扭去。

「這個遊戲也太蠢了吧，」他碎碎唸道：「**妳的**皮毛也好不到哪裡去。」

小黃輕摑了他一下耳光，「你竟敢這樣對自己的母親說話！」

她後退一步，仔細檢查完兩手足的皮毛後，接著點點頭。「這樣好多了。小貓們，現在聽好，我們要來學怎麼抓青蛙。小果，專心一點！」她見到小果正盯著一隻翩翩飛舞的白色蝴蝶瞧，忍不住用尾巴彈彈他的耳朵。「抓青蛙最重要的祕訣是要記住牠們隨時會跳來跳去。」

「我可以當青蛙嗎？」小花楸邊問，邊雀躍地跳上跳下，「我可以跳得很高喔！」

小黃氣呼呼地嘆了一口氣說：「不行！先聽我說完再說。」

亮花穿越空地朝他們走過來，眼神裡散發出溫暖的微笑。「這個遊戲看起來很不錯，」她喵聲說：「小黃，妳將來一定會是很棒的貓后。」

「還有戰士！」小黃強調。

「那當然，」亮花發出呼嚕聲，「只要妳有心一定可以做得到。」

「對啊！我一定會是最棒的——」小黃話說到一半，突然看到杉星從橡樹下的族長窩走了出來。

只見族長快步穿越空地，迅速跳上部族岩。「所有能自行狩獵的成年貓都到部族岩底下集合！」他大聲宣布。

小黃轉身問母親：「發生什麼事了？」

「等一下妳就知道了，」亮花回答：「我們去跟爸爸坐在一起。」

亮花的尾巴輕輕拂過三隻小貓，帶著他們穿過空地，去找坐在獵物堆旁的蕨足。此刻，族貓們也陸陸續續前來集合。巫醫賢鬚默默步出位於部族岩暗處的窩，端坐在族長面前。大腹便便的池雲緩緩地從育兒室走到戰士窩門口和伴侶蟾蜍躍碰頭。蟾蜍躍的見習生灰掌也跑過去加入他們。其他兩名見習生蛙掌和新掌立刻停止嘻鬧，甩甩皮毛後，坐下來聆聽。鴉尾、拱眼和冬青花也都從戰士窩鑽出來。

最後，小鋸和小焦跟著母親羽暴從育兒室現身。他們的皮毛泛著微光，驕傲地穿過營地後在族貓面前站定。

小黃這才恍然大悟，「他們要晉升為見習生了！」

「噓！」亮花說道：「小果，不要一直抓耳朵。」

「真希望這次是**我們**。」小果悄悄對小黃說：「感覺還要等**好久**才會輪到我們。」

小黃點點頭。「還有整整四個月。」**小鋸和小焦看起來都好成熟，**她心想，**真不敢想像自己當上見習生會是什麼樣子。**

杉星往下看著這兩隻較年長的小貓。「影族貓們，」他開始宣布：「今天的集會是為了——」

小黃渾身不舒服地扭來扭去，後腳掌像是踩到刺般開始抽痛起來。她翻過身，高舉著腳趾想查看一番。

杉星中斷說話，轉而注視在底下的她。

「小黃！」亮花嘶聲說道：「不要動來動去！」

「我的腳上有刺！」小黃哭著說。

「別亂動，我來看看。」亮花瞧瞧小黃的腳掌，不以為然地斥責道：「什麼都沒有啊，別再胡鬧了，專心聽杉星說話。」

小黃發現全場的族貓都在盯著她看，當下恨不得在營地立刻找個地洞鑽進去。「對不起。」小黃低頭咕噥道。雖然她的腳掌仍舊隱隱作痛，但她也只能咬著牙，想辦法忽略疼痛。

「影族眾貓們，」杉星再度開口，「今天要大家集合，全是為了舉行攸關部族傳承的重大儀式，也就是新見習生的命名儀式。小鋸和小焦已經滿六個月，是到了開始訓練的時候。」

在場的貓紛紛喃喃發出贊同聲，不過小黃還是聽到坐在她附近的蟾蜍躍在拱眼的耳邊竊竊私語，「要訓練寵物貓雜種！下次該不會連刺蝟都可以當見習生了吧？」

小黃不禁豎起皮毛，但幸好小鋸和小焦沒有聽到族貓這番尖酸刻薄的話。這兩隻小貓昂著頭，高高翹起尾巴，直挺挺地站在原地，不時抖動頰鬚；小黃看他們幾乎快得意忘形了。

「小鋸，請上前。」杉星揮動尾巴把這暗色虎斑公貓叫上前。「蕨足，」他繼續說道：「該是你再收見習生的時候了，現在鋸掌就交給你訓練。我相信你一定能將自身的戰士技能和對部族的忠誠全傳授給他。」

爸爸要當鋸掌的導師！小黃心中突然湧上一陣嫉妒。**以後蕨足花在鋸掌身上的時間肯定比陪我們的多。**

蕨足低頭致意。「包在我身上，杉星。」他喵聲說。

鋸掌快步跑向蕨足，蕨足也同時走向前和他的新見習生碰鼻子。

當他們退入圍觀的貓群中後，杉星接著把小焦叫上前。「鴉尾，小焦將成為妳的首位見習生，」族長喵聲說：「妳已經證明了自己的戰士實力，我相信妳一定能將所學的本領統統傳授給他。」

這嬌小的黑色母貓眼中閃爍著亮光，立刻走向部族岩，仰著頭看著族長。「我一定會全力以赴，杉星。」她回應。

焦掌跑到她身邊，和她互碰鼻子。

「鋸掌！焦掌！」眾貓們紛紛高喊著兩位見習生新貓名，不斷湧上前向他們道賀。但小黃和手足們卻留在原地。

「他們沒什麼好神氣的，」小果咕噥道：「等我們當上見習生，就會知道我們有多厲害了！」

集會總算結束了。小黃二話不說側躺下來，抬起後腳，準備澈底檢查一番。她的後腳還是一陣陣刺痛，但任憑她怎麼在腳趾間翻來找去，就是看不到一根刺的影子。她坐起身，見到蕨足和鴉尾正帶著新見習生往營地四周的刺藤叢縫隙鑽去。

他們要去勘查領土，小黃羨慕地心想，**真希望能和他們一起去**。但現在她的後腳一踏到地上就痛，**或許我應該去找賢鬚**。

當小黃笨拙地縮著一隻腳，一跳一跳地往巫醫窩前進時，正巧看到一支狩獵隊通過隧道進入營地。泥爪和鼠翅各叼著一隻老鼠走在前頭帶隊；蕁斑拖著一隻和自身體型不相上下的肥松鼠緊跟在後；資深戰士鹿躍抓了一隻烏鶇；淡褐色的年輕戰士蜥蜴紋則跛著腳走在最後面，後腿似乎是受了傷。

「最好去找賢鬚幫妳看一下腳上的刺傷，」滿嘴獵物的泥爪喃喃說道：「不處理的話，可能會有感染的風險。」

「我去就是了。」蜥蜴紋氣嘟嘟地說：「以後我死也不要鑽到刺藤叢裡去抓老鼠了。」她一拐一拐地從小黃身旁經過，消失在巫醫窩的岩洞裡。

小黃耐心等著蜥蜴紋再度走出來，這一次她幾乎已經可以正常走路了。「謝謝你，賢鬚。」戰士轉身道了聲謝。

賢鬚從窩裡探出頭來。「記得把傷口澈底舔一遍，」她吩咐道：「明天再過來一趟，讓我確認一下沒有感染的情況。」

小黃狼狽地走上前，打算告訴賢鬚自己的腳被刺扎到了。但當她後腳觸到地時，瞬間發現已經不痛了。那根刺應該已經掉出來了。她看了看四周的草地，想找出刺掉在哪裡，但卻找不到任何尖尖的東西。**管它的，反正不痛了。**她把腳用力往地上一踩，確認真的已經好多了。

「嘿，小黃！」小花楸叫住她。

小黃抬頭看到自己的兩個手足正站在離長老窩不遠的樹墩旁。新的枝幹紛紛從殘存的樹身冒出來，盤成了陰涼的樹洞。

「快過來！」小果尖聲嚷道：「我們發現了一隻狐狸和一窩小狐狸。我們必須將牠們逐出營地！」

小黃一開始信以為真，不由得豎起頸毛，不過很快就發現他們只是在玩。**喔，沒錯，長老就喜歡裝成狐狸嚇他們。**

小黃跑過去加入手足，發現銀焰正從長老窩往外瞧。這長老聳起皮毛，齜牙咧嘴地嘶叫著，「這是我們的窩！趕快滾開，不然我可要剝了你們的皮，拿來餵我的小狐狸們！」

「快攻擊他們！」微鳥躲在銀焰身後看，她一身薑黃色的皮毛乍看之下跟狐狸寶寶還真有幾分像。「肥肥嫩嫩的小貓正好可以讓我解解饞！」

「想得美！」小黃咆哮：「這是影族的營地！不准狐狸擅闖！」

她撲向銀焰，試圖一把揪住那老母貓的皮毛。銀焰收起爪子，小力地反擊。小花楸和小果也緊跟著直搗長老窩。

「滾出去！滾出去！」小果大聲嚷著。

小黃和銀焰在門口展開一陣纏鬥；她最後成功壓在銀焰身上，緊揪住銀焰肚皮上的毛。「妳投不投降？」她質問，「看妳還敢不敢再抓貓來吃？」

「我發誓再也不敢了」銀焰回應，然後大嘆一口氣，「再這樣耗下去，我的這把老骨頭就快不保了。」小黃從她身上跳下來。銀焰坐起身，氣喘吁吁地甩動橘灰相間的皮毛，接著慈祥地對著小黃眨眨眼睛，喉嚨發出呼嚕聲。「打得不錯，小傢伙，」她喵聲說：「我敢說妳將來一定會是影族頂尖的戰士。」

那當然，小黃驕傲地鼓起胸膛心想，**狐狸們，給我小心點。**

第三章

小黃當晚真是輾轉難眠。她以前老是抱怨育兒室太擠，但隨著鋸掌和焦掌搬到見習生窩，育兒室竟感覺異常冷清。羽暴已經搬回戰士窩了，除了小黃和手足們外，育兒室只剩亮花和即將生產的池雲。

池雲打起呼來誰還睡得著，小黃悶悶不樂地想著，在鋪滿育兒室地板上的青苔和針葉堆上翻來翻去。

「別動來動去，」亮花睡眼惺忪地喵聲說：「妳這麼吵，還有哪隻貓可以好好休息啊？」

小黃不滿地哼了一聲，將身體捲成一團，尾巴蓋在鼻子上。她瞇著眼睛偷瞄，可以隱約看到小花楸緊緊依偎在母親的身邊，小果則是大字形趴在青苔墊上，四肢和尾巴不停抽動，似乎夢到了自己正在森林裡奔跑。

希望星族能賜給我一夜好眠，小黃心想。

她最後終於睡著了，但突然又驚醒過來。

此刻朦朧的晨曦灑進刺藤縫。池雲仍然微微打著呼；亮花和小花楸緊偎在一起；小果則是在床墊上扭來扭去，不斷低聲發出疼痛的呻吟。

小黃頓時意識到自己為何突然驚醒的原因：她感覺肚子沉重無比，疼痛一波接著一波襲來。**我想小果應該也是肚子痛吧**。她輕輕戳了弟弟一下。「你是不是肚子疼？」她小聲問。

小果睜開眼睛，迷濛地看著姊姊。「妳怎麼知道？」

「因為我的肚子也在痛，」又是一陣劇烈的絞痛衝上來，小黃抽搐著臉回答。她把肚子緊貼在青苔床上，強忍住疼痛。「我們得跟亮花說，」她咕噥道：「讓她去把賢鬚找來。」

「不行！」小果慌張地瞪大眼睛，「小黃，千萬不要。」

「為什麼不行？」小黃問，接著瞇起眼睛看著弟弟，「你幹了什麼好事？」

小果還來不及回答，亮花已經抬起頭，沒好氣地抽動起頰鬚。「你們兩個可不可以安靜點？」她開口說：「現在不是嬉鬧的時候。你們——」她停下來，來回看著小果和小黃，眼神顯得愈來愈焦慮。「怎麼了？」

「我們肚子痛，」小黃低聲哀嚎，又是一陣疼痛湧上來。「拜託快去叫賢鬚。」

她話還沒說完，亮花已經起身，小心翼翼地不去吵醒小花楸。她跨過青苔墊，仔細地嗅著這兩隻小貓。「你們是不是吃了不該吃的東西？」她問：「現在趕快告訴我，這樣賢鬚才知道怎麼處理。」

「沒有，我——」小果痛得說不出話。等疼痛稍微緩和，他才繼續說：「嗯，我昨天在刺藤叢裡發現一隻死麻雀，我只是好奇想嚐嚐看那是什麼味道……」

「小果！」亮花氣急敗壞地嘆一聲，「我不是已經**清楚**告訴過你不能吃鴉食嗎？妳也是，小黃。你們怎麼蠢成這樣？」

「可是我又沒吃！」小黃抗議。

她的母親露出嚴厲的眼神瞪著她。「亂吃鴉食已經很糟糕了，說謊更是要不得。」她喵聲說。

小黃不禁火大起來，氣到幾乎忘了肚子痛這件事。「我沒有說謊！」她堅稱，「那隻該死的麻雀我連看都沒看過！快跟她說啊，小果。」

「我沒看到小黃在場，但是……」小果忍不住痛苦呻吟。

「如果妳沒有吃鴉食，怎麼會肚子痛？」亮花氣呼呼地抽動尾巴。「你們兩個真讓我心寒，尤其是妳，小黃。趕快到外面去，不要吵到小花楸和池雲。我去找賢鬚來。」

小黃放棄爭辯，掙扎著爬出青苔和松葉睡墊。氣憤難平的她，吃力地沿著窪地邊緣鑽出荊棘叢。松樹上方的天空透著幽幽的微光，很快就要天亮了。正在營地入口站哨的鼠翅，一襲黑色的皮毛幾乎與後方的刺藤叢融為一體。他打起呵欠，伸展四肢，並沒有注意到穿越空地直奔巫醫窩的亮花。

小黃肚子痛得臉扭成了一團，癱倒在弟弟旁邊，等著母親和賢鬚從巫醫窩回來。

「妳最好老實跟亮花坦承吃麻雀的事，」小果喃喃地說：「不要自找麻煩。」

「我再說最後一次，我**才沒有**吃什麼鬼麻雀，」小黃忿忿不平地說：「我可沒那麼呆！」

小果不可置信地瞪著她，但沒多說什麼。過了一會兒，賢鬚便從巫醫窩匆匆趕到育兒室，亮花緊跟在後。

「小傢伙！」巫醫把一綑葉子放地上，在小黃和小果面前停下來喊道，「你們的麻煩事怎麼一件接著一件，難道就不能**機警一點**嗎？」

「妳要給我們吃什麼？」小黃聞聞面前的葉子，肚子又是一陣抽搐，忍不住發起牢騷，「妳是不是要我們吃下噁心的草藥，好讓我們把腐壞的東西吐出來。」

賢鬚認真看著她。「沒錯，我正打算這麼做，」巫醫貓喵聲說：「我們要靠這玩意兒：著草。」賢鬚彎著頭，仔細聞了聞小果和小黃。「亮花說你們吃了鴉食。」她繼續說。

小果發出痛苦的呻吟聲。「我只吃了一口……還是兩口。」

賢鬚嘆一口氣說：「或是三四口吧。現在你們總算知道為什麼我要小貓們別碰鴉食了吧。」

「他們沒事吧？」亮花開始擔憂起來，舔舔小果的耳朵安撫他。

「他們會好起來的」賢鬚回答她。「好了，孩子們，我要你們吃下蓍草。這可以使你們吐出髒東西，但會讓你們的肚子感覺好很多。」

小果露出懷疑的眼神瞪著眼前的草藥，「這很難吃嗎？」

巫醫點點頭。「是滿難吃的，」她坦承，「看你是要忍一下難聞的味道呢，還是繼續肚子痛呢？」

「我吃……就是了。」小果應聲。

「千萬不要在這裡吃。」亮花喵聲說：「別把育兒室外面弄得髒兮兮的。」

亮花不理會小果虛弱的掙扎，一口叼起他的頸背，把他帶到營地邊緣。賢鬚帶著蓍草走在旁邊，小黃強忍著腹部的絞痛感，顫巍巍地跟在後面。

此刻，天已經亮了起來；數名戰士從窩裡走出來，副族長石齒正忙著整理晨間巡邏的隊伍。小黃看見和導師同進同出的鋸掌和焦掌，不由得羨慕起來。她踉蹌加快腳步，不想讓那兩名見習生看見自己狼狽的模樣，否則他們一定會開始問東問西。

他們來到空地邊隱密的刺藤叢旁。賢鬚把蓍草葉分成兩堆，分別放到小果和小黃的面前。正當小果還在猶豫不決的時候，小黃已經嚼起葉子，皺著臉忍受嘴裡的苦澀汁液。

「好噁！」她倒吸一口氣，憋住氣想辦法吞下去。

幾個心跳的時間過後，她終於把那噁心的東西強吞下去。她立刻感覺到劇烈的嘔吐感，隨後吐了好幾口黏稠物出來。她趕緊用舌頭繞著嘴唇舔一圈，試圖消除那異味。

「很好。」賢鬚看到小果也把肚子裡的穢物吐出後，滿意地喃喃說道：「亮花，帶他們回育兒室。現在他們需要好好睡一覺。醒來後可以餵他們喝一些奶水，今天不要讓他們進食。我過一會兒再來幫他們檢查。」

「謝謝你，賢鬚。」亮花對巫醫鞠躬致謝。「希望你們這次能學乖，」她對著自己的小貓們說：「不准再碰鴉食。」

「可是我真的沒有吃啊！」小黃現在肚子不痛了，怒氣又開始升上來。**真不公平！為什麼沒有貓肯相信我的話？**

亮花發出嘶聲。「夠了！」她喵聲說：「看在妳已經吃足苦頭的份上，我這次就不處罰妳說謊的事，但下次可就沒這麼好說話了。」

她不等小黃回應，立刻叼起小果朝育兒室走去。小黃垂頭喪氣地走在他們後頭，肚子因嘔吐而微微發疼，嘴裡仍殘留著耆草的苦味，但最讓她難過的是，她的母親竟然會認為她在扯謊。

小黃鑽出育兒室，邊打呵欠邊伸了一個大大的懶腰。她覺得有點無聊，小果還在她背後的育兒室呼呼大睡，身體半埋在青苔裡，可能是因肚子痛折騰了一夜而累壞了。

但我已經好多了，小黃心想，**只是肚子開始咕嚕咕嚕叫**。亮花才剛提醒過，賢鬚吩咐她和小果明天才能開始進食。**我可撐不了那麼久！**小黃在心中默默哭喊，**到時我不就虛弱得跟小老鼠沒兩樣**。

她眨眨眼睛，張望營地四周。冬青花和鴉尾正在戰士窩外分享舌頭，長老們則在樹墩旁曬太陽聊八卦。小黃隱約聽到他們的閒聊片段。

「……那隻風族戰士就這樣哭著逃回自己的營地，」蜥蜴牙喵聲說：「告訴你們，在**我的**那個年代可不容許風族到處撒野。」

「是啊，還有雷族。」銀焰發出呼嚕聲。

小黃心中充滿了對那年邁母貓的敬愛。**我若跑過去，說不定她會講故事給我聽**。然後她搖搖頭，**還是算了，搞不好得聽蜥蜴牙閒扯一堆當年他如何驅逐風族戰士的豐功偉業**。

小花楸正在空地中央自顧自地玩著。她把青苔球拋到空中，張開小小的爪子接住它。小黃並不想加入她的遊戲。

真希望能和鋸掌和焦掌一樣到外面探索領土。

小黃彈彈尾巴，努力裝出一副若無其事的樣子，偷偷穿過空地，朝獵物堆方向走去。陽光亮晃晃的，從樹蔭縫隙望過去，可以看到一片片蔚藍的天空。但空氣中帶著寒氣，杉星睡窩的那棵巨大橡樹，葉子已經開始轉黃。綠葉季儼然已進入尾聲。

小黃愈接近獵物堆，肚子也跟著愈來愈餓，田鼠和松鼠的誘人氣味盈滿她的雙顎。如果她打算溜出營地，一定得先吃點東西才行。

吃一隻小老鼠應該不會有事……

「嘿，小黃！」

小黃心虛地跳起來，轉身去看是誰在叫她，原來是正在巫醫窩門口曬太陽的賢鬚。

慘了！

「妳明天才能開始進食，」巫醫提醒她，「沒想到妳這麼快就有食慾了。」

「我**餓扁了！**」

賢鬚忍不住發出開懷呼嚕聲。「小傢伙，妳是想再肚子痛嗎？」

小黃用前腳抓抓營地的泥地。「不想。」

「那妳要不要來幫我的忙？」巫醫建議，「見習生全都出去了，我需要一個助手幫我分類草藥。也許這工作可以讓妳不去想肚子餓的事。」

「好啊。」小黃馬上變得精神抖擻。她很喜歡巫醫窩裡那股濃濃的草藥味道，再說她正需要做點事來克制想吃東西的慾望。她跟著賢鬚回到窩裡，穿過由兩顆大圓石所形成的狹窄入口後，一塊四周圍繞著茂密蕨叢的小空地瞬間進入眼簾。遠處一潭清澈的池水映射出松林的倒影。

「草藥就在這裡。」賢鬚走到空地的一邊，「為了保持草藥的新鮮度，我在地上挖了幾個坑洞，放進草藥後，再蓋上蕨葉。」

她掀開一片蕨葉，把它放到一旁。小黃往洞裡一瞧，看到底下存了幾片枯葉。

「那是金盞花，」賢鬚喵了一聲說：「它有治療傷口感染的功效。不過妳也看到了，這些碎葉已經不能用了。請妳把它們清出來堆在門口，我待會兒再把所有垃圾拿到營地外面丟。」

小黃照著她的吩咐去做，賢鬚則是繼續掀開另一個洞；洞裡只有寥寥兩三顆乾枯的莓果。

「這個也要清掉嗎？」小黃邊問，邊把腳伸進洞裡準備把莓果撈出來。

賢鬚搖搖頭，尾巴一揮攔住小黃的腳。「不行，那些是杜松莓。雖然它們看起來已經不新鮮了，不過對肚子痛和呼吸急促很有效。在還沒有採到新鮮存貨前，我可不敢隨便把舊的丟掉。不過應該過不久就可以採收到新的了，感謝星族。」

小黃點點頭，好奇地聞起那些莓果。「銀焰有時喘得很厲害，」她提到，「妳是給她吃杜松莓嗎？」

「是啊。」賢鬚點點頭，「妳學得很快，小黃。」

小黃感到很自豪。**這些知識真有用，等我一當上戰士就能精通全部的草藥知識了！**「下一個洞裡有什麼東西？」她問。

「裡面有雛菊葉，」賢鬚回答，然後把洞掀開，露出一堆新鮮的葉子。「它對舒緩蜥蜴牙的關節痛很有用。這些是我昨天剛採回來的，所以不用丟。」

小黃跟著賢鬚一一將每個洞巡了一遍，賢鬚一邊介紹每一種草藥和功效，一邊把枯黃的葉子挑出來，讓小黃把它們清到門口集中成堆。

「好啦，大功告成！」賢鬚拍拍腳上的塵土，最後喵聲說：「做得好，小黃，妳幫了我很大的忙。」

「還蠻好玩的，」小黃回應，完全沒意料到會這麼有趣。**真沒想到巫醫要學的東西可真多！**

「妳的肚子好多了吧？」

小黃點點頭。「不過還是很餓。」她喵聲說。

賢鬚用鼻子磨磨小黃的耳朵。「這樣妳以後就會記得鴉食千萬碰不得。」

小黃嘆了長長一口氣。「好啦。」她咕噥道。

此刻沒有辯解的必要。她知道沒有任何貓會相信她的話。**不過若不是鴉食惹的禍，**她邊走回育兒室邊想，**我為什麼會和小果一樣鬧肚子疼呢？**

第四章

小黃一腳不偏不倚壓在顫抖的老鼠身上，老鼠應聲癱軟在地。口水直流的她正準備低頭嚐一口鮮嫩多汁的鼠肉之際，卻有個東西朝她的背上一撞。她睜開眼睛，發現自己置身在育兒室，美夢瞬間消失無蹤。只見池雲的小貓小狐和小狼在青苔上扭打成一團，一不小心滾到了小黃的身上。

「走開啦！」她把最靠近她的小貓推開，嘴裡咕噥道。**我差點就嚐到那隻老鼠了！**

小黃打了個呵欠坐起身。亮花和池雲還在睡夢中，但睡在她身邊青苔墊上的小果和小花楸已經漸漸醒來。**今天早上的育兒室感覺怪怪的，**小黃心想。陽光有點不太一樣，空氣中瀰漫著一股她從未聞過的清冽氣息。

在好奇心的驅使下，她爬出青苔床，把頭探出樹枝縫隙中，忍不住張大嘴巴，驚訝地倒抽一口氣。整個營地覆蓋在一層白色的東西底下，連四周的松林也綴滿了許多白色的東西，枝幹被壓得低垂下來。

「哇！」小黃尖叫：「這是怎麼一回事？」

小果和小花楸來到她身旁，瞪大眼睛看著外面的情景。

「該不會是風族幹的好事吧？」小果咆哮，「看我怎麼撕爛他們的皮毛！」

「不是啦。」亮花鑽出育兒室，四肢陷進那白色東西，然後轉身看著自己的孩子，並露出慈祥的微笑。「這是雪，禿葉季有時會出現這種東西。」

「雪是從哪裡來的？」小花楸問。

「從天上掉下來的，」亮花解釋：「就跟雨一樣，只不過雪看起來像是飄落的羽毛。」

小黃伸出一隻腳，碰碰那白色的東西。「**好冰喔！**」

小果興奮地叫了一聲，一頭衝進雪堆裡，他輕盈的身軀在雪地幾乎不留痕跡。

「等我！」小黃緊追在後，小花楸也在她後面一個尾巴的距離跑著。她聽見育兒室傳來更多尖叫聲，知道小狐和小狼也跟了過來。「真好玩！」

當小黃跟在手足後面衝到營地另一端時，突然感覺有東西正阻礙她前進。小花楸發出一聲興奮的尖叫，趁機迎頭追上她。小黃拚命加快腳步，卻發現自己一身濃密的皮毛沾滿了雪，沉重的腳步讓她根本跑不快。**不公平了！**她愈想愈不服氣。

不久，小狐一頭衝上來，把她撞得東倒西歪。「逮到妳了！」這較年幼的小貓高喊：「小黃，妳跟刺蝟一樣慢吞吞！」

小黃掙脫室友爬起來，看了看對方平滑的薑黃色皮毛。難怪她可以在雪地裡穿梭自如。她吸了一口氣，試圖甩掉皮毛上的積雪，感覺自己的嘴巴就快被這乾燥的冷空氣凍僵了。「我好渴，」她大聲說：「我想先去喝口水。」

「妳只是想找藉口溜走吧。」小狐嘲笑她。

小黃本來想開口回嗆，但又覺得和小狐爭辯只是在浪費唇舌。**才四個月大就自以為什麼都懂**。她環顧營地四周，瞥見戰士窩外積了一灘融化的雪水，晨光映在上面閃閃發光。銀焰蹲在旁邊，一口一口地舔著水喝。小黃跑過去加入她，但她卻沒有抬頭看她。這隻老貓一定渴得很厲害，最近她似乎不停在喝水。

小黃喝下第一口冰水，一股刺痛感突然衝進她的肚子，讓她不由得全身發毛，彷彿是暴風將至的前兆。小黃把頭側向一邊。綠葉季也曾有暴風來襲，當時的天空烏雲密布，空氣又悶又熱。但今天的天空卻是一片澄澈，冉冉升起的陽光在大雪覆蓋的營地上映照出一抹抹藍色的陰影。一縷清爽的冷風輕輕拂過白色的大地。**今天不會有暴風，**小黃告訴自己。

「嗨，小黃。」銀焰終於停止喝水，「第一次看到雪的感覺很奇妙吧？」

小黃轉身回答，看到年邁母貓疲憊痛苦的神情不禁驚了一下。「還不錯。」她回答。「銀焰，妳還好吧？」

銀焰聳聳肩。「年紀大了難免會有些毛病，」她喵聲說：「別擔心，小黃。」

「這冷颼颼的天氣可真要了我們老骨頭的命，」微烏從長老窩走出來附和，一逕朝獵物堆走去。她回頭補充道：「妳要一起來嗎，銀焰？」

母貓搖搖頭，「我不餓，年輕小夥子比我更需要多吃點兒。」

小黃皺起眉頭。**銀焰說這什麼話？每隻貓都得吃東西啊！**「來嘛，」她輕推銀焰催促道：「我們一起過去找個美味的來吃。」

「好吧。」銀焰在她的腳掌上大大地嘆息道。

在朝獵物堆走去的途中，小黃注意到這長老貓的腳步顯得有些不穩。微鳥已經忙著把積雪撥開，露出冰凍的獵物堆。

「來吧，嚐嚐這隻青蛙。」小黃把青蛙從獵物堆拖出來放到銀焰面前。

這長老像從沒見過青蛙似的，眨著眼睛愣愣地看了牠好一會兒，接著低頭咬了一小口。這老貓幾乎沒有在動眼前的獵物。在耀眼的斜陽中，小黃發現銀焰皮毛下的骨頭清楚可見，似乎已經好幾天沒正常進食了。

銀焰咬了兩三口後，便把青蛙推到小黃面前。「我吃飽了，剩下的給妳吃。」她步履蹣跚地轉身離開，消失在長老窩盡頭。小黃憂心忡忡地望著她離去的背影。她實在吃不下那隻青蛙；她吃完一隻老鼠後肚子就悶悶脹脹的，心想食物是不是有什麼不對勁。她的毛皮仍舊隱隱刺痛。

冰凍的刺藤叢一陣窸窣作響，賢鬚從中冒出來進入營地，嘴裡還叼著幾根受凍的枝條。小黃跑過去，認出了長在枝條上乾扁的杜松梅。「賢鬚！」她大喊，追到巫醫窩門口找她。

賢鬚小心翼翼地放下枝條，「怎麼啦，小黃？」

「是銀焰，」小黃解釋，努力穩住顫抖的聲音。「我覺得她生病了，她什麼東西都不肯吃。」

賢鬚對她眨眨眼睛。「銀焰老了，」她喵聲說：「禿葉季對族裡的幼貓和長老都是一大煎熬。」

「但她……」小黃沒繼續說下去。**可惜沒有任何草藥可以讓貓停止變老**，她難過地想著。

「我會去看看她。」賢鬚承諾。

小黃點點頭，此刻她也只能坦然接受巫醫的話。**真希望我能幫點忙**。然後她想到銀焰的口一直很渴。**她每次走到池邊喝水一定都很冷。我可以去找些青苔，把水帶到長老窩給她喝啊**。

現在有了這個好方法，小黃心裡總算舒坦多了。她匆匆踏過雪地，來到了繞著營地而生的荊棘叢裡，尋找倒下的斷木。小黃鑽進滿是尖刺的枝叢，一團團的積雪紛紛滾落到她的頭和肩膀上。她發出一聲低吼，甩開皮毛上冷冰冰的殘雪。

爬滿青苔的斷木就近在咫尺。正當小黃伸出腳掌準備扒下青苔時，刺藤叢的另一邊突然傳來聲響。在好奇心的驅使下，她翻過樹幹，往刺藤叢更深處鑽去。當她發現自己幾乎快要出了營地外時，四肢不由得感到一股興奮。小黃在枝叢間謹慎地查看四周，瞥見了一塊被松樹林圍繞的平坦空地。地上的雪有被翻動過的痕跡，蕨足和鋸掌就站在凌亂的空地中央。

「你把這個招式學得非常好，」蕨足喵聲說：「現在你必須學會如何增強揮擊的力道。我們再試一次。」

小黃看得入迷。鋸掌撲向伏在雪地裡的蕨足，倏地襲擊導師的耳朵，並在蕨足還來不及回擊時迅速跳開。

「好多了，」蕨足稱讚他，「再試一次，再用力一點！」

這一次蕨足站起身，繃緊肌肉準備接招。看到鋸掌一出手，蕨足立刻閃開，鋸掌僅僅掃到他的毛髮。鋸掌再次朝他飛撲，兩隻貓頓時纏鬥成一團，四肢卯起來狂擊對方，試圖將另一方箝制在地。

小黃既興奮又驚恐地吸了一口氣，很怕這兩隻族貓會因此而受傷，但後來她發現他們打鬥時並沒有伸出爪子。

真沒想到鋸掌這麼厲害，她不禁羨慕起來。**他也才只是個見習生！**

不久，便聽到鋸掌發出勝利的歡呼。他踩在蕨足身上，前腳擒住導師的肩膀，一隻後腳緊緊扣住他的尾巴。蕨足喘著氣，半閉著眼睛，肌肉軟弱無力。小黃驚慌地瞪大眼睛，爪子蠢蠢欲動，準備營救父親。

「我贏了！」鋸掌喵聲說，一雙炯炯發光的眼睛看著底下的導師。「我是族裡最厲害的鬥士！」

他話還沒說完，蕨足突然騰空躍起，狠狠甩開鋸掌。鋸掌被拋到雪地中翻滾了好幾圈才狼狽爬起來，雪沾了滿身都是。「你剛才說什麼呀？」蕨足淡淡地問他。

看到父親並沒有被擊敗，小黃開心地發出喵嗚的歡呼聲。**鋸掌還真以為自己很行……**

鋸掌瞪著導師。「你耍詐！居然一開始先裝輸！」

「你以為在實際的對戰中敵人就不會這麼做嗎？你已經很不簡單了，鋸掌。將來你一定能成為出色的戰士，但目前仍有許多需要學習的地方。」

鋸掌甩動身體，把雪濺得到處都是。他垂下肩膀。「你說得對，」他承認。「對不起。你能教我剛剛那一招嗎？」

「下次吧，」蕨足承諾，「今天我們已經練得夠多了。我們回營地吧，到獵物堆挑點你想吃的東西。」

「謝謝！」鋸掌眼睛亮了起來，「我**餓死了！**」

蕨足轉身朝營地入口走去。正當鋸掌準備跟上去之際，突然又愣在原地。小黃縮了回去，知道這見習生正在瞪著她。

「妳在這裡做什麼？」鋸掌質問，「嘿，蕨足，小黃在監視我們！」

蕨足回頭看著躲在刺藤叢裡的女兒。「別鼠腦袋了，」他告訴鋸掌：「小黃想看就讓她看吧，或許她可以順便學點東西。」

鋸掌不屑地哼了一聲，但沒有再說下去。尷尬到全身皮毛漲熱的小黃，趕緊鑽回斷木所在的地方。她抓下一把厚青苔，迅速穿越營地，到水塘邊沾沾水，然後拿到長老窩去。

「這個給妳，銀焰，」她把頭探進樹枝底下，咬著滿嘴的青苔含糊說道：「我帶水來給妳了喝。」

三隻長老在殘木下縮成一團。微鳥瞇起眼睛看著小黃。「妳那團濕答答的青苔最好離我們的床遠一點。」她厲聲斥喝。

「沒錯，」蜥蜴牙附和，「根本不應該把這種東西帶進來。」

小黃忍住不發脾氣，知道自己對長老應該要有禮貌，儘管他們有時很不講理。

「你們別再唸她了。」銀焰喵了一聲，「小黃，妳真貼心。」她用尾巴指了指，然後說道：「把青苔放到那邊去，這樣水就不會滴到床上了。」

等小黃照著她的指示做之後，銀焰便伸長脖子，開始舔起那濕淋淋的青苔。「感謝星族，真是好喝，」她喃喃地說：「謝謝妳。」

小黃朝另外兩隻長老貓使了個得意的眼神，正想開口回應，卻聽到營地傳來杉星的聲音。

「所有能自行狩獵的成年貓都到部族岩底下集合！」

「天啊，現在是怎樣？」蜥蜴牙抱怨。

小黃很快向長老們鞠了個躬，便匆匆退出長老窩。她四處穿梭打聽情況，一個不小心差點撞到母親。

「原來妳在這裡！」亮花嚷道：「我到處在找妳。」

「為什麼要找我？發生什麼事了？」小黃喵聲問。

她瞥見在母親身後的小花楸和小果毛髮梳得異常整齊。小果興奮地跳上跳下，而小花楸則是張著閃亮的大眼睛。

「妳就要升上見習生了。」亮花解釋。

小黃瞪大眼睛看著她，「現在？」

「沒錯，現在，看看妳這個樣子！」亮花立即伸出一隻腳，把卡在小黃皮毛上的尖樹枝挑出來。「大家肯定會以為妳整天都在荊棘叢裡亂鑽。」

小黃站在原地讓亮花迅速幫她梳理一番，撥掉她毛髮上的細刺和青苔，接著用力將她的毛舔得服服貼貼的。

此刻影族貓們已經紛紛圍著部族岩聚集。三隻長老貓從遮蔽長老窩的枝叢下探出頭來。鹿躍和琥珀葉步出戰士窩，後面緊跟著蟾蜍躍和羽暴。在獵物堆旁用餐的蕨足和鋸掌，趕緊將獵物吃完後轉身聆聽；鴉尾和焦掌走過去加入他們。

小黃的肚子開始翻攪。**大家一定會盯著我看！萬一我當眾出糗怎麼辦？誰又會是我的導師？**

「嚴酷的禿葉季即將到來，」杉星開口說：「在這雪天的季節裡，當其他部族處於挨餓之際，我們正需要全力擴大狩獵隊和巡邏隊的陣容以保衛我們的領土。因此現在正是增加新見習生的好時機。小花楸，請上前。」

小花楸緊張地吞吞口水，走到部族岩下。

杉星掃視底下的族貓們。「雀飛，」他喵聲說：「你對部族一向盡忠職守，你有資格再收一名見習生。我相信你會將一身的技能傳授給花楸掌。」

花楸掌一聽到自己的新貓名，忍不住雀躍了一下，隨後快跑到雀飛面前和他互碰鼻子。那黑白公貓發出呼嚕聲表示認可。

杉星揮揮尾巴把小果叫過來。「小果，請上前。」他喵聲說。

小果驕傲地穿過圍觀的貓群。

「琥珀葉，」杉星對暗橘色母貓點頭示意後繼續說：「妳是位技巧精湛的戰士，相信妳一定會給果掌一切所需的訓練。」

果掌要當琥珀葉的見習生！小黃差點大聲叫出來。**她超嚴格的！**所有的年輕貓兒都很怕琥琥珀葉。只要她一不高興，嘴巴就開始尖酸刻薄起來；小黃記得有一次自己不小心把青苔球扔到這戰士的頭上，就被她狠狠罵了一頓。

果掌一臉緊張地走向琥珀葉和她碰鼻子。那母貓喃喃地說：「我一定會把你調教成最厲害的戰士。」聽到這句話讓果掌頓時安心不少。

小黃的心跳開始加快。當杉星示意她上前，她盡可能舉止莊重地穿過空地。

星族，保佑我不要被樹枝絆倒！

「鹿躍，妳是隻充滿智慧與經驗豐富的貓，」杉星喵聲說：「相信妳一定能將所有技能傳給黃掌。」

黃掌連忙轉身面向鹿躍。這灰色虎斑母貓已經走進空地等她。黃掌一步步朝導師走去，看到鹿躍流露出和善的眼神，黃掌頓時很滿意杉星替她安排的一切。

「我保證一定會盡全力教她！」她熱情地喵了一聲並和黃掌碰鼻子。

「果掌！黃掌！花楸掌！」眾族貓們歡聲雷動地高喊著新見習生的名字，將其他的聲音全淹沒了。

黃掌看到亮花和蕨足並肩站在一起，不約而同洋溢著驕傲的表情和眼神。她當下簡直樂不可支。

當歡呼聲漸漸平息，族貓開始散去之際，鹿躍對黃掌喵聲說：「嗯，我們何不趁天黑前，出去晃一圈領土再回來？」

「太棒了！」小黃興奮到豎起根根皮毛。「我們走吧！」

當她跟著鹿躍穿過營地朝刺藤叢走去時，果掌和花楸掌早已隨著他們的導師跑得不見蹤影了。此刻她的肚子卻突然一陣抽痛，她搖搖晃晃，忍不住哀叫一聲。

鹿躍轉身問：「怎麼了？」

黃掌幾乎快要站不起來。她全身開始發痛，眼前一片昏黑。她從沒有這麼痛過。

「痛……好痛……」她勉強喘著氣說。

「妳最好先去找賢鬚。」鹿躍喵聲說。

「可是……我想去巡視……領土。」黃掌不甘心地說。

「領土不會自己跑掉。」鹿躍以堅持的口吻說。她把尾巴放在自己見習生的肩膀上，「走吧。」

黃掌蹣跚穿過營地，內心難掩失望。**我現在就想開始訓練，我可沒有時間生病。**

但是當她來到巫醫窩時，卻不見巫醫蹤影。

「妳要找賢鬚嗎？」正走向獵物堆的蟾蜍躍問。「我看到她走進長老窩了。」

「謝啦，蟾蜍躍。」鹿躍帶著黃掌走到殘樹去。

來到長老窩後，黃掌聽到裡面有一隻貓不斷發出痛苦萬分的呻吟聲。雖然黃掌的疼痛已經漸漸緩和了，但當她一步步往前走時，一股愈來愈凝重的詭異氣氛讓她忍不住毛皮發麻。一想到長老窩裡可能發生的情景，她害怕起來，遲遲無法鼓起勇氣走進去。

她從長老窩外圍枝叢底下鑽進去，一眼便見到銀焰橫躺在窩裡，露出痛苦的眼神，身體不停抽搐著。賢鬚蹲在她旁邊，蜥蜴牙和微鳥則是縮在另一個角落，臉上充滿了恐懼與同情。各種不同的草藥散落一地，濃濃的草藥味混雜著一股甜膩的味道讓黃掌有種想吐的感覺。

銀焰病得很重！

「怎麼啦？」賢鬚焦躁地問，目光仍停留在那年邁的母貓身上。

「我有點不舒服……不過只是小毛病。」黃掌吞吞吐吐地說。

「好吧。」賢鬚開始咀嚼一把葉子，「如果明天還是沒好的話再來找我。」

「好，謝謝。」

黃掌不忍心再看到銀焰受苦的模樣，於是默默走出長老窩。

「妳好多了沒？」鹿躍迫不及待地問，「如果沒事我們就可以出發囉。」

黃掌點點頭，雖然胃還是隱隱作痛，但她試圖不去理會它；在吸了一大口瀰漫在空氣中的草藥味後，疼痛似乎減緩到可以忍受的程度。「我沒事了。」她堅定地說。

鹿躍帶頭穿過刺藤叢，黃掌跟在後面，當下的興奮情緒讓她幾乎拋開了對銀焰的擔憂。幾個心跳的時間過後，她終於第一次踏上營地以外的地方。四處盡是無盡延伸的松樹林。

「哇！」她忍不住驚呼：「森林真是無窮無盡！」

「其實也不盡然啦，」鹿躍回應，眼裡閃過一抹笑意，「來吧，我們走這邊。」

樹與樹之間的地面十分平坦，而且幾乎沒有草叢覆蓋。黃掌發現地上布滿了一條條的足跡：鳥類尖尖的爪印、前一支巡邏隊的貓腳印，其中更有帶著爪痕的大腳印是她從未見過的。她聞了一下，發覺從中飄散出一股略帶威脅的噁心味道。

鹿躍停下來回頭說道：「走吧，黃掌。」

「這是什麼？」黃掌喵聲問。

鹿躍很快瞄了地上的腳印一眼。「是狐狸留下的。」她斬釘截鐵地說。

黃掌打了個寒顫，開始環顧四周，以為會看到一個瘦長的深薑色身影在林間潛行。她雖然從未親眼見過狐狸，但也聽過許多關於狐狸的故事。

「不用擔心，」鹿躍告訴她：「這味道已經很淡了。不過我們一旦出了營地，還是要隨時保持警覺。」

黃掌動動爪子，心想和狐狸對戰不知道是什麼樣的感覺。樹叢裡突如其來的騷動引起了她的注意，但此刻現身的並不是狐狸，而是影族的狩獵隊。杉星正帶領著拱眼和羽暴回營地，個個嘴裡都叼著獵物。鹿躍向隊伍打了聲招呼，杉星甩動尾巴回應。

她們走了一會兒後，松樹林漸漸稀疏，取而代之的是被大雪層層覆蓋的灌木叢和隨風窸窣搖曳的毛茸茸的蘆葦。原本平坦的地面變得高低不平，大雪底下滿是坑坑洞洞。黃掌一個不小心踩進了一個坑，瞬間深陷在那綿密的白色東西裡。**鹿躍一定會認為我是很笨的小貓！**但鹿躍什麼也沒說，只是靜靜地等著黃掌自行掙脫出來。「等天氣變暖時，這裡會變成一片沼澤濕地，」她喵聲說：「是抓青蛙的好地方。」

黃掌點點頭心想，**銀焰以前也很喜歡吃青蛙**，突然想到這長老已經很久沒有好好進食了。回過神發現鹿躍好像問了她一個問題，正在等她回答。

「對不起，」黃掌嘀咕道：「妳剛剛問什麼？」

鹿躍嘆了口氣。「我問妳知不知道用什麼方法最容易抓到青蛙。」

「我……呃……」黃掌靈機一動，「躲在蘆葦叢裡，然後伺機撲上去？」她提出計策。

她的導師抽動頰鬚。「這或許行得通，但不要忘了青蛙是會游泳的。最好找已經上到地面的青蛙下手，兩隻貓通力合作會比一隻貓單獨捕獵來的容易：一隻貓阻擋青蛙跳回池裡的去路，另一隻貓負責捕抓。等新葉季到來的時候，我們再和其他見習生一起練習。」

「太棒了！」黃掌回應，但一想到銀焰痛苦的呻吟便稍稍減低了她的興致。

她們來到沼澤邊，緊接著穿越一片松木林。此處的樹木變得稀稀落落，樹林的盡頭矗立著一座座有如參天樹木般高聳且稜線分明的紅色巨物。

「我們已經快要接近影族的邊界了，」鹿躍喵聲說：「妳有聞到我們的氣味標記嗎？」

黃掌聞了一下然後點點頭。影族強烈的氣味讓她感到驕傲。**看其他部族還敢不敢來招惹我們？**

「往那個方向去，」鹿躍繼續說，用耳朵指了指那一座座兇險的巨物，「是兩腳獸的地盤，我們不會去那裡。那是狗兒和寵物貓出沒的地方，戰士不會到那裡閒晃。那些都是兩腳獸的巢穴。」

黃掌望著那異常筆直的高牆，牆面上挖了好幾個四方形的洞，有些位在高處，有些則離地面較近。低矮的木板圍牆圍住每一個窩，跟環繞影族營地的刺藤叢很像。黃掌在觀察的當下，一隻寵物貓突然現身。只見他戰戰兢兢地在木牆上穩住重心，然後跳到另一邊。

「那隻貓的脖子上戴了一個東西。」她注意到。

鹿躍點點頭。「那是項圈，大部分的寵物貓身上都有那玩意兒。這表示他們歸兩腳獸所有，而且永遠沒有自由的一天。妳該慶幸自己一輩子都不用戴那鬼東西。」

黃掌又看了一會兒，但那寵物貓並沒有再出現。她在心中納悶著住在兩腳獸的地盤裡會是什麼樣的感覺。這地方看起來空蕩蕩的，又冷又不舒服。幸好鹿躍已經開始移動腳步，帶她穿越一處松木和其他樹種混雜的林地。光禿禿的樹枝在黃掌頭上嘎嘎作響。

黃掌很快聞到空氣中飄散著一股刺鼻的惡臭味，隱約傳來斷斷續續的轟隆聲。「剛剛是**打雷**嗎？」她喵聲問。

「妳等一下就會知道了。」鹿躍告訴她。

黃掌來到林子邊突然急剎住腳步。眼前出現一條向兩端無盡延伸的狹長地面。上面的白雪被輾來輾去，形成一條條筆直的印痕，褐色的泥濘堆積在兩側。黃掌可以隱約看到底下堅硬的黑色地面。一陣陣刺鼻的臭味從中飄散出來，掩蓋了森林裡所有的氣味。

「**這是**什麼？」黃掌屏氣問道，伸出一隻腳想碰碰地面。

鹿躍趕緊甩動尾巴攔住黃掌。「別太靠近。」她警告。

此刻那詭異的轟隆聲又再度傳來。黃掌繃緊神經，眼看著一隻渺小的怪物從路的另一端現身，在逐漸朝她們逼近的同時，身形也愈變愈大，怒吼聲愈來愈響亮。黃掌這下看得更清楚了：那怪物身上閃著奇異的紅光，黑色的大圓腳似乎要吞噬整個地面。幾個心跳後，那怪物咻地呼嘯而過，半融的汙雪泥濘濺得黃掌全身都是。怪物噴出一大團惡氣薰天的臭味後，便又揚長而去，吼聲也漸漸平息。

「牠沒有看到我們！」黃掌鬆了一口氣說。

「牠們通常不會注意到我們的存在，」鹿躍回答，「牠們只會在轟雷路出沒，只要我們離遠一點，牠們就不會來惹我們。不過還是有貓在穿越此路時喪命，所以千萬不要拿自己的生命開玩笑。」

「原來這條就是轟雷路？」黃掌問。「所以剛剛那個就是怪獸囉！我們還在育兒室的時候，蕨足就告訴過我們。他說怪獸的肚子裡有兩腳獸，我還以為那只是拿來唬小貓的故事。」

「不，這可是千真萬確的事。」鹿躍喵聲說。

「那些怪物專門吃兩腳獸嗎？」

「也不能這樣說。」鹿躍的語氣顯得有些不確定，「兩腳獸會從牠們的肚子再爬出來，而且看起來毫髮無傷。我其實也不清楚這是怎麼一回事，不過話說回來，兩腳獸本來就很怪。」

怪獸的臭味已經漸漸消散，黃掌嚐嚐空氣，嗅到了另一股不明的氣味。那是貓的氣味，但又比影族讓人心安的溫暖氣味要嗆鼻許多。

「那是什麼噁心的味道？」

「是雷族的氣味。」鹿躍解釋，尾巴一揮指了指轟雷路對面的樹林。「他們的領土就在那邊。」

「真的嗎？」他們的氣味標記似乎非常接近；黃掌幻想著一支充滿敵意的雷族巡邏隊正衝過轟雷路，攻進她的領土。她的頸毛不覺地開始倒豎，爪子狠狠戳進泥地。

他們最好別亂來！

但轟雷路的另一端並沒有任何動靜，完全看不出有敵方巡邏隊埋伏的跡象。黃掌感到些許失落地轉身離開。

「我們接下來要去哪裡？」

「跟我來。」鹿躍帶著她一路沿著轟雷路前進，最後停在一處深幽幽的隧道前，隧道兩側由方形的石塊堆砌而成。

「這是兩腳獸建的嗎？」黃掌喵聲問。

「沒錯。」鹿躍似乎很滿意也有點意外黃掌竟能一語猜中。「我也不知道為什麼，總之這個隧道能穿過轟雷路下方，通往另一邊。」

「直達雷族地盤嗎？這樣他們不就可以直接向我們進攻嗎！」

「不，從對面一直到四喬木之間仍是我們的領土範圍。我們前往大集會都是走這一條路。」

黃掌的四肢蠢蠢欲動。**我現在是見習生，可以參加大集會了！**當她還只有三個月大時，曾經苦苦哀求要跟著去大集會。銀焰當時答應會把所有在集會上發生的事都告訴她，隔天她果然沒有食言。

她所講的每一件事都好有趣……希望她在下個滿月前能快點好起來，這樣我們就能一起去參加了。

鹿躍的尾梢冷不防拍了拍黃掌的肩膀，把她從回憶中拉回現實。「醒醒啊！」她的導師責備：「我們還有一大段路要走。」

她們繼續沿著轟雷路往前行，兩腳獸的巢穴隨之隱沒在她們身後的林子。「就在那裡，」

鹿躍繼續說，「還有一個隧道，可以通往風族的領土。妳覺得這意味著什麼？」

「麻煩！」黃掌大聲說。

「沒錯。那我們該怎麼做？」

「要進行地毯式的巡邏？」黃掌建議，「同時……呃……在我們的邊界標上強烈的氣味標記？」

鹿躍點點頭。「完全正確。想得很周到，黃掌。」

在前方幾個狐身距離的地方，黃掌看到花楸掌和她的導師雀飛迎面跑來。花楸掌揮揮尾巴。「很棒對吧？」她喊道，「我們的領土真不是蓋的！」

黃掌喵聲同意，但她現在可沒空聊天。鹿躍繼續往前方挺進，黃掌在後面連忙追趕。此刻太陽已經漸漸下山，把白雪染成一片血紅。樹底下暗影開始聚集，怪獸們從轟雷路橫掃而過，閃亮的黃色眼睛劃破黑暗。

鹿躍終於從轟雷路掉頭繞回樹林，眼前盡是一片黑壓壓的暗影。看到鹿躍二話不說走進去，黃掌試著隱藏內心的惶惶不安。她的導師最後停了下來。

「妳有聞到什麼嗎？」她問。

黃掌張開雙顎嚐起空氣。「我聞到強烈的影族氣味，」她回報，「我們已經回到邊界附近了嗎？」

「沒錯。但妳還有聞到其他氣味嗎？」

黃掌吸了一口氣，努力想從影族濃烈的氣味中找出一絲異味。

「喔！」她大叫：「有一股很噁心的味道！是別族的氣味嗎？」

「不是，那是腐肉場。」鹿躍揮動尾巴指著暗處。

黃掌定睛一瞧，發現眼前盡是一座座堆積成山的東西，而且不時飄散出陣陣的惡臭。爛泥瓦礫堆中塞滿了奇形怪狀的物品，在微光中閃爍。一道發亮的圍籬像是粗大的蜘蛛網將它們團團圍住。「這是什麼東西？」她喵聲問：「怎麼會在這裡？」

「這些東西都是兩腳獸用黃色怪獸帶過來的。」鹿躍露出厭惡的表情回答道。

「好噁心！」黃掌伸出舌頭繞著雙顎舔一圈。「我從這裡就聞到了。」

「最好離這裡遠一點。」鹿躍提醒她，「這些垃圾堆裡住著成千上萬的老鼠，連經驗豐富的戰士都得怕牠們三分。」

「我**才不會**想進去裡面。」黃掌向她保證。她很高興終於可以離開腐肉場返回森林去。此時夜幕已低垂，幾個星族戰士已開始在天空中閃現。白雪在林子底下詭異地閃爍著。偌大的松樹林綿延不絕地延伸，最後沒入暗影中。「那邊是什麼？」黃掌捲起尾巴，指了指林子盡頭深處。

「再過去還有更大一片的森林，」鹿躍回答，「但沒有貓會去那裡。我們的領土已經夠大了，不需要去占有那片森林。」

黃掌一聽到再也不用繼續往前探索，頓時鬆了一口氣。她的腳已經凍得發疼。**我從沒有走過這麼遠的路，**她心想。

「我們已經快回到營地了，」鹿躍宣布，「妳可以到獵物堆去挑點東西吃，然後再到見習生窩休息。」

黃掌眨眨眼睛；她完全忘了自己已經不用睡在育兒室了，不知道鋸掌和焦掌會不會歡迎她和手足的加入。但她得先把這件事拋在腦後，現在還有更重要的事等著她去做。

不知道銀焰現在怎麼樣了？

她跟著鹿躍穿過荊棘隧道進入空地。

「妳喜歡今天的領土巡視之旅嗎？」鹿躍問。

「喜歡，真的很棒，謝謝。」黃掌回應，已經等不及想奔到長老窩。

「那我們現在就解散囉。」鹿躍彈彈耳朵。「明天清晨見。我們將開始訓練妳的狩獵技巧。」

黃掌明明應該很興奮的，但隨著時間一分一秒地過去，她愈來愈放心不下銀焰。她向導師鞠了一躬後，火速穿越營地，朝長老窩狂奔。當她抵達時，正巧碰到亮花從裡面走出來。

「銀焰怎麼樣了？」黃掌急著問。

「她愈來愈虛弱了，」亮花一臉沉重地回答，「妳要堅強，小傢伙。她加入星族的時候到了，我們必須坦然面對。」

第五章

「不！」黃掌喘著氣激動地說，「她不能離開我們！」

「但很不幸的，她別無選擇。」亮花低頭用鼻子磨磨黃掌的耳朵。

黃掌看到亮花眼底的無盡憂傷。**如果遇到亮花正瀕臨死亡，我也會感到悲痛欲絕。現在她的母親即將與星族同在，她一定也是這樣的感受。**

「我想去看看她！」她哽咽地說。

亮花點點頭。「讓妳進去沒關係，但妳必須保持安靜。」她退開讓黃掌鑽過枝叢進入長老窩。

銀焰側躺著，四肢外張有如奔跑的姿勢。她半闔起眼睛，胸口因急促喘息而上下起伏。賢鬚蹲伏在她身旁，微鳥和蜥蜴牙依偎成一團縮在角落看著她，眼睛在黑暗中閃爍。

黃掌走近這臥病在床的老貓，感覺全身皮毛像著火似的發燙。她眨眨眼睛向後退。「她很渴！」她低聲對賢鬚說，「為什麼不給她喝點東西？為什麼妳不醫治她的病痛？」

賢鬚露出滿是哀悽的眼神抬頭看著她。「我已經盡力了。」她喃喃地說。

「一定有辦法的！」黃掌哭喊。

「黃掌。」微鳥站起身，輕輕拍拍黃掌。「跟我來吧。」

「不要！」黃掌感覺自己的世界充滿了即將失去銀焰的悲痛和憂傷。「我想在這裡陪她。」

「妳現在也幫不了她什麼忙，」微鳥用輕柔的喵聲說，「我們到外面去吧。」

黃掌半推半就下走到門口。在鑽出枝叢前，她回頭看了一眼。「再見，銀焰。」她喃喃地說。

銀焰似乎沒有聽到她的話，只是邊咳邊吸了口氣。黃掌爬出長老窩，豎直耳朵想聽到她再次呼吸的聲音。但她並沒有聽到。

「她死了，是嗎？」黃掌喃喃地問。

微鳥點點頭。「她現在和星族一起狩獵去了。」

黃掌把爪子刺進泥地。「她不應該死的，為什麼賢鬚見死不救？」

「那不是——」

黃掌怒氣沖沖打斷微鳥。「她**早該**把她救活！如果連這個都辦不到，還有什麼資格當巫醫？」

「我們出去走走吧。」微鳥輕聲喵聲說。

「沒錯，妳跟微鳥去走走吧。」在長老窩外等候的亮花用鼻子磨蹭黃掌的耳朵。

黃掌露出哀傷淒迷的眼神，跟著這嬌小的虎斑貓步出營地。她發現微鳥正朝著鹿躍稍早前帶她巡視過的沼澤地去。剛才的領土之旅突然間有種恍如隔世的感覺。

「巫醫只能憑著僅有的醫術盡力而為，」微鳥告訴她：「是星族決定讓銀焰跟祂們並肩同行的。妳看，」她在一處灌木叢旁停下來，上面的枝梗依附著幾片稀疏的淡綠色葉片。「這是賢鬚用來舒緩銀焰疼痛的杜松。在新葉季時還會有用來醫治氣喘的款冬——」

「可是這些都沒用，」黃掌咆哮，「賢鬚早該找找更有效的草藥。」她甩動尾巴，「連自己的族貓都醫治不了，還當什麼巫醫？」

「死亡是生命的一個過程，」微鳥把尾巴擱在黃掌的肩上，然後喵聲說：「每個善良的戰士最終都將與星族同在，這是一件很光榮的事。」她高舉著一隻腳，指著頭頂上一顆閃閃發光的星斗。「妳看，銀焰正在上面看著我們。」

「可是我要她回部族來，」黃掌嘀咕著，「遠在天邊的星星根本沒什麼意義，有哪隻貓會知道那就是銀焰？」

「無論是哪隻貓，總會有必須離開的一天，」微鳥喃喃地說，「在這一天到來之前，我們只能全力為部族奉獻。」

隨著禿葉季愈來愈酷寒，覆蓋著嚴霜的草地有如荊棘般尖銳到足以割傷貓咪的腳，獵物也都窩在巢穴裡不出來。黃掌感覺空空的肚子不停咕嚕咕嚕叫著，但鹿躍偏偏還逼著她持續按照嚴格的訓練表操課。

「我比你們任何一隻貓都得更早起來，」黃掌舔舔腳掌，揉揉惺忪的眼睛，對著果掌發起牢騷。「有幾個早上我們甚至比清晨巡邏隊還早出門！通常抓一隻獵物還不夠，喔，天啊——一定得抓到兩三隻才准回營地。」

「妳已經很不錯了，」果掌仍然懶洋洋地賴在見習生窩的青苔床上，以帶著睡意的聲音咕噥道：「鹿躍是個很棒的導師。」

黃掌哼了一聲，不過還是很高興自己的兄弟能對她刮目相看。**我真的非常拚命**，她心想，**在經過這些訓練後，我肯定能成為一名好戰士吧？**

「黃掌！」

「糟了。」黃掌聽到導師的聲音先是愣了一下。「馬上來！」她匆匆鑽出見習生窩嚷道。

鹿躍站在一個狐身遠的地方，不耐煩地動動爪子。清晨的第一道微光才稍稍劃過天際，森林依舊是黑壓壓的一片。石齒從戰士窩走出來，拱起背伸了個大懶腰，張著嘴打起呵欠。

黃掌眨眨眼睛，努力打起精神。「我們今天要去哪裡？」

「我想我們就到大白蠟樹附近去吧，」鹿躍回答，「那裡已經有兩三天沒有任何貓去捕獵了。」

黃掌跟著導師朝森林走去，睡意也漸漸消失。空氣中帶著一股清新冷冽的氣息；她踩著硬梆梆的地面，努力將腳步放輕。此刻天色漸漸亮了，白蠟樹也隨之進入眼簾。鹿躍甩動尾巴，示意黃掌躲到刺藤叢後面埋伏。

「切記不要輕舉妄動，」她吩咐道，「妳有看到、聽到或聞到什麼嗎？」

黃掌抬頭挺胸，微微顫動頰鬚，試著全神貫注。一開始她只聽見微風拂過光禿禿的白蠟樹枝枒的聲音和自己淺淺的呼吸聲，不久便有一股熟悉的氣味飄進她的雙顎，讓她不由得豎起耳朵。

烏鶇！

她從刺藤叢後面探出頭來，看到鳥兒正忙著在白蠟樹根之間的縫隙啄食。她查看完風向後，小心翼翼地繞過樹叢外圍，擺出狩獵的蹲伏姿勢，一聲不響地從反方向逼近。黃掌躡手躡腳地一步步前進，眼睛緊盯著獵物。她知道鹿躍正在觀看她的一舉一動，這更激起她勢在必得的決心。**我一定要成功抓到獵物！**

但黃掌還沒來到足以撲上去的距離，就嚓的一聲踩到一片枯葉。烏鶇被這窸窣聲一驚，振翅飛到附近的矮樹枝上。

「老鼠屎！」黃掌嘶聲咒罵道。

她回頭去找仍隱身在刺藤叢後面的鹿躍。

「好啦，」她的導師喵聲問，「妳剛才犯了什麼錯誤？」

「**我踩到樹葉**。」廢話！

「妳為什麼會踩到樹葉？」

「我沒有留意四周的情況，」黃掌承認，「我把注意力全集中在烏鶇身上，反而沒有去注意腳踩的位置。」

鹿躍滿意地點點頭。「很好。這樣妳下次就會記取教訓了，不是嗎？」她瞄了一眼樹叢外的狀況說：「現在妳還有機會。」

黃掌探出頭，看到鳥兒又回到樹根上卯起來覓食，似乎已經忘了剛才的威脅。

這下你可逃不掉了！

她再次查看了一下風向，悄悄匍匐前進；這一次她小心盯著前方的地面，衡量她與獵物之間的一切障礙。她避開落下的樹枝，利用一團凍爛的雜草做額外掩護，漸漸逼近到可以飛撲獵物的距離；她繃緊肌肉，一個箭步騰空一躍，在鳥兒尚未察覺之前將爪子狠狠刺進牠的身體。她緊緊咬住癱軟的獵物，雀躍地跑向導師。

「做得很好，」鹿躍發出呼嚕聲，「妳這次跟蹤得很漂亮。」

黃掌感覺渾身飄飄然；鹿躍可不常這樣讚美別人。「可惜這隻獵物有點瘦巴巴的。」她把鳥兒放到地上，坦白地說。

「這有什麼關係。這種天氣有捕到獵物就算不錯了。」

黃掌想把新鮮獵物埋起來，但泥地太硬，根本挖不開，她只好耙一把樹葉蓋在上面，然後以白蠟樹為中心，擴大四周範圍，在附近搜尋更多獵物。但在這冰天雪地的森林中似乎呈現一片死寂。陣陣的寒氣不斷往黃掌的皮毛裡鑽，當她幾乎要開口問可不可以回營地的當下，瞬間瞥見石縫中閃現一絲動靜。她以迅雷不及掩耳的速度大掌一揮，一隻蜥蜴竟然就這樣被她的利爪勾個正著。蜥蜴掙扎了一個心跳的時間後，便一動也不動地躺在那裡。

「真是太幸運了，」鹿躍：「牠們通常不會在這種冷天出沒。」

黃掌得意洋洋地帶著兩隻獵物進營地。果掌和花楸掌正和他們的導師站在獵物堆旁。

「我們剛打獵回來！」果掌蹦蹦跳跳地跑到黃掌旁邊喵聲說：「我抓到了一隻老鼠！」

「花楸掌也抓到了一隻椋鳥，」雀飛接著說：「他們都表現得很好。」

「嗯，光站在這裡也只是浪費時間，」鹿躍喵聲說：「我們何不來個見習生聯合訓練？讓他們練練打鬥招式。」

「她一定要把我們累死才甘心嗎？」花楸掌在黃掌耳邊嘟噥道。兩名導師喃喃達成默契後，便帶隊前往荊棘隧道。

「至少打鬥可以讓身體暖和起來。」黃掌說。

她和手足們跟著導師來到離營地不遠的練習沙坑。鋸掌和焦掌還有蕨足和鴉尾已經在那裡。

「你們看，」鴉尾喵聲說：「他們愈來愈厲害了。」

這兩名較資深的見習生正戰戰兢兢地對峙著。鋸掌冷不防出掌，但焦掌及時往後跳開，閃過他的攻擊。鋸掌大吼一聲，蹬起後腿，瞬間飛身躍起。黃掌皺起眉頭，以為他會撲到焦掌身上，狠狠將他撞倒在地。但焦掌趁著鋸掌還未落地前，刻意一個翻身，讓四腳朝天，亮出爪子迎擊。當鋸掌落到焦掌的肚子上時，焦掌立刻祭出四雙利爪擒住鋸掌的肩膀和臀部兩側，然後翻過身，將鋸掌制伏在地。

「行了，」鴉尾喵了一聲，兩名見習生立刻分開。「現在再試一次。焦掌，這次換你撲上去。」

「這招超厲害的！」花楸掌忍不住大喊。

「在對戰中如果有貓撲過來時，這招就很管用，」蕨足趁著兩名較年長的見習生在對峙的時候，在一旁解釋：「通常在底下的貓會居劣勢，但這一招可以讓你反敗為勝。」

「我們可以試試看嗎？」黃掌在看了兩遍打鬥示範後問道。

「當然，」鹿躍喵聲說：「我們就是為了練習而來的。黃掌，妳和果掌一組。焦掌，你和花楸掌互練。」

花楸掌一聽到要和已熟練此招的見習生一起練習，顯得有些手足無措，而焦掌對於被分到和較年幼的見習生一組也感到相當不悅。

「不准使用爪子。」蕨足提醒，「我們可不希望看到皮開肉綻的慘狀。」

各組貓兒已開始就定位。就在黃掌騰空躍起，準備撲向躺成大字型迎戰的果掌時，突然聽到花楸掌驚叫一聲。就在這當下，黃掌的肩膀也突然感到一陣刺痛，她尖叫一聲，不支倒在果掌的腳邊。

「天啊，怎麼了？」雀飛衝到自己的見習生身邊大喊：「花楸掌，妳沒事吧？」

黃掌氣喘吁吁翻過身，看到妹妹癱倒在練習場邊。鮮血從花楸掌肩膀上的裂傷慢慢滲出來。

「焦掌，我不是說過不准用爪子嗎？」鴉尾厲聲斥喝。

「對不起，」焦掌嘀咕道：「我忘了。」

「真搞不懂為什麼兩名見習生竟然會同時受傷。」琥珀葉走到果掌面前喵聲說。

「我是無辜的！」果掌慌張地瞪大眼睛，「我連碰都沒碰到黃掌，真的！」

「隨便你怎麼說，總之很痛。」黃掌搖搖晃晃爬起來，氣嘟嘟地說。

「我沒事。」花楸掌坐起身，側著頭舔舐肩上的傷口。「我想再試一次。」

「好，」雀飛喵聲說：「但這一次**大家**都要更加小心。」

雖然黃掌的肩膀已經漸漸不痛了，但還是很怕再受傷。當他們重新練這個招式時，她很清楚自己並沒有全力以赴。

「用力抓住妳的對手，」鹿躍提醒，「不要一直想他會出什麼動作，只要設法扣住他，把他壓倒在地上就行了。」

「今天就練到這裡，」見習生又練完一回合後，雀飛宣布，「花楸掌，妳最好去找賢鬚看一下抓傷。」

花楸掌點點頭。黃掌發現妹妹身上的抓痕已不再滲血，幾乎可以一路順利走回營地。除了花楸掌前往巫醫窩外，其他見習生和導師們則是圍在獵物堆旁。

「黃掌，妳要不要也去給賢鬚看一下？」鹿躍問。

「不用了，我沒事。」正和果掌一起享用松鼠的黃掌滿口食物地喃喃道。

鹿躍還是不放心。「妳待會兒就好好休息吧，」她嗅了一下黃掌的肩膀喵聲說：「我沒看到任何傷口，但還是不能太大意。好好去休息，如果疼痛沒好的話，記得去找賢鬚。」

黃掌才不要休息。**我現在已沒事了**，她心想，**可能只是在落地時摔了一下**。

她吃完自己的那一份松鼠後，決定自行去練一下新招式。還不太習慣單獨出營地的她，在步出刺藤叢的途中不禁感到又興奮又刺激。她找到一處四周圍繞著冬青叢的隱密窪地，開始練習剛才教的招術：她先騰空跳起來，然後翻身張開四肢，準備擒住對手。

單獨練習果然行不通，她落寞地想著。

「需要幫忙嗎？」

黃掌被突如其來的說話聲嚇了一跳；她抬頭猛然一看，發現鋸掌就站在窪地的上緣。「不用了，我自己練就行了。」她喵聲說，前腳不自覺地摳泥地。

雖然她一口回絕，但鋸掌卻當作沒聽到，硬是走到她面前。「要把這招練好，一定要有伴才行。」他喵聲說。

黃掌甩甩皮毛。**他都這麼說了，我還不讓他幫忙豈不是鼠腦袋。**「好。」她接受。**鹿躍如果看到我已經能完美使出這一招，不嚇一大跳才怪！**

鋸掌很快點點頭。「我來跳，妳來抓，」他跟她說：「這樣妳就可以多加練習最困難的部分。」

黃掌一開始很害怕會被這隻比自己重的見習生活生生壓扁在林地上。「我的四肢總是慢半拍。」她坐起來，甩掉皮毛上的枯葉碎屑發牢騷。

「妳必須更仔細留意我出手的動作，」鋸掌回應，「這樣妳才能抓住我撲上去的時機，然後做好準備迎擊。再試一次。」

這一次，黃掌注意到鋸掌在飛撲前會先繃緊肌肉。她立刻翻躺過來張開四肢。「抓到你了！」她大喊。她的四肢掐住他的身體，一個扭身將他壓在地上。

鋸掌爬起來，酷酷的對她點個頭。「好多了。」

好多了？黃掌不服氣地心想，**應該是完美無缺吧！**

「下次上課的時候妳就會做了。」鋸掌繼續說：「我得走了。我想趁天黑前去獵點東西回來。」

「謝謝你！」黃掌看著鋸掌爬出窪地，忍不住在他背後喊道：「你真的幫了我一個大忙！」

鋸掌沒有回應。黃掌眨眨眼睛，呆站在原地望著他的背影，很訝異自己竟滿懷感激。**或許他一點也不壞。**

第六章

草地上的露珠及披垂在灌木叢和蕨叢的蜘蛛網，在晨曦的照拂下，閃著晶瑩剔透的光。黃掌停下來嚐嚐空氣，泥土濕潤的氣息伴著一股綠意盎然的清香，盈滿她的雙顎。**新葉季即將到來。**

黃掌和手足們跟著鹿躍，正動身步出營地，準備去上訓練課。正當她跳過一根斷裂的樹枝時，突然瞥見一抹綠油油的東西。她轉身把樹枝撥到一旁，發現幾株嫩芽正從一地的枯葉中冒出頭來。黃掌輕輕撥開周圍的碎石礫，讓綠芽有機會照到陽光。她低頭仔細聞了一下，心想，**我很確定在賢鬚窩裡聞過這味道，它們應該是一種草藥。**

她直起身子，聽到迎面傳來興奮的尖叫聲，只見兩名新見習生狐掌和狼掌一個勁兒地衝向樹枝。黃掌趕緊往後閃開，以免被他們撞到。八隻腳掌粗魯地橫掃而過，瞬間把地上的小嫩芽踩得稀爛。

「鼠腦袋！」黃掌怒氣沖沖地豎起皮毛，對著揚長而去的兩隻貓兒大罵：「你們走路都不長眼睛的嗎！」

狐掌的導師暴翅和負責指導狼掌的亮花跟在見習生後頭姍姍走來。亮花在經過時疑惑地看了黃掌一眼，但黃掌只是聳聳肩，跟著走在最後頭。

其他的見習生和導師們都已經聚在離沼澤不遠的一處空地。狼掌和狐掌繞著空地跑來跑去，毫不客氣地把擋到他們去路的果掌和花楸掌一肩撞開。

花楸掌走到黃掌旁邊。「他們比鋸掌和焦掌還討人厭。」

黃掌點點頭，對嫩芽被踩爛的事仍耿耿於懷。「他們的行為舉止仍像是長不大的小貓。」

鹿躍把在場的貓都叫過來集合。「我們今天要來做狩獵練習。」她宣布。

「啊，一定要做嗎？」狼掌忍不住插嘴，「那個超無聊的！我想要打鬥訓練！」

鹿躍冷冷地白了他一眼。「狼掌，你既然這麼不情願，就回營地去幫長老抓蝨子。」

「呃……不用了。」狼掌垂下尾巴。「其實練練狩獵也不錯。」

「還真感謝你這麼捧場，」鹿躍酸溜溜地繼續說。「今天早上我們要分組練習。果掌和花楸掌，你們兩個一組。黃掌，你和狐掌一組。」她抽動尾梢，「狼掌，既然沒有見習生和你一組，只好由我親自陪你練囉。」

黃掌看到狼掌一臉錯愕的表情心裡真是痛快，但一想到要和狐掌對練又讓她很苦惱。她瞧了那較年幼的見習生一眼，看到狐掌回了她一個不信任的眼神。

妳以為我愛跟妳練嗎？黃掌心想，**但為了部族只好忍一忍。**

鹿躍指示黃掌和狐掌穿過沼澤朝轟雷路方向前進。「每位見習生必須抓到一隻獵物才能回來。」她下令，「別忘了要**同心協力**。」

黃掌小心謹慎地穿越濕軟的泥地，練習著導師交代的**看、聽、聞**技巧。狐掌一個草叢跳過一個草叢，常常誤踩淺窪，亮薑黃色的皮毛濺滿了爛泥。

黃掌翻翻白眼心想，**這也算是掩蓋氣味不驚動獵物的一種招數吧**。她可以隱約聽到從轟雷路傳來的呼嘯聲，而此刻狐掌突然雀躍起來。「我聞到鴿子的味道了！這邊！」她倏地跑過去。

「急躁成這樣，能抓到鴿子或任何獵物才怪。」黃掌嘴裡碎碎唸道。此刻除了鴿子的氣味外，她還聞到了另一股味道。

「是貓——但並不是影族身上的氣味，」她一邊跟在狐掌後面，一邊低聲喃喃：「可能有麻煩了。」

當她趕上狐掌時，已經可以看到遠方的轟雷路。只見這年輕的薑黃色母貓呆站在爛泥坑中央，低著頭，一臉失落地望著散落一地的羽毛。

「被其他貓搶先一步了。」她告訴黃掌。

「這還用妳說。」此處散發著陌生貓的強烈氣味。「而且不是影族巡邏隊做的。」

「妳怎麼知道？」狐掌問。

黃掌懶得回答。**如果她連這個都聞不出來……**她掃視羽毛散落的爛泥坑，在四周聞了聞，最後發現一長串朝轟雷路方向走去的貓腳印。

「妳看，」她喵了一聲，甩動尾巴把狐掌叫過來，「這些腳印又小又輕，」她對著迎面跑來的狐掌說：「我敢打賭這一定是風族貓幹的。如果不是的話，我甘願當一個月的清晨巡邏隊。」

「風族！」狐掌大叫，「竟敢偷我們的獵物！他們好大的膽子，我們這就去逮住他們！」黃掌及時攔住準備暴衝過去的狐掌。「等等！」她斥喝道：「妳是鼠腦袋嗎？」

「我看妳是害怕吧？」狐掌回嘴。

「才不是！」黃掌怒氣沖沖地發出低吼，「我只是頭腦比妳清醒多了。兩個見習生單槍匹馬殺進風族領土能做什麼？現在我們應該立刻回去找導師。」

她急急奔過沼澤，狐掌心不甘情不願地和她一起跑著。當她們來到訓練場時，只有亮花和暴翅在那裡。

「風族！」黃掌上氣不接下氣地說。

「偷捕我們的獵物！」狐掌蹦蹦跳跳地補充，「我們要發動攻擊嗎？」

「先不要輕舉妄動！」亮花揚起尾巴，「冷靜下來，好好跟我們說到底發生什麼事了。」

黃掌開始描述她們所目睹的一切，試著不去理會在一旁插嘴的狐掌。就在她講到一半時，鹿躍和狼掌也回來了，後面緊跟著果掌和花楸掌。

黃掌一說完，亮花立刻喵聲說：「絕不能讓這件事就這樣算了，我們一定要去查看一下。黃掌，帶路。」

黃掌滿是驕傲地帶領全隊穿越沼澤，來到鴿毛散落之處。亮花低頭嗅了嗅貓腳印。

「腳印才剛留下不久，」她喃喃說道：「肯定是風族的錯不了。我猜應該有兩隻貓。妳的鼻子很靈，黃掌。」

「妳的嗅覺最靈敏，」鹿躍喵聲對亮花說：「不如妳沿著這些腳印去查看一下。帶暴翅一起去，要是風族貓還埋伏在附近，妳起碼有個伴照應。我們在這裡等你們。」

亮花點點頭，立刻直奔轟雷路的方向，暴翅緊追在後頭。黃掌焦急地等著，最後終於看到這兩名戰士歸來。

「腳印一路延伸到兩腳獸在轟雷路下方新建的隧道裡去，」暴翅稟報：「大家都知道那是通往風族的領土！」

「我們現在該怎麼辦？」花楸掌問。

亮花和暴翅不約而同看著資深戰士鹿躍。她沉思了半晌，最後回應：「暴翅，你回營地找更多貓來支援；狐掌和狼掌跟你一起回去，待在營地不要出來。」

「什麼？」狼掌一臉錯愕地嚷道，「我們也要去打仗！」

「對啊，我們學了一些很厲害的招式。」狐掌附和。

「絕對不行，」鹿躍喵聲說：「你們還太年輕，不適合上戰場。」她接著朝黃掌和她的手足們繼續說道：「這將會是你們第一次攻擊敵營，你們都準備好了嗎？」

黃掌立刻翻過身，將肚皮朝上。「準備好了！」她激動地說。

她的手足們吃驚地睜大眼睛，彼此面面相覷，然後點點頭。

「不公平，」狼掌嘀咕，「我們的戰技又不輸他們。」

鹿躍不理他。「我們會在隧道入口附近等你們。」她告訴暴翅。

白色公貓把這兩隻年輕見習生叫過來，一起動身回營地。鹿躍等他們走後，便一路帶隊沿著地上的足跡來到通往風族領土的狹窄隧道。黃掌發現風族的氣味在此處變得更加強烈。

「我們先停在這裡，」鹿躍停在一處雜草叢生的濕地旁停下來，並宣布道：「你們去找個地方躲起來，如果看到任何風族貓從隧道出來，一定要等我下令才能有所行動。」

黃掌乖乖蜷伏在花楸掌和果掌之間的草叢裡，爪子張開，繃緊肌肉，準備隨時撲向迎面而來的入侵者，但左等右等，就是沒有任何貓現身。最後黃掌聞到一股強烈的影族氣味撲鼻而來，伴隨著巡邏隊刷過草叢的窸窣聲響。

鹿躍站起來和他們會合，並示意見習生們也站起來。副族長石齒在前頭帶隊，後面緊跟著蕨足和鴉尾。看到鋸掌和焦掌竟也跟著導師一起來，黃掌很驚訝，也有點小失望。她還以為自己和手足們會是這次與風族之戰中的唯一見習生。

「暴翅呢？」鹿躍問。

「他留下來幫忙看守營地，」石齒喵聲說：「以防風族入侵。」

鹿躍不屑地說：「他們有膽試試看。」

在巡邏隊準備動身時，黃掌難掩興奮地說：「我們一定要好好教訓風族，看他們以後還敢不敢碰我們的獵物。」

「放輕鬆，」鋸掌喵聲說：「這對戰士來說是件稀鬆平常的事。」

「就是說嘛，」焦掌幫腔，「這只不過是部族的例行公事。」

「你們也是第一次上陣，」果掌不以為然地說：「別硬裝出一點都不興奮的樣子。」

黃掌很清楚手足說得沒錯，她看到焦掌的爪子緊緊戳進草地裡，鋸掌的琥珀色眼睛也散發著光芒。

石齒揮動尾巴把巡邏隊集合起來。「我來帶隊，」他一聲令下，「蕨足，你在後面壓陣，隨時留意後方有沒有危險。」淡薑黃色公貓點點頭。石齒接著轉向見習生們繼續說道：「你們仔細聽好，我們不會立刻對風族發動攻擊，先讓風族有個好好解釋的機會再說。」

「風族最好是能交代清楚，為何他們的氣味和鴿子羽毛會出現在我們的地盤裡。」鹿躍嚷道。

巡邏隊成一列縱隊前進，黃掌走在很後面，她的後頭只剩下鋸掌和父親。轟雷路下方的隧道比她想像中的還要窄——比鹿躍第一次帶她巡視領土時所看到的隧道還要小得多——而且裡面黑漆漆的。那轟隆轟隆聲響徹了整個隧道，讓黃掌走得心驚膽跳。

「別緊張，」蕨足在後面喵聲說：「那只是怪獸經過轟雷路發出的聲音。」

黃掌勉強放輕鬆，緊跟著在前方的鴉尾所散發的氣味走。她心想，**若是和風族強碰，不知道會發生什麼事**。她試著盤算在這麼狹窄的空間中如何使出打鬥招式。很快地，一股新鮮空氣從前方飄來。幾個心跳的時間後，鴉尾開始往上攀爬，揚起的泥土石礫灑得黃掌滿身。黃掌眨眨眼跟著爬上去，頓時來到一處空地。鋸掌和蕨足也跟著鑽出來，她吸了一大口氣，張望四周。

我現在正踩在風族的地盤上！

一想到可能和敵人狹路相逢，黃掌不由得渾身汗毛直豎。怪獸在她後方的轟雷路來回穿梭著，前方盡是一片一望無際的遼闊草原。風從山巔橫掃而下，挾帶著一股貓兒和兔騷味，把影族貓的毛髮吹得亂七八糟。

石齒揮動尾巴，「往這邊走，大家跟緊一點。」

「風族貓能在這麼空曠的地方抓得到任何東西才怪。」在跟著副族長往沼澤上方前進的途中，黃掌喵聲對果掌說道。

「對啊，」果掌附和，「風一直在耳邊呼呼叫著，我甚至連自己說話的聲音都聽不到。」

「妳看！」花楸掌用尾巴輕拍黃掌的肩膀。

黃掌抬頭一看，忽然瞥見遠方閃過一個風族戰士瘦巴巴的身影。那隻貓在原地楞了一個心跳的時間，然後倏地轉身，一溜煙消失在山的另一頭。

「他一定是趕著跟族貓通風報信去了。」果掌咕噥。

「我還是不敢相信他們怎麼會瘦成這樣！」黃掌喵聲說：「他們身上有一股像是兔子和乾草的怪味。」

她還記得初次見到風族貓是在幾個月前她第一次參加大集會的時候，但當時的情景已經有點模糊了。**我只記得當時有數不清的貓……吵雜到不行……**她左等右等總算盼到第一次大集會的來臨，但當時場面太過震撼，四處貓聲鼎沸，氣味紛雜。黃掌不好意思去跟敵族的貓攀談，一整晚都只跟影族見習生們在一起。但事後又覺得自己很蠢，不知道當時在害羞個什麼勁兒。不過鹿躍告訴她很多見習生在那樣的場合都會感到不自在，有時甚至連資深的戰士也不例外。

下次參加大集會時就會好多了，她保證。

黃掌自信滿滿地昂首闊步穿越沼澤高地，感覺自己無比地強大。**我是影族巡邏隊的一份子，將要為部族而戰！**

影族貓來到山巔，便看到一支風族隊伍穿越沼澤高地朝他們走來。石齒停下腳步，甩動尾巴示意全隊停下來。「讓他們走過來。」他喵聲說。

帶領風族的是一隻淺褐色虎斑公貓。黃掌記得鹿躍曾在大集會時指給她看過；他就是風族副族長蘆葦羽。隨著風族貓們逐漸接近，石齒走向前和蘆葦羽面對面。

「你們在我們的地盤做什麼？」蘆葦羽盤問道。

「你是真的不知道嗎？」石齒質疑。「我們在本族所屬的轟雷路領土上發現了鴿子羽毛，而且還留有風族氣味和腳印。你們竟敢偷捕我們的獵物！」

「我們才沒有做那種勾當，」蘆葦羽反駁，「那隻鴿子是從我們領土逃過去的，應該屬於風族的獵物。」

「你心裡很清楚這根本不是事實。」石齒秀出爪子大吼。

蘆葦羽瞬間肌肉賁張，頸毛直豎。黃掌可以聞到他的恐懼。風族巡邏隊成員身材較矮小，個個看起來瘦巴巴、弱不禁風的樣子，根本不是作戰的料。黃掌突然同情起他們來。**這些貓似乎已經好幾個月沒好好吃一頓了。或許那隻鴿子應該讓給他們。**然後她甩甩身子。**鼠腦袋！我是影族戰士耶——應該說很快就是了——而這些傢伙是我的敵人！**

「趕快滾，」蘆葦羽嘶吼，「我們的地盤不歡迎你們。」

「今天不好好教訓你們，說什麼我們也不會離開。」石齒回應。

黃掌看到蘆葦羽眼神開始閃爍。「好吧，」他不耐煩地喵聲說：「既然你這麼堅持，我們保證以後不越雷池一步。」

石齒二話不說撲向風族副族長，把他扳倒在地上。一個心跳的時間後，黃掌四周突然掀起一陣混戰。她愣在原地好一會兒；整個世界似乎圍繞著嘶聲尖叫、瘋狂撕抓的貓兒，讓她不知道該先用哪一掌出招才好。

接著她冷靜下來，朝壓在果掌身上的風族貓縱身飛撲，給他一陣亂拳伺候。風族貓出掌猛力回擊，但只掃到她的頰鬚，隨後便狼狽逃走。

「謝謝！」果掌喘著氣說。

黃掌忽覺半邊的身體似乎被劃出了一道熱辣辣的傷口，她連忙轉身，但卻沒有看到暗中偷襲她的貓。此刻一隻魁梧的暗色虎斑公貓突然衝向她，琥珀色的雙眼燃著兇光。黃掌倒抽一口氣，她原本以為這些成年貓都是瘦瘦小小的，但眼前的這一隻卻比她還要高壯許多。在慌亂中她拚命想著打鬥招式，一邊朝風族公貓猛撲，試圖在襲擊後旋即跳開，不料這公貓早已看穿她的招數。他閃過她的利爪攻勢，重重往她的耳朵一揮。黃掌一個踉蹌，瞬間眼前一片昏天暗地。她默記著鋸掌之前幫她練習的招式，想再次還擊，但當她試著騰空翻身時，公貓早已一掌將她擊落在地。

他太強了，黃掌掙扎著爬起來，絕望地心想。

「閃開！」黃掌在耳邊聽到一個說話聲，隨即被一把推開。她赫然發現鋸掌瞬間從她身邊一閃而過，朝那壯碩的公貓飛身猛撲。鋸掌的爪子刺進風族戰士的雙肩，鮮血開始湧出來。公貓慘叫一聲，甩開鋸掌的糾纏，一溜煙落荒而逃。鋸掌趕緊跳起來，沒時間理會黃掌，立刻加入焦掌和蘆葦羽的混戰當中。

黃掌氣喘吁吁待在原地，**鋸掌一定以為非搭救我不可！**她愈想愈不服氣，但又不得不佩服他的勇氣和戰技。她再次站起身，不禁痛得皺起眉頭，感覺全身皮毛都被撕裂開似的。但她檢查皮毛，動動每一隻腳掌，除了側面的抓傷外，再也找不到任何傷口。

黃掌掃視四周，想找尋另一個攻擊目標，卻發現混戰已經結束。大多數的風族貓已經朝沼澤高地另一邊竄逃。蘆葦羽跟著族貓後面，狼狽地跑在最後頭，花楸掌依舊鍥而不捨緊追在後。

「不要追了！」石齒下令，「花楸掌，回來！」黃掌的妹妹氣呼呼地跑回來，嘴裡不停發出怒吼，副族長繼續說：「不用對戰敗的敵人窮追不捨。」

副族長望著消失在盡頭的風族巡邏隊。從他的語氣和眼神中，黃掌似乎隱約能感受到他的惻隱之心，但他並沒有明說，只是默默地揚起尾巴。「我們回營地吧，」他命令：「待在這裡也不能做什麼。」

在大伙兒一路走下山朝隧道前進的途中，見習生們簇擁在一起。

「你們有看到我是怎麼抓花那隻黑色母貓的鼻子嗎？」果掌誇口說：「她逃得比兔子還快！」

「我使出雀飛上次教我那一招，」花楸掌插嘴，「把風族貓嚇得屁滾尿流！」

黃掌沒辦法加入他們的話題。一想到鋸掌在混戰中將她推到一旁，她就愈想愈氣。**沒有其他見習生像我一樣被營救，他是認為我的戰技很差嗎？**

留守營地的影族貓群起歡呼，熱烈迎接凱旋歸來的巡邏隊。

「感謝各位，」杉星在營地中央召見他們。「你們已經讓敵人清楚明白影族的尖牙和利爪足以保衛我們所擁有的一切。今晚我們就來好好慶祝各位的戰功吧。」

今天特地擴大外出打獵的陣容，太陽西下後，全族便聚在空地大快朵頤一番。黃掌和全體巡邏隊成員享有比其他戰士優先選擇新鮮獵物的特殊禮遇，這讓黃掌感到既驕傲又有點不好意思。

「真不敢相信我們可以參與實際任務！」她選了一隻肥滋滋的椋鳥後坐下來，悄聲對果掌說。

「真希望我也有去，」蟾蜍躍把爪子戳進營地的泥地，喵聲說：「只可惜我當時和狩獵隊外出去了。」

「以後有的是機會，」冬青花抽動頰鬚告訴他：「風族又不會消失不見。」

「要是他們敢亂來，影族一定奉陪到底。」拱眼附和。

資深戰士的對話讓黃掌聽得津津有味。**真高興我是這支強大部族的一員！**

趁著全族已經飽餐一頓，懶洋洋地躺著分享舌頭的時候，石齒站起來，開始跟大伙兒描述當時對抗風族的情景。

「風族應該會有好一陣子不敢來招惹我們，」他最後說道：「這有一部分該歸功於和我們一起出征的五名見習生。部族應該以他們為榮。」

「說得好，」杉星站起身，來到副族長身旁回應：「從你的描述裡，我們之中已經產生了一位新戰士。鋸掌，請過來。」

這坐在焦掌旁邊的暗色虎斑貓連忙跳起來，慌張地看著四周，頓時間有點不知所措，接著走向前，站在族長面前。底下的族貓們一陣嘩然，開始議論紛紛。

杉星揚起尾巴要全族安靜後，開始發言。「我，影族族長杉星，懇請戰士祖靈俯視這位見習生，」他喵聲說：「他已完成嚴格的訓練，足以明瞭您崇高的守則，並在戰鬥中展現十足的戰士風範。鋸掌，你是否願意遵守戰士守則，並且不惜犧牲性命保衛本族？」

鋸掌以清楚自信的語氣，大聲說道：「我願意。」

「我代表星族賜予你戰士名，」杉星繼續說：「鋸掌，從現在起，你將以鋸皮為名。星族將以你的勇氣和戰技為榮。」他低頭將鼻子擱在鋸皮的頭上，鋸皮則以舔舐他的肩膀做回應。

「鋸皮！鋸皮！鋸皮！」全族群起高喊著，一雙雙的眼睛在沉沉的黑夜中閃閃發光。

黃掌勉強加入歡呼，**被當作只會礙事的小貓般推到一旁，還是讓我很受傷**。她發現焦掌因沒能和兄弟一起升上戰士，怒氣全寫在臉上，她突然替他感到同情，**輸給自己的手足一定很不好受**。

當喝采聲漸歇，黃掌驚訝地看到鋸皮竟從空地朝她走來，並停在她面前鞠了個躬。「黃掌，今天在戰場上不得已把妳推開，我在這裡跟妳道歉，」他喵聲說：「不是因為妳戰技差，而是那隻風族實在太強了，我怕打不過他。」

黃掌想開口強烈反駁，但還是作罷。一想到那隻風族公貓那麼壯，她不得不承認他的顧慮是對的。如果不是鋸皮，**我現在應該躺在賢鬚窩裡舔傷口吧。**「沒關係。」她低聲說。

鋸皮發出一陣呼嚕聲。「我很期待妳當上戰士時，我們可以一起出勤。」他告訴她，然後又鞠了一躬，隨後走去加入其他戰士。

花楸掌湊到黃掌身旁，露出竊笑的眼神。「鋸皮喜歡妳。」她逗黃掌。

「別胡說八道，」黃掌駁斥，「他只是族貓而已。」

黃掌望著鋸皮走去找在戰士窩外面的蕨足和羽暴，從耳朵到尾梢不禁洋溢著一股暖意。

鋸皮跑來找我解釋，或許他並沒有當我是只會礙事的小鬼而已！

第七章

一輪滿月高懸天空，把四喬木的四棵巨大橡樹照得銀亮。黃掌和族貓們一起跟著杉星穿梭在蕨叢間直往山谷底走去。影族是最後抵達的部族，此刻山坡四處早已擠滿了其他三支部族的貓兒們。

黃掌才第二次參加大集會，因此一看到暗處中無數閃爍的眼睛和撲鼻而來的陌生氣味仍是感到惶惶不安。戰士們齊聚一堂所發出的喧嘩聲迴盪在山谷間，四喬木就巍然聳立在眼前。

當他們到達山谷時，亮花悄聲來到她旁邊低聲說：「一切都會沒事的。」

「當然，」蕨足附和，「我第一次參加大集會時也是很緊張。來，坐這裡。」他揮動尾巴，指了指一處蕨葉披垂的隱密地方。「這裡不但視野佳，而且不容易被發現，在蕨叢下又可以避開和其他貓們的推擠。」

黃掌伸出鼻子磨蹭父親的肩膀，很感謝他

這麼貼心，然後走到他所指的地方坐下來。她看著拱眼、羽暴和蟾蜍躍從她身邊經過，還有其他族貓也都陸陸續續去找地方坐下來。

「那些貓是誰？」她問蕨足，用耳朵朝兩隻皮毛光滑、營養充足的戰士指了指。「我不記得上次有見過他們。他們看起來……就是與眾不同。」

「那是河族的橡心和木毛，」她的父親回答：「我們的領土沒有和他們交界，所以不常看到他們。」

「他們之所以看起來肥嘟嘟，一副容光煥發的樣子，是因為他們都吃河裡的魚。」亮花補充，「不過，他們和我們的戰士沒兩樣。」

黃掌皺起鼻子。她曾在一條流經影族領土的溪流中抓過一隻小魚，但她不太喜歡魚的味道。**真慶幸我不是河族貓。**

她不能再繼續問問題了，因為杉星已經躍上巨岩，加入其他三位族長。黃掌已經不再緊張，反而多了一份好奇。**不知道今晚別族的族長會有什麼消息要報告？**

看到狐掌毛毛躁躁地鑽過草叢，急著來找鋸皮，黃掌忍不住嘆一口氣。

「鋸皮！」她喘著氣說：「那裡有幾個河族見習生，我把你如何解決風族戰士的英勇戰績都告訴了他們，來跟他們見個面吧。」

鋸皮搖搖頭。

「別這樣嘛！」狐掌焦急地戳戳他，「他們很想看你的打鬥動作。」

黃掌看到鋸皮眼底冒出一絲怒火。「不行，」他喵聲說：「大集會是和平共處的時候，絕對禁止任何打鬥——妳不應該沒事找事做，到處去講部族之間的爭戰。」

狐掌瞪著他。「不要以為你現在是戰士就有什麼了不起！」她轉身氣沖沖離去。

鋸皮聳聳肩，開始找地方坐下來。雖然黃掌對他的戰士新身分仍是有點敬畏，但還是站起來走向他。

「狐掌真是個愚蠢的毛球，」她咕噥道：「你做得很對，別理——」

她話還沒說完，便聞到迎面撲來的風族氣味，此刻好幾個年輕戰士已經團團圍住她和鋸皮，讓他們一下子眼花撩亂。其中有一隻貓先開口，黃掌認出他是在風族領土參與作戰的貓。

「現在沒有導師和族貓給你當靠山，」他嘲諷，「就囂張不起來了吧？」

黃掌可以感覺鋸皮的緊繃情緒。「現在不是談論戰爭的時候。」

其中一隻風族貓嫌惡地哼了一聲，「還真會找藉口！」

「滾開，跳蚤皮毛！」黃掌大聲斥喝，「要是鋸皮現在能出招和你們一較高下，看你們還敢不敢這麼說。」

「喔，所以你現在叫鋸皮，」第三隻貓插話進來，「影族一定是很缺戰士。」

「對啊，看他還得靠一個見習生來保護。」第三隻貓輕蔑地喵聲說：「果然是不折不扣的寵物貓。」

黃掌看到鋸皮僵在原地，**這是他最不能忍受的話！**

鋸皮抽出爪子，轉身和嘲笑他的貓對峙。「你剛說我什麼？」他惡狠狠地低吼，「你要敢再說一次，我就撕爛你的耳朵！」

糟了！黃掌心想，一邊勉強穩住陣腳，**鋸皮如果在大集會大打出手，一定會惹禍上身。**她連忙跳到兩隻貓中間，「你是聽誰說的？」她質問風族戰士。

「這是眾所皆知的事，」他辯稱，「不過，我不得不承認鋸皮的打鬥身手算是不錯的……以一個軟弱的寵物貓來說。」

正當鋸皮一肩把黃掌推開時，突然傳來另一個說話聲。

黃掌抬頭驚訝地看到風族副族長蘆葦羽昂首從蕨叢走來。他瞇起眼睛，頸毛直豎。

「呃……我們只是……」其中一個年輕風族貓開口。

「統統給我回去找自己的族貓，」蘆葦羽嚴厲地喵聲說：「大集會馬上要開始了。」

黃掌原本以為那隻一開始先挑釁的貓會不服，不過他還是很識相，咻地從副族長身邊溜回大部分風族貓聚集的山谷邊緣。他的同夥個個低著頭，垂著尾巴，也跟了過去。蘆葦羽瞧了黃掌和鋸皮一眼，匆匆對他們點個頭，便跟著族貓們走了。

鋸皮的爪子仍緊緊刺進山谷的軟泥裡。他豎起根根皮毛，眼裡滿是怒火地望著揚長而去的風族貓。

「別生氣了！」黃掌低聲說：「杉星可以從那裡看到你的一舉一動。」

鋸皮眼裡的怒氣是消失了，但卻顯得鬱鬱寡歡。「我很討厭他們說我的閒話。」

黃掌忍不住同情起他來。**不知道自己的生父是誰一定很可憐，**她心想，同時又很感激蕨足為她所付出的一切。「你有沒有問過羽暴關於你父親的事？」她硬著頭皮喵聲問。

「我問了一次又一次，」鋸皮嘆了一口氣，「但她就是不肯告訴我。她說我只要對影族忠心，其餘的都不重要。」

但黃掌可以感覺鋸皮對這件事耿耿於懷。「那焦掌呢?他知道一些線索嗎?」

鋸皮聳聳肩。「焦掌一點都不在乎。但我……」他漸漸轉為沉默。

正當黃掌伸長尾巴拍拍他的肩膀時，空地突然響起高喊聲。

「各族的貓兒們!」

黃掌仰頭望向巨岩，看到雷族族長松星站在其他族長前面，準備進行大集會。鋸皮在她旁邊坐下來，現在已經沒有時間說話。

不管怎樣，黃掌在心裡默默想著，**我都不會忘記這件事，我一定要想辦法幫助鋸皮，不能就這樣算了。**

當天晚上回來，黃掌窩在床上輾轉難眠。雖然開完大集會已經很累，但她腦中還是不停盤旋著鋸皮的事。**我打從一出生就知道父母是誰，**她心想，**即使蕨足死了，我還是會牢牢記住他，而且很高興我和亮花長得很像，**她繼續喃喃自語，並舔舔身上的粗尾巴，**也因此我在部族裡很有安全感。鋸皮也應該有擁有這份安全感的權利。**她想起鋸皮攻擊風族公貓的驍勇模樣，不禁深深嘆了一口氣。**他是那麼出色的戰士，絕不可能是一半的寵物貓……應該不太可能吧?**

黃掌陡然坐起身，一不小心吵到花楸掌。她不高興地嘟囔了幾聲，接著把尾巴蓋在耳朵上繼續睡。

「鋸皮有知道真相的權利，」黃掌低聲喃喃，「不管發生什麼事，沒有比這件事更重要，不是嗎？我必須幫他找出生父是誰！」

ϟϟϟ

晨曦慢慢照進見習生窩，她一覺醒來，小心翼翼不去吵到室友，開始躡手躡腳溜出窩外。營地裡一片寂靜。除了在刺藤叢缺口旁看守的冬青花正打著呵欠外，還沒有任何貓已經起床。

我必須趁鹿躍來叫我之前把這件事搞定。

黃掌穿過營地來到長老窩，往裡面探頭一瞧。看到窩裡只剩下兩隻貓蜷縮在厚厚的青苔墊上，她的心仍舊是一陣酸楚。銀焰應該也屬於這裡的。

黃掌鑽進去，輕搖一下蜥蜴牙。「醒醒！」她喵聲說：「我想問你一個問題。」

蜥蜴牙抽抽耳朵。「要問趕快問。」他嘀咕幾聲，很快又沉沉睡去。

黃掌失望地噓了一聲，轉而去找微鳥，用比剛才大一些的力道戳戳她的肋骨。「微鳥，請醒醒！我有件很重要的事。」

微鳥眨開眼睛抬頭看她。「什麼事？」她張嘴打了個大呵欠。「黃掌……妳來做什麼？」

「我必須跟你們談談。」黃掌喵聲說。

窩裡的聲響再次吵醒蜥蜴牙。他從床上吃力地爬起來，抓抓青苔。「我們被攻擊了嗎？」

「沒有，我們現在很安全，蜥蜴牙。」黃掌安撫他，「我只是要你們回答我幾個問題。」

「問題？」這老公貓火大地說：「三更半夜來找我們問問題！」

微鳥嘆了一口氣說：「好吧，既然我們都起來了，妳就問吧，黃掌。」

黃掌深呼吸，「你們能告訴我關於鋸皮生父的事嗎？」

蜥蜴牙不敢置信地嘶叫一聲。「妳叫我們起來就是為了聊羽暴的八卦？想都別想。」他轉身，再次捲起身子，躺回青苔床上，閉起眼睛，把尾巴蓋在鼻子上。

黃掌轉向微鳥。「拜託！」她苦苦哀求，「這對鋸皮很重要，他必須知道生父的真相！」

嬌小的薑黃色母貓遲疑了幾個心跳的時間。「嗯……」她開口說：「我跟蜥蜴牙一樣，不想去說別人的閒言閒語——」

「但是鋸皮——」

「讓我把話說完，」微鳥繼續說：「黃掌，妳和所有的年輕貓咪一樣，一點耐心都沒有。我要說的是，我所知不多，但就在鋸皮和焦掌出生的前幾個月，羽暴時常在兩腳獸的邊界溜達——就在離那棵長著枯枝的大梧桐樹不遠的地方。」

「我知道那個地方！」黃掌喵聲說：「如果我去那裡，妳覺得我有機會找到鋸皮的生父嗎？」她的腳掌開始蠢蠢欲動。

「現在千萬別做蠢事。」長老警告她，隨後窩回床裡。

「不會的，我保證！」

黃掌鑽出長老窩。此刻天已經漸漸亮了，石齒正在空地中央忙著召集日間巡邏隊。黃掌看到鹿躍從戰士窩走出來，立刻跑過去找她。

今天沒有時間處理鋸皮生父的事，她心想，**不過今天晚上……我就會幫他找出真相！**

黃掌耐心地等著室友們一一入睡。果掌和焦掌迫不及待鑽進床鋪裡，窩室裡很快便響起了他們微微的鼾聲。花楸掌花了一些時間梳理尾巴，接著從容地捲起身子，把尾巴蓋在鼻子上。但狼掌和狐掌則像一對掠鳥一樣吱吱喳喳聊個不停，黃掌恨不得撕爛他們的耳朵。

「你們安靜點好不好？」她最後忍不住喵聲說：「你們這麼吵，叫大家怎麼睡覺？」

「妳又不是我們的導師，沒有資格管我們。」狐掌咕噥。

兩隻年輕的貓繼續大聊在狩獵訓練時所抓到的獵物，所幸他們很快就呵欠連連，話也愈來愈少，不一會兒便靜靜地睡著了。黃掌見狀，頓時鬆了一口氣。她多等了一會兒，確定他們真的已經入睡後，便偷偷溜了出去。

天際萬里無雲，營地在月色的籠罩下，泛起一層詭異的光暈。在入口值勤的蕁斑乍看之下倒像是一尊貓冰雕。**我們可不想被她盤問半夜到營地外的動機，**黃掌心想，**只能從廁所隧道溜出去了。**

她戰戰兢兢地沿著暗處穿越空地來到戰士窩。她可以從樹枝的縫隙間隱約看到鋸皮的虎斑皮毛，但因彼此間隔還有一段距離，她即使伸出腳掌也搆不到他。

「鋸皮！」她偷偷喊著，「起床！」

她原本擔心鋸皮睡得太沉根本聽不到，但幸好他開始翻身，並抬起頭看了看四周，以為窩裡哪隻貓在叫他。

「這邊——外面！」黃掌急著壓低聲音嘶喊：「是我，黃掌。」

鋸皮望向枝叢外的黃掌，「妳來這裡做什麼？」

「趕快過來，我有事要跟你說。」

虎斑公貓遲疑了一會兒，然後點點頭。「好吧，等我一下。」

黃掌急躁地動動爪子，看到鋸皮從窩裡走出來才稍稍定下心來。他帶著惺忪的睡眼，哈欠連連地走向她。

「是什麼事？」他質問。

「這裡不能講，」黃掌回應：「到營地外再說。」

鋸皮錯愕地眨眨眼睛，但似乎清楚沒有爭論的必要。

「千萬不能讓蕁斑看到我們，」黃掌繼續說：「跟我來，我們走廁所隧道出去。」

她穿過戰士窩後方狹窄的縫隙，直到順利步出營地才鬆了一口氣。此刻的大地寂靜無風，四處散發著生氣蓬勃的氣息，黃掌大口嗅聞著這股清新的氣味。她可以聽到溪水在不遠處潺潺流動的聲音，以及附近的小獵物在地底下蠢動的窸窣聲，但現在可不是狩獵的時候。

「到底是什麼事？」走在一旁的鋸皮嚷著，「妳為什麼要帶我來這裡？」

黃掌沾沾自喜地轉向他，「我們要去把你的生父找出來。」

鋸皮停下腳步，瞬間氣得火冒三丈。「妳太亂來了！」

「什麼亂來？」黃掌質問他：「你一直很想知道他是誰，但羽暴怎麼也不肯說，所以你只好自己去查出真相。」

鋸皮搖搖頭。「我們可能得翻遍整個兩腳獸地盤，」他反對，「跟所有的惡棍貓和獨行貓……還有寵物貓打交道，」他面有難色地說：「而且還不保證找得到他。」

「我知道**不保證**找得到，」黃掌喵聲說道：「但不試試看怎麼知道不行？還是你已經忘了自己有多想找出真相了。」

鋸皮嘆了口氣。「好吧，找就找。我知道妳心裡在想什麼，黃掌，」他繼續說：「如果我不跟妳去，妳一樣會自個兒去找。天知道妳會闖出什麼禍來。」

黃掌不由得雀躍起來，繼續朝梧桐樹前進。她加快腳步，在森林裡飛速狂奔，穿越一片又一片盈滿月光的草叢，青草刷過她肚皮上的皮毛。鋸皮和她並肩急馳。

最後黃掌在枝幹稀疏的梧桐樹下氣喘吁吁地剎住腳步。兩腳獸地盤的高牆儼然矗立在她眼前。正當她抬頭仰望邊界之際，一片烏雲瞬間遮住月亮，四周的森林隨之暗了下來，她的腳下一片烏漆墨黑。兩腳獸地盤裡，一團團冰冷的黃色燈光高掛在一株株兩腳獸某種奇怪的細樹幹上，投射而下的強光相形之下變得更加刺眼。

「接下來該怎麼辦？」鋸皮忍不住問。

「不如我們進去兩腳獸的地盤，一個一個詢問。」黃掌不是很有把握地喵聲說：「就說我們的一個戰士——琥珀葉——她失蹤了。我們可以藉此詢問兩腳獸地盤裡的貓有沒有看到她的蹤跡。」

「這主意聽起來很鼠腦袋，」鋸皮反對，「我們的族貓怎麼可能會在兩腳獸地盤失蹤？」

黃掌惱怒地嘆了一口氣。「別這麼**死腦筋**可以嗎？兩腳獸地盤的貓才不會知道好不好？我們總得找個藉口嘛。」

鋸皮緩緩點頭；黃掌心想他或許已經開始躍躍欲試了。「走吧。」

他們肩並肩走出松樹林，攀爬上兩腳獸的籬笆。黃掌在上面站穩腳步後，往下看到一小塊方形的草地，四周種著氣味嗆鼻的植物。黃色燈光從前方的兩腳獸巢穴投射而下，一切顯得寂靜無聲。

黃掌和鋸皮一跳到草地上，一陣突如其來的吠叫聲劃破了寂靜。巢穴的門瞬間開啟，一隻小白狗衝了出來，依舊吠個不停。狗兒狂衝向這兩隻貓，一隻兩腳獸見狀跟著走出來，開始厲聲斥喝狗兒。鋸皮和黃掌似乎心有靈犀似的，立刻兵分兩路逃跑。狗兒急急剎住腳步，不知道該先追哪隻貓。等牠決定朝鋸皮急起直追時，這虎斑貓已經來到用來隔開隔壁巢穴的籬笆。他跳上去，爪子緊勾住籬笆，穩穩地站在上頭，狗兒試圖撲上來，但卻一再失敗，只能無可奈何地在底下亂叫。

黃掌看到族貓已經安然脫身，便沿著草地外圍繞過去，爬上前方幾個狐身遠的籬笆。鋸皮瞥見她後，對她點了點頭。

「滾開，跳蚤皮。」他對著狗兒破口大罵，接著跳到隔壁的草皮。

黃掌也跟著跳過去，仍不時聽到兩腳獸連番的斥責聲。兩隻貓氣喘吁吁地停下腳步。

「外來者，你們在這裡做什麼？」

暗處傳來低聲的咆哮。黃掌和鋸皮連忙轉身，想看是誰在說話。過了一會兒，一隻魁梧的薑黃色公貓從巢穴現身。他露出兇惡的眼神，雖然戴著項圈，但走起路來肌肉一起一伏，從他一隻耳朵上的缺角看來，至少參與過一場打鬥。

黃掌大吃一驚，**那是寵物貓嗎？**

另外兩隻貓一左一右跟著薑黃色公貓走出來。其中一隻帶著鈴鐺項圈、毛髮蓬鬆的白色母貓，完全符合黃掌心目中的寵物貓形象；而另一隻貓則是又小又瘦，一身深薑色的皮毛凌亂不堪。從她稚嫩的樣貌看來，應該才剛成年。

「你們是從森林來的，對吧？」毛髮蓬鬆的貓兒開口說，語氣顯然不太友善。「這裡不歡迎你們。」

黃掌已經把剛才沙盤推演的問題忘得一乾二淨。「我們正在找一隻可能和森林貓羽暴熟識的公貓。」她脫口而出。

骨瘦如柴的深薑色母貓嘶吼道：「你們沒有資格找我們探聽任何事情！」

「等等，小紅。」壯碩的薑黃色公貓把眼睛瞇成一條縫，「或許我們應該讓他們把問題問完，」他銳利的眼神來回打量著黃掌和鋸皮。「這樣才能澈底擺脫他們，否則他們一定會再回來煩我們。」

小紅一臉憤怒地說：「橘子醬，說真的，再這樣下去，你下次就換和狗兒做朋友了！為什麼不乾脆在他們身上劃個幾下，讓他們吃不完兜著走？」

「我們可不是省油的燈。」鋸皮抽出爪子咆哮。

「夠了！」白色母貓揚起尾巴，「如果讓你們問完問題，你們是不是就願意離開？」

鋸皮沒有回答，反而轉向黃掌。「有問的必要嗎？」他喵聲問。

「你不是想知道真相嗎？」黃掌問。他現在絕不能前功盡棄；**我們都已經走到這一步了！**

「你們是要一直站在那裡鬥嘴嗎？」小紅沒好氣地問，「還是要跟我們走？」

「跟你們走。」黃掌決定。

魁梧的薑黃色公貓二話不說跳到草地另一端的籬笆。黃掌跟過去，看到前方有條小巷子，對面矗立著一堵紅磚高牆。空氣中瀰漫著濃濃的鴉食味。

她在籬笆上方停下來，白色母貓順勢推了她一把。「繼續走啊。」

黃掌一時失去重心，當場踉蹌跌落小巷，慌張地在空中翻了個身，四腳勉強著地。

「幹得好，琵希。」小紅在籬笆上望著這一幕，以冷冷的語氣說：「讓他們知道誰才是這裡的老大。」

橘子醬帶著他們穿梭在小巷間，木頭籬笆轉眼變成了高聳的紅磚牆；黃掌的心跳開始加速，感覺像是走在冰溝深處似的。過了巷子來到一處空地，四周圍繞著破爛的兩腳獸巢穴。鴉食的臭味夾雜著其他的氣味飄散其中：除了怪獸的味道外，還有一股像極了殘幹燒焦的氣味，鹿躍告訴黃掌那株樹幹是因為幾個月前被閃電擊中才變得焦黑的。

黃掌眨眨眼睛，赫然發現暗處裡竟有幾雙閃爍的眼睛，**這裡還有其他貓！**

「你看吧！」她轉向鋸皮，偷偷跟他說：「你說不定真的能找到生父！」

鋸皮沉默不語，但眼神充滿不安，挨在他身邊的黃掌可以感覺到他根根倒豎的皮毛。

三隻寵物貓簇擁在黃掌和鋸皮身邊，催促他們走到空地中央。此時，更多貓兒陸陸續續從暗處溜出來。有些身上帶著項圈，但有些則是骨瘦如柴，全身皮毛布滿了跳蚤的咬痕，看上去比較像是惡棍貓。黃掌不安地警覺到對方陣仗龐大，如果真打起來，他們肯定是寡不敵眾。

「他們是來自森林的貓，」橘子醬大聲說：「他們有幾個問題想問。」

「嗨。」被這麼多雙眼睛盯著瞧，讓黃掌感到渾身不自在。「我叫黃掌，這是鋸皮。我們是影族貓。」她驕傲地說。

「什麼影族？聽都沒聽過。」一隻黑色母貓不屑地說。

「你們真的是從森林來的嗎？」一隻灰色公貓走到黃掌和她族貓的面前，朝他們身上聞了聞。「真的耶，你們身上有樹的味道。」

「不要靠他們太近，圓石。」琵希一把推開灰色公貓吼道。

「可是我一直很好奇住在籬笆外究竟是什麼樣的生活。」圓石辯解。

「安靜坐好。」灰色公貓突然被一隻黑白母貓打斷；這隻母貓老到口鼻斑白，牙齒也全掉光了，讓黃掌實在不忍目睹。**她看起來比我們的長老要來得蒼老！**「誰會想聽你那一長串關於森林的廢話。」老貓對圓石嘶聲罵道。

圓石一臉不悅地坐下來。黃掌猜想這隻老貓應該是他們的領袖，雖然這群貓怎麼看都不像是一個部族。**也許只是看在她很老的份上，他們才勉強尊敬她。**

她看見一隻黑色母貓轉動著眼珠，正偷偷對圓石說：「不要理潔兒，她只不過是個愛管東管西的老毛球。」

「你們不是要問問題嗎？」老貓潔兒扯著粗啞的嗓音說：「好，只准你們問**一個問題**，有屁快放。」

鋸皮推推黃掌，「就跟妳說這個主意很蠢，我們走吧。」

「不行！」黃掌狠狠瞪了鋸皮一眼。「一個問題就一個問題。我們正在找一隻和森林貓羽暴熟識的貓，」她繼續說：「我們——」

「講話大聲點，行不行？」潔兒不耐煩地抽動尾巴，「我真搞不懂你們這些年輕一輩的貓是怎麼了，嘀嘀咕咕是要說給鬼聽嗎？」

「抱歉。」黃掌扯開嗓門，「有沒有一隻和羽暴熟識的貓？」

一隻嬌小的白底虎斑母貓聽到黃掌提起羽暴的名字，不禁愣了一下，但並沒有吭一聲。潔兒搖搖頭，在場的貓也都紛紛搖頭。

鋸皮露出一臉沮喪的表情。「也只能這樣了。」他喵聲說。

橘子醬走向前，「你們已經得到答案了，現在可以滾了。」

琵希和小紅再次走到他們身邊。

「我們不需要護送。」鋸皮氣沖沖地說。

「我們可沒打算要護送你們。」橘子醬抽出爪子，「**現在馬上**給我滾。」

其他兩腳獸地盤的貓紛紛聚攏在橘子醬身後。黃掌眼看著他們個個露出兇狠的眼神和渾身怒張的皮毛。「我們是該走了。」她咕噥。

鋸皮也跟著豎起皮毛，咧嘴咆哮道：「我才不吃寵物貓這一套。」

「鼠腦袋！沒有必要搞到血濺四方的場面。」黃掌大力推了一下他的肩膀。「你和寵物貓廝殺又能證明什麼？趕快跑！」

幸好鋸皮很快轉身，朝他們剛才走來的巷子拔腿急奔。黃掌連忙跟過去；她回頭發現橘子醬和許多兩腳獸地盤的貓在後面猛追。

「跑快點！」她嘶喊。

當第一道兩腳獸籬笆進入他們眼簾時，橘子醬和其他貓已經停止追逐。「以後別讓我們再看到你們！」橘子醬在他們後方咆哮。

正當黃掌奮力躍上籬笆之際，突然聽見暗處有一個聲音喊道：「等等！」

黃掌轉身看到那隻一聽到羽暴名字時突然愣住的嬌小母貓。她不安地張著大大的綠色眼睛，伸出一隻腳招喚他們。

「妳想做什麼？」鋸皮吼道。

「你們得去見見一隻貓，」母貓回應，「跟我來。」

鋸皮和黃掌互看了一眼。「這可能是陷阱，」他喃喃地說：「她沒事幹麻要幫我們？」

「那請你們走得愈遠愈好，」母貓回應，「我們才不想和你們這種無賴貓有任何瓜葛。」

「我們必須冒這個險，」黃掌堅持，「我們必須知道真相！」

鋸皮遲疑了好一會兒，然後聳聳肩。「好吧，不過我還是覺得我們的腦袋都裝了蜜蜂。」

母貓帶著他們繞過轉角，走進另一條巷子。「之前有一隻森林貓常在這裡出沒，」她喵聲說：「她的名字很可能就叫羽暴，不過我已經很久沒看到她了。」

眼看只差那麼一步就可以打聽出消息，但卻在此刻斷了線索，黃掌忍不住沮喪地抽出爪子。母貓誤以為她是在威嚇，於是慌張地看了她一眼。

「我和那隻貓一點關係都沒有，」她帶著防衛心喵聲說。她朝著兩個兩腳獸巢穴之間的暗處點點頭。「霍爾比誰都跟她要熟，你們去問他。」

黃掌轉身發現一雙琥珀色眼珠在黑暗中閃爍。她甩甩尾巴，把鋸皮叫過來。就在鋸皮走向她的同時，嬌小的母貓咻地轉身，翻過一道牆，消失得無影無蹤。

霍爾對迎面而來的黃掌和鋸皮眨眨眼睛。當下夜色昏暗，根本看不清他的毛色。「她說的我全聽到了，」他不等他們問就先主動表明：「我不認識那隻叫羽暴的貓，我和森林貓一點關係都沒有。」

黃掌看得出霍爾是隻寵物貓；他在暗處每動一次身體，身上的項圈便跟著閃一下。

「好吧，不好意思打擾你了。」鋸皮回應完後，便轉身離開。

跟在後面的黃掌直覺地回頭一瞥，瞬間看到霍爾已從暗處走出來，悄聲沿著一排兩腳獸巢穴離去。黃掌當場愣住。這隻寵物貓是隻暗棕色的虎斑貓，除了肩膀較寬大，肌肉較突出外，簡直就是鋸皮的翻版。

「等一下！」黃掌追過去大喊，「你肯定認識羽暴！你看——這是你兒子！」

霍爾轉身，露出冷漠的琥珀色眼睛。他上下打量了鋸皮一個心跳時間。「我不知道妳在說什麼，」他咆哮，「我沒有兒子。」

「可是你看看他——」黃掌開口說，尾巴急著指指鋸皮。霍爾依舊轉身離去。

「我們得走了，」鋸皮打岔，聲音冷得像冰。「就說這是個鼠腦袋的主意，我們一開始就不應該來這裡。」

第八章

「黃掌！黃掌！」

鹿躍的聲音打斷黃掌的清夢，她夢見自己正在森林尋找獵物，雖然她已經記不得是在抓什麼獵物。她費了好大的力氣才睜開眼睛，當她試著坐起身時，身上的每一寸肌肉都疲憊不堪，四肢更是痠痛。

我到底是怎麼了？然後她腦中浮現昨晚的畫面。她和鋸皮到兩腳獸的地盤，直到快天亮才回到床上睡覺。

昨晚真是澈底失敗！

「黃掌！」鹿躍又喊了一次，語氣聽起來比剛才更不耐煩。

黃掌吃力地爬出床鋪。睡在她四周的見習生們紛紛準備起床，個個眼睛炯炯有神，一副精神飽滿的樣子。

「妳昨晚上哪兒去了？」花楸掌不悅地嘶聲問，「我醒來時發現妳已經不在床上了。」

「這個不重要。」黃掌嘟囔道，隨後步履

蹣跚地走出睡窩。

在外面，石齒被族貓團團簇擁著，陣容比往常更龐大。黃掌雖然很累，但還是忍不住好奇起來。

「什麼事這麼熱鬧？」她詢問鹿躍。

「我們要去突擊腐肉場的老鼠，」鹿躍回答，「現在獵物少之又少，所以杉星決定派兩支巡邏隊到那裡狩獵。幸運的話，說不定可以滿載而歸讓全族大快朵頤一番。」

黃掌頓時感到既害怕又興奮，同時又覺得很驕傲，自己竟能被選上參與這次的特別突襲行動。她可以感受到營地裡高昂的士氣，個個滿心期待地希望在突襲結束後能大吃一頓。

當她和鹿躍走過去加入族貓的行列時，石齒正忙著整理隊伍。「我會帶領一隊，另一隊則由杉星領軍。」他喵聲說：「冬青花、拱眼、池雲、灰心，你們跟著我走。還有鹿躍、琥珀葉以及妳們的見習生，還有鋸皮，你也是。」

被石齒點到名的貓兒們紛紛出列到一旁集合。走去加入隊伍的鋸皮與黃掌擦肩而過，卻對她視若無睹。

「你們兩個吵架啦？」花楸掌偷偷問黃掌，「不會吧，妳昨天晚上是不是跟他在一起？」

「妳們可以安靜點嗎？我們在後面聽不到。」黃掌還來不及回應，雀飛便嘶了一聲抱怨道。

「黃掌，妳如果要參加突襲，就趕快去妳那一隊集合。」

黃掌瞪了妹妹一眼，才走去找導師和其他隊員集合。此刻石齒開始宣布杉星將帶領的成員，其中包括花楸掌、焦掌和他們的導師；還有亮花和蕨足也奉命加入。

「那我們咧？」狐掌不滿地問，在她身後一個老鼠距離的狼掌跟著啪嗒啪嗒走過來。

「你們還太小，」石齒回答，「老鼠大到可以把**你們**吃了。」

「所以我們又被排除在外了。」狼掌大喊，只能站在姊姊旁邊眼睜睜看著隊伍離去。

黃掌跟著石齒穿梭在森林的途中，刻意放慢腳步，來到隊伍後面的鋸皮身邊。「你還好吧？」她喵聲問，「如果我昨晚有什麼冒犯你的地方，我真的很抱歉。」

鋸皮以冷冷的眼神瞥了她一眼。「我不想談這件事，」他喵聲說：「對我來說，我的父親根本不存在。」他沒有給黃掌回應的機會，立刻跑到隊伍前頭，緊跟在石齒後面。

黃掌難過地望著他的背影，頓時渾身充滿罪惡感。**我只是想幫忙而已！**她甩甩皮毛，繼續邁步向前，試著把與兩腳獸地盤貓的際遇拋到腦後。**我是影族見習生，現在最重要的工作是抓獵物！**

腐肉場還未進入眼簾，濃濃的老鼠和鴉食氣味已隨風飄散在空氣中。除了黃掌剛當上見習生那時鹿躍帶她巡視過領土外，就沒有再這麼靠近過這個地方。兩腳獸的垃圾堆在光天化日下看起來更噁心。一個個圓鼓鼓的黑色外皮堆積成山，有些甚至裂開，裡面的穢物撒了滿地都是。夾雜在腐爛鴉食中的還有不知名的木製東西、染著兩腳獸奇怪顏色的柔軟外皮、和以閃亮的籬笆材質做成的鋒利物品。黃掌放眼望去，一堆堆的垃圾從圍籬延伸到盡頭，數都數不清。

石齒繞著圍籬走，最後在幾個狐身遠的地方停下來。黃掌看到底下的泥土被挖開一個坑，空間剛好足夠讓一隻貓鑽過去。

「我先過去，」杉星喵聲說：「一進到裡面，我們立刻兵分兩路。石齒，你帶隊往那邊走，」他尾巴一揮，「我的隊員們走這邊。看誰抓得最多！」

黃掌看著杉星移動結實的身軀，從圍籬底下擠過去，隨後在對面站起身。亮花和花楸掌也緊接著過去。石齒開始帶隊鑽過去。等輪到黃掌的時候，她身子一低，很快匍匐過去，瞬間感覺圍籬刮過她的背，然後匆匆爬起來，抽出爪子，就怕老鼠冷不防從垃圾堆中撲上來。

等所有貓兒都就緒後，石齒便開始把四周的隊員集合起來；杉星同時在幾個狐身遠的地方發號司令。黃掌站在導師旁邊，四肢陷在滿地濕黏的垃圾中。

「大家仔細聽好，」副族長喵聲說：「尤其是你們這些見習生——還有灰心，這是妳第一次參與突襲老鼠行動對吧？」灰色母貓點點頭，藍色眼睛興奮地閃爍著。「千萬不要和老鼠一對一強碰，」副族長提醒，「一定要兩個一組互相合作，而且一刻都**不能**讓你的夥伴離開你的視線。老鼠既兇狠又狡猾，一旦被牠們咬傷了，下場可能會很淒慘，並且要隨時留意你的夥伴，避免他們被咬傷。」

這種事還需要交代啊！黃掌心想。

她的心臟開始狂跳，很想知道會不會和鋸皮同一組。但石齒把虎斑公貓分到和果掌一組，黃掌則是和拱眼同組。

「我和冬青花會在一旁監看狀況，」石齒最後說：「如果任何貓有麻煩，我們會隨時趕過去幫忙。」

「現在就來證明我們的實力！」果掌對著鋸皮竊竊私語說：「我們一定要把腐肉場裡最大隻的老鼠抓到手。」

你們自個兒自求多福吧！黃掌心想。

她和拱眼戰戰兢兢地沿著附近的垃圾堆前進。起初原本一點動靜都沒有。突然一陣騷動引起了黃掌的注意，但那只是鋸皮和焦掌穿梭在兩個垃圾堆中所發出的聲響。

拱眼用尾巴拍拍黃掌的肩膀，動動耳朵，指了指腐肉場內的某個地方，那裡正趴著一隻巨大的兩腳獸的怪獸。「我猜牠應該是在睡覺。」他喃喃地說。

黃掌點點頭。怪獸走在轟雷路上時總是發出滔天巨響。萬一牠真的醒來，我們還是有充足的時間可以逃跑。她走著走著，一面不耐煩地抽動頰鬚。**快點啊，老鼠！趕快滾出來！**她忽然瞄到一個三角形的頭倏地從圓鼓鼓的黑色外皮竄出來，但當她轉身準備看個清楚時，牠已經一溜煙不見了。

「我好像看到了一隻。」她悄悄對拱眼說。

她話還沒說完，那顆頭又從垃圾堆底下冒出來——但說不定是另一隻老鼠。牠的尖鼻子和頻頻抽動的頰鬚，以及像鳥眼般的雙眼不時射出充滿敵意的目光，黃掌看了不由得繃緊肚皮。她開始能夠分辨從垃圾堆底下發出的吱叫聲與窸窣聲。

這個地方擠滿了成千上萬的老鼠！

等黃掌衝過去，老鼠已經又鑽回垃圾堆裡，她撲了個空，一腳踩破黑色外皮，爪子瞬間陷進濕濕黏黏的東西裡。

噢，好噁！

她緊接著轉身，朝後方的吱叫聲追過去。一隻老鼠正從垃圾堆的縫隙中探出頭來，不久整個身體便竄了出來，不停抽動頰鬚嗅來嗅去，一雙小眼睛閃著敵意。黃掌見狀先是愣了一下。

「快來抓牠！」黃掌朝拱眼大喊。

她一個箭步撲到老鼠身上，但一時沒抓準攻擊的時間，爪子只勾住牠的尾巴附近。老鼠驚叫一聲，猛扭過身，一口利牙惡狠狠地朝黃掌的脖子咬過去。黃掌往後閃開，但還是緊抓著牠不放。

拱眼趁老鼠還沒咬到黃掌前，立刻撲到牠肩上，一口咬住牠的脖子。老鼠奮力蹬起後腿，黃掌一個沒抓牢，踉蹌著跌到了一旁。拱眼往後閃開，老鼠一逮到逃脫的機會，立刻朝垃圾堆裡鑽。

「不會吧！」黃掌大叫。

她急忙追趕，冒著跌倒的危險，四肢輕輕踩在黏糊糊的垃圾中，最後匆匆跟上，再次揮動爪子撲到老鼠身上。這一次她牢牢抓住牠的頸背，即使牠拚命掙扎，依舊無法甩開她。拱眼上氣不接下氣地趕過來幫忙，縱身朝老鼠不斷踢蹬的後腿撲過去。老鼠轉頭想去咬黃掌，但卻徒勞無功。黃掌揮動爪子對準牠的脖子一劃，鮮血瞬間湧出來，老鼠逐漸癱軟在地。

黃掌搖搖晃晃站起來。「感謝星族賜給我們這隻獵物，」她喵聲說：「感謝星族讓我們兩個都沒有被咬傷。」

「妳表現得很好，」拱眼喘著氣說：「我還以為我們肯定抓不到牠了。」

黃掌低頭看著眼前這隻斷氣的老鼠，這時她才猛然發現牠有多巨大；或許他們真的獵到了腐肉場裡最大隻的老鼠，正如果掌所希望的。「你我都有功勞。」她喵聲說道。

後方傳來腳步的窸窣聲，黃掌轉身，以為又有老鼠出現。當她看到原來是池雲和灰心嘴裡各叼著一隻老鼠現身時，不禁鬆了一口氣。

可是她們的老鼠都沒比我們的大！她得意地想著。

其他巡邏隊員開始陸陸續續集合。黃掌叼起老鼠，準備去加入他們。拱眼走在她旁邊。

「天啊，你們看！」果掌帶著些許羨慕的口氣大喊，「我作夢都沒想到會有這麼大塊頭的老鼠存在。」他和鋸皮也抓了一隻老鼠，但黃掌注意到他們的獵物比她的老鼠要小得多。

「能抓到這隻巨鼠真是不可思議」鹿躍附和，溫暖的目光停留在自己的見習生上。「你們兩個都沒事吧？」

「我們兩個都毫髮無傷，」拱眼喵聲說：「這真的全是黃掌的功勞，我沒幫上什麼忙。」族貓簇擁在黃掌身邊，不斷恭喜她。

「要抓這隻巨鼠，連我都得猶豫三分。」石齒發出呼嚕聲，「黃掌，妳展現了戰士的真正風範。」

黃掌滿臉通紅，內心既驕傲又尷尬。**副族長在稱讚我做得很好！**「一切多虧有拱眼的幫忙。」。

然後她注意到鋸皮一直站在後面，她突然有種陽光被烏雲遮住的感覺。他是唯一沒有跟她說話的貓，而且連正眼也沒瞧她一眼。

「怎麼了？」石齒來回看了看黃掌和鋸皮。「鋸皮，你沒稱讚黃掌，未免也太沒風度了。我們影族可不會像你這樣。」

鋸皮低頭看著腳掌。「抓得好，黃掌。」他咕噥。

石齒瞇起眼睛，但沒再繼續訓鋸皮。「是時候回營地了，」他宣布，「我們已經抓到夠多獵物了，看我們能不能比杉星的隊伍還早抵達。」

黃掌叼起老鼠的頸背，滿是驕傲地出發。但她走沒幾步，便開始擔心能不能安然一路走回營地。這隻老鼠比她之前抓過的獵物都還要笨重許多，不一會兒，她便累得開始搖搖晃晃，脖子痠痛，不過成就感有如整窩蜜蜂般嗡嗡灌滿她的全身，成為支撐她繼續走下去的動力。

她走進營地，跟著其他隊員到狩獵堆放獵物。注意到留守營地的族貓們紛紛走上前查看，開始一一品頭論足。此刻她才發現杉星的隊伍也跟著進了營地；族長打量了她的老鼠一番，然後轉向她，露出非常滿意的眼神。

「黃掌，」他喵聲說：「妳愈來愈有影族優秀戰士的架勢了。」

「謝——謝謝你！」黃掌結結巴巴地說。

族長對她點點頭，便朝族長窩走去。黃掌望著他離去的背影，**真不敢相信族長會這樣稱讚我！**

她注意到賢鬚正站在幾個狐身遠的地方，看起來一副若有所思的樣子。黃掌很好奇她心裡在想什麼，但巫醫一句話也沒有說，不一會兒就轉身離開了。

感謝星族！黃掌心想。自從銀焰死後，她就開始刻意迴避巫醫，她還是覺得賢鬚並沒有盡全力救治那病重的長老。但是賢鬚剛才一臉沉思的表情讓她感到不舒服。

巫醫的事不斷在黃掌腦中盤旋。「黃掌！」母親的聲音打斷了黃掌的思緒，「石齒說妳抓了一隻超大的獵物。」

黃掌低下頭。「這隻就是我抓到的老鼠。」她喵聲說，用尾巴指了指眼前的老鼠。

蕨足把自己的獵物放到獵物堆上。黃掌發現父親的老鼠幾乎和她的一樣大，但還是差了一點。

「繼續保持下去，妳一定會成為影族的最佳獵手。」他露出溫暖的眼神稱讚她。

亮花舔舔她的耳朵。「我們真為妳感到驕傲。」

黃掌看了看父母，感覺自己開心到心臟都快要跳出來了。

「我們今天要加入巡邏隊嗎？」黃掌問鹿躍。

腐肉場的突襲行動之後已經過了兩個月，天氣也漸漸變得溫和起來，四處充滿了新葉季的氣息。松樹枝頭上開始吐出一節節青翠的嫩芽，一彎彎的新葉從枯死的蕨叢中舒展開來，鳥兒啁啾宣告著獵物將在幾個月後到來。黃掌雀躍地呼了一口氣。**森林美極了！**

「今天不用。」鹿躍回答。

她已經有一個月的時間沒有一大早就來催黃掌起床了。此刻的晨光已經斜照在營地，驅走了清晨的寒氣。**她似乎愈來愈鬆懈，**黃掌心想，頓時驚覺導師已經漸漸老了。

「那麼我們要做什麼？」她問。

「在最終戰士資格審核前，妳還有一項任務必須完成，」鹿躍告訴她：「妳必須去一趟月亮石。」

「太棒了！」黃掌興奮到整個人飛跳起來。花楸掌和果掌已經去過了月亮石，黃掌原本還在擔心自己是不是永遠去不成了。她搖搖晃晃地落地，一時之間尷尬得渾身發熱。**鹿躍一定會覺得我怎麼還像個長不大的小貓吧。**「我們什麼時候出發？」她喵聲問。

「就是現在，」她的導師宣布，「跟我來，我們去跟賢鬚要一些旅途所需的草藥。」

「有什麼草藥？」和導師一路朝巫醫窩走去的黃掌問。

「有酸模、雛菊、甘菊和地榆。」鹿躍搖著尾巴，一一念出草藥的名字。「它們能讓妳邊趕路邊補充體力，讓妳有飽足感。因為在路上可沒有時間打獵。」

她們鑽過石縫走進賢鬚的窩，看到巫醫正用一隻前掌把草藥拌勻。「這個給妳們，」她把混好的草藥分成兩小堆。「黃掌，這味道會有點苦，不過一下子就好了。」

看著鹿躍舔起草藥，接著放進嘴裡嚼一嚼，然後吞下去，黃掌也跟著照做。這味道果真如賢鬚所說的有點苦，她忍不住把臉皺成一團。

「妳要仔細聽清楚星族在夢境裡跟妳說的話，」賢鬚開口說：「這將是妳找到自身使命的關鍵時刻。」

「我早就知道自己的使命了，」黃掌喵了一聲，「就是成為一名偉大的影族戰士！」

賢鬚沒有作聲，僅是默默地看著黃掌好一會兒，然後點點頭。「妳們兩個，路上小心，願星族照亮妳們的道路。」

鹿躍穿越森林來到轟雷路，接著沿著路旁朝領土邊緣前進。怪獸刺鼻的臭味淹蓋了森林的清新氣味，黃掌不由得皺皺鼻子。風族的氣味從轟雷路另一端的風族領土飄散過來。

不知道那群偷獵物的賊現在在幹些什麼勾當？至少他們不敢再來惹我們了。

黃掌跟著鹿躍肩並肩穿越影族邊界，過沒多久便來到一條從轟雷路延伸而出的小岔路。

「我們得穿越這條路嗎？」她問導師，儘量掩蓋內心的緊張。這條路似乎沒有像他們平常前往大集合走的路一樣有地下隧道可通行。

鹿躍點點頭。「第一次走可能會覺得很恐怖，但其實沒那麼可怕，只要妳記住——」

「看、聽、聞三大訣竅！」黃掌捲起尾巴急著插嘴。

「沒錯。」鹿躍輕輕發出開懷的喵嗚聲。「留意怪獸出沒其實跟追蹤獵物沒兩樣。」她講話的同時，遠方的嗡嗡聲很快轉為轟隆巨響，一隻全身發亮的紅色怪獸旋即從她們身邊呼嘯而過，埋頭往大條的轟雷路直衝。黃掌被那漫天揚起的臭氣燻得屏住呼吸。

「現在，」鹿躍一看到怪獸揚長而去，立刻喵聲說：「穿越轟雷路時須注意幾個重點。先查看路的兩端，看看是否有怪獸過來；然後仔細聽是否有怪獸的聲音；再來要聞看看氣味有沒有愈來愈強烈。如果都沒有發現異狀，就可以安心通過了。」

「我懂了。」黃掌喃喃地說，仍感覺有些惶惶不安。

「好，那妳來告訴我什麼時候可以穿越。」

黃掌瞪大眼睛看著她。**我？要是我們兩個因此喪命怎麼辦？**但鹿躍只是用耳朵指指轟雷路，擺明了在等她行動。

黃掌站在硬梆梆的黑色路面旁，爪子忍不住緊抓著路邊的草皮。她戰戰兢兢地查看兩邊的方向，發現這條長長的黑色道路空蕩蕩的，當下只有微風拂過樹枝的沙沙聲和鳥兒的啼叫聲，紅色怪獸的臭味已經散去。

「就是現在……我猜。」她喵聲說。

「那就走吧！」

黃掌和鹿躍並肩一起往前衝。當她的腳一踏到粗糙的轟雷路上時，頓時驚愣了一下。幾個心跳的時間後，她們已經安然抵達對面的草叢。當她顫抖著身子站在原地，試著喘口氣時，突然又有一隻怪獸轟的一聲疾馳而過。

「我們辦到了。」鹿躍對她點點頭，「妳還須牢記一件事——在確定可以安全通過後，一定要奮力往前衝，絕對不能回頭看。」

在過了轟雷路這一關後，讓黃掌大大鬆了一口氣。前方開始進入沼澤高地的地形，遍地長滿了乾粗的短草，讓她不禁想起風族的領土。不過此地已經沒有風族的氣味。黃掌意識到自己正走進無任何貓居住的陌生領土，腳底頓時燃起一股興奮。有別於蓊鬱的松樹林作遮蔽，此處只能暴露在空曠的荒野中。

看著兔子在路上急閃而過，黃掌不由得燃起一股追捕的本能衝動。但她知道如果她因打獵而耽誤了旅程，鹿躍一定會不高興。況且旅行用的草藥也真的發揮了填飽肚子的功效。**兔子，**

今天算你們走運，她心想。

在大條轟雷路的前方，她瞥見了成堆的兩腳獸巢穴。

「我們要到那裡去嗎？」她喵聲問，突然想起她和鋸皮到兩腳獸地盤所發生的一切。

鹿躍搖搖頭。「我們要前往那邊的山丘，」她回答，並用尾巴指了指。「那邊是高聳岩，月亮石正等著我們呢。」

黃掌眺望前方，看到了山坡往上延伸至一整排的峭壁，高高映著天際，像是從地面冒出了一排參差不齊的牙齒似的。兩隻貓繼續往前行，腳下的草地漸漸變成了土壤貧瘠的石地，且坡度愈來愈陡。

我的腳從沒有痠痛得這麼厲害過，黃掌一邊吃力地爬坡，一邊暗地裡發牢騷，**我是怎麼了？**

她的導師彷彿看穿了她的心事，馬上停下來。「我們休息一下吧。」

她四肢一攤，躺在一塊平坦的石頭上，黃掌躺在她旁邊，四肢和皮毛貼在被陽光曬得暖呼呼的岩石上，真是一大享受。

過了一會兒，鹿躍喵聲說：「妳讓我感到非常驕傲，黃掌。」

黃掌驚訝地豎起耳朵，鹿躍很少開口稱讚別人的。

「時間一天一天過去，」鹿躍繼續說：「很快就要輪到我去住長老窩了。妳將是我最後一名見習生，而且我相信妳一定能成為一名優秀的戰士。」

黃掌把鼻頭擱在這母貓的肩上。「妳一直是個很出色的導師，」她低聲喃喃，「我保證絕不會讓妳失望。」

黑夜已降臨，銀毛星群正在天邊閃爍著。鹿躍站起身喵聲說：「走，時間差不多了。」

月亮低懸在天上，把岩石照出長長的影子來。黃掌跟著鹿躍攀上最後一段陡坡朝峭壁邁進。當她們漸漸靠近，她突然看到一條彎曲的岩石拱道下有一個深幽幽的洞。

「那就是我們要去的地方嗎？」

鹿躍點點頭說：「那是通往月亮石的洞口。」

她們攀上坡頂，石礫在她們腳下移動，黃掌終於來到洞口前面。一條深黑的隧道從岩石內部貫穿進去，裡面一片黑漆漆，一個狐身以外便什麼都看不見。黃掌的心臟開始怦怦狂跳。

「跟著我走，」鹿躍吩咐：「妳雖然什麼都看不見，但還是能聞到我的氣味。沒什麼好怕的，這條通道我已經走了很多次。」她踏進隧道，一下子便消失在黃掌眼前。

黃掌深呼吸，一鼓作氣地跟進去。她一邊亦步亦趨地沿著導師的腳步和微弱的氣味走，一邊靠著頰鬚刷過岩壁來指引方向。她腳下的岩石又冷又滑，潮濕的空氣浸濡她的皮毛，讓她彷彿陷入萬劫不復的冰冷世界。隧道陡然往下，黃掌試著不去想那頭頂上其重無比的石塊。萬一它掉下來，肯定會把她壓得粉身碎骨。

然後她抽抽鼻子，突然聞到一股較新鮮的氣味，空氣在她頰鬚之間緩緩流動。她嗅了一下，隱約聞到青草和兔子的味道，頓時意識到自己已經進入一處較寬敞地方。

「這裡是月亮石洞穴。」鹿躍喵聲說。

「我們現在要做什麼?」

「在這裡等。」

置身在一片黑暗中的黃掌不禁開始顫抖起來。她可以隱約看到頭頂上有一名星族戰士正微微閃爍,心想洞穴上面一定有個裂口,但光線微弱到根本無法照到地面。

接著,過了一兩個心跳的時間,一束冰冷的白光霎時洩進來,照亮了四周高達幾個狐身高的高聳的岩壁,黃掌忍不住驚嘆。洞穴的中央矗立了一尊有好幾條尾巴高的巨大岩石。月光從洞穴上的裂口射進來,把岩石照得閃閃發光,彷彿所有星族全聚在裡面似的。

「那就是月亮石嗎?」她悄聲問。

背著光的鹿躍,頓時成了一團渺小的暗影。她點點頭。「躺下來,用鼻頭碰觸那尊石頭。」她喵聲說。

黃掌趴下來,伸長脖子,把鼻子湊在粗糙的月亮石上,在眩目的光暈下閉起眼睛。

一陣寒氣突然襲進她的身體。儘管她眼皮緊閉,但仍可以感覺自己被絢麗的星光團團圍繞,不久便被帶到另一個場景。此時她被族貓包圍,但無法看清祂們的臉。忽然之間一個聲音在她耳邊響起:「從現在起,妳將以黃牙為名。」

這是我的戰士名!黃掌高興不到一個心跳的時間,肚子突然痛起來,疼痛一波接著一波,她頓時驚覺自己正在生小貓。很快地慌張混亂結束,黃掌蜷縮著身子,緊緊包住一窩小小的身軀,幸福地讓他們依偎在她的肚子旁吸奶。

她隨即又被帶離。繁星從她身邊飛旋而過，失落和憤怒壓得她喘不過氣來。怒不可抑的情緒讓她視線變得模糊，她試圖大叫宣洩心中的孤獨，但卻怎麼也叫不出聲。

最後她踉蹌跌進了一處綠意盎然的空地，陽光從葉縫間穿透而下。**到家了！**她慶幸地心想，但此地卻處處充滿了陌生的氣味。四周的景物不斷閃進她的眼底：一彎浮著厚青苔的溪流、一片平坦的岩石群，石縫中飄散出濃濃的獵物氣味、一處狹窄的山谷、一株盤根錯節的橡樹、一大片被陽光照得晶瑩剔透的水面。這一股腦的景象讓黃掌大感吃不消，她拚命地想逃走，但又感覺自己像隻即將溺斃的小貓，受困在夢境中無力掙脫。

突然間一個搖晃，黃掌感覺像是從大白臘樹被拋了下來一樣，影像瞬間消失，眼前立即陷入一片黑暗。黃掌張開眼睛，發現自己仍趴在被熠熠白光籠罩的月亮石洞穴裡。

鹿躍站在她旁邊，爪子緊抓住黃掌的肩膀。黃掌意會到一定是導師把她從岩石旁拖走的。

「醒醒，黃掌！」她嚷道。

「我——我醒了。」黃掌晃頭晃腦站起來，全身又暈又累。她努力想記起夢裡的景象，但卻被焦慮、痛苦和困惑淹沒。細節在她腦中如流水般溜走，抓都抓不住。

「走吧，我們必須離開了。」鹿躍一聲令下。

黃掌眨眨眼睛看著導師。**我做錯了什麼嗎？**

「這一切……真的好奇怪，」她開口說：「我感覺——」

「不用跟我談這些，」鹿躍打斷她，「趕快跟我走。」

她急急忙忙走出隧道口，黃掌在後面蹣跚地跟著，很高興終於能夠沉浸在冰涼的夜色中。

她感到筋疲力竭，擔心自己已經沒有力氣走回營地。

「我們沿著山坡往下走一小段路，」鹿躍喵聲說，語氣感覺親切多了。「先休息和打獵一下再回家。」她帶著黃掌穿越石頭遍布的山坡，繼續補充道：「絕不能告訴任何貓妳在夢境裡所見的一切。」

我才不想！黃掌突然一驚，「**妳……妳**有目睹我所夢見的情景嗎？」

鹿躍沒有看她。「只有巫醫才會知道星族跟其他貓透露的一切。不管妳看到了未來的什麼景象，都應該好好善用所知的一切，黃掌。」

一陣失落感湧上黃掌心頭，像迷霧般圍繞著她的皮毛揮之不去。她開始感到不安，**至少我很清楚我會成為戰士，不是嗎？在這之後……**她努力想著，但夢裡的景象卻不斷隨著眩目的星光快速旋轉。她隱約感覺有什麼不對勁，這一趟的月亮石之旅並沒有她想像中的興奮和有趣。

黃掌仰頭一望，天上的繁星顯得冷淡又遙不可及。**喔，星族，以後將會有什麼樣的際遇降臨在我身上？**

第九章

「黃掌，從現在起，妳將以黃牙為名。星族將以妳的勇氣與才智為榮，歡迎妳加入影族戰士的行列。」

黃牙儘管內心興奮不已，但還是努力保持鎮定。她低下頭，感覺杉星鼻頭正擱在自己的頭上。她舔舔族長的肩膀，隨後退一步回去。

「黃牙！果鬚！花楸莓！」影族眾貓齊聲高喊著新戰士的名字。

站在黃牙身旁的手足看起來和她一樣亢奮，睜著閃亮的眼睛，尾巴高舉在空中。

「我們終於當上戰士了！」果鬚激昂地說：「我之前還以為我們是不是永遠都升不了戰士咧！」

「我們一定會成為影族有史以來最出色的戰士。」花楸莓接著說。

一陣瀰漫著獵物氣味的暖風飄進營地，綠葉季炙熱的陽光照拂而下，溫暖了黃牙的皮毛。眼前是一片萬里無雲的藍天。**我還有什麼**

好奢求的？黃牙在心裡嘀咕，**今天真是個完美的一天。**

站在族貓前面的亮花和蕨足緊靠著彼此，尾巴纏在一起，露出欣喜的眼神，驕傲地看著這幾個剛晉升的戰士。鹿躍心滿意足地對黃牙點點頭。

在附近的狐掌和狼掌一臉羨慕地看著儀式進行。歡呼聲一停，狐掌立刻大喊：「我們很快也會當上戰士。」

黃牙懶得理她。「不管她有沒有當上戰士，一樣都是個討厭鬼。」她偷偷跟花楸莓說，花楸莓聽了猛點頭附和。

一個月前剛取得戰士名的焦風，從族貓間擠上前，自視不凡地對這三名新戰士鞠躬。「恭喜，」他喵聲說：「如果你們以後對於當一名戰士有什麼不懂的地方，儘管開口問。」

「我們會的，」黃牙回應：「我相信**資深**戰士們肯定會給我們一堆建議。」

焦風抽抽尾巴，走到手足鋸皮的旁邊。看到鋸皮連看都沒看她一眼，黃牙頓時又感到一陣失落。**他一定是因為我當場看到他的父親不認他，而感到羞愧。真希望我能告訴他我氣的是那隻愚蠢的寵物貓！霍爾應該以有個戰士兒子為榮才對啊！**

但黃牙不知道該如何跟鋸皮開口談起這件事。她想說的一切只能默默埋藏在心底。

「黃牙？」

賢鬚的聲音突然在黃牙背後響起，黃牙連忙轉身。

「恭喜妳，」巫醫喵聲說：「我聽說妳的狩獵考試成績特別高。」

黃牙微微點個頭。她雖然不是很喜歡賢鬚，但她知道自己必須把銀焰的死擺在一旁，承認賢鬚在族裡的地位。

「謝謝，」她敷衍地說：「我只是僥倖罷了。」

「妳和鹿躍去月亮石時，有夢到以戰士身分為部族效力的情景嗎？」巫醫冷不防地探問。

黃牙一時之間不知該如何回答，她根本不想跟賢鬚透露在那裡所發生的一切。「我……呃……已經不記得夢到了什麼。」她結結巴巴地說。

「真的嗎？」賢鬚溫柔的眼神裡透著一股強硬的態度。「這是多麼重大的時刻，那可是妳在月亮石的第一個夢。」

為什麼她就不能放過我？

「如果我都記不得，應該不是什麼重要的事才對。」黃牙說完便匆匆轉身，跑去找在獵物堆旁的手足們。部族貓們正齊聚在那裡準備替剛擢升的戰士們大肆慶祝一番。

但黃牙還是忍不住回頭瞄了一眼。賢鬚仍用那窮追不捨的眼神看著她。黃牙巴不得把分到的獵物統統給賢鬚，只求她坦白說出心裡的話。

ϟϟϟ

黃牙默默跟著冬青花、蠑螈斑和蟾蜍躍穿越茂密的松樹叢。邊界巡邏隊已過了轟雷路邊緣，準備朝兩腳獸地盤前進；黃牙從林子望過去，可看到在幾個狐身遠之處林立的高牆。黃牙四肢開始發麻，滿腦子全是那天晚上和鋸皮到兩腳獸地盤尋找他父親的不愉快經驗。**我死都不要再靠近那個地方！**

巡邏隊在一旁等冬青花重新標上氣味標記後，蠑螈斑接著帶領全隊繼續往前走。幾個心跳的時間後，蠑螈斑忽然停下腳步，抬起頭，雙顎微張。「這是什麼味道？」她咕噥。

她匆匆從邊界一株松樹下的刺藤叢衝過去，黃牙和其他巡邏隊員則不疾不徐跟過去。她在跑了幾步之後，又聞到了一股新的氣味：是松鼠，那飄散出的一股屍臭腥味讓她不由得頸毛直豎。

「在這裡！」蠑螈斑大喊。

蠑螈斑定睛往草叢裡一瞧，黃牙也順勢湊到這黑色與薑黃相間的母貓旁邊。荊棘叢下躺了一隻被吃了一半的松鼠，灰色皮毛揪成一團，全身血跡斑斑，碎裂的屍體停滿了蒼蠅。當蠑螈斑伸長脖子聞聞眼前的鴉食時，蒼蠅立刻一哄而散。

「真噁心！」蟾蜍躍嚷道。

蠑螈斑把頭縮回來，舌頭繞著嘴唇舔一圈，一副想舔掉那股臭味似的。「有貓偷捕我們的獵物！」她氣急敗壞地喊道。

黃牙謹慎地聞了聞，她發現在這冰冷半毀的毛皮下，除了鴉食的腐臭味外，還夾雜著一些怪味：**有黑色石頭地面的氣味、有飄散著怪獸刺鼻味的油膩水窪、其中還隱約透著一股寵物貓糊狀食物的氣味……**「對這隻松鼠下手的是兩腳獸地盤來的貓。」她嘶吼道。

蟾蜍躍以懷疑的口吻哼了一聲：「寵物貓又不會打獵！」

「我覺得黃牙說得沒錯，」冬青花回應道，「這裡有兩腳獸地盤的味道……而且戰士怎麼可能把獵物吃到一半就扔掉？」

「我們絕不能就這樣算了。」蟾蜍躍咆哮。

「當然不能。」冬青花甩動尾巴集合所有巡邏隊員，帶隊穿越林子，跨過影族的邊界，來到兩腳獸地盤巍然矗立的高牆下。「現在各自散開，」她命令道：「看能不能查出寵物貓是從哪裡進入森林的。」

黃牙朝一處木板交叉排列而成的高大籬笆走去，對面便是兩腳獸的巢穴聚落。她張開雙顎，躡手躡腳沿著籬笆底部爬行，在聞到兩三隻寵物貓混雜的氣味時，立刻停下腳步。他們的氣味和被啃了一半的松鼠氣味完全吻合。「我找到了！」她大喊。

冬青花和其他戰士們跟在她後面趕過去，聞聞黃牙所指的地方。「就是這氣味錯不了，」她一臉嫌惡地喃喃說。「蟾蜍躍，到籬笆上看看對面有什麼動靜。」

虎斑公貓縱身騰空一躍，爪子緊抓木板，慢慢爬到上頭。他低頭觀察對面幾個心跳時間後，接著轉身聳聳肩。「沒有什麼動靜。只有兩腳獸的草皮和植物，沒有看到任何貓的蹤跡。」

「那是因為他們只會在夜晚出沒。」黃牙喵聲說。

族貓們全驚訝地看著她。

「你怎麼會知道？」蠑螈斑忍不住問。

「喔……呃……我聽一個長老說的。」黃牙含糊帶過。幸好大家沒有再繼續追問下去。

「我們現在該怎麼做？」蟾蜍躍跳到草地上，站在大伙兒旁邊問。

冬青花沉思了半晌。「蟾蜍躍，你和蠑螈斑先去把松鼠埋了，」她命令：「然後去把巡邏勤務執行完。黃牙，妳和我回營地，杉星肯定會想知道這件事。」

影族戰士齊聚空地，月光灑落在營地上。冬青花將寵物貓在影族領土上捕殺獵物的事件一一稟報。果然如黃牙所預期的，杉星聽了勃然大怒。

「今晚我會帶領兩支巡邏隊前往那裡，」他決定：「我會讓那些寵物貓知道影族可不是好惹的。」

黃牙踩著戰戰兢兢的步伐，跟著族長穿過刺藤叢。她一方面很驕傲能被杉星選上巡邏隊，但一方面又緊張到肚子不停翻攪。

要是其中一隻寵物貓認出我來該怎麼辦？

她趁著排隊等待穿越入口之際，試圖和鋸皮交換眼神。她知道他一定和她一樣緊張。

如果是霍爾殺了那隻松鼠該怎麼辦？

但鋸皮沒有看她，刻意轉身過去和果鬚說話。

黃牙驚跳起來，感覺腰部被戳了一下。「快點移動腳步。」焦風嘶聲罵道：「妳是要等到天都亮了才肯走嗎？」

黃牙這時才恍然發覺自己擋住了去路。「對不起。」她嘟噥一聲，連忙鑽進荊棘叢，試著把鋸皮的事拋到腦後。

戰士們在林子裡疾馳，一陣冰冷的微風拂過松樹叢。暗影在沙沙晃動的樹叢間潛行，個個貓兒的皮毛上映著斑駁的銀色月光。和黃牙同在杉星那一隊的還有花楸莓、鹿躍和鋸皮。石齒帶領的另一支隊伍緊跟在他們身後，裡面成員由焦風、果鬚、蠑螈斑和鴉尾組成。

兩腳獸地盤的刺眼光線射進林子，杉星停下腳步。所有戰士團團圍住他，接著他壓低聲音喵聲說道：「現在兩支隊伍必須分散開來，各在一方監看寵物貓。你們都去躲起來，靜候我的暗號再行動。或許我們可以在不發生衝突的情況下完成任務。」

「什麼暗號？」石齒問。

「我會把尾巴像這樣勾起來，」杉星做了一個示範，然後把爪子戳進泥地。「你們是影族戰士，我對你們有信心。一旦開始攻擊，一定要讓那些寵物貓見識各位精湛的打鬥功力。」

石齒很快點了個頭，便帶隊離開。杉星領著隊員往反方向走，朝黃牙聞到入侵者氣味的籬笆前進。松樹林底下的草叢太過稀疏，他們只好到蠑螈斑發現松鼠的刺藤叢後面躲起來。

黃牙蹲伏荊棘叢中，左右各蹲著鹿躍和鋸皮，彼此皮毛相互摩擦。和一心想跟她絕交的鋸皮靠得這麼近，讓黃牙感到特別尷尬。「寵物貓難道不會聞到我們這麼一大群貓的氣味嗎？」她偷偷問，「如果他們知道我們在這裡，肯定不會出來吧。」

鹿躍不屑地哼了一聲。「即使是狐狸站在面前，大部分的寵物貓還是聞不出氣味來。」黃牙忍不住發出喵嗚的竊笑聲。「我猜他們一定沒有導師教他們看、聽、聞的訣竅。」

「那邊安靜點！」附近傳來杉星低聲的訓斥。

黃牙立刻把腳掌縮在身體底下趴好。她來回掃視兩腳獸的籬笆，突然看到在石齒的巡邏隊躲藏的草叢間有一絲騷動。現場不見任何寵物貓的蹤跡，黃牙嗅聞一下，只聞到空氣裡淡淡的陳舊氣味。

一整晚下來一點動靜也沒有。黃牙渾身發冷，四肢又抽筋，恨不得馬上站起來舒展一下筋骨，但她知道只要她抽動一下頰鬚，恐怕就會讓杉星大發雷霆。忽然間杉星嘶喊：「看！在那裡！」黃牙聽了不禁全身冒冷汗。

黃牙從刺藤叢瞄出去，赫然看到兩隻貓鬼鬼祟祟地溜上兩腳獸地盤的籬笆。他們的輪廓短暫映著天際，一個心跳的時間後，他們跳到地上來，這時黃牙才看得較清楚。那隻瘦巴巴、頂著一身凌亂深薑色皮毛的母貓看起來十分眼熟。

小紅！黃牙開始慌了起來，肚子不停翻騰。她絕不能讓族貓們知道她和鋸皮去過兩腳獸地盤。**小紅會抖出什麼事嗎？**她心想。

兩隻寵物貓在籬笆旁徘徊，杉星立刻從刺藤叢跳出來，昂首闊步地走到他們面前。「你們在這裡做什麼？」他盤問，「森林是我們的地盤，滾回去找你們的兩腳獸。」

小紅毫無畏懼地直視影族族長。這隻寵物貓竟敢挑戰身材比自己壯碩許多、肌肉線條分明的杉星，讓黃牙不得不佩服起她的勇氣。

「你沒有權利把我們擋在這裡！」小紅擺明地說：「我們不需要跟著你們的規則走。」

「只要我們喜歡，隨時可以把你們攔下來。」杉星反駁。

另外一隻較年長的虎斑公貓走向前，站在小紅身旁。黃牙並不認得這隻貓。「你有膽試試看，」他嘶吼道：「你們野生貓自以為了不起啊！要是敢動我們一根寒毛，信不信我撕爛你那張囂張的臉。」

杉星二話不說勾起尾巴，打了一個準備攻擊的暗號。當場立即怒吼聲四起，戰士們全從暗處一擁而上，團團包圍寵物貓，個個齜牙咧嘴，爪子怒張，準備攻擊。鋸皮和果鬚肩靠肩站立，咧嘴大聲咆哮。花楸莓抽動爪子，恨不得立刻刺穿寵物貓的皮肉。

黃牙看到小紅和虎斑貓雖露出一臉震驚的表情，但並沒有轉身逃跑的意思。虎斑貓高呼一聲，三隻貓瞬間飛越籬笆，來到同夥的寵物貓旁邊。骨瘦如柴的灰色公貓一現身，黃牙不禁皺起眉頭。

圓石也在這裡！場面愈來愈不可收拾了……

杉星一個箭步撲向小紅，其他戰士們也跟著族長加入戰局。黃牙拖拖拉拉地佇在原地，刻意避開認得她的貓兒。她看到在混戰外圍的小紅狠狠推了杉星一把，杉星踉蹌跌到一株殘樹旁。族長趕緊站起身，再次撲向小紅；深薑色母貓見狀猛然跳開，一不小心勾到了纏結的樹根，跌了一跤。杉星給了她的後腿一記重擊，隨即轉身，加入眾貓的混戰中。

黃牙望著小紅，看到她掙扎著設法將卡在樹根縫隙的前腳拔出來。**我該去跟她說話嗎？**她猶豫地朝小紅跨出一步，感覺腳上一陣抽痛。鹿躍冷不防推了她一下，她驚得停住腳步。「攻擊啊！」這老貓大吼，「我是怎麼訓練妳的？」

黃牙當下羞愧到全身漲熱，趕緊隨便選一隻從沒見過的薑黃色胖公貓下手，對準他的肩膀突襲，一個勁兒將他撞倒在地。公貓狼狽地爬起來，黃牙還來不及趁勝追擊時，已掙脫樹根的小紅殺到他們中間，一個轉身，露出兇惡的眼神與黃牙對峙。

這母貓抽出爪子朝黃牙揮拳，倏地從她的耳邊橫掃過去。突然間她停了下來，眼睛瞪得斗大。「是妳！」她倒抽一口氣。

忙著和大虎斑公貓廝殺的蠑螈斑，聽到小紅這麼一叫，立刻回頭看了黃牙一眼。「她在說什麼？」她質問道。

黃牙被問得不知該如何回答。虎斑公貓趁著蠑螈斑短暫分心之際，朝她猛力一撞，重重將她壓在地上，讓她無法再追問下去。

一個心跳的時間後，鋸皮衝進纏鬥不休的戰局中。「妳最好給我守口如瓶！」他在小紅耳邊吼道。

小紅一臉驚訝地問：「什麼守口如瓶？」

「妳自己心知肚明我在指──」

鋸皮被突然衝進來的焦風打斷。他一掌狠狠擊在小紅的肩膀上。小紅嚇得慌張轉身，朝籬笆竄逃而去。

「沒有必要取對手的性命！」石齒的吼聲在眾貓的廝殺聲中響起。「他們只不過是寵物貓！我們很快就會讓他們哭著回去找兩腳獸。」

「滿刁蠻的寵物貓。」黃牙喃喃自語地說。

她轉身見到與圓石激戰中的花楸莓。她姊妹的眼中閃著激昂的鬥志，不斷跑來跑去變換位置，把敵人弄得眼花撩亂，每一拳都出得恰到好處。她一路穩扎穩打，把那瘦小的灰色公貓逼得朝籬笆落荒而逃。鮮血從他撕裂的耳朵涔涔而下，直往他臉上滴。

黃牙突然看到黑白公貓衝過來想幫圓石出口氣，她立刻上前攔截，後腿一蹬，兩隻前掌猛甩他的耳朵，黑白貓被她揍得不支倒地。雖然黃牙打得很順，但她每出一拳，便痛得忍不住皺起眉頭，感覺全身皮毛都被撕裂開似的。

我必須撐下去，她心想，**我在為部族而戰！**

當她把公貓逼退到籬笆時，喉嚨突然一緊，感覺像有東西卡住氣管似的。她不得不暫停攻擊，掙扎著喘起氣。公貓見狀趁機反撲，黃牙在慌亂中看到果鬚衝進來營救，正好讓她可以稍稍喘口氣。

黃牙清清喉嚨，轉身驚見鹿躍被壯碩的虎斑貓一掌掐住脖子制伏在地上。她踉踉蹌蹌走過去，利爪用力鑵進虎斑貓的腰腹。他翻過身，倏地落荒而逃。

「謝謝妳，黃掌。」鹿躍狼狽爬起來，喘著氣說：「我沒事，真的。我其實正準備把他甩到刺藤叢裡去。」

果真如此的話，刺蝟都會飛了，黃牙只能在心裡嘀咕，不敢當面說穿。她鼓起胸膛吸了一口氣，喉嚨的不適感已經消失，呼吸也恢復正常。**我是怎麼了？**

杉星勝利的呼喊聲打斷了她的思緒。「這就對了！滾回去，別再回來！」

黃牙看到寵物貓們倉皇爬上籬笆，一溜煙消失在另一邊，沒有一隻貓身受重傷。黃牙接著看看族貓們，發現他們的傷勢也都不嚴重。

「感謝星族！」她低聲喃喃。

她感覺四肢無力，幾乎沒辦法站穩腳步，其中一隻腳劇痛到無法踩在地上，但她怎麼也想不起來什麼時候有傷到腳。她看到鋸皮站在一個尾巴遠的地方，這一次她終於得以和他眼神交會。「小紅差點揭穿我們，」她喵聲說：「真是好險！」

「差一點就完蛋了。」鋸皮吼道，接著一聲不響轉身，朝營地的方向離去。

黃牙試著跟過去，但一時間頭痛劇烈，腳步也跟著蹣跚搖晃。

「怎麼了？」鹿躍問，伸長脖子擔憂地聞聞黃牙。

「我——我沒事。」黃牙支吾地說，試圖掩飾自己的虛弱。疲憊如厚重的烏雲籠罩著她。

「妳哪裡不舒服？」杉星走到黃牙旁邊，憂心地問：「黃牙，妳受傷了嗎？」

「我自己也不清楚……」

鹿躍把黃牙全身上下聞了一遍，不解地皺皺眉頭。「妳身上只有一兩處抓傷……一定是哪裡出了問題，只是我們無法察覺。來，黃牙，靠在我肩上。我們帶妳回營地，讓賢鬚幫妳檢查一下。」

ϟϟϟ

在最後頭的黃牙和鹿躍拖著蹣跚的步履走進營地。天開始濛濛亮，星斗逐漸隱沒。當黃牙和前導師走出隧道時，族貓們早已樂不可支地團團圍住歸來的巡邏隊。

「然後我就像這樣劃過他的耳朵，」果鬚忘我地喵聲說：「真希望可以讓你們親耳聽到他的淒慘的叫聲！」

黃牙繞過簇擁的族貓，一拐一拐地走到賢鬚的窩裡去，對一路攙扶她回來的鹿躍滿懷感激。她鑽進矗立在巫醫窩入口兩側的圓石縫隙，啪的一聲倒在窩裡的青苔上。

忙著數罌粟籽的賢鬚抬頭看，「黃牙？妳是不是在戰場上受了傷？」

「我不確定，」鹿躍喵聲說：「我沒看到她有被重擊到，在她身上也沒有發現任何傷口，但她已經累得走不動了。一定是哪裡出了問題。」

「嗯……」賢鬚看看鹿躍，再將目光轉回到黃牙身上。「好，鹿躍，妳就把她交給我吧。我會幫她做澈底的檢查。」

黃牙不安地抬頭看著迎面走來的賢鬚。巫醫不發一語地聞聞她的全身，輕輕撥開她的毛髮仔細檢查一番，最後她在黃牙身旁坐下來，慢條斯理地把尾巴盤在前腳邊。

「妳身上一點傷都沒有，不過這點妳自己也很清楚，對吧？」

黃牙一頭霧水地看著她，「我一定是受傷了！我全身都很痛。」

賢鬚停頓了一下才回答：「妳身上哪個部位最痛？」

「這一隻腳。」黃牙伸出前掌說：「完全無法使力。」

「當時有其他貓的腳也受傷嗎？」

黃牙努力回想打鬥的混亂場面。「嗯，小紅有受傷……我是說，有一隻寵物貓的腳卡在樹根下，不過這跟我一點關係都沒有。」

賢鬚不予置評。「妳第二痛的部位在哪裡？」

「我的耳朵。」黃牙抽動耳朵，臉忍不住皺成一團。「痛到像整隻耳朵被扯下來一樣。」

「妳的耳朵沒事，一點傷都沒有。」賢鬚跟她確認，「妳有看到哪隻貓的耳朵受傷嗎？」

黃牙點點頭，腦中浮現花楸莓和圓石的激戰情景，以及圓石耳朵鮮血直流的模樣。

「有誰腰腹中傷嗎？」巫醫繼續追問。

「我哪知道那麼多？」黃牙被賢鬚問到厭煩，忍不住氣得回嘴。「妳要知道，我當時忙著打鬥，又不是閒閒沒事站在樹上觀戰。」看到賢鬚沒有回應，她接著沒把握地說：「好像是杉星……他有撞到樹幹。」

「我會去幫他看看傷勢。」賢鬚喵聲說。

「那我呢？」黃牙抗議：「妳不打算治療我的傷嗎？」

賢鬚一雙綠色眼睛沉著地看著她，「我已經跟妳說了，黃牙，妳身上一點傷都沒有。妳在戰場上驍勇善戰，而且毫髮無傷。妳所感受到的疼痛是來自其他貓身上的傷。」

「妳在說什麼？」黃牙顫抖著聲音喵聲問：「怎麼會這樣？」

「我不知道。」賢鬚坦白地說：「這已經不是第一次了，對不對？」

黃掌開始回想過去疼痛的經驗。**當我和那隻魁梧的風族公貓對戰時，我以為自己受了重傷，但其實沒有。還有銀焰快過世的時候，我也感覺疼痛……還有之前果鬚誤食鴉食時，我也跟著肚子痛。偉大的星族，這一切該不會從我是小貓開始就注定好了吧？**

「已經不是第一次了，」黃牙默默喵了一聲，「可是……不是每隻貓都會這樣嗎？看到受傷的畫面，難免會想像這傷該有多痛啊！」

「這不是妳的想像，」賢鬚告訴她：「星族之所以會給妳這些疼痛感，一定有祂們的道理。我們一定要找出其中的原因。」

「不要！」黃牙強忍著肌肉的劇痛，硬是站起來。「我不想與眾不同！我只想當戰士！」

第十章

黃牙帶著震驚與憤怒的情緒衝出巫醫窩，與在外面等她的花楸莓擦身而過。

「發生什麼事了？」花楸莓喊道，急急忙忙跟在她後面。「妳沒事吧？」

黃牙悶不吭聲發了狂似的繼續走，想辦法不去理會腳痛。她不想和任何貓講話，即使是自己的姊妹也不例外。她埋頭往戰士窩直奔，但還沒有走到一半，亮花就跑了過來。

「小傢伙！」她的母親心急如焚地說：「妳的傷勢是不是很嚴重？我聽說妳在迎戰敵人時表現得很勇猛。」

「賢鬚已經全幫我醫好了。」黃牙嘟囔，一步都沒停地繼續走。

亮花連忙跟過去。「妳需要好好休息，」她擔憂地說：「在妳還沒痊癒之前，石齒不會要求妳去執行巡邏勤務。」

「我沒事，好嗎？」黃牙一臉不高興地回答，對母親慌張的神色刻意視而不見。

「嘿，黃牙！」拱眼攔住加快腳步的黃牙，「聽說妳受傷了，妳還好吧？」

「我很好。」

突然之間空地上似乎擠滿了貓，大家紛紛關心起她來，叩起來追問她的傷勢。**他們難道看不出來我很好嗎？**

「不要來煩我，可以嗎？」她對著興沖沖跑來想打聽戰鬥經過的狐掌和狼掌大聲咆哮一聲，憤而從戰士窩折回，穿過空地，直往入口衝。

「囂張的毛球！」狐掌在她背後吼道。

黃牙跳出出入口，往林子的暗處去。思緒亂成一團的她，很高興終於能在森林裡找到片刻寧靜。但一會兒過後，她便聽到腳步聲，伴隨而來的是一股熟悉的氣味：是花楸莓一路跟上來。

「妳到底想幹嘛？」黃牙大吼。

「我很擔心妳」她的姊妹回答。她眨眨眼睛，一臉擔憂地看著黃牙。「妳雖然看起來傷勢不嚴重，但我可以看得出一定是發生什麼事了。」

黃牙突然有股衝動，想把賢鬚的瘋言瘋語統統告訴花楸莓，關於那些能夠感覺其他貓傷口疼痛的無稽之談。正當她準備開口說時，腳又是一陣刺痛。她鬱悶地看著花楸莓，突然發現她的一支爪子向後彎曲。

「妳的腳怎麼了？」她勉強擠出幾個字問：「妳在戰場上受傷了嗎？」

花楸莓點點頭。「是有那麼一點痠痛。」她承認。

黃牙頓時明白自己絕不能把自己身體疼痛的真相告訴姊妹。她腳上突如其來的刺痛感證明了賢鬚其實說得沒錯。**如果我告訴花楸莓，她一定會覺得我很奇怪。這樣一來，一切都會跟著改變。**

「去找賢鬚檢查一下吧，」她跟姊妹說：「不用擔心我，我想自己靜一靜。」

花楸莓猶豫了一個心跳的時間，然後用鼻子磨蹭黃牙的耳朵，隨即快跑回營地。

黃牙目送她遠去的背影。**我可以獨自承受這些痛苦，**她告訴自己，**不管什麼都無法阻止我成為偉大戰士的決心。**她昂著頭，開始在林子漫步。**一切都不會改變。**

⚡⚡⚡

黃牙沿著沼澤邊緣走著，享受皮毛沐浴在陽光下暖洋洋的感覺，以及叼在嘴裡的肥美田鼠的香氣。戰事結束後已經過了三個日升，她身上的疼痛也已經消失。「我們今天大豐收。」滿嘴獵物的她對著果鬚口齒不清地說。

嘴裡叼著松鼠的果鬚，停下來把獵物暫時放到地上。「要是沒有受困在沼澤裡，我們應該還可以抓到更多。」他說：「真不敢相信獾竟然敢闖進我們的地盤。」

走在前頭帶隊的羽暴聽到果鬚的話，立刻轉動眼珠。「你應該很清楚我們一直有被獾威脅的困擾，」她喵聲說：「不過，這問題很快就能解決了，杉星已經增派巡邏隊監視了。」

暴翅走上前點點頭說：「我們很快就能除掉牠，很快就能再次安心在領土各角落狩獵。」

「**我**才不怕什麼獾呢，」緊跟在暴翅後面的狐掌放下嘴邊的掠鳥大聲說：「牠要是敢衝著我來，看我怎麼揍扁牠的鼻子！」

暴翅的頭猛然一轉，狠狠地瞪著他的見習生。「如果妳連獾都不怕，妳就是個鼠腦袋，」他告訴狐掌：「牠們是森林裡最兇猛的動物——比狐狸還可怕多了。如果有獾衝著妳來，要趕快拔腿就跑，跑得愈遠愈好。現在把妳的新鮮獵物叼起來，我們要繼續趕路了。」

狐掌臭著一張臉，不情願地照做。黃牙和果鬚互瞄一眼後，才跟著隊伍的腳步走在後頭。

狐掌自以為很了不起，一個不知天高地厚的區區見習生可不是獾的對手！

隊伍回到營地。當黃牙正忙著把剛抓到的獵物放到獵物堆時，營地入口突然傳來一陣騷動：震驚和憤怒的貓聲四起，以及隨之而來的鏗鏘腳步聲。

該不會是獾吧？黃牙心想，心臟撲通撲通狂跳。她急轉過身，看到蟾蜍躍和蕁斑帶了兩隻陌生貓進入營地。一會兒過後，她才驚覺對她來說他們一點都不陌生。

是小紅和圓石！他們來這裡做什麼？

杉星從橡樹底下的族長窩走出來，走到營地的另一端。「他們來這裡有何目的？」

「我們發現她們在我們的地盤內徘徊，」蕁斑解釋：「但他們就是不肯告訴我們他們在那裡的原因。」

「你們是在刺探敵情嗎？」杉星盤問，以懷疑的目光直盯著兩位不速之客。

「乾脆剝了他們的皮算了！」蛙尾在族貓中嚷道。

「沒錯，」泥爪附和：「他們不該闖進這裡。」

營地四面八方響起充滿敵意的咕噥聲。黃牙掃視四周，看到鋸皮擺起蹲伏姿勢，喉嚨發出一聲低吼，一副隨時準備撲向兩腳獸地盤的貓似的。

「好了，」杉星開口問，「你們來這裡有什麼目的？」」

小紅昂著頭走上前一步。黃牙不得不佩服她的膽識。她看上去頂多只有見習生的年紀，卻能處變不驚地直視杉星的目光。

「我叫小紅，這是圓石。」她表明來意，「我們想加入你們的部族。」

四周仇視的嘟噥聲紛紛轉為質疑的聲浪。

「最好是啦！」果鬚在黃牙耳邊竊竊私語，「以為我們會輕易相信他們的鬼話嗎！」

圓石上前走到他的朋友旁邊。「我們真的很想加入，」他再次強調，「我們想和你們一樣打獵和戰鬥。」

「憑什麼？」石齒挑釁，走出貓群來到杉星身旁。「兩腳獸地盤才是你們的地方，你們最好趕快滾回去。」

「而且別再闖進這裡！」琥珀葉嚷道。

「我可不會上他們的當，」暴翅插話：「這其中必定有詐。」

杉星看著這兩個外來者。「告訴我們為什麼你們想加入影族。」他喵聲說。

「森林是個超棒的地方！」圓石亢奮地滔滔不絕道：「不但可以自己抓獵物，還有——」

小紅用力推了他一下。「閉嘴，跳蚤腦袋！這不是重點。」她畢恭畢敬地朝杉星鞠了一躬，繼續說道：「在交戰時，你們讓我們刮目相看。你們不但展現了實力和技巧，也讓我們看到了你們仁慈的一面。」

「沒錯，」圓石附和：「你們大可殺了我們，但你們並沒有這樣做。如果這是你們所奉行的戰士守則——還有，看到你們自食其力和建立棲身之所的方式——讓我們很想要成為你們的一份子。」

聽了兩隻年輕貓兒真誠的告白，全場頓時一片鴉雀無聲，但隨即又是一陣七嘴八舌的討論聲浪。

「他們在說謊！」

「也許不是，也許——」

杉星豎起尾巴要眾貓安靜。「想得到部族的認同需要很長的時間和很大的毅力。」他警告眼前的不速之客：「寵物貓在森林一向不受歡迎。」

「我們不是寵物貓！」小紅駁斥，不服氣地豎起頸毛。「我們的母親都是靠自己的力量在兩腳獸的街道獵食。我們絕不可能和主人住在一起！」

「你們又不能證明！」焦風鄙視地說。

但杉星一臉若有所思。「好，」他開始悠悠說道：「部族若把有可能成為新戰士的人選拒於門外就太不明智了，特別是在這嚴峻的時刻。多幾雙爪子幫忙補獵何嘗不是一件好事。就先讓你們待在這裡一個月，如果你們能在這段時間證明你們的忠心，我會考慮讓你們成為影族的一員。」

「我保證絕不會讓你失望！」小紅喵聲說。

「但願如此，」杉星回應。他尾動尾巴把蕨足叫過來，然後繼續說：「你帶他們去參觀一下見習生窩，然後教他們怎麼鋪床。」

當蕨足帶著惡棍貓離開之際，黃牙看到狐掌一臉嫌棄地看著。「噁！」她對著狼掌大發牢騷：「我才不要讓他們跟我們睡在一起，他們肯定全身都是跳蚤。」

「放心，」狼掌回答：「我們可以把最麻煩的工作統統丟給他們，像是幫長老檢查蝨子之類的。」

杉星轉身走回自己的窩，但被石齒給攔了下來。「你瘋了嗎？」他嘶聲說道：「那些貓是我們的敵人，他們一定是臥底！」

「沒有證據顯示他們就是臥底。」杉星淡然回應。

石齒哼了一聲。「你難道忘了當時我們是怎麼懷疑羽暴可能趁著晚上溜到兩腳獸地盤的事嗎？」他雖然壓低聲音，但黃牙還是隱約可以聽到。「你想要再多淌這樣的渾水嗎？我們不能讓族貓們和寵物貓牽扯不清，要不然——」

杉星尾巴猛然一甩，打斷他的話。「但我們也不能把實力堅強的年輕貓兒拒於門外，他們說的有可能是真話。你想眼睜睜看著他們加入別族，學會戰鬥技巧後反過來對抗我們嗎？不行，我們應該給他們一個機會……」

兩名戰士愈走愈遠，黃牙再也聽不見他們的對話。她張望四周尋找鋸皮，但他已經不見蹤影。反而是果鬚倒豎著皮毛跑過來。

「兩腳獸地方的貓當了見習生！」他大呼：「杉星一定是腦袋裝蜜蜂！」

黃牙沒想到自己竟會替小紅和圓石說好話。「我們應該給他們一次機會，」她喵聲說：

「他們和我們一樣都是貓，而且他們又不是寵物貓。這一點差很多，不是嗎？」

「但他們仍是——」果鬚一開口說話，立刻聽到拱眼在空地喊起他的名字。

「我要帶隊去狩獵，你來不來？」

「當然！」果鬚倏地跑過去。

黃牙望著在一旁等著跟拱眼一同出發狩獵的鋸皮，**真想知道他心裡做何感想。**

鋸皮突然發現她正在看他，他和她眼神交會一個心跳的時間後，隨即臭臉轉身離去。

討厭的毛球！黃牙心想，忍不住落寞起來。**他什麼時候才不會把我當仇人看？他應該很清楚我永遠不會洩漏他的祕密才對！**

⚡⚡⚡

當黃牙上完廁所回營地時，天色已經漸漸昏暗。她從隧道走出來，看到小紅和圓石正在幾個尾巴遠的地方一起享用一隻田鼠。她開始遲疑，不知道要不要過去和他們打招呼。當她還在猶豫不決的時候，小紅忽然抬頭，看了圓石一眼，然後帶頭走向黃牙。

「妳就是那天去找霍爾的貓，對吧？」圓石喵聲說：「而且和那隻公貓一起？」他用尾巴指了指和兄弟坐在獵物堆旁的鋸皮。

黃牙渾身發熱。「是又怎樣。」她承認。

「我猜你們應該是禁止和兩腳獸地方的貓有任何瓜葛才對。」小紅的語氣出乎意料地和善，「你們有一堆守則限制你們哪裡不可以去。」

「是啊，」黃牙很高興這年輕貓咪竟能如此善解人意，「所以妳若不介意的話……」

「放心，我們會幫妳保守祕密，」小紅喜孜孜地喵了一聲：「一旦我們熟悉了這裡，說不定哪一天也想到各處去冒險幾個晚上。」

黃牙頓時起了疑心，但沒有再去多想。她只覺得大部分的部族貓在年輕氣盛的時候多少都有過這樣的念頭。

還好他們沒有聽到我們和霍爾說的話，黃牙心想，**羽暴在兩腳獸地盤出沒的期間，他們應該都還沒出生，也就是說他們不知道霍爾可能就是鋸皮的生父。**

黃牙走到獵物堆選了一隻老鼠來吃。她注意到鋸皮不時焦慮地瞄著小紅和圓石，爪子不安地抽動。

我應該去跟他說他們不會把我們去兩腳獸地盤的事抖出來，然後她火大地哼了一聲，**就讓他去受煎熬吧！他既然不想跟我說話，我又何必處處替他著想。**

≈≈≈

隔日清晨，杉星的聲音營地傳來把黃牙吵醒。「所有能自行狩獵的成年貓都到部族岩底下集合！」

黃牙把頭探出戰士窩。昨晚下了一場雨，但這時空地上的水漥和窩室枝叢上的小水珠已被陽光照得閃閃發亮。雀飛帶領的清晨巡邏隊正在歸營的途中。

杉星站在岩石上，俯看底下群聚的族貓們。賢鬚坐在巫醫窩的門口，亮花、蜥蜴牙和微鳥坐在她旁邊。狐掌和狼掌鑽出見習生窩，穿過貓群，設法擠到最前面的位置。小紅和圓石則緩緩跟在後頭。他們焦慮地互看一眼，坐在空地邊緣的刺藤叢旁。

果鬚和灰心從窩裡走出來，從黃牙旁邊走過去。「趕快！」果鬚催促她：「妳難道不想知道發生什麼事嗎？」

黃牙跟在他們後頭走。她一看到坐在岩石底下的花楸莓，立刻跑過去加入她。「到底是什麼事？」她問。

花楸莓舔舔一隻腳，順著耳朵梳過去。「我怎麼知道。」她喵聲說。

大部分的族貓們都已經坐在岩石底下。黃牙發現雀飛以及其他清晨巡邏隊成員——包括鋸皮在內——最後才抵達。杉星等他們都坐定後，便開始宣布。

「昨天，兩名惡棍貓從兩腳獸的地方來到這裡，詢問是否可以加入我們的部族。他們將從今天開始進行見習生的訓練。小紅、圓石，請上前。」

族貓們紛紛開始七嘴八舌起來，驚訝與仇視的氣氛四起。小紅和圓石從原地彈起來，當下遲疑了一會兒，但小紅很快地舔舔肩膀，試著梳理一番。

「給他們一個月證明自己的忠心到底有什麼意義？」花楸莓咕噥道。

黃牙聳聳肩。「我想他們必須立刻開始受訓。不過，他們沒有導師是要怎麼訓練。」

「請過來。」杉星甩動尾巴又說了一次。

圓石和小紅從貓群中穿過去，群貓往後一退，在岩石底下讓出空位給他們。他們在黃牙附近停下來；雖然他們昂著頭，高豎起尾巴，但黃牙可以看出他們其實很緊張。

「現在該怎麼辦？」小紅憋著嘴悄聲問。

「放心，」黃牙輕輕安撫她，「照著杉星的指示做就對了。」

「小紅，」杉星開始說：「妳離開兩腳獸地方的家，表明想成為影族一員的意願。從現在起，妳將以枯掌為名。」他掃視底下的族貓，最後把目光停在羽暴身上。「羽暴，」他繼續說：「妳是精通戰士守則且技巧精湛的部族貓。我相信妳一定能把所有知識傳授給妳的見習生。」

黃牙吃驚到差點叫出來。**杉星很清楚羽暴和兩腳獸地方的貓曾有過密切往來啊！年幼的枯掌和圓石或許對她沒什麼印象，但要是他們從寵物貓那裡聽到關於她的傳言該怎麼辦？**

羽暴心不甘情不願地走到前面。「她就是妳的導師，」黃牙偷偷跟小紅說：「去跟她互碰鼻子。」

小紅一臉感激地照做，並待在羽暴旁邊聽杉星繼續說：「圓石，你也提出了是否可以成為影族一份子的請求。從現在起，你將以——」

「等一下。」圓石突然喵出聲。

黃牙大吃一驚。沒有任何貓敢打斷族長的話，尤其是當他站在部族岩說話的時候。

「他肯定會被碎屍萬段變成鴉食。」花楸莓嘟噥。

杉星尾巴猛力一掃，「什麼事？」

「我很喜歡自己的名字，」圓石直言，顯然不知道事態嚴重。「我可以保留嗎？」

族長停頓了幾個心跳的時間，竟然點頭，讓黃牙大感意外。「好，從現在起，你將以圓石為名。鼠翅，就由你來擔任這名見習生的導師。我相信你一定能教會他一切所需的技能和身為部族貓該有的言行風範。」

毛髮濃密的黑色公貓露出極不認同的表情瞪了他的見習生一眼。「包在我身上。」他告訴杉星。

圓石走到鼠翅面前和他碰碰鼻子。

「這種事我還是頭一次聽到！」蜥蜴牙大表不滿：「放任見習生自己選名字？把部族當成什麼啦？」

微鳥低聲回應了幾句，雖然黃牙聽不見她說什麼，但她看上去似乎通情達理多了。不過黃牙猜想大部分的族貓應該會認同蜥蜴牙的看法。

「杉星，你的一世英明都到哪兒去了？」石齒對著從部族岩一躍而下的杉星大聲質問。

「讓惡棍貓加入部族就已經夠糟了，還讓他保留原名……」

族長嘆一口氣。「一旦遇到對的事，總得不顧反對聲浪，堅持到底。」他露出一絲無奈。

石齒不滿地哼了一聲。

正當族貓們開始解散時，黃牙看到鋸皮正朝她走來。她迎向前，滿心期待地想著他終於肯跟她說話了。但虎斑公貓卻假裝若無其事地從她身邊走過去，完全把她當成了空氣。

「隨便你。」她瞪著他的背影咕噥道，然後低聲嘆了一口氣。**我有必要這麼大費周章討好他嗎？有必要為了鋸皮這麼焦慮萬分嗎？**

第十一章

「注意後方，黃牙！」蕨足的喊叫聲響遍整個訓練場。「別忘了，妳正同時應付兩個敵人！」

黃牙猛然轉身，低頭閃過圓石的攻擊後，倏地衝撞他的腹側，試圖將他撲倒在地，但讓圓石僥倖閃過，此刻的黃牙不得不轉身跳開，閃避迎面襲來的枯掌。

轉身揮擊……跳躍……再轉身……終於被我逮到了，枯掌！低頭閃開……跳回來……天啊，這些惡棍貓還真行！

枯掌和圓石跑來加入影族已經有數個日昇的時間了。蕨足帶領所有見習生來上一堂訓練課，黃牙和花楸莓跟著陪他們訓練。

「杉星說得沒錯，每個戰士都應該隨時磨練戰鬥技巧，」花楸莓一面跟著父親朝空地前進，一面說：「我們一定要讓這些惡棍貓見識到什麼才是真正的影族戰士。」

訓練一開始進行，黃牙為了精進戰鬥技

能，索性同時迎戰枯掌和圓石。在以寡擊眾的情勢下，她突然體認到和他們對打並非想像中的輕鬆。雖然這兩隻惡棍貓只會幾招部族貓的打鬥招式，但個個都孔武有力，鬥志堅決，讓黃牙感覺自己彷彿只有挨打的份。**我一定要好好表現**，她心想，特別是姊妹和兩名較年輕的見習生就在空地旁觀看著。

黃牙使出在兩腳獸籬笆旁戰役之中所向無敵的招式，後腿一蹬，前掌朝枯掌頭部一陣狂擊，但枯掌一個箭步跳開，在黃牙還來不及追上去時，圓石一個勁地撲向她的後腿，把她撞得東倒西歪。他砰的一聲重壓在她身上，把頭湊近她臉上，眼睛散發出光芒，彼此只有一個老鼠的間隔。

「我贏了嗎？」他得意洋洋地問。

「你贏了，」蕨足回答：「做得很好，圓石——還有妳也是，枯掌。我會跟你們的導師說你們今天表現得很好。」

黃牙狼狽地爬起來。不甘自尊心受創的她，心情已經夠糟了，狐掌還在一旁幸災樂禍說：「笨手笨腳的毛球！看她連站都站不穩。」

「那個招式還需稍微加強。」看著黃牙猛瞪那見習生，蕨足稍微委婉地說：「再試一次，黃牙。這一次不要忘了對手有可能從背後偷襲。」

「知道了。」黃牙嘟噥。

再次面對眼前的枯掌，黃牙仰起前腳，後腳穩穩抓住鬆軟的泥地，收起爪子，朝枯掌耳朵揮擊了幾下後，隨即轉身，壓在迎面撲來的圓石身上。

「這次換我修理你了吧。」她對著在底下痛苦掙扎的圓石喵聲說。

「好多了，」蕨足發出呼嚕聲說：「妳去休息一下，黃牙。換我們看看狼掌和狐掌的表現。」

黃牙喘著氣來到空地邊緣，大字型趴在花楸莓旁邊。

「妳知道嗎？」花楸莓嘀咕說：「枯掌和圓石比我想像中的還厲害，也許是因為他們過的完全不是養尊處優的生活！」

養尊處優的生活！黃牙開始嘰哩瓜啦地跟姊妹描述有些兩腳獸地方的貓有多麼的高大和可怕，隨即突然發現再說下去恐怕連自己的祕密都會洩露出來。「他們受訓完後，一定會成為很好的戰士。」她同意。

她在一旁邊休息，一邊看著蕨足把剛才的打鬥招式在狐掌和狼掌面前講解了一遍，然後讓他們和圓石與枯掌對練。看到被枯掌重重壓在地上的狐掌大口喘氣的模樣，讓黃牙忍不住發出痛快的呼嚕聲。

「現在換誰連站都站不穩啦？」她偷偷對花楸莓說。

蕨足趁狐掌忙著甩掉身上青苔的時候，順便把花楸莓叫到空地中央，然後停下來望了望頭頂上的太陽。「已經過了日昇了，」他喵聲說：「你們一定都很餓了。我們先回營地去吃點新鮮獵物，再回來把課上完。」

他帶隊穿越林子回營地。途中，黃牙突然瞄到鋸皮咻地鑽進附近的刺藤叢。他回頭看了準備歸營的族貓們一眼，旋即拔腿朝反方向跑走。

黃牙看到他匆忙迴避的模樣，**忍不住同情起他來。或許我該告訴他這兩個惡棍貓絕不會把我們到過兩腳獸地盤的事抖出來。**

「蕨足，我得跟鋸皮談談。」她告訴父親，耳朵指了指那隻虎斑公貓剛剛鑽進的蕨叢。

蕨足猶豫了一會兒，似乎堅持她一定要先回營地吃東西，然後上完訓練課再走。

我已經做完了我該做的，黃牙忿忿不平地想，**我現在是戰士，想什麼時候訓練就什麼時候訓練。**「是很重要的事。」她堅持。

蕨足點點頭。「好吧，黃牙。妳就去吧。」

黃牙向族貓們點個頭，很快衝向松樹林去追鋸皮。林子裡一片寂靜，黃牙甚至可以聽到自己的呼吸聲以及輕步踏在松葉上的腳步聲。太陽斜照著林子，地上一片樹影斑駁。黃牙忍不住讚嘆起自己的領土，**這裡是森林最棒的地方！世界上最棒的地方！**

前方突如其來的一聲怒號讓黃牙猛然一驚匆匆回神，四肢瞬間僵住一個心跳的時間。

聽起來像是獾的聲音！

黃牙急忙穿越林子，來到一處林木茂密的地方，纏繞草叢而生的刺藤劃過她的皮毛，讓她舉步艱難。她繞過榛木叢，猛然煞住腳步驚叫一聲。她呆立在小山丘上，赫然看到鋸皮蹲伏在底下，四周荊棘密密麻麻纏結，而一隻身型龐大、皮毛凌亂的獾就擋在唯一的逃生縫隙前。牠雖背對著黃牙，但尖銳的怒號不時灌進她的耳裡，而且身上的臭味迎面撲向她，薰得她眼淚直流。

鋸皮奮不顧身地朝獾的頭和肩膀一陣猛攻，但這龐然大物仗勢著一身厚重的皮毛，根本不痛不癢。光有一身敏捷身手的他眼看逃不過獾的攻擊，只能一步步退到刺藤叢附近。這野獸笨重的大爪不斷朝鋸皮猛抓，一口泛黃的大牙兇猛地逼近他的脖子，黃牙看得心驚膽顫。

黃牙顧不得心中的膽怯，一鼓作氣跳下去加入戰局。這時她突然發現鋸皮後方的刺藤叢中探出兩個小小的鼻頭。

喔，不！鋸皮被夾在母獾和小獾之間！

黃牙衝進混戰區，但同時又感覺一股劇痛直往身上鑽，就好像被獾的爪子不斷劃過一樣。她落地時腳一個沒踩穩，踉蹌側跌在地，然後掙扎著站起來。

妳沒有受傷，她告訴自己，**妳感受到的只是鋸皮身上的疼痛。如果不出手營救，他會傷得更重。**

黃牙咬牙切齒，奮力撲到獾的背上。這刁蠻的野獸把頭往後一仰，開始盲目地亂叫亂咬，但卻怎麼也咬不到她。黃牙緊纏住牠，把爪子刺進獾耳後的細毛裡。她聽到小獾們在一旁哭號，頓時感到有些不忍。**這隻母獾只是想保護牠的孩子。**然後她逼自己收起同情心，**但牠正在傷害我的族貓！**

「我來把牠趕走！」她氣喘吁吁對鋸皮說：「你趕快逃！」

黃牙從獾的背上一躍而下，這野獸猛然轉頭，閃著莓果般的小眼睛直瞪著她，讓她忍不住渾身發毛。她一定要想辦法把獾從鋸皮身邊引開。她一跛一跛地往後退，疼痛感一波波在她體內流竄，她連裝痛都不用裝。

趕快啊，獾！跟我走，如此鋸皮才可以趁機逃脫。一股抽痛再度襲來，黃牙勉強撐著身體。**我沒有受傷，也沒有流血。這是鋸皮所承受的疼痛。**

獾怒吼一聲，拖著笨重的身軀迎面朝她撲來，伸出一隻巨大的腳掌作勢攻擊。黃牙在最後一刻騰空一躍，爪子趁機劃過這怪獸的鼻頭。獾搖搖擺擺倒向一旁，荊棘叢和牠的腰腹之間頓時空出一個狹窄的縫隙。

「快跑啊，鋸皮！」黃牙大叫。

鋸皮趁獾還來不及出手時，趕緊從縫隙竄出荊棘叢來到黃牙旁邊，身子一蹲準備和她一起應戰。黃牙看到族貓的皮毛揪成一團，滿身是血，鮮血仍不斷從他肩上和側腹的傷口湧出來。

「快走！」她嘶吼道。

「妳自己是應付不來的！」鋸皮抽著氣說。

「趕快走就對了，跳蚤腦袋！」

黃牙再度衝過去，跳起來攻擊獾的鼻側。她回頭看到鋸皮已一跛一跛地離去，在草叢留下斑斑血跡。她對著獾發出威嚇的咆哮聲，接著慢慢往後退，倏地轉身，跟在族貓後面拔腿奔逃。

當她追上鋸皮時，竟被他斥責一番：「妳腦袋是裝蜜蜂嗎？妳根本沒有必要冒這個險，應該回去找更多戰士來救援啊。」

「當時情況這麼危急，」黃牙反駁他，「我都還沒回到營地，你可能早就失血過多死掉了！」她吃力地一字一字說著。鋸皮的傷在她體內強烈蔓延，她痛到幾乎走不動。

「妳還好吧？」鋸皮的怒氣轉為擔憂，「妳受傷了嗎？」

「我沒事……」黃牙抽著氣說：「你比較需要幫忙。來，靠在我肩上。」**但願星族保佑，希望獾不要追上來！**

他們走著走著，彷彿已經走了整整幾個月，營地才緩緩進入眼簾。黃牙把鋸皮推到前面，讓他先鑽進刺藤，自己才跟著搖搖擺擺走進去。此刻的營地一片安靜，黃牙猜想大部分的族貓應該是已經出去狩獵或受訓了。

黃牙和鋸皮一走進營地，和亮花坐在戰士窩旁的羽暴抬頭瞥了一眼，立刻跳起來，匆匆穿過空地，來到鋸皮旁邊。

「鋸皮！」她大叫，「發生什麼事了？」

鋸皮一走進空地，馬上癱倒在地上，胸口拚命喘氣。「獾！」他氣喘喘地說。

亮花趕緊衝到巫醫窩去把賢鬚找來。巫醫趕到鋸皮面前，先是很快聞聞他，然後抬頭對著黃牙說：「我有話要跟妳說。妳到巫醫窩等我，我處理完鋸皮後就回去。」

儘管黃牙滿肚子的抗議和不滿，不覺得她們之間有什麼好談的，但她還是點點頭，乖乖穿越空地，鑽進岩縫，到賢鬚的窩裡等著。

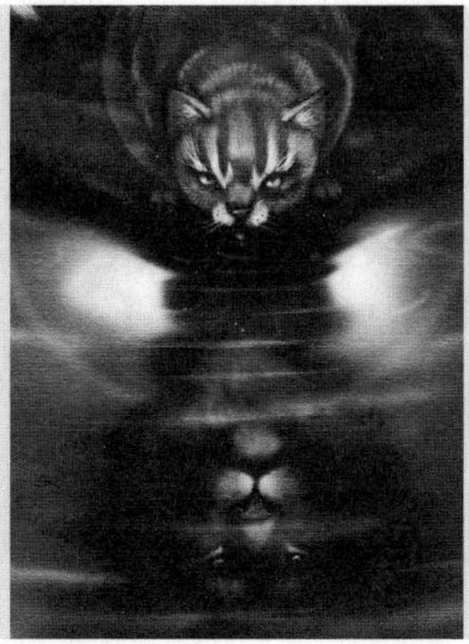

第十二章

黃牙躺在巫醫窩光禿禿的地上，把身子緊緊捲成一團，試著減輕毛皮的疼痛感。她隱約注意到賢鬚有回來一趟，到藥草貯藏庫裡匆匆拿了一樣東西後又走了。黃牙肌肉上的疼痛逐漸開始舒緩，她總算可以放鬆一下。

好想回去窩裡睡上一整個月！

等到賢鬚再回來時，她幾乎已經快睡著了。她苦撐著站起來，努力打起精神。

「鋸皮正在休息，」巫醫喵聲說：，「我給了他一些罌粟籽。」

黃牙點點頭，「太好了。」

賢鬚沒多說什麼，只是默默走到草藥貯藏庫開始整理起來。接著她回頭看了一下黃牙。「妳現在打算怎麼做？」她冷不防地問。

黃牙不懂她的問題，「妳是說現在嗎？我想去睡一覺。」

賢鬚微微搖頭，「我是說以後。」

「當戰士啊，那還用說。」

「可是一直感應到別人的疼痛，妳要怎麼辦？」巫醫問。

「妳有能幫我醫治疼痛的草藥嗎？」黃牙興沖沖喵聲問。

賢鬚搖搖頭。「黃牙，妳又沒有生病，沒有需要醫治的地方。」她把蓋在草藥貯藏庫上的蕨葉壓一壓，然後走到黃牙旁邊坐下來。她看著她的眼睛繼續說：「妳擁有一項絕佳的能力，正好可以用來幫助族貓。」

黃牙搖頭說：「什麼能力？」

「只要他們一受傷，妳馬上就能感應得到。」賢鬚回應：「還有他們生病的時候，妳也能感應到他們哪裡疼痛。」

「妳也可以啊——因為族貓們會告訴妳！」黃牙指出。她儘量保持冷靜，繼續說道：「我不想要這樣的能力，它是我成為戰士的絆腳石。」

看到賢鬚久久不發一語，黃牙跟著焦慮起來。最後賢鬚終於開口說：「也許讓妳在影族當戰士不足以充分發揮妳的長才，」她默默喵聲說：「也許妳應該當巫醫。」

黃牙暴跳起來。「別鬧了！我可是一名戰士！」儘管賢鬚瞪著大眼睛，嚴肅地看著她，她還是忍不住說下去：「感應到其他貓的疼痛又不是我自願的，我寧可不要有這樣的能力。妳應該幫我擺脫這樣的困擾才對啊！」

賢鬚嘆一口氣說：「黃牙，我真的無能為力。」

黃牙再也不想跟賢鬚繼續耗下去。**她根本不懂！**她憤而轉身，衝到空地。

剛好從戰士窩走出來的亮花，一看到黃牙，立刻跑過去找她。「鋸皮——」亮花才剛開口，突然話鋒一轉。「妳怎麼啦？」她擔心地問。

「我沒事。」黃牙斷然回應。

亮花眨眨眼睛。「鋸皮想見妳。」她喵聲說。

黃牙現在根本沒有心情跟任何貓說話，但她猶豫了一會兒，還是決定轉身朝戰士窩走去。一走進去，發現鋸皮蜷縮在床上，四周圍繞著幾片羽毛。黃牙忍不住發出呼嚕竊笑，心想這虎斑戰士乍看之下倒像一隻頂著一圈黑色亂毛的烏鴉寶寶。當她穿過其他睡鋪走到他身邊時，鋸皮抬起頭。

「黃牙……」他喃喃說道：「真的謝謝妳救了我一命。」

黃牙全身皮毛漲熱，突然害羞起來。「沒什麼，」她嘀咕道：「任何貓都會這樣做。」

她一想到和鋸皮之間的祕密，就渾身不自在，有如螞蟻爬滿她的皮毛。她退開一步準備離開，但鋸皮一掌將她攔住。

「答應我，妳再也不會做這種鼠腦袋的事，」他發起牢騷，「這次妳有可能小命都沒了。」

「還說，你自己還不是差點就死掉，」黃牙回嗆，「我們剛好可以作伴。」

鋸皮沒有回應，只是疼痛地哀叫了一聲。

「你躺下，」黃牙喵聲說，要他在床上好好躺著。「我等一下會拿點東西來給你吃。」在走出戰士窩前，她回頭一瞥，看到鋸皮閉起眼睛。她感覺心中燃起一股暖意。**也許我們可以重修舊好。**

黃牙在睡窩前伸了一個大懶腰。疲憊漸消的她，有股衝動想到森林奔跑發洩一下精力。她舒舒服服地伸完懶腰，突然感覺有一隻貓在盯著她，她轉身一看，發現狐掌瞅著憤怒的眼神猛瞪著她。**她是哪根筋不對？**但黃牙才懶得理那見習生。她把狐掌拋到腦後，走到營地另一端去找群聚在獵物堆旁的石齒和其他戰士們。副族長把腳縮在身子底下，在陽光下打起瞌睡來。他眨開眼睛，看著停在他面前的黃牙。當他掙扎著站起身時，黃牙剎那間覺得他似乎老了許多，但一個心跳的時間過後，他很快又回復了以往的俐落和幹練。

「黃牙，我要妳帶領一支巡邏隊前往妳看到獾的地方。我們必須把那野獸永遠地逐出森林。」

「遵命。」黃牙回應，被賦予如此重責大任讓她不禁既興奮又驕傲。

「很好。」石齒看看獵物堆旁的戰士們。「拱眼、鼠翅，你們一起去。」他喵聲說。

「好！」和鼠翅共享一隻田鼠的拱眼吞下最後一口肉，舌頭繞著嘴巴舔一圈。「現在嗎？」

石齒點頭。「就是現在。焦風和蠑螈斑，你們也加入他們。」

狼掌和狐掌並肩跑來。狼掌上氣不接下氣地說：「還有我們！」

副族長搖搖頭，「這次的任務只有戰士才能參加。」

狼掌沮喪地垂下尾巴，他的姊妹則是在一旁怒瞪著黃牙。**不要再瞪我了，**黃牙心想，恨不得給那討人厭的見習生一個耳光。**又不是我的錯。要是讓妳親眼看到那隻獾張牙舞爪的樣子，可能就不會那麼想跟了。**

「等一下，」拱眼喵聲說：「也許我們應該讓見習生跟去。他們總得累積點經驗。」

喔，拱眼，你為什麼就不能閉嘴？黃牙很想大聲說出來，但又必須在副族長面前保持風度，不能隨便顯露出她的不耐煩。

石齒終於點頭答應。「好吧。」他對興奮豎起皮毛的狼掌和狐掌使了個嚴厲的眼神。「但你們要仔細聽黃牙和資深戰士的指揮，」他繼續說：「在他們還沒討論好該怎麼進攻時，你們要乖乖待在後面。」

兩名見習生迫不及待地點點頭，但黃牙很懷疑他們是不是真的有把副族長的話聽進去。她尾巴一揮，把隊員集合起來，接著帶隊鑽過刺藤前進森林。在穿梭林間的途中，焦風突然加快腳步跑到她旁邊。

「我非**剝了**那隻獾的皮不可。」他怒氣沖沖吼道：「我一定要把牠的內臟全挖出來，從這裡灑到兩腳獸的地盤。誰要是傷害我兄弟就是這個下場。」

黃牙腦中浮現兩隻小幼獾從刺藤叢探出頭來，看著母親與部族貓對決的情景。**將獾和牠的孩子逐出牠們原有的家公平嗎？我們難道不能先暫時避開森林這個地帶，等牠把孩子養育長大再說嗎？**

黃牙知道身為一名戰士不該這樣想，但換做她是那隻母獾，她一定也會拚了命地保護自己的孩子，對任何太接近自己巢穴的動物展開攻擊。

或許我可以說我已經忘了該怎麼走了。

她還來不及下決定，突然聽到鼠翅得意地大叫一聲，在路旁的草叢嗅來嗅去。「在這裡！

有鋸皮的氣味，蕨叢上也沾了他的血跡。」

黃牙眼見沒有轉圜的餘地，只好帶著隊員直闖空地。她搞不清自己是鬆一口氣還是失望。當環繞空地的荊棘叢一出現在眼前，黃牙立刻揚起尾巴，示意全隊停下腳步。「那裡過去就是了，」她喵聲說：「狼掌、狐掌，除非我下令，否則你們一步都不准動。」

她謹記鹿躍所教的**看、聽、聞**技巧，試著探出獾的一舉一動，以及預測進入營地後的情景。雖然現場瀰漫著那野獸的強烈氣味，但刺藤叢後方卻一點動靜也沒有。

「黃牙，」拱眼喃喃說道：「在進去前，我們得好好計畫一下。」

黃牙點點頭說：「你有什麼建議？」

拱眼要隊員全湊過來，繼續低聲說道：「我們一穿過縫隙，必須立刻分散開來。蠑螈斑、焦風、狐掌，你們走那邊」他用爪子在地上畫起來，「鼠翅，妳、我，還有狼掌，走這邊。我們可以試著包圍牠。」

「很好，」黃牙同意，「我跟你們進去，並在適時提供支援。焦風——」她露出嚴厲的目光看著薑黃色虎斑貓，「千萬不可**貿然**行動，知道嗎？」

焦風停頓半晌，才不情願地點點頭。「知道了。」

「好，」拱眼繼續說：「一旦我們除掉了母獾後，再來對付牠的小孩。牠們應該很容易就能解決掉。」

一想到將爪子刺進那嬌小無助的幼獾身上，黃牙忍不住眉頭深鎖。**我是戰士！**她告訴自己，**我不得不這麼做！**「好，」她喵了一聲，「開始行動。」

鼠翅一馬當先的闖進空地，但並沒有按照拱眼先前所計畫的衝到一邊，反而停下腳步，驚叫了一聲，「貛已經走了！」

黃牙跟著衝進去，張望空地四周。荊棘叢被踩得一蹋糊塗，刺藤蔓被扯開散得到處都是。從四濺的泥土可以看出母貛帶著幼貛倉皇逃離巢穴的路線。

他沒等其他貓回應，埋頭便沿著貛的足跡狂奔而去。

但狼掌突然大喊：「這裡有牠們逃跑的蹤跡！我們還是可以逮到牠們。」

感謝星族，黃牙心想，**我總算可以不用出手殺害牠們！**

「站住！」黃牙吼道：「不准你單獨去對付貛！」**我才是隊長耶！**她在心中暗自唸道。

狼掌放慢腳步等其餘的隊員趕上來。黃牙帶隊循著貛的路徑，鑽過被踐踏的草叢，一路上滿是那野獸的腥臭味。足跡一開始朝兩腳獸地盤而去，最後彎進貓族活動範圍以外的陌生林地。不久，黃牙開始聞到影族的氣味標記。他們來到自己的領土邊緣停下來。

「我們應該繼續追下去，把牠們給殺了。」焦風急著說：「免得牠們以後再跑回來。」

「鼠腦袋，」黃牙斥喝，「牠們沒有留下來繼續殘害更多的貓，我們就該謝天謝地了。」

「說得對，黃牙，」拱眼喵聲說：「多虧了妳，才逼得母貛把小貛帶離。妳讓牠見識到了影族戰士的勇猛。」

「對啊，看牠逃得比什麼都快。」蠑螈斑附和。

黃牙低下頭，被他們稱讚到有些不好意思。她不知道該如何告訴他們，其實不用去傷害母貛和牠的孩子反而讓她鬆了一口氣。

第十三章

一片葉子飄落到黃牙的鼻前，害她驚愣了一下，還好她在濕草原一路跟蹤的蜥蜴沒有被嚇跑。**現在葉子總是掉個不停**，黃牙心想。樹蔭愈來愈稀疏，獵物也跟著少了。她的肚子開始咕嚕咕嚕叫起來。從這冰冷的空氣看來，禿葉季恐怕很快就要到了。

黃牙聚精會神，小心翼翼地移動步伐，偷偷逼近停在濃密草叢上的蜥蜴。當她擺動後臀準備撲上去時，一隻貓突然倏地從她身邊閃過去。鋸皮騰躍而下，雖伸長四肢，但還是差了一個老鼠的距離，只能眼睜睜看著蜥蜴一溜煙躲進了草叢裡。

黃牙坐起身。「喂！那是**我的**獵物耶。」

「妳站那麼遠，撲得到才有鬼。」鋸皮回嗆，猛然轉身，一雙琥珀大眼正瞪著她。

「哼！你自己還不是半斤八兩。」黃牙動動爪子，肩毛不由得開始倒豎。「我們**兩個**怎麼都沒能為部族抓到半隻獵物呢？」

鋸皮深呼吸準備反駁，但最後還是嘆了一口氣，垂下尾巴。「妳說得對，」他低下頭認錯，「對不起，我太鼠腦袋了。」

黃牙一邊發出呼嚕聲，一邊低吼。「沒關係啦，笨毛球。」她舔舔他的臉頰喵聲說。

鋸皮稍稍退了一步，眼裡的怒氣全消，瞬間變得親切起來。「既然我們都盯上同一個獵物，不如就一起打獵吧？」他建議。

黃牙眨眨眼睛，直視他的目光。鋸皮已從被母獾攻擊的傷勢中復原，能和他和好如初、一起巡邏、一起狩獵的感覺真好。「好啊。」她附和。

⚡⚡⚡

黃牙叼著一隻松鼠穿過荊棘隧道，對自己的狩獵成果甚是滿意。雖然松鼠瘦巴巴的，但已經是她一整天所看到的獵物中最稱頭的了。**況且我差點讓牠溜走，若是再遲一個心跳的時間，牠可能早就逃到樹上去了。**

鋸皮抓了一隻蜥蜴，算是補償之前追丟的那一隻。兩隻貓一起跑到空地另一端，把抓來的獵物放到獵物堆上。

「進行得很順利嘛，」鋸皮大聲說：「我們應該常一起打獵，我們聯手簡直所向無敵。」

黃牙點點頭，「聽起來很不錯。」

「妳還記得前幾天妳把兔子直接趕進我的爪子裡嗎？那真是——」他突然停頓，看到狐掌從空地另一端衝過來，在獵物堆前急剎住腳步。

「哇，是松鼠耶！」她瞪大眼睛驚呼，「恭喜你，鋸皮。」

「那隻松鼠是黃牙抓的，」虎斑公貓回答，「很厲害吧。」

狐掌的興致瞬間全沒了，黃牙猜想那隻松鼠應該也一下子變得很不起眼。這見習生不屑地嘟起嘴巴，把身體別到一邊。黃牙翻了翻白眼，**狐掌就是喜歡亂生氣。**

「黃牙！」

黃牙一聽到微鳥的聲音馬上回頭，發現長老正站在離她的睡窩幾個尾巴遠的地方。

「我在這兒，有什麼事嗎？」

「喔，黃牙……」長老開口說：「我的尾巴底部長了蝨子，怎麼搆都搆不到。我在想妳是不是可以——」

「難道沒有見習生可以幫妳抓蝨子嗎？」黃牙打斷她，兩眼直直瞪著狐掌。

「可是我叫的是**妳**，黃牙。」長老堅持。

看到狐掌一臉暗自竊喜，黃牙全身的火都上來了。她心不甘情不願地朝長老窩走去，一路上那見習生的目光仍陰魂不散地瞅著她。長老窩裡悶熱又不通風。蜥蜴牙正好不在，讓微鳥有足夠的空間拉長身體，方便黃牙揪出蝨子。

黃牙還在生微鳥的悶氣，認為她不該在見習生面前指使她。她懶得到賢鬚那裡拿老鼠膽汁，乾脆用牙齒把牠咬出來後，一腳把牠碾碎在蕨葉上。

「舒服多了，」微鳥吐一口氣，伸長脖子舔舔她的皮毛。一個心跳時間過後，她開始閒聊：「自從鋸皮被獾攻擊後，你們的感情好像愈來愈好了。」

「嗯……好像是吧。」她咕噥。

「你們在這之前好像很不合。」長老擔憂地說。

黃牙含糊地咕噥一聲，刻意避開微鳥的目光。

「聽好，黃牙，」微鳥喵聲說：「妳以後的日子還很長，不需要急著找伴侶。」

黃牙一陣尷尬，四肢直挺挺地楞在原地。「我沒有急著做任何事！」她駁斥。

微鳥點點頭，「那就好。」

「我得走了，」黃牙碎碎唸著，急忙離開長老窩，「巡邏隊……狩獵……」

「不要忘了我跟妳說的話。」微鳥對倉皇鑽出門外的黃牙喊道。

此刻獵物堆旁聚集了愈來愈多貓。和導師一起去狩獵的枯掌和圓石滿載而歸地現身，並將獵物放在獵物堆上。池雲和亮花正在共享一隻鴿子，果鬚忙著示範格鬥技巧給狼掌和花楸莓看。黃牙看到鋸皮正大口吃著掠鳥，而狐掌竟然還在一旁緊纏著他不放。黃牙走過去，剛好聽到那見習生在說話。

「鋸皮，我們一起去打獵好不好？」

「妳不可以擅自去狩獵！」黃牙沒等鋸皮開口，便冷冷地告訴她：「妳還只是見習生！」

「很快就不是了，」狐掌不屑地甩動尾巴喵聲說：「我今天早上已經通過了結業考！」

「那很好。」黃牙冷漠地喵聲說，完全提不起一絲熱情。**她一旦當上戰士，肯定會變得加倍囂張。**

「狼掌是個很棒的見習生。」亮花對池雲點點頭，「我很享受訓練他的過程。暴翅還告訴我狐掌也學得很快。」

「他們讓我感到驕傲，」池雲發出呼嚕聲，「狐掌和狼掌當上戰士後，一定一鳴驚人。」

冬青花走過來剛好聽到她們的對話，緊接著附和：「肯定會的。」

果鬚的頰鬚冷不防搔了黃牙的耳朵一下，黃牙忍不住驚跳起來。果鬚嘀咕道：「我看狐掌就算還沒以戰士身分參加過大集會，也能開始指揮巡邏隊了。」

黃牙苦悶地點點頭。**要是能不跟她一起執勤就好了，**她心想，**可是應該也只能忍耐，不過她休想對我使來喚去！**

「所有能自行狩獵的成年貓都到部族岩底下集合！」

狐掌興奮地彈起來，「我們的戰士儀式要開始了！」

族貓紛紛從窩裡走出來，簇擁在部族岩四周。黃牙看見枯掌和圓石擠在前面，睜著閃亮的大眼睛，一臉迫不及待的樣子。黃牙這時忽然想到這將是他們首次親眼目睹戰士儀式。他們的導師羽暴和鼠翅跟著坐在一旁，過了一會兒，拱眼、暴翅和鹿躍也加入。蕨足跑過去找亮花，最後一起到果鬚和花楸莓旁邊坐下來。

蜥蜴牙跑出來，和微鳥趴坐在長老窩外。黃牙走到鋸皮旁邊坐下來，隱約可以感覺到那老母貓的目光一直注視著她，還好這時狐掌已經跑到前面和狼掌坐在一塊兒。鋸皮抽動耳朵跟黃牙打了聲招呼。

「戰士擢升儀式是部族的大事之一，」杉星宣布：「今天兩名見習生將宣示成為戰士。」

他快速掃視，將目光落在亮花身上，緊接著問：「狼掌是不是已具備了當戰士的資格？」

亮花點頭，「是的，杉星。」

「狐掌呢？」族長轉向暴翅，「她是否有資格擁有這份榮耀？」

「絕對有資格，」暴翅回答：「她一定會是一名傑出的戰士。」

杉星點點頭。「如果是這樣的話，這都該歸功於你的指導有方。」狐掌聽到導師的稱讚，立刻鼓起胸膛。

「她最好收斂點，」黃牙悄悄對鋸皮說：「你看她都快得意忘形了。」

杉星從部族岩一躍而下，繼續說道：「我，杉星，懇請祖靈俯視這兩名見習生。他們已完成嚴格的訓練，足以明瞭崇高的守則。我在此向您推薦這兩名戰士人選。」他揮動尾巴，示意見習生走向前。「狐掌、狼掌，你們是否願意遵守戰士守則，甚至不惜犧牲性命保衛本族？」

「我願意。」狼掌動動爪子發誓；「我願意！」狐掌一臉自信地高聲喊道。

「那麼，我謹代表星族，」杉星宣布：「賜予你們戰士名。狼掌，從現在起，你將以狼步為名。星族將以你的勇氣和忠心為榮，歡迎你正式成為影族戰士。」他走向前，把鼻子擱在狼步的額頭，狼步舔舔他的肩膀後，隨即退回族貓的行列中。

杉星接著轉向狐掌，重複同樣的誓詞，並將她取名為狐心。「星族將以妳的拚勁和犧牲奉獻的精神為榮，歡迎妳正式成為影族戰士。」

狐心舔舔族長的肩膀後便退回原處。整個部族歡聲雷動，恭喜聲不絕於耳。「狐心！狼步！狐心！狼步！」

黃牙發現圓石和枯掌興高彩烈地跟著歡呼，閃著大眼睛高喊新戰士的名字。**他們也沒有因**

為自己還沒能當上戰士而吃醋——縱使圓石應該比狐心和狼步大幾個月。

「你知道嗎，這一切真是讓我意外。」附近傳來琥珀葉的聲音，黃牙回頭瞄到那老母貓正和雀飛在說話。「那些兩腳獸地盤的貓已經完全融入部族生活，或許他們最後會成為戰士。」

雀飛點點頭。「他們真的很努力，鼠翅還說他們為了瞭解戰士守則下了很大的功夫。」

琥珀葉算是部族裡數一數二嚴格的貓，黃牙很高興聽到她這麼稱讚圓石和枯掌。鋸皮為了避開這兩名新成員，再次別過身子揚長而去。黃牙回頭看到鋸皮的舉動，心不禁又沉了下來。

「鋸皮，你這個鼠腦袋，」她嘶喊一聲，即刻追上去。「你要相信那兩個傢伙絕對不會把我們到過兩腳獸地方的事說出來。」她看鋸皮一臉固執的樣子，只能繼續說：「他們或許早就把以前的生活忘得一乾二淨了！任何貓都可以看得出來他們現在對影族是盡心盡力的。」

鋸皮尾巴用力一甩。「他們在營地也才待了三個月的時間。我們不瞭解他們，怎麼相信他們？」他吼道：「他們還是有可能是臥底。」

黃牙嘆了一口氣，**事實就擺在眼前，為什麼鋸皮就是不肯相信呢？**

「再見。」她斷然喵了一聲，很快跑去找在獵物堆旁的花楸莓和果鬚。

⚡⚡⚡

「給我**聽好**，趕快起來巡邏！」

正在戰士窩裡呼呼大睡的黃牙被狐心刺耳的大嗓門給吵醒。正當她用力吸一口氣準備回罵時，才赫然發覺那影族新任的戰士並不是在叫她。

在幾個尾巴遠的蟾蜍躍晃頭晃腦爬起來。「好啦，好啦，」他嘟囔，「妳也沒有必要把整個部族都吵醒。」

「你最好動作快一點，」狐心繼續唸，邊把頭探出窩外的枝叢。「杉星和石齒正等著你。我們要去查看獾是不是真的已經走了。」

「我去就是了，不要再煩了好嗎？」蟾蜍躍嘟囔，甩甩皮毛，朝窩外走去。

狐心把頭縮回來，兩隻貓一起步出睡窩，狐心的嘮叨聲也隨之遠去。

黃牙打了一個大呵欠，捲起身子準備補眠。她累壞了，昨天她總共執行了三趟狩獵任務，包括在入夜後出發捕抓夜行性獵物。**在禿葉季狩獵真的很辛苦**，她昏昏沉沉地想著，**中午過後我還得去出一次任務。**

但黃牙偏偏無法入睡，肚子突如其來的一陣刺痛，讓她一度以為自己是不是誤吃了什麼鴉食，但很快地，她意識到這並不是普通的疼痛。**喔，不會吧！不知道又是哪一隻貓在痛得哀哀叫了，饒了我吧！**

黃牙試著不去理會翻攪的肚子，但隨著一分一秒過去，疼痛愈來愈劇烈，最後她不得不去找賢鬚求救。她強忍著痛，慌張走出睡窩，痛到身體幾乎要揪成一團。雖然她儘量不去驚動其他睡夢中的戰士，但還是不小心觸碰到了果鬚。他抬起頭，眨著惺忪的睡眼看著她。

「妳怎麼了，黃牙？」

「我沒事，」黃牙急著說：「只是胃抽筋。」

她來到睡窩外，忍不住打了個哆嗦。一陣冷颼颼的風掃過營地，黃牙恨不能躺在舒舒服服的床墊上，享受睡窩裡暖和的空氣，和族貓們暖呼呼的鼻息。空地上冷冷清清，族貓們不是擠在睡窩裡取暖，就是出任務去了。

又是一陣疼痛襲來，逼得黃牙疾奔過空地，急著鑽進巫醫窩門外的石縫。被吵醒的賢鬚驚訝地抬起頭。「有事嗎，黃牙？」她打了個呵欠問。

黃牙痛得幾乎無法回答。「族裡有哪隻貓的肚子在痛嗎？」她咬緊牙根嘶聲問。

賢鬚抽動頰鬚，若有所思地看著黃牙。「妳現在身體到底有什麼感覺？」

「很煩！很**痛！**」

「可以再詳細一點嗎？」賢鬚淡然回應。

「這……這很像我生吞了一隻老鼠，然後牠就在我肚子裡不斷亂咬亂抓。」

賢鬚點點頭。「那是飢餓的反應。我猜妳是感應到了蕁斑的疼痛。」

好像是這樣沒錯，黃牙心想。蕁斑剛生完兩隻小貓，但其中一隻已經死亡，而另一隻倖存的小貓又很虛弱。「蕁斑一直很瘦。」她喃喃地說。

「我很擔心她和小雲。」賢鬚接著說：「在這個季節出生的小貓很可憐。」

「為什麼蕁斑不多要一些食物來吃？」黃牙納悶。

「她很愛面子，」賢鬚告訴她：「以她的年紀生小貓算是有點老了，因此她下定決心要證明自己可以把孩子照顧好。」

面子又不能填飽肚子，黃牙心想，「我能怎麼幫她？」她問，「反正我現在肚子痛成這樣也不能為部族做什麼，我連站都站不穩。」

賢鬚又仔細瞧了她一眼，走到睡窩另一端，掀開其中一個草藥庫，接著叼著滿嘴的枯葉回到黃牙面前。黃牙認出了這和她去月亮石途中所使用的是同一種草藥。

「這些能減輕蕁斑的飢餓感，」她把草藥放到黃牙腳邊喵聲說：「同時我會叫一名戰士帶一點新鮮獵物給她。」

黃牙望著地上的草藥，賢鬚擺明是要她把這東西拿到育兒室給蕁斑。**一副我就是她的見習生的樣子！**但現在不是吵架的時候。她叼起葉子，搖搖擺擺走出巫醫窩。

在育兒室裡，蕁斑捲起身體包住她的孩子，尾巴一掃將他兜入懷裡。「小雲，你要吃點東西。」她憂心忡忡地說。

那灰色小毛球扭動身體，試著掙脫母親，拚命發出可憐的喵叫聲。「奶不夠喝！」

黃牙走過去，肚子忽然又是一陣抽搐，她呼吸急促，差點鬆開嘴裡的草藥。她蹣跚走向前，把草藥放到蕁斑面前。「把這些吃了，賢鬚等一下會幫妳拿些食物過來。」

蕁斑露出疲憊渙散的眼神抬頭看著她。「謝謝妳，黃牙。」她喃喃地說。

但黃牙不等她謝完，早已經一溜煙掉頭衝出育兒室，恨不得趕快擺脫皮肉上的疼痛和焦慮。這不只有造成不便——她還得隨時提心吊膽，搞得她心浮氣躁。

如果必須承受所有族貓身體上的疼痛，我如何能專心當個戰士？

第十四章

黃牙把頭探出戰士窩，看到空地上覆蓋了一層厚厚的冰雪。四周的樹枝被壓得垂下來，一些白色雪花仍不停飄落而下。

「季節還沒到就冷成這樣。」她自言自語唸道。

她身體微微抖了一下，費力地穿過軟綿綿的大雪來到獵物堆，石齒正在附近整理一天的巡邏隊。圍在他身邊的資深戰士們個個面面相覷，彼此不停竊竊私語。

黃牙還沒走到那裡，忽然被正叼著幾片艾菊葉前往育兒室的賢鬚叫住。「這些是給小雲的，」她滿嘴草藥地含糊對黃牙說：「他有點咳嗽。」

幹嘛跟我說？「嗯，」黃牙喵聲說：「我相信妳一定會醫好他，賢鬚。」

巫醫對黃牙眨眨眼睛，讓她感到渾身不自在。賢鬚只簡短說了幾句：「沒錯，艾菊應該可以很快讓他止咳。蕁斑吃了妳上次帶去的草藥後已經好多了。」

黃牙低下頭。「很好，」她喵聲說：「呃……我得走了，賢鬚。我還有巡邏的工作要做。」她匆匆跑開，但仍隱約感覺到巫醫的目光不停跟著她。

「妳終於來了，黃牙。」石齒跟加入戰士群的黃牙打了聲招呼。「鴉尾正準備帶領邊界巡邏隊出發，妳可以和冬青花和蠑螈斑一起加入她那一隊。」

「好啊。」黃牙一想到可以離開營地，心情也跟著開心起來。

「我們走吧。」鴉尾揮動尾巴，帶隊穿越荊棘隧道。

黃牙走進森林，看到眼前這一片靄靄的雪景，忍不住驚嘆起來。起伏的山丘與窪地全覆蓋在平坦的白雪底下，雪地上足跡縱橫交錯。四周的暗影泛著淺藍色，樹枝的晃動聲、枝頭的振翅聲——任何一點聲響，在靜謐的空氣中都顯得格外清晰。

「到處都是白白的一片！」黃牙對冬青花喃喃說道。

她的族貓點點頭。「上次下雪已經是好久以前的事了，我都快把那景象給忘了。」

那時我才剛當上見習生，黃牙心想，**時間過得真快，很多事情都變了！**

一團團雪球不時從樹上滾落下來，看到蠑螈斑慌張閃躲飛落雪塊的模樣，黃牙忍不住喵嗚竊笑。她一時玩心大開，把一團雪踢到冬青花身上，那較年長的母貓嚇得跳起來，連忙往後轉身。

「看我怎麼修理妳，黃牙！」

冬青花捧起一大把白雪朝黃牙丟去，剛好不偏不倚砸在她的臉上，黃牙猛甩頭想清掉，把雪花濺得到處都是。

「看招！雪來了！」她大喊，腳猛力一踹，一大片白狀物瞬間朝冬青花飛濺。走在前方幾步遠的鴉尾停下來，回頭看著她們。「妳們是長不大的小貓嗎？」她斥喝：「正經點，不要忘了現在是邊界巡邏。」

「對不起，鴉尾。」冬青花垂著頭，一臉尷尬地喵聲說。

「對不起。」黃牙跟著道歉，但在跟上隊伍前，還是忍不住朝冬青花垂擺的尾巴丟了一團雪花。

等到他們來到轟雷路時，黃牙已經開始厭倦在雪地裡跋涉，肚子底下的皮毛沾得處都是雪。她很羨慕有光滑皮毛和長腿的族貓們，肚皮總是能保持乾乾淨淨的模樣。

鴉尾在轟雷路底下挖出的兩條狹長地道前停下來。「我們必須嚴防任何貓利用這兩條通道入侵影族領土。」她喵聲說：「現在獵物稀少，難保別族不會動什麼歪腦筋。」

「他們有膽試試看！」黃牙抽出爪子低吼。

他們查看隧道和四周的領土，並沒有聞到一絲敵人的氣味。

「真可惜。」蠑螈斑噘起嘴唇作勢咆哮，「我還以為可以和雷族痛快打一架來暖暖身子呢！」

巡邏隊繼續沿著轟雷路前進，接著彎到兩腳獸地盤的邊界巡視。當他們來到高牆和籬笆附近時，黃牙瞬間提高警覺，開始細心觀察是否有認得她的寵物貓出沒。

冬青花輕快地奔越雪地，跳上附近的兩腳獸籬笆。「妳看這個！」她對著黃牙嚷道。

黃牙回頭瞄了在樹下勘查的鴉尾和蠑螈斑一眼，然後攀上冬青花所在的籬笆。

「妳覺得這是什麼玩意兒？」冬青花問，尾巴指著兩腳獸院子裡一團高高隆起的雪堆。

黃牙聳聳肩，忙著查看院子裡是否有寵物貓的身影。「誰知道？」

「它長得有點像兩腳獸。」冬青花不解地繼續說。

黃牙仔細瞧了瞧那團雪堆。「可是它沒有腳。」她指出。

「不過它有頭和身體，」冬青花辯道，「而且頭上還有兩腳獸的皮毛。」

「那它應該就是無腳獸吧。」黃牙不耐煩地喵聲說。**說真的，誰會去在乎兩腳獸奇怪的東西？**

「當一隻寵物貓不知道是什麼樣的感覺？」冬青葉停頓了一會才繼續說：「妳覺得他們能說兩腳獸的語言嗎？妳覺得他們會站起來說：『嘿，抓新鮮獵物的時間到了！我今天想吃田鼠，記得抓肥一點的回來喔。』這種話嗎？」

「應該不可能吧。」黃牙冷冷地回應，「妳有看過兩腳獸跑到森林裡抓田鼠嗎？」

「沒有耶，不過寵物貓根本不用親自去抓獵物。我真替他們感到悲哀。」冬青花嘆了一口氣，「他們永遠不會懂追蹤松鼠是什麼樣的感覺……」

黃牙想起她和鋸皮那天晚上遇到的寵物貓，她非常肯定其中幾隻確實有自行獵食的本領，但她不打算跟冬青花說這些。

「不知道他們整天都在**做什麼**？」灰白母貓繼續說：「他們不狩獵，也不訓練戰技，成天關在兩腳獸的巢穴裡，恐怕也很難找到伴侶，一點貓該有的樣子都沒有。」

「枯掌和圓石就有啊。」黃牙指出。

「是啊，但他們現在是部族貓了。」冬青花抽動耳朵，很篤定地說：「我就不信他們還記得以前住在那裡的生活。總之，」她欣然下結論：「我們才懶得管寵物貓的事，只要他們不來侵犯我們的領土就行了。」

黃牙看到鴉尾和蠑螈斑正朝籬笆走來，趕緊跳下去找他們，很高興終於可以不用和冬青花繼續尷尬地閒扯。她一落地便發現籬笆底下有一個因木板腐爛而形成的破洞，縫隙大到足以讓貓鑽過去。她直覺地聞了一下，赫然嗅到了寵物貓的氣味。

氣味還很新……她想著，**應該有一或兩隻貓剛剛從這裡經過。**洞口附近足跡斑斑，讓黃牙看得眼花撩亂，理不出一絲頭緒。她不確定該不該告訴族貓。**說出來只會製造麻煩……不過話說回來，我們正在執行邊界巡邏，這正是我們的職責。**

正當她還在猶豫不決時，發現蠑螈斑也聞到了氣味，抬起頭來露出可疑的眼神。「寵物貓！」她嘶聲吼道。

她的頸毛瞬間倒豎，大動作在籬笆底下搜查，試圖找出氣味的方向。鴉尾在一旁協助她，而黃牙只是呆站在原地，不停動爪子，冬青花則在籬笆上嚴密監看著四周的動靜。

「真要命，」最後鴉尾咆哮一聲，「這該死的大雪把氣味都蓋住了。」

「但寵物貓肯定有跑到籬笆的這一邊來，」蠑螈斑喵聲說，頸毛仍根根蓬起，尾巴不停甩動。「他們又闖進**我們**的地盤了，我們一定要想辦法制止才行。」她蹲下來，肌肉一繃，躍上籬笆，來到冬青花旁邊，發出挑釁的吼聲：「滾出我們的地盤，寵物貓！」

黃牙感到萬般無奈。**為什麼蠑螈斑非要起衝突不可？我們難道不能和平共處嗎？**她不知道自己為什麼這麼怕遇上兩腳獸地方的貓，但當下感覺到內心深處竄起一股寒顫，有如蕁斑的飢餓般痛苦難耐。**我們絕不能開戰！**

蠑螈斑衝下籬笆，一個勁兒闖進兩腳獸的院子裡。黃牙聽到她哀叫一聲，同時感覺自己肩膀上一陣刺痛。

「蠑螈斑，妳怎麼了？」她大喊。

「沒事！」黑色與薑黃相間的母貓大聲回應道：「我很好！」

黃牙知道她在說謊，**我的肩膀痛到像火在燒！**「我們要把她叫回來，」她對冬青花喵聲說道：「沒有必要在這個時候惹爭端。」

冬青花可不這麼認為。「我們得好好教訓那些闖入我們地盤的寵物貓一頓。」她堅持。

黃牙黯然爬回籬笆上，看著底下的蠑螈斑。那母貓的前腳僵硬地懸在空中，雖然她並沒有哀叫，但感受一波波疼痛襲上來的黃牙心裡很清楚族貓其實受傷很嚴重。鴉尾跳到黃牙旁邊，然後一躍而下，去找在雪地裡的蠑螈斑。她張望四周，不停抽動耳朵和尾巴。

「有種就出來啊！」她大喊：「竟敢擅闖我們的地盤，看我們怎麼修理你們！」

鴉尾挑釁的話語一出，沉靜的空氣裡立刻爆出一聲低吼。黃牙笨手笨腳地試著在籬笆上穩住重心，猛然轉身一看，赫然發現兩腳獸巢穴的那一端站著一隻壯碩的橘色公貓。

是橘子醬！她一眼就認出來，肚子也跟著翻攪起來。她的潛意識告訴她必須趕緊跳下籬笆，以免被他認出來，但她又不能這樣丟下族貓們不管，特別是其中一隻還受了傷。

橘子醬露出一雙惡狠狠的黃色眼睛，抬頭瞪著她。「妳又來這裡做什麼？」他質問。

「他說『又來』是什麼意思？」鴉尾厲聲問：「妳認識寵物貓？」

黃牙不知道如何回答。「呃……算是吧。」她承認，「這不重要，我們正準備走。」她安撫薑黃色公貓。

「不，我們才不走。」蠑螈斑忍著痛嘶吼一聲，露出兇狠的眼神瞪著橘子醬：「我們來這裡就是要警告你們以後別亂闖我們的領土。」

橘子醬哼了一聲。「我不懂你們這些野生貓和你們口中所謂的領土。」他不以為然地說：「我們在籬笆這一端可是自由多了，想去哪兒就去哪兒。」

寵物貓有自由？黃牙還是第一次聽到。這時冬青花竟也跳下籬笆，跑去幫蠑螈斑和鴉尾助陣，讓黃牙錯愕不已。

現在連她也加入戰局，黃牙無奈地心想，**我只想趕快離開這裡！**

「寵物貓懂什麼自由？」冬青花嘶吼道，「你們連自己抓獵物都免了。去問問枯掌和圓石他們想住哪裡，看他們會不會認為寵物貓真的那麼自由自在！」

「枯掌？誰是枯掌？」橘子醬問。

「就是你所認識的小紅。」冬青花回答。

橘子醬突然愣了一下，目光直盯著冬青花。「妳知道小紅和圓石的去處？」

「他們已經是影族的一員，」鴉尾得意地說：「你再也見不到他們了。」

黃牙繃緊全身肌肉，萬一橘子醬出手攻擊，可以隨時衝下去救援族貓。

但薑黃公貓只是瞇起眼睛，淡淡地喵聲說：「我懂了，我現在就讓妳們滾回自己的**領土**去。」

「你沒有資格**讓**我們做任何事！」冬青花亮出爪子回罵。

「別再說了！」黃牙在籬笆上頭焦急嚷道：「他只是一隻又胖又老的寵物貓，不值得我們跟他鬥。別管他，趕快走就是了。」看到橘子醬猛然回頭瞪著她，她逼自己千萬不能退縮。她似乎可以聽到他暗地在咆哮：**又老又胖的寵物貓是嗎？有膽過來這裡再講一次！**

「我們已經讓他見識了我們的膽識，」黃牙卯起來說服，「我們必須立刻帶蠑螈斑回營地。」

「我沒事！」蠑螈斑逞強地說。

「你沒事才怪，」黃牙忍著肩上的刺痛感，嘶聲嚷道：「冬青花、鴉尾，把她扶到籬笆這邊來。」

「我才不需要誰扶。」蠑螈斑尾巴一甩，硬是跳上籬笆，一個沒站穩，只聽到她慘叫一聲，踉蹌跌落到另一邊，摔了個狗吃屎。

「妳這個**蠢到不行**的毛球！」黃牙厲聲斥喝。她理解蠑螈斑不想在橘子醬面前示弱的心態，但她肩上加劇的疼痛告訴她那母貓的傷勢又更嚴重了。

蠑螈斑掙扎著想站起來，但受傷的那隻腳卻怎麼也使不上力，最後側身一滑，癱躺在雪地裡。「老鼠屎！」她喘著氣咒罵道。

鴉尾和冬青花愣在原地面面相覷，顯然不知道蠑螈斑的傷勢原來這麼嚴重。

「來，」黃牙把肩膀撐在蠑螈斑底下，扶這隻受傷的母貓起來。「我們帶妳回家。」

冬青花從另一側攙扶她，鴉尾則是在後頭監視，以防寵物貓追過來。她們就這樣一路蹣跚地回到營地。當她們抵達入口時，蠑螈斑幾乎已經沒有意識，只能靠著黃牙和冬青花的攙扶，勉強撐著三條腿沿途晃回去。

「我們帶她去找賢鬚。」黃牙上氣不接下氣地說，她一路承受著蠑螈斑身體上的疼痛，幾乎和她一樣累到虛脫。

她們一到巫醫窩後，冬青花和鴉尾旋即跑去向石齒稟報。蠑螈斑癱倒在青苔上，受傷的腳直板板地往外伸。

「怎麼了？」賢鬚問，一邊彎下來幫她做檢查。

「她從兩腳獸籬笆跳下去的時候，不小心扭到了腳。」黃牙忍著痛氣憤地回答：「然後這個鼠腦袋在跳回來的時候又傷了一次。」

「我不能讓妳們扶我上去，」蠑螈斑咬著牙嘟噥道：「我絕不能讓那隻寵物貓看笑話。」

「妳不要過去不就沒事了。」黃牙說。

賢鬚聞聞她受傷的腳說：「腳扭傷得很嚴重，」接著繼續吩咐：「黃牙，去拿一些接骨木葉來，嚼碎再給我。」黃牙火速跑到貯存草藥的洞去。

接骨木葉的清新氣味盈滿了黃牙的嘴裡，讓她的情緒鎮定不少。隨著賢鬚把藥泥敷在蠑螈斑腿上的瞬間，黃牙身體上的疼痛也漸漸舒緩。

「罌粟籽，黃牙，」賢鬚把嚼碎的葉泥敷上去，邊低聲說道：「蠑螈斑，妳先在這裡睡一下，等充分休息後再回到妳的睡窩去。」

「謝謝妳，賢鬚。」蠑螈斑喃喃地說。

蠑螈斑開始舔起罌粟籽，黃牙索性鑽出巫醫窩。正在外面走來走去的鋸皮，一看到她現身，立刻跑過去找她。

「我聽說妳們今天碰上了一隻寵物貓，」他喵聲說：「他有認出妳來嗎？」

黃牙眨眨眼睛。「沒錯，是碰到了橘子醬。」她坦承，「不過，他並沒有提起任何關於……那個，霍爾的事，所以沒什麼好擔心的。」

鋸皮顯然不是這麼想，他蓬起頸毛，不停抽動爪子。「我不是寵物貓！這裡才是我的家！」他吼完後，憤而轉身離開。

「喂，等一下！」黃牙追過去，「沒關係，這沒有什麼大不了的，剛剛什麼事都沒發生。」

鋸皮甩動尾巴，彷彿想甩掉她的話似的。「不要來煩我，行不行？」他邊吼，邊加快腳步往營地另一端狂奔，最後消失在刺藤叢中。

黃牙長嘆了一口氣，黯然望著他離去的背影。

「和伴侶吵架啦？」花楸莓跑過來，露出揶揄的眼神。

黃牙忍住大聲咆哮的衝動。「他不是我的伴侶！」她氣沖沖地說：「我們只是朋友。」

花楸莓翻白眼。「不要裝了，」她喵聲說：「全部族都知道妳和鋸皮之間有曖昧。他是脾氣暴躁了點，不過長得還滿帥的……」

黃牙懶得跟姊妹胡扯一通。她悶不吭聲，旋即轉身，悻悻然踱步離去。

⚡⚡⚡

黃牙帶領狩獵隊歸來時，暮色已漸漸籠罩著空地。她把松鼠放到獵物堆上，抬頭望了望四周。營地上靜悄悄的，她想大部分的族貓應該已經準備就寢了。

一同出任務的拱眼、花楸莓和鼠翅把獵物放好後便到戰士窩去了。口乾舌燥的黃牙索性朝營地旁的溪流走去，腳踏在雪地上發出嗤嗤的聲響。結凍的溪水只剩下一彎涓涓細流。黃牙舔著冰冷無比的水，感覺舌頭已經凍到發麻。

正當黃牙抬起頭甩掉頰鬚上的水滴時，附近突然傳來貓咪蹣跚踩過樹枝的細碎聲響。她不由得豎起耳朵。

這是什麼聲音？有見習生準備偷溜出去嗎？還是只是行動不便的長老在走動？

黃牙環顧營地邊緣，仔細查看林子四周，試著找出聲音的來源。她還沒找到，一聲怒號瞬間劃破寂靜的夜空，好幾隻貓突然從暗處猛竄出來，營地周圍的刺藤和荊棘叢被震得沙沙作響。

在隧道入口看守的焦風和琥珀葉急得跳起來。「有入侵者！」焦風大叫。

黃牙僵在原地，猛然間認出那帶領群貓入侵的薑黃色壯碩公貓身影。

是橘子醬！天啊，這些都是兩腳獸地方的貓！

第十五章

戰士們從睡窩裡衝出來，朝入侵者飛撲，頓時間驚叫嘶喊聲不絕於耳。

橘子醬在空地剎住腳步，琥珀色的眼睛怒瞪四方。「圓石！小紅！」他狂喊：「你們在哪裡？我們來——」雀飛和泥爪撲到他身上，打斷他的呼喊聲，剎那間陷入一陣張牙舞爪的混戰當中。

黃牙連忙往空地急奔，準備加入族貓的戰局，但在途中突然殺出一隻貓跳到她背上，爪子狠狠刺進她的肩膀。她跌跌撞撞，差點摔到地上。她猛然轉頭，赫然發現在她背上的正是一身蓬鬆皮毛的白色寵物貓琵希。

被嚇傻的黃牙一時之間亂了方寸，連怎麼打鬥都忘了。最後她蹬起後腿，做了一個後空翻，逼得琵希不得不放開她，倏地慌張閃開深怕被壓扁。黃牙一躍而起，側身閃過再次迎面撲來的寵物貓。她抽出爪子，使盡全力朝白色母貓一撞，兩隻前腳擒住她的胸膛，硬是把她制伏在地。

「這到底是怎麼一回事？」她氣急敗壞地質問在底下不停扭動掙扎的琵希。**她比我想像中更強悍**，黃牙費了好大功夫才鎮住她。

「你們擄走了我們的貓！」琵希嘶吼，綠色眼珠燃著怒光。

「什麼意思？」黃牙一臉困惑地問。

但琵希沒回答，冷不防拱起身子，甩開黃牙，急急竄進混戰的貓群中。愈來愈多貓湧進空地，張牙舞爪地攻擊影族戰士。黃牙望著氣喘吁吁、不斷發出嘶喊的眾貓，心想她的族貓們雖然平時訓練有素，但寵物貓的突襲戰術還是不可小看。

我們會輸了這場仗嗎？她不敢多想。

她看到果鬚從激烈纏鬥的貓群中掙脫，一臉驚駭地掃視四周。「這些都是寵物貓！」他大喊。

一隻高瘦的灰色虎斑貓朝他揮了一拳。「我們可不是都跟主人住在一起！」他在果鬚耳邊大聲咆哮：「不是只有你們才會捕抓獵物。」

他話還沒講完，黃牙已經朝空地衝去，和手足肩並肩作戰。灰色虎斑貓瞥了眼前這兩隻貓一眼，抽出爪子，連忙掉頭，一溜煙往暗處裡逃竄。

「滾出我們的營地！」果鬚一面追，一面放聲大吼。

黃牙也跟了過去，但果鬚後方突然衝出兩隻惡棍貓，黃牙被他們一撞，硬是摔到了地上。幾乎喘不過氣的她，在半驚恐中聽另一隻貓迎面奔來的蹬蹬腳步聲。正當她轉過頭準備迎戰新敵人之際，只見到鋸皮在她身旁剎住腳步，叼住她的頸項，把她拖起來。

「謝啦！」她氣喘喘地說。

鋸皮一臉的震驚，同時露出焦慮的眼神。「這些貓來這裡做什麼？」他嘶聲問道。

「我想他們是來找枯掌和圓石的！」黃牙回答。**要是冬青花和蠑螈斑不在橘子醬面前炫耀的話，這一切就不會發生了！**

鋸皮正開口準備回應，但卻被一陣突如其來的慘叫聲打斷。

「救命啊！趕快過來！育兒室出事了！」

黃牙猛然轉身，看到花楸莓和鼠翅正站在育兒室門口，奮力抵抗一整群兩腳獸地方的貓。

「他們竟然想攻擊貓后！」鋸皮飛身奔過去大吼：「這些貓真是無恥！」

黃牙連忙跟著趕過去。這兩名戰士趁機從這群入侵者的背後攻擊。黃牙一次迎戰三四隻貓，只能拚了命地一陣狂揮亂擊，最後她和族貓們才好不容易把寵物貓從育兒室入口逼到空曠處。黃牙瞥見鋸皮正忙著追趕一隻竄進草叢的寵物貓。

突如其來的一掌重重劈在黃牙的肩膀上，她踉踉蹌蹌，一回神，發現橘子醬就站在她面前。薑黃公貓朝她再揮了一拳，黃牙在閃開的瞬間，利爪順勢劃過他的胸毛。橘子醬怒吼一聲，發了狂地撲到她身上，兩隻貓就這樣在地上扭打成一團。

「你們沒有權力把小紅和圓石拘禁在這裡！」橘子醬衝著黃牙的耳朵叫囂。

「是他們自己跑過來的！」她反駁，「他們是自願留下來的！」

橘子醬根本聽不進去。黃牙心想自己一定要想個辦法結束這場混戰。當她奮力掙脫薑黃公貓之際，發現他的爪子裡揪著幾撮她的灰色毛髮，她慌亂地看著四周。「杉星！」她狂喊道，試著壓過漫天的廝殺聲。

她看到族長正朝著一隻惡棍貓猛甩耳光，惡棍貓狼狽轉身朝營地邊緣的暗處逃竄。黃牙奔到空地另一端，一把攔住準備趁勝追擊的杉星。

「杉星！」她氣喘吁吁地說：「我弄清楚這是怎麼一回事了！」

族長的爪子在星光下閃著光。「妳在說什麼？」他急著問。黃牙猜想他應該是沒有聽到橘子醬衝進空地興師問罪的一番話。

「我們昨天在巡邏時，隨口跟一隻寵物貓透漏了枯掌和圓石住在影族的事。這些寵物貓就認為是我們把他們關起來了，所以特地趕來營救！」

「這未免太誇張了！」杉星大罵。

黃牙點點頭，「是很誇張，但寵物貓並不知道實際情況。」

在她說話的時候，橘子醬蹣跚站起來，雖然他身上多處抓傷還冒著血，但仍是直挺挺地站立著。「我知道小紅和圓石在這裡，」他狂吼，「把他們放出來！」

族長怒甩尾巴。「他們出去打獵了，不在這裡。他們也不是這裡的犯人。」

橘子醬頸毛根根倒豎與族長正面對衝。「那是**你自己**說的。」

黃牙不得不佩服這隻大公貓的膽識。「若沒有聽到枯掌和圓石親口承認，他們是不會相信的。」她喵聲對杉星說。

族長咆哮一聲，語氣中夾雜著憤怒與無奈。「那就去把他們找回來。雖然我有把握打贏這場仗，但為了部族著想，還是愈快停戰愈好。」

黃牙點點頭，火速穿過纏鬥不清的群貓，埋頭疾馳而去。她出了隧道，並沒有見到巡邏隊的蹤跡，但她很清楚他們歸來的路線，於是趕緊飛奔去找他們。現在她終於有靜下心的時間，才開始感覺到全身的劇痛，戰場上每一隻貓的疼痛統統加諸到了她身上。她的頭痛欲裂，試著眨眼擺脫不適。

我們一定要趕快把這事解決！

突然迎面飄來一股陌生的貓味，當黃牙繞過一株斷木時，赫然發現鋸皮、羽暴和霍爾正在當面對質，她趕緊剎住腳步，看到三隻貓全都氣呼呼瞪起眼睛，彼此之間瀰漫著一股緊張的氣氛。

「跟我說這隻貓不是我生父。」鋸皮對羽暴咆哮道。

他的母親抽抽尾巴，「他很早以前就放棄了這個身分，這是他的決定。」

鋸皮怒張著眼睛瞪著霍爾。「你一開始就知道了？但我去找你時，你竟什麼也沒說！」

霍爾聳聳肩。「你不想和兩腳獸地方的貓有任何瓜葛，而我也不想和部族貓扯上任何關係。」

「你從不知道沒有父親陪伴成長是什麼樣的滋味。」鋸皮似乎開始哽咽，「現在我終於知道自己的生父果然是**寵物貓**！原來族貓們所嘲笑的一切都是真的！」

黃牙看到鋸皮這樣心都碎了，比任何肉體上的傷都還要痛。她走到他面前。「沒關係！」她告訴他：「所有貓都認定你是影族戰士。」

鋸皮急轉身，咧嘴咆哮道：「別多管閒事。」

黃牙望著他，不想貿然離開但又不知道該說些什麼。林子另一端傳來打鬥的聲響，陣陣嘶聲吼叫、拳打腳踢聲在草叢間擴散蔓延。

「你不該來這裡。」羽暴對著霍爾怒喝一聲，旋即趕往混戰廝殺的方向。

鋸皮轉向父親，怒氣沖沖僵在原地，頸毛直豎，尾巴蓬成了兩倍大。「立刻給我滾，」他斥喝道，「別再到這裡來。」

霍爾不慌不忙舔舔胸毛。「還輪不到你來指使我，**兒子**。」他悠哉地說。

「我不是你兒子！」鋸皮咆哮，惡狠狠衝過去，「我是影族戰士！」

「一個身上流著寵物貓血液的戰士，」霍爾嘲笑他：「你那群族貓們難道會不在意嗎？」

鋸皮怒吼一聲撲到他身上，發了狠地將爪子往霍爾喉嚨一劃。黃牙頓時感覺脖子和全身疼痛不堪，白雪皚皚的森林在她眼前瞬間成了漆黑一片。

她喘著氣，猛眨眼睛。當她回過神來時，看到霍爾已經一動也不動地倒在地上，大量的血從喉嚨流出來，把雪地染得片片腥紅。「你竟然殺了他！」她驚駭地倒抽一口氣。

「我已經給了他機會，誰叫他不滾。」鋸皮咆哮。

「再怎麼說他也是你的父親！」黃牙不能苟同。

鋸皮轉過去看著她，眼底映著黃牙震驚的表情，冷冷地回了一句：「他也只不過是隻沒有用的寵物貓。」

黃牙還來不及說話，突然迎面撲來另一股貓的氣味。枯掌和圓石從林子裡走過來，旁邊跟著蛙尾和鹿躍。

「發生什麼事了?」圓石問。

「橘子醬和寵物貓正在攻擊我們的營地,」黃牙解釋:「他們以為我們把你們囚禁起來了。」

正當她忙著解釋之際,枯掌忽見躺在地上的霍爾。她立刻衝了過去,傷心欲絕地低頭看著他的屍體。「怎麼會這樣?」她倒抽一口氣,顫抖著聲音說。

「他試圖攻擊黃牙,」鋸皮回答:「我逼不得已才下手。」

枯掌和圓石驚恐地對望一眼。黃牙想開口戳破鋸皮的謊言,但看到他琥珀色的眼睛猛瞪著她,只能識相地閉嘴,現在不管說什麼都只會讓事情變得更糟。

「但是戰士守則不是說……」圓石開口說。

「這隻貓不在戰士守則的範圍,」鋸皮打斷他,「趕快回營地,告訴那些無恥的貓你們沒有被救的必要。」

他立刻朝營地急奔而去。圓石猶豫了一會兒也跟了過去。蛙尾和鹿躍緊追在後。

枯掌仍站在原地望著霍爾的屍體,眼裡有著無盡的悲傷。

黃牙走向她,輕輕碰了她一下,「我們得走了。」

「他是我的父親。」枯掌低聲說。

喔,星族。黃牙希望這隻母貓永遠不要發現霍爾也是鋸皮的生父。**幸好部族裡還有幾隻壯碩的暗色虎斑貓,枯掌可能以為其中一隻就是鋸皮的父親。**

黃牙再戳戳枯掌一下，便一路陪著她回到營地。黃牙觀望營地四周，當場雖然還是有幾個零星的小衝突，但大部分的寵物貓都已經被制伏。部族貓們站在他們面前，腰腹猛喘著氣，傷口涔涔滲出血來。

杉星佇立在空地中央。「枯掌和圓石在這裡。」他目光炯炯，尾巴一掃，把兩隻年輕的貓叫過來。

枯掌和圓石走到族長面前，又窘又驚地張望著這群好戰的貓。

杉星朝橘子醬抽抽耳朵。「告訴這隻貓你們為何會到這裡來。」他命令道。

「我們想來看看森林的生活，」圓石昂著頭，很肯定地說：「而且我們很喜歡這裡的生活。」

「是我們自願留下來的，」枯掌附和，不敢在橘子醬面前抬起頭，「他們並沒有囚禁我們。」

橘子醬大吃一驚。

琵希跑到他旁邊，訝異地瞪大眼睛。「你們怎麼可能會喜歡和這群充滿野性又兇殘的傢伙生活在一起？」她質問，「我們是專程來救你們的！」

「兇殘？」杉星語帶不悅地說：「今天可不是我們先發動攻擊的。如果你們心平氣和地上門問清楚，就不會發生這場流血衝突了。」

「是霍爾提議的，」橘子醬坦白地說：「他非找到妳不可，小紅。對了，他在那裡？」他邊說，邊掃視四方。

「他死了。」枯掌忍不住哽咽起來。

橘子醬和琵希驚駭地看了彼此一眼。黃牙也聽到羽暴的抽氣聲，她瞄了她一眼，從她臉上找不出一絲的悲傷與驚訝，但黃牙知道那母貓並非如外表刻意裝出的冷漠。

「他非死不可，」鋸皮吼道：「他攻擊黃牙。」

「你們可以把他的屍體帶走，」杉星告訴橘子醬：「滾出我們的地盤，別再踏進來一步。相信我，這一次我們是對你們手下留情。」

橘子醬嘶吼一聲，悻悻然轉身離去。

琵希走到枯掌和圓石面前。「如果有一天你們改變心意，隨時歡迎你們回來。」

「謝謝妳」圓石點頭回應，「但我們現在已經是戰士了。」

琵希難過地搖搖頭。「霍爾還因此犧牲了生命，」她喵聲說：「真是太不值得了。」

「他很勇敢，」枯掌喃喃，眼裡仍是充滿哀戚。「我們永遠不會忘記他，我保證。」

黃牙左右張望找尋鋸皮的身影，發現他默默縮在空地邊。**我敢說有一隻貓反而巴不得忘掉他，**她心想。

第十六章

黃牙一步步沿著沼澤潛行，堅硬的泥地和霜凍的草叢讓她的四肢不由得開始痠痛起來。黃牙呼出一團白煙，雖然雪已經融化，空氣仍是冷冽難耐。結冰的池塘邊豎著一叢叢長長的蘆葦，毛絨絨的花穗在萬籟俱寂中沙沙搖擺，除此之外，便沒有一絲獵物的聲響和氣味。

寵物貓的攻擊事件已經過了一個月，雖然族貓們的傷勢都已經痊癒，但個個卻都有氣無力，彷彿禿葉季將永無止盡地持續下去。每隻貓無一不飽受挨餓之苦。黃牙自己已經瘦成了皮包骨，身體還得承受族貓們飢腸轆轆的苦痛，晚上總是無法入睡。

我們都已經整天從早到晚在打獵了，卻還獵不到足夠的食物。這該怎麼辦？

她停下腳步，看著輕步走在前方幾個尾巴遠的鋸皮。過了一會兒，他也停了下來，豎起耳朵細聽。黃牙悄悄朝他走去，順著他的目光望向中間的草叢。她漸漸湊近，隱約聽到冰凍的草梗間傳來窸窣的聲音，一股鼩鼱的氣味隨之飄散出來。

鋸皮甩甩尾巴，朝黃牙打了個暗號後，旋即縱身撲向草叢，兩隻前掌倏地襲向鼩鼱。鼩鼱嚇得拔腿竄了出來，不料黃牙早已伺機等在前面，擺出獵捕蹲姿。但當她猛力往前飛撲，一隻後腳卻不慎在冰上打滑，踉蹌跌落在離獵物一個尾巴遠的地方。鋸皮見狀衝過去，但已經太遲，只能眼睜睜看著鼩鼱一溜煙躲進纏結的荊棘叢裡。

「老鼠屎！」虎斑公貓咆哮，「黃牙，如果妳不想抓獵物就回營地去。」

「你在開什麼玩笑，」黃牙一口嗆回去，「你難道就沒有失手過嗎？你明知道我們得繼續打獵。」

鋸皮哼了一聲沒多做回應。他和黃牙在回林子的途中，看到枯掌和導師羽暴從樹叢暗處走出來準備回營地。黃牙跑過去找她們，一走近便看到枯掌嘴裡叼著一隻烏鴉，一團亂蓬蓬的黑羽毛把她的頭都給遮住了，只露出一雙耳朵。

「妳們抓到東西了！」黃牙喵聲說：「太棒了！沼澤裡連一隻老鼠影子都沒有。」

「這隻是枯掌發現的。」羽暴邊回應，邊滿意地看著見習生。

枯掌的眼裡露出驕傲的神采，黃牙同時注意到鋸皮板著一張臉。

「族貓一定會很高興的，待會兒見囉。」黃牙喵了一聲離開。等她走到羽暴和枯掌聽不到的地方，便轉身對鋸皮說：「羽暴讚美枯掌有錯嗎？她本來就應該被讚美。」

鋸皮不屑地碎碎念道：「那隻烏鴉又老又糟。」

此刻黃牙終於忍不住將心中的不滿統統爆發出來。「你憑什麼總是把枯掌視為老鼠屎看待，我真是受夠了。」她嘶聲吼道：「霍爾很不巧也是她的父親，這又不是她的錯。你總得接受。她不只是你的族貓，也是你的妹妹！」

鋸皮停下來怒瞪他。**說溜嘴了**，黃牙突然想起打鬥衝突當晚，早在枯掌透漏自己是霍爾女兒身分之前，鋸皮和圓石早已經奔往營地。

那又怎樣？他總得面對現實。

「別再說了！」鋸皮怒甩尾巴吼道：「我沒有父親，枯掌和我一點關係也沒有。」他轉身背對著她，接著回頭說道：「當時他正準備攻擊妳，幸好有我在場，否則妳就沒命了。」

黃牙錯愕地蓬起頸毛，**才不是那麼一回事！**但她知道此刻再怎麼爭辯，鋸皮都聽不進去。現在的他一心只想和兩腳獸的地方以及住在那裡的貓劃清界線。

鋸皮怒氣沖沖地離去，但忽然又停下來，耳朵指著附近的蘆葦叢。黃牙放輕腳步繞過草叢，看到一隻烏鶇正背對著她在地上啄食。她躡手躡腳一步步逼上前，鋸皮則從另一邊包夾過來。

星族啊！請保佑我別再失手。黃牙一面蹲低身體，一面祈求，旋即飛撲向前，瞬間爪子刺進準備振翅疾飛的鳥兒，看著牠漸漸在掌間癱軟下來。

「抓得好！」鋸皮迎面高聲叫道。他的眼睛閃著微光，顯然已經氣消了。他彎身嗅聞獵物，接著說道：「不知道我們什麼時候才會有自己的見習生，我們已經有當導師的資格了。」

「對啊」黃牙應聲：「不過可能還得再等一等，現在育兒室裡只剩小雲。」

鋸皮點點頭。「希望我們可以一起當上導師。」他的琥珀色眼睛透著一股熱情，凝視著黃牙。「若是我能當族長，妳來當我的副族長，那就太棒了。」他忽然停頓下來，黃牙從他眼裡瞥見一絲不確定。「如果妳肯跟我在一起的話。」他補充。

黃牙眨眨眼睛，抬頭望著他俊俏的臉龐和不安的眼睛。她真希望他能永遠像這樣對她敞開心胸，能儘量克制自己的脾氣和偶爾愛生悶氣的執拗個性。不過，在成長的過程中不知生父是誰，最後發現自己的父親竟是一隻不想和親生兒子有任何瓜葛的寵物貓，他心裡不知道是什麼感受？若鋸皮有時愛發脾氣，或是不想理人都應該可以理解吧？「我當然想跟你在一起。」她低聲說。

鋸皮舔舔她的耳朵。「太好了。我們帶著妳的獵物回營地吧。」他喵聲說。

當黃牙把烏鶇放到獵物少得可憐的獵物堆上時，好幾隻貓擁了過來。

「做得好，黃牙。」鹿躍喵聲說。黃牙聽了前導師這麼一讚美，突然感到一股驕傲。一些貓也陸陸續續恭喜她，不過還是有些貓不屑地轉身離開。

「只不過是隻瘦不拉嘰的烏鶇。」她聽到狐心發起牢騷，「拿來塞牙縫都不夠。」

黃牙不理她。她一踏進營地，便有一股奇怪的感覺在她皮毛下蠢動，渾身忽冷忽熱。**我是怎麼了？**

黃牙離開圍在獵物堆旁的貓群，試著找出身體不對勁的原因。她不知不覺來到了長老窩，探頭進去，一眼便看到在睡墊上翻來覆去的微鳥。她的雙眼迷茫，不時低聲發出陣陣的呻吟。

喔，不會吧！我感應的正是微鳥發燒的症狀！

黃牙疾奔過空地去把賢鬚找來。「快點過來！」她鑽進巫醫窩的石縫入口，氣喘吁吁地喊道：「微鳥發高燒了。」

忙著清點羊蹄葉的賢鬚抬起頭。「好，順便帶一些派得上用場的草藥。」她連忙說。

「什麼？」黃牙像是被獾打到似的震驚了一下。「賢鬚，妳的腦袋是裝蜜蜂嗎？我可不是巫醫！要是我拿錯草藥給她，可能會害她因而喪命！」

賢鬚多遲疑了一個心跳的時間，然後聳聳肩，走到貯存草藥的坑洞去。黃牙看到她大彎著腰才撈出幾片枯黃的琉璃苣葉。**草藥應該幾乎已經用光了，**黃牙蓬起皮毛，感覺一陣恐慌。**這裡只剩下一點點草藥，天氣那麼冷，植物根本不可能生長。族貓們又餓又病，該怎麼辦才好？**

賢鬚叼著滿嘴的草藥，向黃牙點點頭後，隨即走出窩外。巫醫急忙奔過空地，和站在營地中央東張西望的鋸皮擦身而過。黃牙跑過去找他。

「原來妳在這裡！」他喊道：「我到處在找妳。我們和狐心還有狼步一起去切磋一下戰技吧。」他伸出尾巴，朝後方指了指那兩名已等不及要出發的年輕見習生。

黃牙飽受飢餓和微鳥的高燒之苦，很清楚自己根本無法專注在打鬥訓練上。「不了，謝謝。」她回答：「我正準備再去打獵。」

「喔，拜託，」鋸皮不肯罷休，「我們都已經獵了一整個早上。」

黃牙頓時一股怒氣衝上來。「戰技可填不飽肚子，」她吼道：「部族現在最迫切需要的是尋找食物，而不是一頭熱地去準備那些有可能不會發生的戰事！別族為了填飽肚子都焦頭爛額了，哪有時間攻擊我們！」

鋸皮露出不解的眼神退開一步。「我還以為妳一直以當上最優秀的戰士為目標。」他反駁：「獵食的工作就交給見習生去做。我們不能因為他們沒本事獵到足夠的食物，就忽略了打鬥訓練的重要。」

黃牙想開口爭辯。**打獵給全族吃什麼時候變成見習生的工作？況且這季節獵物又這麼少。**

「別理她，鋸皮。」狐心朝鋸皮的肩膀湊過去。「我去找蜥蜴紋跟我們一起去。」

鋸皮點點頭，冷冷地看了黃牙一眼，轉身穿越空地，朝隧道走去。黃牙望著他遠去的背影好一會兒。**就算我能理解他的想法，但並不表示我必須欣然同意！**她生氣地聳聳肩，然後跑去找石齒。**我去請他再派我出去狩獵。**

黃牙在隱蔽於大橡樹樹根間的族長窩裡找到了正在和杉星講話的副族長。她走上前，突然發現這兩隻貓顯得老態龍鍾，已不若往常的意氣風發。他們瘦得跟狐狸沒兩樣，口鼻因歲月的摧殘而斑白，身體在潮濕的青苔上捲成一團。

他們一點都看不出有領導強大部族的派頭。新葉季必須趕緊到來，有更多獵物出現好填飽他們的肚子才行。

黃牙在族長窩門口停下腳步，隨即點個頭示意。杉星一看到她到來，起身便問：「什麼事，黃牙？」

「我想找石齒談談，」黃牙開門見山地說：「有哪一支狩獵隊可以讓我加入嗎？」

沒想到杉星以滿意的口吻說：「黃牙，妳真的很努力。記得先去吃點東西再去打獵。」

石齒點點頭。「鹿躍正準備帶蟾蜍躍和灰心去狩獵，」他喵聲說，耳朵朝獵物堆指了指，被他點到名的貓正在那裡匆忙地吃著食物。「妳可以跟他們一起去。」

「謝謝！」

黃牙趕緊跑過去找鹿躍報到，順手從獵物堆挑了一隻枯瘦的鼩鼱。她狼吞虎嚥地吞下最後一口，跟著鹿躍走出隧道。森林仍不見任何獵物的蹤跡，一路上只有蟾蜍躍抓到了一隻從他眼前的樹根急跳而起的小老鼠，在不知不覺中，兩腳獸地方的高牆已然在林間隱約可見。

「但願我們沒有太過靠近，」和黃牙走在隊伍後面的灰心嘀咕：「我可不想和任何寵物貓狹路相逢，上次和他們對戰已經夠難纏了！」

「我們和他們現在是井水不犯河水。」黃牙回應，「況且他們已經知道我們並沒有擄走枯掌和圓石。」

灰心似乎仍有疑慮。「誰知道寵物貓會幹出什麼事來？他們可沒有戰士守則的約束。」她環顧四周，抽動爪子，一副等著好戰的寵物貓衝出草叢的模樣。「上次妳和那隻大寵物貓對戰是什麼樣的感覺？」她接著問：「妳有害怕嗎？真的是鋸皮救了妳一命嗎？」

黃牙不知該如何回答。她不想一直幫鋸皮說謊下去，但又不能把真相洩漏出來。「我覺得……」她支支吾吾地說：「這一切發生得太過突然。」

「寵物貓的能力比我想像中還強，」灰心緊接著說，沒有再繼續追問霍爾的死因，黃牙頓時鬆口氣。「但他們畢竟沒有受過正規的戰士訓練。妳覺得我們哪一招最能壓制住他們？」

此刻黃牙發現鹿躍突然掉頭朝她們走來。

「妳們搞清楚，我們是來打獵的，」這隻較年長的貓厲聲斥喝：「可不是要妳們像一對掠鳥一樣杵在這裡吱吱喳喳講個不停。」

「對不起，鹿躍。」黃牙喵聲說。

「妳們太不像話了。黃牙，妳到那邊的刺藤叢找找看有什麼獵物；灰心，妳到那邊的蕨叢去。真是的，我怎麼還得像叮嚀見習生一樣幫妳們分配工作，妳們才肯去做。」

黃牙羞愧到全身皮毛漲熱，趕緊跑到刺藤叢去。她張開雙顎，嚐嚐空氣，隱約聞到一抹新綠的氣息。她沿著氣味尋去，看到草叢邊蓋著一片樹皮。她順手翻開樹皮，在底下忽見幾株款冬，豔黃色的花瓣正含苞待放。樹皮和刺藤叢正好幫它們抵擋了酷寒的氣候。

款冬治咳嗽很有效，黃牙得意地心想。她小心翼翼地咬下款冬的莖梗，把它們從刺藤叢裡叼出來。她抬頭，猛然發現蟾蜍躍和鹿躍正困惑地看著她。

「你不是應該抓一些可以吃的獵物嗎？」蟾蜍躍說。

「但是賢鬚正需要這些！」滿嘴草藥的黃牙辯道。

鹿躍點點頭。「你說得沒錯。現在先暫時把它們放在這裡，等你打完獵再回來拿。」

「對不起，我不能這麼做，」黃牙滿是歉意地說：「如果把它們放在地上，很快就會被凍爛掉，我必須馬上帶回去給賢鬚。」

鹿躍和蟾蜍躍互看一眼。「別鬧了！」蟾蜍躍咕噥。

「既然是這樣，妳最好趕快去。」鹿躍考慮半晌，喵聲說：「快去快回啊。」

黃牙點點頭，朝營地方向急馳，心中燃起希望。**草藥又開始生長了，離新葉季已經不遠了！**她來到營地附近，看到鋸皮和狐心站在那裡，大張著雙顎，似乎在聞些什麼。

他們是在抓獵物？黃牙納悶，雖然鋸皮剛才極力鼓吹打鬥訓練的一番話還是讓她很反感。

黃牙走過去，聽到鋸皮喵聲說：「我可以聞到蜥蜴紋的氣味，她應該就躲在榛木叢裡。」

「鋸皮，你的追蹤技巧真不是蓋的。」狐心拉高嗓門讚美，「看我們能不能神不知鬼不覺地偷襲她。」

兩名戰士並肩悄聲鑽進草叢，看到黃牙迎面走來，索性停下腳步。

「草藥？」鋸皮盯著滿嘴草藥的黃牙，「妳不是去打獵了嗎？」

黃牙伸出腳掌，小心翼翼地捧著草藥。「賢鬚需要這些。」她喵聲說。

鋸皮翻白眼。「賢鬚應該找見習生去幫她摘的，不關戰士的事！」

「叫見習生去應該不難吧。」狐心插嘴。

「戰士的職責是照顧部族，」黃牙怒斥，「也就是說，採集草藥和狩獵打仗一樣重要。」

「才不是。」鋸皮抽動尾梢，「妳不是巫醫，沒有必要負責照顧生病的族貓。如果妳插手，大家反而會認為妳不想當戰士。」

「我當然想當戰士。」黃牙駁斥。

「那就告訴我妳什麼時候想再開始打鬥訓練。」鋸皮從她身旁擦過去，喵聲說：「喂，蜥蜴紋，出來吧！我們知道妳在裡面。」

黃牙朝營地走去，一走出隧道，飢餓和疼痛立刻纏上她。她緊皺起眉頭，**真希望可以告訴鋸皮，當族貓在痛苦時我是如何感同身受，不過他永遠不會懂。**她嘆了一口氣，**這又不是我自願的！我只想當個戰士！**

第十七章

黃牙從睡夢中驚醒，忽然發現自己喘不過氣。**星族，救我！**她發了狂地一陣亂抓，想掃開讓她窒息的青苔，但卻只能空揮舞著四肢，她身上根本沒有青苔。她張開眼睛，看看營地四周。所有戰士仍在酣睡，腰腹隨著呼吸均勻地起伏著。

現在黃牙每吸一口氣，都得費上好大力氣。她狼狽起身，搖搖晃晃走出睡窩，差點撞到蜷縮在床上的果鬚。她來到空地，寒氣像長了冰爪似的猛往她的皮毛裡鑽。澄澈的夜空綴滿點點星光，營地一片寂靜，但黃牙還是隱約可以聽到從長老窩傳來的窸窣聲。

黃牙喘著氣，一路蹣跚穿越空地。當她一靠近長老窩，便聽到同樣的掙扎喘氣聲，同時裡面傳來蜥蜴牙喵聲說話的聲音：「微鳥，妳不能再這樣下去了，得讓賢鬚幫妳檢查一下才行。」

黃牙朝睡窩一看，發現微鳥正躺在青苔

上，鼓脹著胸口吃力地呼吸著。蜥蜴牙只能在一旁無奈地看著微鳥，一邊輕撫她的肩膀。

「我去找賢鬚來。」黃牙喵聲說。

黃牙來到巫醫窩，發現賢鬚在床上呼呼大睡，她費了一番功夫才把她叫醒，心想她一定是為了照顧因飢寒交迫而病倒的族貓才會累壞了。被吵醒的賢鬚眨眨眼睛，迷茫地看著黃牙。「什麼事？」

黃牙等得不耐煩，逕自走到存放草藥的坑洞，一把撥開蓋在上面的蕨葉。她兩個日昇前採回來的款冬已經用完了，不過她在其中一個坑洞底部找到一些枯萎的杜松莓。

黃牙連忙抓了一粒莓果放到賢鬚的面前。「微鳥喘不過氣來，」她告訴巫醫：「用這個有效，對吧？」

賢鬚一臉倦意地點點頭。「若有問題的話，再來叫我一下。」她喃喃說。

黃牙眨眨眼睛，不敢相信巫醫居然這麼放心交給她去做。**嘿，我可不是妳的見習生！**她心想，隨後聳聳肩，帶著莓果離開。

黃牙鑽進長老窩，蜥蜴牙憂心忡忡地抬頭看。「賢鬚怎麼沒有來？」他喵聲問：「她沒事吧？」

「她好得很，」黃牙告訴他：「我只是幫她跑跑腿。來，微鳥，賢鬚要妳吃下這個杜松莓，好讓呼吸順暢些。」

微鳥從黃牙爪縫間接過莓果，虛弱咀嚼幾口，然後吃力地吞了下去，接著倒頭躺回床上閉起眼睛。黃牙瞬間感覺到自己胸口的壓迫感已漸漸減輕，頓時鬆了一口氣。

「蜥蜴牙，你看，」黃牙提議，「如果我們把這邊的青苔墊高，微鳥就能半躺臥著休息，這樣她會比較容易呼吸。」

蜥蜴牙抬起微鳥，讓黃牙在這長老肩部底下堆高青苔。這臥病的貓嘆了一口氣，呼吸顯然已經開始改善。「謝謝你們。」她喃喃說道。

蜥蜴牙蜷縮在微鳥身旁幫她取暖，黃牙則是走回賢鬚的窩。隨著微鳥的病痛減輕，黃牙的呼吸也順暢多了。

黃牙悄聲鑽進石縫，發現巫醫半坐起身仍醒著。「她怎麼了？」

「好多了，」黃牙回應：「妳今天晚上應該可以不用過去看她。」

賢鬚點點頭。「謝謝妳，黃牙。我明天一早再去看看她。」

黃牙回到戰士窩，發現鋸皮已經醒來，琥珀色的眼睛在黑暗中閃爍著光芒。「妳上哪兒去了？」他低聲問。

「我去幫微鳥的忙，」黃牙回應，穿過一隻隻熟睡的貓兒，來到自己的床鋪邊。「她呼吸困難，所以我去拿了一粒杜松莓給她。」

鋸皮瞇起眼睛。「那是賢鬚的職責，不關妳的事。」

幸好他沒問起她是如何知道微鳥有困難。黃牙喵聲說：「我只是不想看到族貓受苦，好嗎？」

鋸皮又好氣又好笑地哼了一聲：「我說我們要當上族長和副族長，可不是族長和巫醫！」

他揮揮尾巴，要黃牙靠過來。她依偎在他身旁，在寒冷中彼此的皮毛緊緊靠在一起。**這種**

感覺真好，黃牙昏沉沉地想著，漸漸進入了夢鄉，**但願我們永遠能像這樣**。

⚡⚡⚡

一輪圓月高高懸在影族營地上空。黃牙並沒有被派去參加大集會，一整晚輾轉難眠，恨不得趕快知道那裡發生的一切。她把四肢縮在身體底下坐在戰士窩裡等著，最後終於聽到急急奔過營地堅硬泥地的腳步聲響。鋸皮一馬當先，寬厚的肩膀刷過睡窩外圍的枝叢。

「有什麼新鮮事嗎？」黃牙跳起來急著問。

鋸皮突然臉一沉。「其他部族看起來都比我們營養充足。」他一一向她報告，同時咧開嘴巴，作出咆哮狀：「風族的石楠星還亂指控說在他們的地盤上聞到影族的氣味。」

「真是太誇張了！」黃牙氣憤地喵聲說：「我們的貓又沒有到那裡去。」

「這我當然知道，但風族哪肯相信。」鋸皮一臉厭惡地抽動頰鬚，「還不只這樣。雷族巫醫羽鬚還問了狐心和枯掌一些奇怪的問題。」

「什麼問題？」

「喔，影族都還好嗎……之類的話」

黃牙一臉茫然。「但是羽鬚不是在半月時就已經和賢鬚碰過面了嗎？為什麼他還要在大集會時問這種問題？除非他是因為看到我們的戰士都那麼瘦，才想說關心一下。」

鋸皮不領情地哼了一聲。「巫醫應該多管管自己分內的事！」

「沒什麼好擔心的。」黃牙把尾梢擱在他的肩上安撫他。

此刻愈來愈多貓兒紛紛湧進窩裡。狐心莽莽撞撞，把青苔踢得到處都是。蜥蜴紋緊跟著進來。狐心一看到黃牙，立即停下腳步。「妳是特地留下來找草藥的嗎？」她挖苦她。

「現在要找到草藥可真不容易啊。」蜥蜴紋幫腔。

兩隻貓互看一眼，發出喵嗚的嘲笑聲。

黃牙翻了翻白眼，懶得回應。

「她們說得沒錯，」鋸皮等狐心和蜥蜴紋走回自己的睡窩，隨即喵聲說：「妳花太多時間幫賢鬚，應該多花點心思在戰士的職務上。」

黃牙豎起皮毛。「你又不是族長，輪不到你來對我說教。」她扭過身背對著鋸皮咕噥道。她的頸項忽然感覺到鋸皮一陣溫暖的鼻息。「我並不是對妳說教，」他低聲喃喃：「我只是給妳建議，好嗎？妳是戰士，不是巫醫。雖然妳我都很清楚，不過妳也要讓其他族貓都清楚明白這一點啊。」

⚡⚡⚡

黃牙走向前，朝族長鞠了一躬。「請讓我加入狩獵隊，杉星。」

大集會後的隔天清晨，杉星和石齒忙著整理當天第一批的狩獵隊。空氣雖然依舊冷冽，但灰藍色的天際已泛著一抹陽光。鳥兒在高處啁啾啼鳴。黃牙一想到獵物充沛的景象，心情突然開朗起來。

「好，黃牙，」杉星喵聲說道：「妳去加入拱眼、狼步和琥珀葉。」

黃牙走過去找他們，瞥見鋸皮給了她一個欣慰的眼神。鋸皮將帶領另一隊，成員包括暴翅、蕨足和蠑螈斑。雖然不能和他一起狩獵讓黃牙有點失望，但她已經感到很滿足了。

起碼他現在可不能抱怨我沒有善盡戰士的職責！

拱眼帶隊步出營地，穿越寒冰覆蓋的沼澤。「我們今天就去轟雷路附近碰碰運氣，」他宣布：「那裡已經好幾天沒有任何貓去打獵了。」

黃牙和同伴們跟著他來到轟雷路底下的隧道旁。遼闊的風族高地在遠處擴展開來，鮮明地映襯著天際。

拱眼停下腳步，瞇起眼睛眺望著起伏的丘陵。「真不敢相信石楠星昨晚在大集會所說的話，她竟然指控我們闖入他們的地盤！」

琥珀葉抽抽尾巴。「就讓她去講吧，風族貓只會虛張聲勢，沒膽真的開戰。」

黃牙可不敢這麼大意。她聞聞附近的草叢，想尋找新鮮草藥和獵物的蹤跡。她剎那間愣住，當下聞到一股她最不想聞到的氣味。「等一下！」她叫住正準備動身離開的狩獵隊同伴們。「我們可能有入侵者，**風族**入侵者。」

拱眼急忙轉身，「哪裡？」

黃牙抽抽尾巴，把族貓們叫過來嗅聞她發現風族氣味的草叢。

「是他們沒錯，」琥珀葉不假思索地點頭確認，「而且氣味還很新。」

「看你們能不能找出氣味是往哪裡去，」拱眼悄悄喵了一聲，「他們有可能還在附近。」

三隻貓張開雙顎，開始在附近嗅來嗅去。狼步率先搜尋到入侵者的氣味蹤跡。他甩動尾巴示意了一下，拱眼立刻帶隊向前，循著氣味而去。

那群卑鄙的風族貓竟敢闖入我們的邊界？黃牙心想，**他們先是誣賴我們入侵，然後又暗地裡踏進我們的地盤！**

氣味一路沿著地下隧道而去。狩獵隊在未抵達轟雷路前，先繞過高聳的樺樹叢，赫然撞見四隻貓正明目張膽地勘查影族領土。黃牙在上次大集會已經和這些貓打過照面，所以有點印象，是曙紋、年輕戰士高尾和一隻叫紅爪的公貓，還有他的見習生鼩鼱掌。

「你們在這裡做什麼？」拱眼質問。

四隻風族貓一聽到他的聲音，不約而同驚跳起來，猛然轉身迎向影族狩獵隊。黃牙看到他們臉上瞬間閃過一絲罪惡感，但很快便惱羞成怒起來。

曙紋走向前。「我們風族的領土上出現影族的氣味。」她一口咬定。

「一派胡言！」拱眼語帶憤怒地說，頸毛開始倒豎。

黃牙走到拱眼旁邊助陣，並從眼角餘光中瞄到他灰色皮毛下根根清晰可見的肋骨。**風族貓難道看不出我們族貓現在虛弱到連前往邊界的力氣都沒有嗎？**

「即使我們有侵入你們的領土，」琥珀葉喵聲說：「而且事實上我們根本沒有——你們也沒有權力跑過來。」她惡狠狠地走上前一步，威嚇眼前這群入侵者，「現在給我滾。」

「喔，我們不能多待一會兒四處看看嗎？」鼩鼱掌故意裝出大失所望的模樣問，「這群瘦到皮包骨的傢伙根本阻攔不了我們。」

黃牙和族貓們二話不說，擺出正面迎戰的姿態。黃牙一陣怒氣衝上來，**影族很強大！風族**

貓竟敢這樣跟我們講話？

「聽好，」拱眼開口說：「你們有沒有理虧自己心知肚明，現在馬上滾，我們就不跟你們計較。」

風族貓仍舊無動於衷。緊繃的情緒從黃牙的耳朵蔓延到尾梢，她不停抽動爪子。

「如果我們不從呢？」紅爪譏諷道：「你們難道要吃了我們嗎？」

拱眼嘶吼一聲，縱身撲向那隻風族公貓。其餘的貓則簇擁在他身後。在兩隻公貓大打出手的當下，黃牙突然感覺一陣刺痛直往骨頭裡鑽，她踉蹌幾步，幾乎無法站穩。高尾趁機衝向她，黃牙在慌張中試圖穩住腳步抵抗。她瞥見身旁的琥珀葉側腹被抓出一道大傷口，血不斷從中湧出來，曙紋緊接著伸出沾滿血跡的爪子再次朝她襲去，黃牙痛得慘叫一聲後，不支倒地，腦海中不斷浮現一幕幕皮毛被撕裂、喉嚨鮮血直冒的景象，讓她一時無法呼吸。高尾的爪子順勢往她的皮毛一劃，刺穿底下的皮肉，但她只能像隻小貓般四肢無力地掙扎。

「放開她，高尾。」痛到發昏的黃牙依稀聽到曙紋喊道：「我們教訓夠了，這群卑鄙的貓應該不敢再來侵犯風族的地盤了。」

黃牙虛弱到沒有力氣說話。她顧不得身上的疼痛，滿腦子只想到就這樣讓入侵影族領土的風族貓一走了之，豈不是太便宜他們了。此時一陣急促的腳步聲轟然在她耳邊響起，而且愈來愈響亮。她意識到群貓從她身邊疾馳而過，同時聞到一股鋸皮的氣味。**另一批狩獵隊趕來了！**她頓時恍然大悟，鬆了一口氣地甩甩身子。她眨眨眼睛，試圖甩開眼前發黑的暈眩感，抬起頭來便看到與風族貓正面對峙的鋸皮。

「滾出去！」他高聲喝道：「如果你們認為可以隨便來這裡攻擊我們的族貓，那你們就大錯特錯了。今天非讓你們嘗嘗我爪子的厲害不可。」

「別在這裡說大話。」曙紋咆哮。

黃牙發現風族貓們也是傷痕累累，曙紋的肩膀禿了一塊皮毛，鼩鼱掌和紅爪的傷口還流著血，顯然也無心再戰。

「別再踏進我們的地盤一步，」紅爪挺起脖子湊到鋸皮面前。「否則休怪我們以牙還牙。」

鋸皮輕蔑地哼了一聲：「你可嚇唬不了我。」

紅爪怒瞪了他一眼，隨後風族貓們便退開直往轟雷路去，回到自己的領土。

黃牙倒頭躺回地上，傷口仍不斷滲出血來，同時還得承受每一隻貓身上的疼痛。她意識到鋸皮在她面前彎下身，粗糙的舌頭舔舐著她的雙耳，讓她感覺到一股暖意。

「我帶妳回營地。」他喵聲說。

「不用！」黃牙咕噥：「先去幫琥珀葉，她傷得很嚴重。」

鋸皮用鼻子磨磨她的耳朵，語氣格外地溫柔：「傻毛球，拜託妳別老是只顧著擔心其他貓。」

鋸皮和蕨足一左一右把黃牙扶起來，一路攙扶她回營地。她和同伴們一進入空地，族貓們紛紛衝出來，看到傷痕累累的狩獵隊，頓時驚愕聲連連。

亮花匆匆來到黃牙身旁。「發生什麼事了？」她瞪大眼睛心疼地問，「喔，黃牙……趕快去找賢鬚檢查一下。」

鋸皮和蕨足扶她到巫醫窩，亮花一路跟在她旁邊。拱眼一拐一拐地和狼步一起去找杉星稟報。

由於事先早已有貓趕來通知賢鬚，當黃牙進來時，她已經著手準備用來止血的蜘蛛網。她走到黃牙旁邊蹲下來，並吩咐亮花先帶琥珀葉回戰士窩。「妳先幫琥珀葉把傷口清乾淨。」她交代：「等我處理完黃牙後，我就過去看她。」

等其他貓都走了，賢鬚立刻在黃牙身邊蹲了下來。「這一次更嚴重了，是不是？」她劈頭就問。

黃牙抬頭看著她，然後點點頭。

賢鬚瞇起眼睛，一副若有所思的模樣。「這一次妳不只是感受到其他貓的疼痛，」她喵聲說，一邊把蜘蛛網敷在黃牙的傷口上。她一隻手輕輕拂過黃牙肩膀上的抓傷。「以妳的打鬥能力，只要出手還擊應該不至於傷成這樣，但妳卻下不了手。妳太瞭解疼痛的感覺，以至於不忍心將它加諸在其他貓身上。也因為如此，妳不可能當一名戰士。」她停了下來，露出深感同情的眼神。黃牙一時感到錯愕。

「是時候面對妳的命運了，」賢鬚一臉嚴肅地說：「當巫醫就是妳的宿命。」

第十八章

漫長的半個月過去了，如蝸步般緩慢。黃牙留在賢鬚窩裡養傷，慢慢從與風族之戰的傷勢中復原。有時候她不禁懷疑自己的傷勢是否真有完全康復的一天。她多麼渴望能到森林裡去為部族獵食，但現在的她連站穩的力氣都沒有。她永遠忘不了打鬥歸來當天賢鬚對她說的話。

當巫醫就是妳的宿命……

某天早上，她正伸展著身體，期盼體力趕快恢復，卻看到賢鬚一臉憂心地走進窩裡。

「怎麼啦？」黃牙問。

賢鬚抽動耳朵。「是莓斑，她的奶水又不夠了。池雲正在外面打獵，想抓點東西回來給她，但現在這種天氣，獵物少得可憐。就算池雲真獵到了東西，莓斑似乎也沒胃口吃。」

「這怎麼行，」黃牙說道：「她如果不進食會愈來愈虛弱。」

賢鬚點點頭。「妳可以幫我找些可以幫助

她增進食慾的東西嗎？」

黃牙走到草藥庫。「酸模應該有效。」她自言自語地說，想起賢鬚曾用它來治療毫無胃口的長老蜥蜴牙。她掀開草藥庫存，伸手從裡頭抓出一些乾枯的葉子交給賢鬚。

「謝啦，」巫醫喵聲說。她聞聞黃牙的傷口說：「這些傷已經好得差不多了，妳應該有體力去參加枯掌和圓石的戰士儀式了。」

「他們要晉升成戰士了嗎？」黃牙大喊，「他們已經通過結業測驗了嗎？」

賢鬚點點頭。「昨天通過的。」

「我被困在這裡的期間還真發生了不少事！」黃牙嘆了一口氣。

賢鬚從她手上接過草藥，瞪了她一眼。「就只是待在巫醫窩，又不是遠在月亮的另一邊，」她冷冷地說：「比這裡更糟的地方多的是，況且在這裡還能最快知道營地所發生的一切大小事。」

黃牙還來不及回應，鋸皮已經從石縫鑽了進來。黃牙一看到他，便開心地發出呼嚕聲。在那場仗過後，他每天都來探視她，總是不斷問賢鬚她什麼時候可以回戰士窩去。

「今天可以讓她到營地外走走。」巫醫搶在他開口詢問之前宣布，隨即帶著要給蕁斑的酸模葉離開巫醫窩。

鋸皮頓時眼睛一亮。「太好了！黃牙，我們就到大橡樹那裡走走如何？」

杉星的聲音從外邊傳來，打斷他們的對話。「所有能自行狩獵的成年貓都到部族岩底下集合！」

「一定是舉行枯掌和圓石戰士儀式的時候到了。」黃牙喵聲說。

鋸皮瞇起眼睛不說話。大部分的族貓都已經來到空地集合，圓石和枯掌站在最前方靠近部族岩的地方。他們雖高昂著頭，但還是可以看出緊張的心情。他們的導師羽暴和鼠翅則並肩站在附近。

杉星揮動尾巴示意全場安靜。「這兩隻貓，」，他開始說：「從兩腳獸的地方來到我們這裡。一開始很多族貓都不看好他們能適應部族的生活，但我很高興我們都錯看他們了。羽暴，枯掌是否已經學會了部族的規則，並且具有成為戰士的資格呢？」

羽暴鞠了一躬，「是的。」

「鼠翅，圓石是否也一樣？」

「他已經是不折不扣的影族貓。」鼠翅回答。

兩名見習生露出滿是驕傲的神情。杉星從部族岩一躍而下，來到他們面前。「我，杉星，懇請戰士祖靈俯視這兩名見習生，」族長開始說道：「他們已完成嚴格的訓練，足以明瞭您崇高的守則。我在此向您推薦這兩名戰士人選。枯掌、圓石，你們是否願意遵守戰士守則，並且不惜犧牲性命保衛本族？」

「我願意。」圓石喵聲說，以堅定的口氣大聲向全族宣誓。

「我願意。」枯掌則沉穩地宣誓。

「那麼，我謹代表星族，」杉星繼續說：「賜予你們戰士名。枯掌，從現在起，你將以枯毛為名。星族將以你的忠誠和勇氣為榮，歡迎你正式成為影族戰士。」

他的鼻子擱在枯毛的額頭上，枯毛彎身舔舔他的肩膀。

杉星隨後轉向圓石。「我知道你不想改變你的名字，」他喵聲說：「星族將以你的所做所為來認定你的戰士資格，而不是以你的名字評斷你。祂們將以你的膽識和決心為榮，歡迎你正式成為影族戰士。」

全族歡聲雷動，恭賀聲不斷。兩名新來的貓雖然一開始備受質疑，但現在顯然已經深得族貓的心。

「枯毛！圓石！枯毛！圓石！」

但鋸皮並沒有加入歡呼的行列。他緊閉著雙顎站在原地，露出嫌棄的眼神，冷冷地看著他們。黃牙試著加倍大聲高呼，順便把鋸皮的那一份也一起喊出來。她知道和他在這一點上爭執只是多費唇舌。

儀式結束後，貓兒們紛紛解散，各自回去自己的工作崗位。「我們去散步吧，」鋸皮喵聲說：「說不定我們可以在途中抓幾隻獵物回來。」

「好啊，」黃牙靠過去回答：「不過我不知道有沒有辦法走到大橡樹去。」

她的傷口仍然隱隱作痛，四肢因缺乏運動而軟弱無力，但是到外面晃晃，深呼吸幾口新鮮的冷空氣，總比整天盯著巫醫窩的牆壁看好多了。

「妳得儘快恢復戰鬥訓練，」在散步森林的途中，鋸皮堅決地說：「下一次如果風族再發動攻擊，妳就能比較應付得來。我還特地研究了一些新的戰術……」

黃牙悶悶不樂地聽著他大談如何幫她增強戰技。

「怎樣？妳覺得如何？」鋸皮一說完，便急著問。

「我——我還沒有完全康復。」黃牙連忙找藉口：「再過四分之一個月看看⋯⋯」

鋸皮抽抽頰鬚停下腳步。「戰士必須隨時保持堅強的戰力！」他提醒道：「妳就是待在窩裡太久，才會這麼虛弱無力。」

黃牙低下頭說：「或許你說得對。」

他們回到營地，此時的黃牙已經感到筋疲力竭。她朝巫醫窩走去，正好看到賢鬚準備出門。

「今晚是半月，」賢鬚喵聲說：「我必須去月亮石和其他巫醫會面。」

「希望一切順利。」黃牙對她說。她想起雷族巫醫在上次集會時所問的問題，不知道羽鬚這次會不會也纏著賢鬚問東問西。

「一定會的，」賢鬚回應：「黃牙，我要妳在我的睡窩多待一晚，明天再回戰士窩去。」

「沒問題。」黃牙答應她。

鋸皮伸出鼻頭磨蹭她的肩膀。「我們先去吃點東西。」他提議。

黃牙在和鋸皮共進完一隻田鼠後，隨即回到賢鬚的睡窩躺回自己的床上。疲憊不堪的她昏昏沉沉地蜷縮在青苔上，很快便進入了夢鄉。夜裡突然一隻貓驚地喵叫一聲跌在她身上，她的肋骨被猛地一戳，瞬間驚醒過來。

「對不起，黃牙。我忘了妳在這裡。」

原來是池雲。黃牙在半月的光暈下認出她淡色的皮毛，同時從她的皮毛中聞到一絲恐慌。

「怎麼啦?」她問。

「是小雲,」池雲不安地回應:「他一直吐個不停,有可能是趁蕁斑沒有注意的時候,誤食了什麼不好的東西。我是來找看看有什麼草藥可以醫治他。」

萬一吃錯了草藥,可能會要了這小傢伙的命,黃牙心想,蹣跚地從床上起身。「我來找找看有什麼東西給妳。」她喵聲說。

不能用蓍草,她走到草藥庫,果斷地想著,**那會使他的病情更惡化,我們現在需要的是柳葉。**

她伸手到存放柳葉的洞裡一抓,只找到一片碎葉。「就只剩這麼一點點,」她告訴池雲:「不過給像小雲這樣的小貓吃應該夠了。」

池雲倉皇地點點頭,「妳說了算,黃牙。」

黃牙把葉子夾在爪縫間,一馬當先走出巫醫窩。她一進入育兒室,一股嘔吐味立即迎面撲來。在昏暗的光線下,她看到蕁斑蹲伏在小雲面前。小雲癱倒在青苔上,皮毛黯淡,毛髮因汗水而黏成一團。黃牙走過去,看到他肚子一鼓,開始發出嘔吐的聲音,但卻吐不出東西來。

「他吐到肚子都空了,」池雲喃喃,「可憐的小東西!」

蕁斑抬頭看了迎面走來的兩隻母貓一眼。「拜託,趕快去找賢鬚過來!」她哀求,「我已經失去了他的姊姊,我不能再失去他。」

「賢鬚到月亮石去了,我帶了可以醫治他的草藥來。」黃牙把柳葉放到小雲面前,喵聲說。

「妳在做什麼?」蕁斑一把攔住黃牙,「妳不是巫醫,不要亂醫他!妳可能會害他變得更嚴重!」

「別擔心,蕁斑。」池雲輕柔地喵了一聲,尾梢擱在那心急如焚的貓后肩膀上。「黃牙知道該用什麼草藥。賢鬚不在,只能將就了。」

蕁斑猶豫了一會兒,終於退開讓黃牙接近她的孩子。她在一旁瞪大眼睛,憂心地緊盯著黃牙嚼碎柳葉,小心翼翼地將藥泥塞進小雲的嘴裡。

小雲發出可憐兮兮的喵叫聲:「好噁!」

「乖,」黃牙一邊安撫他,一邊按摩他的喉嚨,直到確定他已經把葉子吞下去。「這很難吃,但很快你就會舒服多了。池雲,妳能不能幫我拿些沾濕的青苔過來?」

灰白色的母貓點點頭,旋即衝出睡窩。黃牙沒想到她那麼快就叼了一團濕答答的青苔回來,把它放在小雲面前,他立刻迫不及待地舔起水來。黃牙心想他的氣色似乎已經好轉了一些。她撕開一部分的青苔,開始幫他清洗臉和耳朵。她不知道還能做什麼,索性彎下身,將一耳貼在他的肚皮上,他肚子裡發出一陣陣翻攪的聲音,像極了流水嘩啦啦沖入池中的翻騰聲。

「很好,」她告訴他:「繼續喝,儘量喝。」

蕁斑全場緊盯著黃牙的一舉一動,有如準備隨時撲向獵物的老鷹。黃牙可以感受到她的焦慮,很清楚一旦出了什麼差錯,她勢必會大發雷霆。不過小雲現在已經放鬆多了,開始對著母親眨眨眼睛。

「要喝奶奶。」他喵了一聲。

蕁斑側躺下來，尾巴一掃把他攏到身邊。

黃牙很快地反應。「不行，不能餵他。」她喵聲說：「今晚只能讓他喝水，讓他的肚子好好休息一下。」

小雲喵了一聲抗議，蕁斑瞪了黃牙一眼，最後只能心不甘情不願地點頭接受。「現在先聽妳的，等賢鬚清晨回來，看她怎麼說。」她緊接著說。

黃牙耙掉沾滿嘔吐物的床墊，池雲則是到育兒室另一邊拿了一些鋪床的青苔過來，然後再出門叼一把濕青苔回來。在安頓好蕁斑和小雲安頓好，黃牙便離開了。

「謝謝妳，」池雲跟著她走出育兒室，喵聲說：「妳真勇敢，願意走進來幫忙。我相信小雲在賢鬚回來之前一定會沒事的。」

「但願如此。」黃牙咕噥，晃頭晃腦走回巫醫窩，倒頭躺到床上。

似乎還過不到一個心跳的時間，又有一隻貓戳起她的肋骨，硬是把她給叫醒。她睜開眼睛看見池雲蹲在她面前。

「小雲怎麼了嗎？」她跳起來問：「他病情變嚴重了嗎？」

「沒有啦，他很好。」池雲要她放心，「他安安穩穩地睡了一晚後，現在活像一隻歇斯底里的狐狸似，一直扭來扭去的吵著要喝奶。蕁斑照妳的吩咐沒有餵他，」她繼續說：「只讓他喝水。」

黃牙皺了一下眉頭，**不要聽我的建議，我又不是巫醫！**

她跟著池雲穿過空地來到育兒室。清晨朦朧的天色籠罩著營地，一縷清新的微風拂亂黃牙厚實的黑色皮毛。莓斑仍躺在床上，小雲則是在一旁的青苔上跳上跳下。

「我好**餓**！」他大牢騷：「為什麼不能喝奶？我是**昨天**生病，又不是今天！」

「他已經好多了。」莓斑喵了一聲，對黃牙點點頭。她望著活蹦亂跳的孩子，眼底閃動著喜悅的神情。

育兒室入口的光瞬間被遮擋住，黃牙回頭一瞥，看到賢鬚走了進來。

「我聽說小雲不舒服，」她喵聲說：「他看起來好端端的啊。」

「他已經好多了，」莓斑回應，「但他昨晚病得很嚴重，把我給嚇死了。」

「我餵他吃了柳葉，吩咐莓斑一整晚只能讓他喝水。」黃牙有點緊張地解釋著。

「我好**餓**！」小雲又開始嚷道。

賢鬚發出疼惜的喵嗚聲。「就讓他吃點東西吧，」她吩咐莓斑，「不過黃牙說得沒錯。在他肚子還沒緩和之前，只能讓他喝水。」

賢鬚檢查完小雲，讓他乖乖去吸奶後，便帶著黃牙回巫醫窩去。「你做得很好，」她告訴她：「要是沒有妳，小雲恐怕撐不到我回來。」

黃牙聳聳肩。「我在這裡住了這麼久，多少學會了一些草藥知識。」

賢鬚露出溫柔堅定的眼神看著她。「妳不覺得是該面對現實的時候了嗎？」她催促：「黃牙，妳是注定當巫醫的命，妳已經準備好接受了嗎？」

黃牙感覺腳下彷彿一陣天崩地裂。「我是戰士！」她反駁：「我已經過了當見習生的年紀。」

「沒這回事，」賢鬚很快喵聲說：「妳的額外經歷有助妳當個更稱職的巫醫，妳很清楚戰鬥是怎麼一回事，以及哪種傷最疼痛。妳記草藥的能力也很強——妳拿柳葉給小雲就是最好的證明，而且妳有憑直覺大膽行事的特質。」

巫醫滔滔不絕地說，黃牙愈聽愈為難。**我才不要，她強迫不了我！**「妳要我拜妳為師，只因為我可以隨時告訴妳有哪一隻貓身體不舒服！」她忍不住脫口而出。

賢鬚嚴肅地看著黃牙。「妳擁有我從未見過的能力，」她喵聲說：「我從沒聽過任何貓，甚至是巫醫，像妳一樣有感應其他貓疼痛的能力。妳之所以被賦予這樣的能力必定有其原因，而我唯一能想到的是妳天生就是當巫醫的命。」

賢鬚一本正經的語氣把黃牙嚇了一跳，讓她感到很不安。「這又不是我選擇的。」她嘀咕。

「沒有任何貓可以選擇自己的命運，」賢鬚說：「只有星族知道我們生命旅程的意義。」

「我——需要好好考慮。」

「不！」賢鬚的語氣出乎意料地強硬，「妳已經考慮夠久了！鼓起勇氣接受吧，我會一步步幫助妳，但妳不可以再一直逃避下去。我們必須立刻開始，因為我總有一天會離開。」

黃牙心中頓時一寒，**賢鬚已經漸漸老去，到現在還沒有見習生。影族要是沒有巫醫該怎麼辦？**

黃牙從小就夢想著成為一名最優秀的戰士好為部族效力，現在她必須面對選擇另一條道路或許對部族幫助更大的事實。

「好吧。」她顫抖著聲音，費了好大的力氣才說出口：「如果杉星同意，我就當妳的見習生。」

「謝謝妳」賢鬚喵聲說：「我現在就去找杉星談。」老母貓用銳利的眼神看著她說：「妳也應該去跟鋸皮說，不是嗎？這一切將會有很大的變化。」

黃牙感覺滿肚子的空虛感，遠遠超乎飢餓的痛苦。她還沒想過這將如何衝擊她和鋸皮的未來。黃牙對賢鬚點完頭後走出巫醫窩。她硬著頭皮去找她的伴侶，皮毛不覺地發燙起來。鋸皮並不在營地，她朝訓練場走去，迎面便傳來他高聲大吼的聲音，以及鴉尾帶著抗議的語氣回應道：「嘿，小心點！你現在可不是在和風族作戰！」

黃牙來到空地，看到鋸皮和鴉尾對看著彼此，鼓脹著胸膛，急甩動尾巴。「不好意思打斷你們，」她喊道，「鴉尾，我想跟鋸皮談談。」

黑色虎斑母貓放鬆下來。「沒問題，」她氣喘吁吁地說：「反正我們也正準備結束。最後的後空翻和扭身真是太強了，鋸皮。」她對他點個頭便走回營地去了。

虎斑公貓延續著訓練時的亢奮情緒跑到黃牙面前。「妳要重返戰士崗位了嗎？」他強勢地問道。

「不是。」黃牙望著他，再次感受到他對她有多重要。想說的話就像一塊乾巴巴的烏鴉肉梗在喉嚨。**我必須狠下心了斷這一切——這是我一生中最難的決定。**「我決定要當賢鬚的見習生，」她低聲說：「真的很抱歉。」

鋸皮瞪著她。「一點都不好笑。」他喵聲說。

「我沒在開玩笑。」

他震驚到說不出話來，緊接著是永無止盡的沉默。然後鋸皮猛然把頭別過去，對著光禿禿的林子發出怒吼。「是因為妳太懦弱嗎？」他咆哮道：「妳是被風族那一戰嚇到了嗎？」

「才不是！」黃牙駁斥：「我只是再也不能出手攻擊其他貓。賢鬚說這是我命中注定。」

「妳不但會失去戰士的身分，也會失去我。」鋸皮提醒她，「我以為妳在乎！我以為妳想和我廝守一輩子。我——我甚至還傻傻地以為我們有一天會生小貓。」

「我原本也是這麼打算，」黃牙喵了一聲，心都碎了。「我很在乎你！但我別無選擇。」

「妳當然可以選擇，」鋸皮轉身背對著她吼道：「我以為妳已經選擇了我。」

第十九章

「妳確定嗎，黃牙？」

黃牙一腳踏進滿地葉片的族長窩。她和鋸皮剛談完話歸來，杉星立刻召她過來。

「我想確定妳是否真的想清楚了，」杉星繼續說：「我必須確認妳不是被風族那場小衝突驚嚇到，或是因飢餓而感到惶恐。每次禿葉季只要異常漫長和寒冷，就會發生這種事，但即使是巫醫也沒有能力讓整個部族溫飽。」他的語氣出奇親切：「賢鬚認為這是妳的命，」他繼續說：「妳也這麼認為嗎？」

黃牙點點頭。「我已經認真想過了，杉星，我很確定這是我注定要走的路。」她默默希望最好不要談到自己能感應每個族貓身上疼痛的事。

幸好杉星沒有再追問下去，讓她鬆了一口氣。「很高興賢鬚終於找到見習生了，」他喵聲說：「千萬不要覺得之前的戰士訓練是在浪費時間，這將讓妳更能體會戰士們急於康復的心情！」他和藹地看著她，「祝妳好運，黃牙。賢鬚一定會是個優秀的導師。」

黃牙向族長鞠了一躬後起身離開。杉星跟著走出去，跳上部族岩，登高一呼，召集全族集合。族貓們紛紛從窩裡出來，對於這突如其來的集會開始七嘴八舌。黃牙站在岩石底下，感覺彷彿所有貓的目光全落在自己身上。賢鬚直接走到前面坐下來，黃牙感覺到她開心之餘還帶著疲憊，像是一隻奮戰過後終於贏得勝利的貓。

「我要向全族宣布一個好消息，」等所有貓都集合完畢，杉星開始宣布：「黃牙即將成為賢鬚的見習生及影族的下一任巫醫。」

聽他這麼一宣布，全場頓時鴉雀無聲。黃牙愈來愈尷尬，恨不得逃開所有的目光。她瞄到站在群貓後面的鋸皮，即使相隔這麼遠，還是能感覺他眼裡燃著熊熊的怒火。

好希望能告訴他我對他的愛一直都沒變，但我現在得謹守巫醫守則不能有伴侶，我要把全族看成是自己的親生小貓一樣重要。

她掃視在場的族貓，老老少少，無不全盯著她看。她感覺腳下的泥地彷彿開始下陷。然後，亮花突然跳起來，連忙跑到她面前，蕨足緊緊跟在她後面。「太好了！」亮花大喊，鼻頭緊貼著黃牙的肩膀。「下一任巫醫——這是何等殊榮！」

「恭喜，」蕨足點頭附和：「我相信妳一定能夠勝任。」

果鬚和花楸莓從貓堆中擠出一條路，來到黃牙的旁邊。果鬚眨眨眼睛看著她，一臉敬畏地說：「哇，那妳以後就可以和星族說話了！」他低聲說。

花楸莓刷過姊妹的皮毛，露出哀怨的眼神。「我們以前最要好了！」她喵聲說。

「我會一直都在，」黃牙安慰她：「我們還是可以當好朋友啊。」

花楸莓搖搖頭：「以後就不一樣了。」

黃牙一想到自己所失去的不只是鋸皮，一陣孤單突然湧上心頭。但此時賢鬚用腳掌拍拍她的肩膀，讓她沒有時間去鑽牛角尖。

「走吧，」巫醫喵聲說：「我們還有工作要做。」

賢鬚帶著她回窩裡。黃牙緊張地在她面前坐下來，突然感覺自己十分渺小。**好多事情我都不懂！**

「妳的第一個任務就是，」賢鬚開始說：「當其他貓在受病痛折磨的時候，妳必須學會克制自己的感受。」

黃牙震驚地瞪大眼睛，**不正是因為我能感應到其他貓的痛，才要我當巫醫的嗎？**

「這一方面我恐怕幫不上妳的忙，」賢鬚繼續說：「因為我無法感受妳所承受的疼痛，妳有辦法阻擋來自外界的疼痛嗎？」

黃牙認真想了想。「我現在沒有感應到誰在疼痛，所以也不知道哪個方法有效。」她解釋：「不過如果我全神貫注，不斷提醒自己我很健康，那不是我身上的疼痛，專心治療眼前的貓，或許就能拋開疼痛的感覺。」

賢鬚點點頭。「聽起來好像很管用。我們要等下次有哪隻貓身體不適時才能試看看，但妳還是應該練習集中注意力，看能不能不被身體以外的感覺干擾。」

「我試試看就是了。」**但這不是等於叫我專注在呼吸上嗎？呼吸是自然而然發生的，根本**

不會刻意去想！

「很好，」賢鬚喵聲說：「現在我要妳去整理一下草藥庫，把枯死的葉片清掉。妳也可以順便確認一下我們有哪些草藥，以及使用它們的時機，還有該去森林採哪些草藥回來。」

這**工程**未免太**浩大**了吧，黃牙心裡一慌。

「不過在這之前，」賢鬚繼續說：「我的床需要多鋪些青苔。現在妳也將搬進來久住，妳的睡鋪也需要整理一下。」

黃牙瞪著導師。「那是見習生的工作！」她抗議。

「妳現在就是見習生啊，」賢鬚反駁，「我要去看看莓斑和小雲的情況，妳就趁現在把床鋪的事情搞定。」她沒等黃牙回應，倏地跑出睡窩。

黃牙忿忿不平地耙起窩裡的舊睡墊，把它們拖到外面的空地，此刻的陽光冷冽到不帶一絲溫暖。當她正忙著把青苔和蕨葉集中起來時，忽然聽到有貓在她後面咳嗽，轉頭一看原來是狐心。

「那些睡墊的灰塵還**真多**！」薑黃色戰士大聲抱怨，隨即又是一連串誇張的咳嗽聲。「妳可以到別的地方去弄嗎？別在這裡影響戰士。」

黃牙不想理她，但狐心仍繼續冷嘲熱諷。「這**真是**無聊的差事！」她假惺惺同情她，「我才不要回去當見習生，死都不要！妳也必須負責幫長老檢查蝨子嗎？」她看黃牙一聲不吭，於是繼續說道：「現在部族裡剛好沒有半個見習生，哇，有妳忙得了！」她朝黃牙甩甩尾巴旋即跑走。

火冒三丈的黃牙把舊床墊拖到外面森林的刺藤叢底下丟棄，蹣跚地在草叢間穿梭採集新鮮青苔和乾蕨葉，心裡愈想愈氣。

賢鬚只是想找隻貓來幫她打雜！我從沒想過自己的使命竟還包括做這種差事！希望星族能唸唸賢鬚，讓她多尊重我一些！

黃牙氣喘吁吁地叼著新睡墊回營地。當她看到蜥蜴紋站在獵物堆旁時，心情突然盪到谷底。

「嘿，黃牙！」虎斑戰士大聲朝她嚷嚷道：「妳可以也順便幫我清一下睡窩嗎？請幫我在上面多鋪一些羽毛。還有，長老們正需要有貓帶些獵物過去給他們吃。」

黃牙又累又氣，根本不想回應。即使嘴裡叼著一大團東西，她還是拚命昂起頭，踱步而過。隨後她瞥見站在戰士窩外的石齒。

「蜥蜴紋，妳還在這裡做什麼？」他語帶不耐地大喊：「妳不是應該加入狩獵隊嗎？蛙尾已經在等妳了。」

惱羞成怒的蜥蜴紋嘶地一聲跑走。

石齒走向黃牙。「妳的工作很光榮，」他喵聲說：「別擔心，等過幾天那些鼠腦袋戰士找到新的挖苦對象後，他們就不會來煩妳了。」他發出粗啞的呼嚕聲：「我相信妳一定會成為很棒的巫醫，黃牙。別忘了——當妳完成見習生訓練後，狐心和蜥蜴紋反倒得來求妳幫忙。」

副族長親切的語氣和炯炯閃光的眼眸讓黃牙感到窩心。「謝謝妳，石齒。」她喃喃說完後，繼續吃力地拖著沉甸甸的重物往巫醫窩走去。

黃牙把舒適的床墊鋪在兩個睡窩上，然後坐下來喘口氣。此刻她才開始意會到自己所做的這個重大決定。這將是她從今以後的生活，她將擁有全族獨一無二的知識並成為部族與星族溝通的管道，也因此勢必會和族貓們漸行漸遠，然而如果他們生病或受傷，一定第一個跑來找她。她開始環顧整個睡窩，第一次這麼認真觀察它，想找找看巫醫窩有什麼可以改變的地方，她的目光掃到草藥庫。**不知道可不可以在那裡挖個水坑存放青苔，這樣一來就不用大老遠跑到營地外面去拿；還有，可以把蜘蛛網掛在那邊的刺藤叢上，保持乾燥。**

「喔，星族，」她喃喃說道：「如果祢們聽得到我說話的話，我想說我願意當巫醫，如果這是祢們所期待的。」

在剎那間，她突然感覺到一隻隻散發草藥氣味的貓兒刷過她的皮毛，一代代守護著影族的巫醫貓們列著長長的隊伍迎接她。

此刻腳步聲在她背後響起，只見賢鬚匆匆回到窩裡。「妳在搞什麼？」她罵道：「妳怎麼還沒把草藥拿出來？」

「我才正要去拿。」黃牙辯解。

「別拖拖拉拉的。」

黃牙忍住回嘴的衝動，默默走到草藥庫去。在賢鬚的監督下，她開始搬出草藥，把它們整理成堆。

「不對，那是琉璃苣，」賢鬚糾正她：「它應該和治發燒的草藥放在一起，像是蒲公英之類的。」

「好。」黃牙把那些葉子挪到另一堆上。

「而且妳手腳要輕一點，」賢鬚提醒：「大部分的草藥都已經乾枯，若是動作太粗魯的話，很容易把它們弄碎。」

黃牙又窘又氣，只能繼續整理草藥，賢鬚嚴厲的目光讓她強烈感到不自在。

過了一會兒，賢鬚問道：「艾菊葉要怎麼用來治背痛？」

「呃……必須口服，然後——」

「不對！」賢鬚立刻打斷她，「要把它們嚼成泥敷在背上，然後用蜘蛛網固定住。」

黃牙再也忍無可忍。「別催我！」她氣嘟嘟地說：「我可以學得來，但妳要給我機會。」

賢鬚哼了一聲，卻也不經意流露出一絲罪惡感。「我以為妳已經懂很多了。」賢鬚咕噥。

「怎麼可能？」黃牙喵聲說：「我是**戰士**。我雖然可以感覺其他貓的疼痛，但並不知道怎麼治療他們。我之所以知道怎麼使用柳葉，是因為有一次蜥蜴牙嘔吐，我看到妳拿一片給他吃。」

賢鬚點點頭。「好吧，我們重頭開始。我們先從舒緩疼痛的草藥開始，然後再來認識治療感染、幫助恢復體力或止咳的草藥。」

黃牙聽得頭昏腦脹。**有這麼多要學！戰士訓練可比這個容易多了！**

半月懸掛在天空，宛如一彎銀色的羽毛，黃牙跟著賢鬚進山，朝高聳岩前進。一想到上一次和鹿躍到月亮石的情景，她的肚子便不由得開始緊張絞痛。

我在那裡做了好幾個可怕的夢……喔，星族，千萬不要再讓我經歷一次！

她和導師一來到洞口，便看到其他巫醫已經在外面等著。她的四肢開始不安起來，不知道他們會跟她說什麼？

她和賢鬚吃力地攀上最後一段山坡，一隻體態優雅、皮毛上帶著黑色斑點的白色母貓迎面朝她們跑來。她露出友善的藍色眼眸好奇地注視著黃牙。「嗨，賢鬚，」她喵聲說：「別告訴我妳終於找到見習生了！」

賢鬚驕傲地瞥了黃牙一眼。「對啊，感謝星族。她叫黃牙。」

白色母貓對著黃牙點點頭，表示歡迎。「我是河族巫醫棘莓，」她告訴她：「走，去跟大家認識一下。」

黃牙和棘莓一起朝山坡的裂口走去，賢鬚在後面跟著。黃牙將目光移到其他三名巫醫身上。其中兩隻肩並肩站在一起：一隻是有斑點的灰色老公貓，他瞅著淡藍色眼睛不屑地瞥了她一眼，站在他身旁的是一隻較年輕的銀色公貓，一把長尾巴蓬鬆得有如大羽毛。

我在大集會時看到他和賢鬚說話，黃牙突然想起來。

當她們一走近其他貓，棘莓立刻介紹：「這是黃牙。」

「她是我的新見習生，」賢鬚接腔，「黃牙，這是雷族的鵝羽和羽鬚，還有風族的鷹心。」

黃牙畢恭畢敬地鞠了一躬。「你們好。」她喵聲說。

「歡迎，」羽鬚回應：「能有新巫醫加入真是再好不過了。」

「謝——謝謝你，」黃牙突然結巴起來：「我還有很多需要學習的地方，很高興能來這裡。」

「黃牙，」斑點暗棕色公貓鷹心走向前，「妳已經有全名了，妳之前應該是戰士，後來才決定走巫醫這條路的吧？」

黃牙點點頭。**有哪裡不妥嗎？**她納悶。

「我和妳一樣，一開始也是戰士，」鷹心的話讓黃牙吃了一驚，「我覺得之前的戰士訓練很有用，妳以後應該也會有同樣的感覺。」

「別在這裡浪費時間，」鵝羽不耐煩地打岔：「我們是要整晚杵在這裡閒聊嗎？」

能認識你真是太榮幸了，黃牙在心裡酸溜溜地嘀咕著，隨後便跟著賢鬚走進隧道。

巫醫們抵達時，月亮石洞穴裡已經灑滿銀光。賢鬚走到岩石底下，搖搖尾巴，把黃牙叫過來。其他巫醫則是在幾個尾巴遠的地方坐下來。

「黃牙，」賢鬚開口說：「妳是否願意以影族巫醫的身分貢獻出星族最深奧的知識？」

黃牙吸了一大口氣說：「我願意。」

賢鬚和藹地看著黃牙，然後緊接著說：「星族戰士們，我在此向祢們引薦這位見習生，她展現了十足的勇氣放棄戰士身分選擇巫醫這條路，我很為她感到驕傲。請賜給她祢們的智慧和領悟力，讓她能吸取祢們的知識，並依遵照祢們的指示醫治她的部族。」她把黃牙再次叫上前，繼續說道：「在這裡躺下，把鼻子貼在石頭上。」

黃牙戰戰兢兢地照做。她閉起眼睛，頓時被一股冷颼颼的寒氣包圍，身體彷彿浮在黑暗當中似的。岩石、洞穴和巫醫同伴全都已消失無蹤。

一瞬間，黃牙感覺自己的四肢踏到了堅實的地面。她睜開眼睛，眨了幾下，開始四處張望。她發現自己正置身在一處綠油油的空地上，小溪涓涓流過，草地上開滿了五彩繽紛的花朵。空地四周的林子枝葉繁茂，暖風輕拂而來，把樹叢吹得沙沙搖曳，散發出欣欣向榮的氣息和一股股濃濃的獵物氣味。

黃牙站起身，伸了一個懶腰。她以為會有星族貓會在這裡等她，但卻連一隻貓影也沒見著。**我現在該怎麼辦？**

一陣騷動引起了她的注意。她發現有一隻貓從林子迎面走進空地，定睛一看，是一隻橘灰相間的母貓，一身厚實晶亮的皮毛，張著一雙明亮的眼睛，四肢圍繞著一縷縷星光。黃牙在認出她的瞬間，忍不住大吃一驚。

「銀焰！」黃牙上次看到她時還是隻骨瘦如柴、病痛纏身的長老貓。她踉蹌了一下，衝過去和她互磨鼻子。

「嗨，黃牙，」銀焰發出呼嚕聲，「我很高興被選派擔任迎接妳到星族的工作。很榮幸能在這裡見到妳，也恭喜妳成為巫醫的一份子！」

「我也很高興見到妳。」黃牙回應：「不過我還以為會是一隻巫醫來接我，我不是要來這裡學東西嗎？」

銀焰點點頭。「賢鬚會把所有的草藥知識傳授給妳，」她喵聲說：「但我——」

「所以妳是來傳遞預言給我的囉！」黃牙急著打岔，四肢開始興奮起來。

「並不是每次都這樣。」銀焰帶著歉意說，「當一名巫醫最重要的是能夠勇於相信自己的直覺。」

這下讓黃牙更困惑了。「但是妳會來找我，不是嗎？」她焦慮地問：「要是我真的無所適從呢？」

銀焰伸出鼻子輕輕磨蹭黃牙的耳朵。「我會永遠與妳同在，」她承諾，「但妳必須先相信自己。」

黃牙眨眨眼睛說：「我被搞糊塗了。」

「我會在上面守護著妳，」這隻星族貓要她放心，「不管妳做什麼決定，我都會在妳身邊。我對妳有信心——包括妳做的決定和妳的使命。」

她說著說著，便漸漸消失，身體的輪廓最終隱沒在閃閃的星光中。

「不要走！」黃牙大喊。

但銀焰已不見蹤影。一個心跳的時間過後，黃牙睜開眼睛，發現自己又回到了月亮石洞穴，其他巫醫仍在她身旁神遊夢鄉。她站起身從月亮石退開，用力甩甩皮毛。她這次雖然沒有像上次一樣惡夢纏身，但和銀焰的會面完全出乎她的意料之外。**我真的必須在沒有星族的指引下自行做決定嗎？**不過銀焰已經表明她對黃牙有信心。如果她一直懷疑自己，豈不是要讓銀焰失望了。**我一定會成為妳的驕傲，**黃牙暗暗在心裡向敬愛的前族貓發誓，**我一定會證明給妳看！**

黃牙將一團蜘蛛網撥弄整齊，掛在刺藤叢上晾乾。她的巫醫見習生生涯已經邁入了第五個日昇，很高興賢鬚能接受她處理蜘蛛網的建議。此刻她的腳掌突然開始抽痛起來，她原先以為應該是在經過草叢時被荊棘扎了一下，但四隻腳掌全檢查了一遍，卻看不出一丁點傷痕。

那就是別的貓囉。

黃牙轉身看到雀飛一跛一跛從石縫鑽了進來，一隻腳高高懸在空中。她差點脫口喊道，**你是不是踩到刺了？**但突然想到在這受傷的貓告訴她之前，絕不能洩漏她已知情。

「怎麼啦？」她問。

雀飛張望一下四周。「我要找賢鬚，」他告訴她，接著又遲疑地說：「不過妳現在已經是巫醫見習生了，找妳應該也可以。」

還真感謝你的信任喔，黃牙心想。

雀飛蹭到她面前，伸出腳掌讓她檢查。她痛得皺起眉頭，但隨即想起賢鬚要她阻隔疼痛感，將全部注意力集中在自己的四肢上。**我的腳都很正常，沒有被刺扎傷，我可以安穩地感覺腳下光滑的泥地。**雀飛的疼痛不再困擾她，黃牙雖然還是可以感覺得到，但僅僅只是在不經意中隱約意識到的疼痛。**這個方法有用！現在我可以不受疼痛干擾專心檢查雀飛的腳了！**

她一開始檢查黑白公貓的腳掌，立刻發現了一根微微冒出頭來的刺。「好像刺得很深，」她喵聲說：「應該很痛吧。」

「就很討厭啊，」雀飛聳聳肩回答：「我原本要跟巡邏隊外出的。蕨足正準備帶隊突襲腐肉場去獵老鼠回來。」

黃牙一想到上一次參加老鼠突襲行動的情景就全身發毛。「你不能去真是太可惜了，」她附和道：「蕨足將損失一些戰力。」

她之前看過賢鬚拔刺的過程，所以知道怎麼做。她先是在雀飛腳上順著刺的周圍澈底舔一遍，然後試著把它咬出來。但因為刺扎得太深，黃牙不小心咬到了雀飛腳掌上脆弱的部分。雀飛大叫一聲彈開，他的疼痛再次鑽進黃牙的腳。「對不起！」黃牙倒抽一口氣。幸好賢鬚及時出現在睡窩入口。「這是怎麼一回事？」巫醫問。

黃牙很快解釋了一遍。

「讓我來，」賢鬚點點頭喵聲道：「黃牙，妳做得很對。」

「她咬我耶！」雀飛咕噥。

賢鬚把刺取出來，讓雀飛趕緊跑去加入他的隊伍後，然後轉身對黃牙說：「在過程中絕不能太過急躁，」她建議：「要繼續舔。如果妳用舌頭壓壓刺的周圍，刺通常就會跑出來一點點，妳就可以比較輕易地把它拔出來。」

「謝謝，」黃牙喵聲說：「我會牢記這一點。」

賢鬚遲疑了一會兒，接著問：「妳剛剛有試著擋掉疼痛嗎？」

「有啊，還滿管用的，」黃牙回應：「我有成功克制住疼痛的干擾，直到不小心咬到雀飛的時候才破功，接下來就不能集中精神壓下疼痛了。」

賢鬚把尾梢擱在黃牙的肩膀上安慰她：「慢慢來，」她喃喃道：「多試幾次應該就行了。」

黃牙前往育兒室看小雲，太陽正冉冉升到林子上方。小雲顯然很有精神，不停在育兒室裡扭來扭去，一個勁兒地往假想中的老鼠飛撲。「我一定會成為影族最厲害的獵手。」他胸有成竹地嚷道。

「一定會的，」莓斑發出呼嚕聲看著自己的孩子，接著對黃牙說：「他已經好很多了，」她的語氣中多了一份敬意，「正如你所說的，柳葉果真治好了他的病。而且這四分之一個月他也長大了很多！」

「太好了，」黃牙開口說：「他應該——」

她被營地入口突如其來的嚎叫聲給打斷，一陣疼痛瞬間襲上來，傷口的劇烈刺痛及抓痕的微微抽痛在她身上亂竄。

「那是什麼？」莓斑叫了一聲，嚇得坐直身子，尾巴一掃，把小雲摟到身邊。

黃牙立刻強迫自己專注地想著自己其實沒有受傷，希望疼痛感趕快消失。**我沒有受傷，這不是我身體引起的疼痛。**等到疼痛壓制下來後，黃牙飛快衝出育兒室，看到賢鬚正從巫醫窩出來，兩隻貓隨即肩並肩飛奔到營地另一端找歸來的族貓們。黃牙的血液直衝耳際。

我的族貓受傷了！我是他們的巫醫：我可以幫助他們！

第二十章

蕨足和鹿躍衝出隧道，蟾蜍躍、焦風、花楸莓和雀飛緊隨在後，個個傷痕累累。

「發生什麼事了？」賢鬚盤問。

「都是老鼠害的。」焦風嚷道。

花楸莓顫抖著身體說：「有滿坑滿谷的老鼠！」

其餘族貓紛紛從窩裡出來，簇擁著他們問同樣的問題。歸來的隊員最後索性在空地中央坐下來，族貓們跟過去團團包圍住他們。杉星從窩裡走出來，後面跟著石齒，一起湊過去。黃牙在花楸莓旁邊坐下來，豎起耳朵認真聽。

「妳怎麼還坐在這裡？」她用手肘推推她，「我們現在必須一個個去檢查他們的傷勢，然後先從受傷最嚴重的開始治療。我去拿要用的草藥過來。」

黃牙對自己的遲鈍感到羞愧，立刻跳起來協助導師。

蕨足開始把事情的來龍去脈說清楚。「就

如各位所知道的，我們前往腐肉場，沿著邊緣開始捕獵。一開始都進行得很順利，花楸莓還抓到了一隻超大的老鼠。」他滿意地朝那年輕戰士點點頭，「但一群又一群的老鼠突然從那些臭氣薰天的垃圾堆裡湧出來攻擊我們，我一輩子從沒有看過這麼多老鼠！」

「但老鼠是獵物耶！」蠑螈斑大聲說：「獵物通常不會反擊才對啊。」

「但那些老鼠可不同，」蕨足搖搖頭回應，黃牙可以感受到他的羞愧和尷尬，其餘的隊員也露出同樣的表情。「我們只好逃命要緊，」他繼續說：「牠們聲勢浩大，我們根本打不過。」

「你們當下的決定很正確，」杉星喵了一聲，站起身說：「要是各位戰死或受重傷，對部族一點好處也沒有。所幸我們現在已經知道那裡有很多老鼠，我們只要能想出一舉擊潰牠們的好計策就行了。」

當下沒有半個戰士出聲，黃牙可以感覺到整個部族無不絞盡腦汁，在底下竊竊私語，努力想找出可行的辦法。

蕁斑倚到蟾蜍躍身邊。「你絕不能去冒生命危險，你得為自己的兒子小雲著想。」她告訴他。

坐在附近的池雲冷不防轉頭看著蕁斑。「蟾蜍躍也是我孩子們的父親，」她厲聲喝道：「但我絕不敢奢望叫戰士不要進戰場。」

石齒站起身轉移了他們的注意力。「就我看來，」他開始說：「我們該想辦法在不驚動其他老鼠的情況下，偷偷獵幾隻回來。」

琥珀葉揚起尾巴。「我們一次只派一兩名戰士行動如何？」她提議。

「或是等到夜黑風高的時候再去打獵呢？」鼠翅插話。

「或許我們應該等風向對我們有利時再去，」冬青花加入建議的行列，「這樣一來，當我們在逼近的時候，就不會洩漏出身上的氣味。」

賢鬚叼著滿嘴的草藥來到黃牙旁邊。「我們該從哪裡先開始？」她放下灰撲撲的草藥問。

「焦風有一道很深的傷口，」黃牙稟報：「他傷得最重，傷口很可能會感染。花楸莓有一些輕微的抓傷，蕨足有一些爪痕，看起來有點紅腫。」

「不用管我的傷，」蕨足聽到女兒這麼說，立刻喵聲說：「以前比這還嚴重許多的傷我都經歷過了。」

「我就是要管，」黃牙堅決地回應：「我會幫你敷上羊蹄葉舒緩疼痛，你最好乖乖聽話。」

蕨足點點頭，黃牙瞥見他眼裡的一抹笑意。「遵命，巫醫。」他發出呼嚕聲說道。

黃牙來回穿梭忙著處理傷口，同時小心翼翼地壓制疼痛感。她注意到鋸皮坐在群貓的角落，眼裡閃著熊熊的怒火。他終於忍不住走向前。「我們難道不是真正的戰士嗎？」他怒瞪著在場的族貓強硬地說道：「我們為自己感到驕傲，不畏任何敵人，我們訓練精良，隨時準備迎戰任何一場仗！我們絕不會像貪生怕死的狗兒一樣，只敢趁著黑夜的掩護，偷偷摸摸對付老鼠，或是見到牠們一咧嘴咆哮，就跟狐狸一樣逃得比誰都快。**牠們只不過是老鼠！獵物！新鮮獵物！**我們才不會被嚇到！」

四周的貓兒們開始興奮地交頭接耳。鋸皮蹲下來，順手在營地冰凍的泥地上畫來畫去。「看好！這邊是腐肉場。我們可以從營地沿著這條路徑前進，然後從這裡出來。狩獵隊可以從這裡和這裡，還有這裡攻擊，然後把牠們趕到第四支狩獵隊去，盡可能把牠們逼到一個極小的角落。我們必須找一個可以站在高處監視鼠群的地方，以保持優勢。」他愈說愈有氣勢，「我們必須在老鼠傾巢而出的地方築屏障物把牠們圍起來。我們必須設一個陷阱讓他們無處可逃！」他得意洋洋地說完。

全場頓時鴉雀無聲，個個將目光投向族長。

杉星點點頭。「這或許行的通。」他表示。

好幾隻貓紛紛擁上前恭喜鋸皮，但還是有些貓開始在私底下嘰嘰喳喳。黃牙很清楚並不是每隻貓都欣然接受鋸皮這一番大膽的建言，他在族裡雖受到尊重，但並不容易交到朋友。

但我為他感到驕傲，她心想。在與他四目交接的一瞬，她對他點點頭，讓他知道她很贊同他的計策。

杉星、石齒和其他資深戰士簇擁在鋸皮身邊，忙著研究他在泥地上刮畫出的草圖。黃牙繼續從旁協助賢鬚處理傷口事宜，頓時發現自己被擠到群貓的後面。

「我要加入最後一支狩獵隊，」狼步喵聲說：「我應該可以勝任築牆阻擋老鼠的工作。」

琥珀葉抽出爪子。「我可以負責把老鼠從巢穴趕到陷阱去。」

黃牙正想開口提議，卻被一旁的賢鬚戳了一下。「妳已經不是戰士了，」巫醫提醒她：「妳可以回窩裡拿一些牛蒡根給我嗎?用它來治療焦風身上的老鼠咬傷最有效。要是找不到牛蒡根，野生大蒜也行。」

黃牙只能黯然離開，隨後帶著牛蒡根回來。賢鬚忙著將金盞花敷在花楸莓身上，黃牙則開始嚼起牛蒡根。當黃牙準備處理焦風的傷口時，只見他動來動去，一頭熱地談論起手足的計畫，黃牙根本無法將藥泥固定住。

「拜託你可以不要像皮毛爬滿螞蟻的小貓一樣扭來扭去嗎？」她沒好氣地喵聲說。

焦風沒什麼耐性地聳聳肩。「我沒事，黃牙。正事比較重要。」

「隨便你！」黃牙斥喝道：「到時血流不止我可不管你！你要是認為你可以放著腰腹的傷口不理在森林裡跑來跑去的話，你就是蠢蛋。」

焦風誇張地大嘆一口氣後，乾脆側躺下來讓黃牙處理身上的老鼠咬傷。他這一瞬間的動作立刻引發一陣疼痛，黃牙的專注力也隨之破功。一波波的疼痛朝她席捲而來：花楸莓、蕨足、在逃離鼠群途中不小心磨破爪皮的蟾蜍躍、腳受傷的雀飛，他們身上的痛一下子全竄到她身上。

黃牙停下來深呼吸，讓自己冷靜下來。**我毫髮無傷，這些不是我身體引起的痛。**

「妳可以快一點嗎？」焦風催促她。

黃牙瞪了他一眼，把藥泥塗在他的傷口上，用蜘蛛網固定住後，馬上轉身檢查蟾蜍躍的腳爪。此時賢鬚幾乎已經處理完其他貓的傷口了。

「差不多了，」她對忙著把蜘蛛網纏在蟾蜍躍腳上的黃牙喵聲說：「我們的工作終於大功告成了。」

黃牙坐下來，感覺比巡邏一趟邊界還要累人。

「大家都去吃點東西休息一下。」杉星扯開嗓門大聲對全族說道：「日昇過後，我們將為明天的老鼠突擊行動進行準備訓練。鋸皮將負責此次的行動。」

黃牙頓時精神為之一振，稍稍消除了一些疲憊。**這對鋸皮來說真是無比的光榮！**她鼓起勇氣站起身，拖著疲憊的腳步走到與石齒、蕨足熱烈討論的虎斑公貓面前。「鋸皮，你的提議真是太棒了。」她喵聲說。

鋸皮轉身朝她點個頭。「謝謝妳，黃牙。」他幽幽地說。黃牙情願相信他很感激她的情義相挺。

看到賢鬚正準備回窩裡去，黃牙很識相地叼起所剩無幾的草藥跟她一起回去。她看著窩裡散落滿地、被翻得亂七八糟的草藥，忍不住嘆一口氣。

「相信我，在打完這場仗後會更慘不忍睹。」賢鬚告訴她：「我們趕快收拾乾淨。」她趁著開始整理散落四處的草藥的當下，繼續說道：「鋸皮很有頭腦，那隻貓以後一定會很出色，甚至會當上下一任副族長也說不一定。」

黃牙暗自在心裡發出興奮的呼嚕聲。**鋸皮正一步步達成他的目標**，然後一股失落感像一陣寒風朝她狂掃而過，**可惜我無法成為他的副族長，只能當他的巫醫……**

隔天黃牙一覺醒來，看見亮晃晃的天空一片澄澈，林子裡一絲風也沒有。**真是適合突擊的**

一天，她把頭探出窩外心想。

族貓們已經在空地裡集合，像一群精力充沛的蜜蜂等著杉星、石齒和鋸皮分配隊伍。

「鋸皮，你帶領最後一隊，」石齒宣布：「你負責宰殺被圍困的老鼠。」

「我會和你並肩拚戰到底，」狐心對鋸皮喵聲說。黃牙酸溜溜地心想，她真像是黏答答的蜘蛛網，死纏著他不放。她一想到當時自己和拱眼在腐肉場聯手殺了一隻老鼠時的意氣風發，就忍不住忌妒起族貓來。**我還能再有如此神氣的時候嗎？**

賢鬚叼著一綑草藥從窩裡走出來。「走吧，」滿嘴葉子的她含糊地喵聲說：「我們得準備好和他們一起動身。」

「我們也要跟著去？」黃牙吃驚地問。

賢鬚點點頭說：「一有貓受傷，我們可以立刻治療。不過我們絕不能干預作戰，那是戰士的工作。」黃牙從她嚴肅的眼神中可以看出她在提醒自己要記住她巫醫的身分。

黃牙回到窩裡準備即將帶上路的草藥和蜘蛛網。當她叼起黏黏的蜘蛛絲時，忍不住打起噴嚏來。**我們還沒接近腐肉場，老鼠應該大老遠就聽到我的聲音了，**她沮喪地想著，隨後靈機一動，順手把一團團蜘蛛網黏在厚厚皮毛上遠離鼻頭不會讓她打噴嚏的位置。她不禁為自己的新點子感到沾沾自喜，隨後便走出去找賢鬚。

此刻最後一批隊伍已經開始步出營地，黃牙和賢鬚跟在最後面，和戰士一起穿越稀疏的禿葉季樹叢和沼澤。一路上天氣還算溫和，禿葉季頑固的冰霜已經開始融化，當黃牙誤踩薄冰觸到底下冰水的瞬間，當場忍不住哀怨地嘶叫一聲。隨後她和賢鬚乾脆沿著草叢跳躍穿梭，避免把腳弄得濕答答。

最後他們終於來到腐肉場附近。黃牙尚未看到一堆堆黑漆漆的東西矗立在眼前，便已經聞到飄散而來的臭味。黃色怪獸就跟上次一樣沒有絲毫動靜，此刻只聽到一隻隻盤旋在垃圾堆上的白色巨鳥振翅飛翔及淒厲的叫聲。

狩獵隊來到兩腳獸的圍籬，賢鬚開始張望沼澤邊的草叢。

「妳在做什麼？」黃牙問。

「我想在草叢裡找個放草藥的地方，」巫醫回答：「順便可以在開戰的時候作為掩護我們的場所。」

「所以我們是要躲起來？」黃牙錯愕地喵了一聲。**感覺我們像膽小鬼似的！**

「不是。」賢鬚露出同情的眼神看著黃牙，「我們要顧全自己的安危，才能在族貓們需要我們的時候挺身而出。」

黃牙還是覺得怪怪的，但已經懶得爭辯下去，只能默默鑽進冬青叢底下，把帶來的草藥和蜘蛛網放好。她看到鋸皮和隊員一步步逼近兩腳獸的圍籬，四肢不由得跟著蠢動起來，有股想衝過去幫忙的衝動。鋸皮在銀色圍籬上發現了一個破洞，於是和羽暴牙齒爪子並用，合力把洞撐開，好讓族貓可進去把老鼠趕出來。同時，狐心和狼步負責把樹枝拖過來開始築起陷阱。

「看我們找到了什麼？」蠑螈斑在沼澤邊喊道。她和蛙尾還有蜥蜴紋迎面推來一截小樹幹。「我們剛剛才把它從地上拔起來，」她來到圍籬邊喘著氣說：「這樹根已經爛了，所以還不難拔。站在這上面應該可以讓我們處於有利的位置，方便我們一躍而下撲向老鼠。」

鋸皮點點頭說：「妳說的沒錯，這樹幹會很管用。」

在陷阱牆大功告成後，他開始細心檢查一番，跳到上面測試它是否堅固到可以承受一隻貓的重量。不料牆忽然在他腳下崩塌，黃牙倒抽一口氣，眼看著一根根樹枝嘩啦啦垮下來，他驚慌地揮舞著四肢，瞬間被淹沒在底下。所幸一會兒過後，他爬出來，甩掉身上的殘枝碎石。

「再重新築一次，」他一聲令下：「找根較粗的樹枝放在最底部。」

鋸皮退開，讓隊員們進行修復的工作。黃牙從冬青叢裡溜出來，走到他面前說：「祝你一切順利。」她低聲說。

鋸皮凝視著她。「真希望妳能和我聯手作戰。」他喵聲說。

黃牙把頭別到一邊。「我會在這裡。」她喃喃地說。

她以為鋸皮會忿而轉身離開，但他反而伸出鼻子摩蹭她的耳朵。「等作戰完後，我再來找妳。」他承諾。

腐肉場的某個角落突然響起一聲喊叫聲，提醒鋸皮其他狩獵隊已經就定位。鋸皮眼看自己的隊伍已經準備就緒，於是也喊了一聲回應。

「黃牙！過來這裡！」

黃牙張望四周，發現待在草叢底下的賢鬚正在叫她。她心不甘情不願地回到她身邊，不過還是堅持站在枝叢外屏息觀戰。

喊聲過後是一片寂靜，隨後便傳來窸窸窣窣的騷動聲和嘶叫聲。**族貓們已經開始將鼠群從垃圾堆的巢穴趕出來了！**黃牙聽到吱吱喳喳聲伴隨著爪子移動的聲響，忽然之間變得愈來愈大聲。她伸長脖子，張望圍網裡面的情景。

忽然間，黃牙看到一隻老鼠從垃圾堆竄出來，閃過鋸皮狩獵隊所設下的陷阱洞。果鬚連忙一躍而下擋住牠的去路，把牠趕回他們設定好的路徑。一整窩的老鼠紛紛跟著衝出來，而且愈來愈多──黃牙從沒看過數量如此龐大的鼠群。此刻貓兒們開始從垃圾堆跳下來，將一隻隻的老鼠往圍網的裂口驅趕。

鋸皮的隊員們早已蹲伏在圍牆的上面，準備伺機而動。鼠群來到圍網底下，發現無路可逃，開始驚慌地鑽來鑽去。黃牙看到蕨足跳進萬頭鑽動的鼠堆中，把其中一隻趕進洞裡。

「這邊，愚蠢的跳蚤皮毛！」他大聲咆哮。

其他老鼠以為找到逃脫的出口，紛紛跟了過去。牠們來到圍網的另一端，當下驚見另一批貓兒環伺，尖叫聲愈發淒厲。鋸皮的隊員接二連三往下飛撲，擒住老鼠，給牠們致命的一擊，隨後匆匆叼著一隻隻新鮮獵物出來。

「這計策果然奏效了！」狐心喊道。

「小心牠們的牙齒！」狼步拖著一隻體型幾乎快和他一樣大的老鼠氣喘吁吁地說。

眼前的一切快得讓人眼花撩亂！黃牙心想，同時目不轉睛盯著鋸皮的一舉一動。看著他一次又一次衝鋒陷陣，帶上來一隻又一隻的死老鼠，她的心也跟著七上八下。

隨後圍籬遠處傳來一聲哀嚎轉移了她的注意。黃牙忽見圍籬另一端的貓兒們被團團包圍，不禁駭然尖叫。此刻一群群老鼠從垃圾堆中湧出來，團團擠爆了陷阱。牠們眼見無處可逃，紛紛轉身折回原處，朝戰士們的方向逃竄。一波又一波的鼠群個個張牙舞爪地衝過來，把戰士們逼到圍籬邊。牠們聲勢浩大，戰士們根本不是牠們的對手。

鋸皮第一個察覺到情況不妙。「停止撲殺！」他狂喊：「我們得去支援其他隊。」但圍籬的洞口擠滿了驚慌失措的老鼠，根本無法穿過去，鋸皮和隊員只好趕緊攀上銀色圍網去救援族貓。

石齒一走動，幾隻巨大的老鼠便立刻撲上來纏著他不放，黃牙看得心驚膽跳。族貓們趕過去幫他，卻被滿坑滿谷的鼠堆阻擋了去路。杉星也被淹沒在成堆蠕動的褐色身軀及光溜溜的尾巴底下。

「我受不了了！」黃牙大喝一聲，「我們不能就這樣坐視不管。」

賢鬚從草叢底下鑽出來，一隻腳掌擱在她的肩上。「我們必須自保。」她喵聲說。

黃牙瞪著她。「我們不能眼睜睜看著所有族貓葬送性命！」

黃牙甩開賢鬚的腳掌，奮不顧身地翻向圍籬的另一端。在她的正下方，一隻巨大的老鼠正攻擊著鹿躍，黃牙立刻撲向牠，朝牠的頸部重擊，老鼠當場一命嗚呼。

她四周的影族貓為了活命，無不奮力一搏。黃牙瞥見狐心正忙著與兩隻老鼠搏鬥，在一陣張牙舞爪的攻勢下，終於解決掉牠們。果鬚和花楸莓聯手將咬住亮花肩膀不放的老鼠扯下來，三隻貓隨即跑過去把石齒扶起來，合力將攻擊他的老鼠擊退。黃牙感覺身體的肌肉正承受著利牙的撕咬，只能拚命集中注意力把疼痛阻擋在外。

她瞄到鋸皮奮不顧身跳入齜牙咧嘴的鼠堆中救杉星。他陷在裡面一個心跳的時間，隨後便叼著族長的頸項，使盡全力把他拖上來。

「清空洞口！」他放聲大喊。

黃牙跟著拱眼和泥爪與鼠群苦戰，一路殺到圍籬邊。當她的爪子刺進擋路的老鼠陸續把牠們甩到一旁時，突然感到一股殺戮的快意。她的戰士技能一下子全回來了，她卯起來猛揮猛劃，一個個溫熱的身體就在她爪下撕裂開來。

三隻貓火力全開，最後終於成功把洞口淨空，讓鋸皮可以帶著杉星穿過去。亮花陪著虛弱跛行的石齒跟了上去。黃牙和族貓們肩並肩抵禦鼠群，設法把牠們趕離洞口，好讓其他族貓爬過去。

眼見一些老鼠已開始鑽過圍網湧進影族的領土，狐心和泥爪等最後一隻族貓出來後，連忙把樹枝屏障推到洞口，堵住還在裡面的群鼠。

「撤回營地！」鋸皮大喊。

貓兒們開始拔腿奔逃，比較強壯的戰士協助受重傷的同伴逃離現場。黃牙看見賢鬚顧不得帶來的草藥，趕忙和大伙兒一起逃跑，死命追上他們的腳步。

第二十一章

黃牙停下來喘口氣，克制族貓受傷所帶來的疼痛。營地裡一片哀鴻遍野，空地上躺滿了受傷的戰士。黃牙的嘴裡盡是草藥的苦味，她知道已經所剩不多的草藥必須省點用才行。

真不應該把那麼多的草藥留在冬青叢下。

其中兩名戰士特別讓黃牙擔心：後腳被嚴重咬傷的石齒，以及脖子有咬傷的冬青花。她想去請教賢鬚，但巫醫陪杉星回族長窩到現在還沒回來。

最後，賢鬚終於從橡樹根縫隙現身，一臉憂悶地朝黃牙走來。「杉星失去了一條命，」她幽幽地說：「雖然傷得很嚴重，但他已經開始漸漸恢復了。」

黃牙驚訝地瞪大眼睛。她從不知道族長以前失去過性命。「他還剩幾條命？」她問。

「一條，」賢鬚眼睛一沉，憂心忡忡地回答：「但千萬要保守這個祕密。只有巫醫知道族長還剩幾條命。」

黃牙點點頭。

「其他族貓的情況怎麼樣？」賢鬚順便問，「讓我看看妳做了哪些工作。」

黃牙領著她到空地，帶著賢鬚一一巡視她幫誰敷上了藥泥、用蜘蛛網包紮了哪些傷口，並跟她報告她讓哪些貓服用了罌粟籽減輕疼痛。

「很好，」賢鬚說：「再讓妳多磨練幾次，應該就可以不必用到那麼多蜘蛛網來包紮傷口了，妳可以給成年戰士服用多一點的罌粟籽。」

「我們剩沒多少了。」黃牙提醒她。

「這倒是，」賢鬚嘆了一口氣說：「這是我所見過輸得最慘烈的戰鬥之一。現在最令人擔心的是感染，被老鼠咬到的傷口可能會感染嚴重的病毒，我們得密切觀察冬青花和石齒才行。」

「我等一下會出去找一些牛蒡根回來。」黃牙承諾，「如果找不到，我會採一些野生大蒜回來。」

她走到營地邊貯存青苔的小溪旁，叼起一團青苔，把它沾沾水，便拿去給鋸皮。只見那虎斑公貓緊緊蜷縮著身子躺在獵物堆旁，鼻子上有著幾道很深的抓傷，恐怕日後會留下疤痕。黃牙心疼地繃著肚皮，痛苦地阻擋來自他的疼痛。

「拿去，我帶了一些濕青苔來給你。」她喵聲說。

「我不需要，」鋸皮嘀咕，看都沒看她一眼。「其他貓比我還需要。」

「其他貓都有了，」黃牙要他放心，順手把青苔放到他的鼻子旁邊。「現在我是巫醫，你得聽我的，你**必須**喝點水。」

鋸皮嘟噥一聲，但還是乖乖舔了幾口青苔。「這全都要怪我，」他咕噥道：「我差點把全族害死！」

「才不是這樣。」黃牙蹲在他身旁，「你的計畫很高明。若不是因為老鼠的數量實太驚人，我們老早就成功了。」

「我早該想到這一點！」鋸皮惱怒地說。

正當黃牙絞盡腦汁想安撫他時，鴉尾一跛一跛走來，停在鋸皮面前。「杉星想見你。」

鋸皮抬起頭，一臉絕望地看著她。「他應該是要把我逐出部族吧。」他嘟噥著，隨即拖著身體站起來，朝族長窩走去。

黃牙開始驚慌起來。**杉星絕不可以將鋸皮驅逐！**她等不及想弄清楚，連忙跟了過去，幸好鋸皮並沒有回絕。橡樹根底下的睡窩一片昏暗，杉星看起來一臉虛弱。他掙扎著坐起身，露出略顯呆滯的雙眼。

鋸皮垂頭喪氣地走進去。「對不起，全讓我搞砸了，我願意接受任何懲罰。」

杉星沉默了一會兒。「我們雖打了敗仗，」他啞著嗓子說：「但不是你搞砸的。你不但把我從鼠堆中救出來，也盡心盡力幫助其他族貓。」

「但是——」鋸皮試著插話。

杉星舉起一掌要他別說話。「抬起頭來，鋸皮。每場仗都有可能輸，你既然已經全力以赴，我就沒有什麼好強求的。」

「是我自己太過強求了！」鋸皮脫口而出。

「別太苛責自己，」族長回應：「我們今天算是學到教訓。這個圍堵的技巧也許可用在其他獵物上。現在最重要的是讓部族好好休養生息。」他對鋸皮點頭致意，「我很榮幸能有你，這也證明你已完全具有收見習生的資格。一旦小雲準備好了，他將會成為你的見習生。」

鋸皮望著他。「謝——謝你，杉星！」他突然結巴起來。

族長發出呼嚕聲說：「去休息吧。」

黃牙滿心歡喜地跟著鋸皮從杉星的窩走出來，但虎斑戰士仍一副垂頭喪氣的模樣。杉星的讚美並沒有讓他好過一點。

黃牙追上他，喃喃說道：「就像杉星說的，你應該感到驕傲。」

鋸皮瞪著她。「打敗仗有什麼好驕傲的！」他嘶聲怒斥。

「你這個傻毛球，我很為你感到驕傲。」黃牙激動地說著，看著他冷冷地走開。

ϟϟϟ

日子一天一天過去，卻仍舊盼不到融雪的季節。地面仍鋪著一層厚厚的白雪，獵物足不出洞，灰濛濛的天空似乎愈來愈昏沉。

滿月的夜晚，黃牙往窩外探去，原以為會望見滿天的烏雲，沒想到灰茫茫的天色中竟透出了一圈銀暈。

「今晚會在四喬木舉行大集會，」賢鬚走到睡窩入口旁找她：「妳準備好了嗎？」

黃牙深吸一口氣說：「準備好了。」

這將是她第一次以巫醫見習生的身分參加大集會。雖然她已經見習了一個月，但上次的大集會因烏雲蔽月而取消。她跟著賢鬚走到空地，被選中參加大集會的貓兒們陸續圍著杉星集合。族長已經康復得差不多，但石齒看起來還是很虛弱，黃牙注意到他走路時跛得很厲害。

黃牙在等待出發的當下，很快巡視了所有族貓一遍，看看他們是否有受傷或生病的症狀。自從當了巫醫後，她已經比較能將疼痛阻擋在外，就像本能一樣地做到這點，不過有時候疼痛感還是可以幫助她較容易治療生病或受傷的貓。此刻她完全克制住疼痛，專心檢查族貓傷勢復原的狀況，看看他們是否已恢復明亮的眼睛和健康的皮毛。

杉星帶隊離開營地，穿過森林朝轟雷路底下的隧道前進。黃牙很想跟鋸皮肩並肩同行，但偏偏狐心一直纏在他旁邊。

「今天的訓練課超棒，」她喵聲對他說：「我們可以找一天一起練習新招式嗎？」

黃牙不想再聽下去，乾脆來到花楸莓旁邊。「我聽說妳今天抓到一隻松鼠，」她開始說：「微鳥和蜥蜴牙一起享用那隻松鼠時，直誇那真是人間美味。」

「太好了，」花楸莓喵聲說：「我——」

「嘿，花楸莓！」黃牙的姊妹剛開口，忽然被狼步的喊聲打斷。

「對不起，我得去……」花楸莓顧不得把話說完便匆匆趕著離開。

黃牙看著她離去的背影，儘量不讓自己的情緒受到影響。幾個心跳的時間過後，賢鬚走到她旁邊。「感到孤單是難免的事，」老巫醫似乎看穿了她的心事，喃喃說道：「不過族貓永遠比妳或他們想像中的還需要妳。」

當影族來到谷地，雷族也幾乎同時抵達，而風族早已在四喬木等候。黃牙一邊穿過蕨叢，一邊好奇地張望四周。現場滿坑滿谷的部族貓，不停在她身邊來回穿梭，彼此興奮的打招呼。

「我們把一隻狐狸一路趕出沼澤高地！」一隻風族貓對著幾名雷族見習生誇口道。

「沒錯，」他的族貓在一旁幫腔道：「牠應該不敢再回來了。」

杉星躍上巨岩。「各部族集合！」他高喊。

松星和石楠星攀上岩石來到他旁邊，其中一位族長認為不應該沒等河族來就先召開大集會。正當他們爭論不休之際，黃牙瞥見一隻灰藍皮毛的貓兒獨自站在一片低垂的蕨葉下，身上散發著雷族的氣味。**我從沒和她講過話**，黃牙心想，忍不住朝她走過去。

但她還沒來到藍色貓兒的身邊，河族貓已經紛紛湧進空地。只見一隻粗壯的虎斑貓走向那雷族貓，一屁股坐在她旁邊，還差點撞到她。黃牙看了他扭曲的下巴一眼，很納悶他是怎麼受傷的。她不想打擾他們，於是轉身去找窩在巨岩底下的賢鬚和其他巫醫。

羽鬚看到她迎面走來，趕緊站起身跑過去找她。「嗨，黃牙。」他喵聲說。黃牙發覺他雖帶著親切的語氣，但眼神卻很不自然。「你們還好嗎？我看到你們一些族貓身上有戰鬥的傷疤。最近是不是遇到什麼麻煩了？」

黃牙頸部和肩膀上的毛不由得開始倒豎。「沒有什麼我們解決不了的。」她意興闌珊回了一句。

「火氣別那麼大嘛，」羽鬚告訴她：「我們都是巫醫，沒有什麼事情好隱瞞的。」

「如果有什麼事必須讓你知道，」賢鬚湊到羽鬚旁邊說：「我們一定告訴你。」

羽鬚沒有機會再說下去，眼見雷族的松星走向前來到巨岩的邊緣，正式宣布大集會開始。

黃牙聽著其他族長報告各族的消息，內容實在了無新意，她想各部族應該都正飽受寒冷的禿葉季所苦，只是沒有一個族長願意承認罷了。

最後杉星走到巨岩前，望著底下群聚的部族貓。「我在這裡必須很遺憾地宣布，本族的副族長石齒即將搬到長老窩。」他宣布道。

影族貓中頓時響起一陣錯愕聲。黃牙看了看四周，發現除了石齒之外，沒有任何貓知道這件事。

「石齒！石齒！」他的部族高喊。

站在巨岩底下的副族長鄭重地鞠了一躬。

「不過現在快要月昇了！」黃牙聽到花楸莓悄悄對狐心說：「杉星必須**馬上**宣布副族長人選才行！」

黃牙可以感覺到空地逐漸升高的緊張氣氛。其他部族的貓兒們各各面面相覷，開始猜測誰將會成為下一任的影族副族長。副族長人選的指派通常是在部族內進行，不會像這樣公開讓別族參與。

「鋸皮將接任他的位子。」杉星繼續說。

「鋸皮！鋸皮！」族貓們仰天高呼他的名字。又驚又喜的黃牙喊得比任何貓都大聲。

鋸皮站起來，面無表情地走到巨岩的位子。黃牙仍不斷高喊著他的名字，內心充滿了驕傲。她試著抓住鋸皮的目光，但他並沒有看她。

杉星等鼓譟聲停止，又接續說：「還有一件消息要向各位宣布。賢鬚，就由你來說。」

賢鬚站起身，而知道巫醫要說什麼的黃牙不禁緊張起來。賢鬚掃視各部族，開始喵聲說：「影族多了一位新巫醫。黃牙已經同意當我的見習生。」

幾隻影族貓稀稀落落地喊著黃牙的名字，大伙兒在興奮完鋸皮晉升的事之後，對這項消息的反應顯然冷淡了些。沒引起騷動反而讓黃牙鬆了一口氣。最後，鋸皮終於迎向她的目光，就在彼此目光交會的一瞬，她突然驚見他眼底的悲傷。

黃牙的心突然抽痛了一下。**那是我的痛，還是他的痛？一切都是我的命——不是嗎？**

ᛃᛃᛃ

冰雪融化的季節終於到來，一連下了好幾天的雨，遍地都是水窪，營地泥濘不堪。黃牙踏過滿地積水的森林，不快地嘶叫了幾聲，最後停下來嘗嘗空氣。她一路沿著鮮綠的氣味來到一株殘樹前，蹲下身子鑽到底下去。

「黃牙！」

黃牙驚跳起來，一頭撞到了樹幹的底部。「老鼠屎！」她咒罵道，晃頭晃腦地站起來，轉身看到鋸皮就站在她後面。

「好痛！」她抱怨道：「你是鼠腦袋，還是怎樣？」

「對不起。」鋸皮凝視著她：「我有話要跟妳說，但只能在營地外面說。」他遲疑了一會兒，吸了一口氣才繼續說：「黃牙，妳確定妳的選擇是正確的嗎？」

黃牙回頭看他。這一次他終於不再是一味地想找她爭論，他的聲音裡充滿了無盡的哀傷。

「我很想念妳，」他繼續說：「等我以後當上影族族長，我要妳當我的副手。」

「我將會是你的巫醫。」黃牙喵聲說。

「妳很清楚我要的不只是這樣。」鋸皮告訴她。他湊上去，身上的氣味迎面撲向黃牙，頰鬚拂過她的耳朵。「我知道妳現在是巫醫，」他低聲呢喃：「但即使是這樣也改變不了我對妳的感情。」

「我的感情也沒變，」黃牙顫抖著聲音喃喃回應：「但這是我的命！星族要我當巫醫！」

「祂們可以命令妳學習草藥的技能，」鋸皮的語調愈來愈堅決，「甚至可以在夢境中找上妳，但卻不能完全操控妳。如果我們善盡彼此的職責，我們之間的關係又有什麼錯？只要其他貓不知道，一切還是可以和以前一樣。只要我們保守祕密，不要告訴任何貓就行了。」

不知道銀焰會怎麼說？黃牙心想，**可是，祂告訴我要有相信自己直覺的勇氣，現在我的直覺告訴我，這也是我命運的一部分。**

黃牙依偎在鋸皮身旁，感覺他溫暖的皮毛，狠下心決定拋開罪惡感。「我會保密。」她喃喃說道。

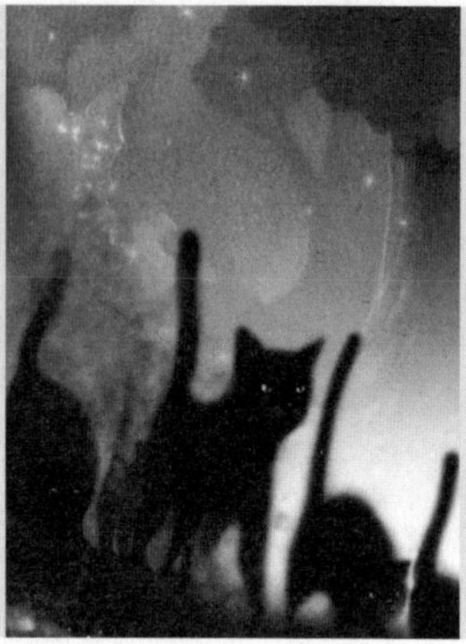

第二十二章

黃牙仰望著一片從枝頭翩然飄落的紅葉，在最後一刻一躍而上，將它凌空攔截，一把擒在地上，並發出勝利的吼聲。艷紅與金黃的葉片從林中撲簌而下，她的心中洋溢著幸福。整個新葉季和綠葉季裡，她和鋸皮堅守著彼此的諾言，沒有任何影族貓知道他們在領土最偏避的地方幽會，唯一可能知情的只有他們的星族祖靈——但黃牙並沒有收到會淪落悲慘下場的警告，於是她開始相信星族允許她同時擁有當鋸皮的伴侶和巫醫的雙重身分。

當她再次動身往上攀爬，鋸皮冷不防從樹叢後面撲過來，把她擒倒在地上，滿地的落葉被他們壓得窸窣作響。

「別鬧了，鼠腦袋！」她喘著氣說：「我不能呼吸了！」

鋸皮緊貼著她的臉，琥珀色的雙眼閃爍著光芒。「那妳就認輸啊。」

「好啦，我認輸。趕快放開我！」

鋸皮翻過身發出呼嚕聲。「妳哪兒都別想逃，」他喵聲說：「我會永遠纏著妳。」

「我該去採草藥了，」黃牙邊說，邊坐起身甩開皮毛上的枯葉碎屑，「如果我空手回去，賢鬚會怎麼想？」

「時間多的是。」鋸皮伸了個大懶腰，要她別擔心。

「但現在已經是落葉季了，我們必須在霜雪降臨之前準備好草藥庫存。別忘了去年的禿葉季我們的草藥有多麼短缺。」

「我們很快就回去了，我也要準備雲掌結業考的內容。」鋸皮乾笑一聲，「妳知道嗎？那個神經大條的見習生到現在還記不住松鼠是爬樹高手，我老是在提醒他必須選擇在空曠的地方追蹤牠們。」

黃牙頓時湧起一股罪惡感，「我們還是趕快回去吧。」

鋸皮輕輕碰了她一下。「我們又沒有礙著任何貓，」他安撫她，「該盡的義務我們都有做好，部族安全得很。」他伸出鼻頭磨蹭她的肩膀，「況且又沒有貓知道我們的祕密。」

黃牙忍不住發出呼嚕聲。**說的也是，和鋸皮在一起的這些日子是我這輩子最快樂的時光。**

「別忘了，」鋸皮緊緊靠在她身邊繼續說：「妳只是個見習生，妳還是可以改變決定。我保證絕不讓妳上戰場廝殺，反正我很快就會當上族長，我將不顧一切保護妳的安全。」

黃牙依偎著他溫暖的皮毛，一時之間不由得心動起來。但她一想到賢鬚所傳授給她的一切，立刻回復理智，她知道這是她必須走的路，起碼現階段不會改變。於是她搖搖頭。

鋸皮溫柔地拍了她一下。「我一定會說服妳。」他喃喃說道。

黃牙還來不及回應，森林突然爆出一聲淒厲的慘叫聲。兩隻貓立刻跳起來。

「是我們的巡邏隊隊員，」鋸皮大喊：「他們被攻擊了！」

黃牙和鋸皮肩並肩匆匆穿過林子，朝聲音的方向飛奔而去。幾個心跳的時間過後，他們來到一處空地。黃牙往空地望去，赫然驚見四名族貓正與四隻虎背熊腰的惡棍貓纏鬥不休。兩腳獸的臭味灌進她的喉嚨，讓她忍不住想吐。

鋸皮怒吼一聲跳進混戰中。他一把推開將花楸莓制伏在地的惡棍貓，緊接著朝另一隻猛攻暴翅喉嚨的惡棍貓狠狠攔腰一撞。對手雙雙慘叫一聲，拔腿落荒而逃。其他的兩隻貓眼見自己寡不敵眾，也跟著逃之夭夭。

「別再給我回來！」鋸皮在他們背後吼道。

黃牙走進空地。花楸莓倉皇爬起身，順便把暴翅扶起來。狼步卯足全力追擊惡棍貓，但被鋸皮喝令制止，只好乖乖跑回來。在場的三隻貓看起來狼狽不堪，但都只受到輕微的皮肉傷。

「都是我的錯！」花楸莓上氣不接下氣地說：「今天是由我帶隊，我早該聞到他們的氣味，但他們突然撲過來，我們根本措手不及。」

「他們只是來找麻煩的。」鋸皮咆哮。

黃牙環顧空地四周，她剛才明明看到四隻族貓在打鬥，但現在只看到三隻。**第四隻貓到哪兒去了？**忽然間，她瞄到蕨叢裡蜷縮著一團白色皮毛，立刻衝過去，赫然發現雲掌生命垂危，一動也不動地躺在那裡。

「喔，不！」她驚叫一聲。

「他跑來這裡做什麼？」鋸皮倒抽一口氣，來到黃牙旁邊，低頭望著他那奄奄一息的見習生。

「他……他找不到你，」花楸莓坦誠相告：「所以就問我可不可讓他加入邊界巡邏，趁結業考之前好好練習嗅聞的技巧。」她遲疑了一會兒，接著支支吾吾地說：「我讓他走在最前頭，但等到他聞到入侵者的氣味時已經太晚了。」

黃牙在見習生面前蹲下來，儘量不去看一臉愁雲慘霧的鋸皮。一開始她並沒有查出任何異狀，於是她小心翼翼地鬆懈克制力去感受疼痛。劇痛瞬間湧上來，她感覺自己體內彷彿存在一隻張牙舞爪的猛獸，不停想從她的肚子裡鑽出來。她扭著頭，四肢開始彎曲，強忍住疼痛，輕輕把雲掌翻過來，發現他的肚皮被劃了開來，而那底下的草地已被血染得腥紅一片。

「他是不是死了？」花楸莓喃喃地問。

黃牙搖搖頭，查覺到雲掌的胸口仍有起伏的跡象。她再次克制住疼痛，緊接著轉身對其他貓說：「狼步，你趕快回去通知賢鬚；暴翅，去那邊的草叢底下找些蜘蛛網給我。在搬動雲掌之前，我必須先幫他止血。」

「我來負責移動他。」鋸皮啞著嗓子喵聲說。

黃牙把蜘蛛網敷在傷口上，鋸皮顧不得雲掌幾乎已經和成年貓一樣重，堅持揹起雲掌，讓黃牙和暴翅從兩側攙扶，一路上搖搖晃晃送雲掌回營地。

當鋸皮揹著見習生穿過隧道時，已經接獲狼步通知的族貓們紛紛一擁而上。蕁斑一看到自己的兒子，當場泣不成聲。

「我的寶貝孩子！救救他！你們一定要救他！」

「我們一定會盡全力搶救。」黃牙向她保證。

兩名新見習生夜掌和爪掌愣在原地，驚恐地看著鋸皮一步步穿越空地，直到他們的導師狐心和鴉尾跑過來叫他們離開為止。

鋸皮終於抵達巫醫窩，小心翼翼地把雲掌抬到青苔床上後，乾脆在自己的見習生身旁坐下來，但卻被賢鬚甩動尾巴勸阻。

「不用了，鋸皮，」她喵聲說：「你已經做了你該做的，接下來就交給我們來處理。」

鋸皮一副想開口爭辯的樣子，但最後還是默默站起來。他看了雲掌最後一眼後，便垂頭喪氣地離開了巫醫窩。

黃牙看著賢鬚蹲在雲掌面前掀開他傷口上的蜘蛛網。巫醫看了看赤裸裸的大傷口，抬頭望著黃牙的眼睛。

「他傷得很嚴重，」她喵聲說：「現在讓星族帶他走，或許對他比較好。」

「不！」黃牙嘶吼道：「他不能死！如果妳打算放棄搶救，乾脆讓我自己來照顧他。」黃牙不甘賢鬚如此輕言放棄，衝到睡窩入口把頭探出門外：「嘿！」她把正巧經過的果鬚叫住，「趕快去拿些濕青苔過來！」

她的手足火速動身。黃牙立刻到草藥庫中找出馬尾草、一枝黃和金盞花，把它們混成藥泥。她蹲在雲掌身旁，幫他把傷口澈底舔乾淨，敷上藥泥，然後從刺藤叢中取出蜘蛛網纏綁傷口。一會兒過後，賢鬚悄悄來到旁邊，幫忙固定藥泥，讓黃牙將蜘蛛網牢牢纏好。

「我不會阻止妳搶救他，」老巫醫告訴她：「但妳必須有最壞打算的心理準備。」

傷口處理好後，果鬚也叼著滿嘴的濕青苔歸來。黃牙把一些水擠進雲掌的嘴裡，但他仍處於昏迷不醒的狀態。她看著他微微起伏的胸膛，那是他唯一僅存的生命跡象。黃牙一想到他那微弱的呼吸隨時會停止，耳朵到尾梢不禁打起寒顫。太陽漸漸沒入樹林，一股寒風隨即而起。

「我會陪在他身邊，」黃牙告訴賢鬚，並在雲掌的旁邊坐下來，「幫他保暖。」

賢鬚點點頭，走到外面去檢查其他在打鬥中受傷的貓。等她回到睡窩天已經黑了，她走過去看看雲掌後，便到床上去睡了。

「有什麼問題再叫我。」她跟黃牙喵了一聲後，隨即閉上眼睛。

黃牙坐在受傷的見習生旁邊，仰望著天上陸陸續續閃現的星族戰士。「這是我們造成的嗎？」她低聲問：「是因為我和鋸皮在一起才會發生這種事嗎？星族，如果祢們真的生氣了，請給我一個警告，不要讓這名見習生為我們受罪。他還那麼年輕，不應該這麼早就到祢們那裡報到。」

但她頂上的繁星只是冷冷地閃爍著，不知道有沒有聽見她的請求。

黃牙不禁累得打起瞌睡來。隨後她感覺有一隻貓輕輕地戳了她一下，她頓時驚醒過來，以為是雲掌在求助，但卻發現自己竟置身在一處狂風橫掃的沼澤上。站在她身旁的貓兒塞給她一片紫草葉。黃牙並不認識祂，不過祂厚厚的灰色皮毛飄散著影族和草藥的氣味。就在黃牙接下葉子的當下，她忽然聽到腳邊傳來微弱的哭嚎聲，低頭一看，發現是一隻小虎斑貓，血不斷從他耳朵上的裂傷涔涔流下。

黃牙低頭嚼碎紫草葉，讓汁液滴到小貓的耳朵上，裂傷竟在一瞬間癒合，傷口完好如初，完全沒有留下任何疤痕。

黃牙再次抬起頭，看到灰貓又拿了一片不同的葉子給她。一隻又一隻的貓兒在祂後方排成了長長的一列，一直延伸到盡頭，在靜默中彼此接力把一片片的草葉遞到黃牙手上。

祂們都是巫醫！黃牙恍然大悟，**我是祂們的一份子，透過祂們的幫助和智慧，讓我得以站在最前線治療這隻貓。**她的內心突然感到一股深沉的平靜。

她接下另一片葉子，這一次是貓薄荷，順手把它拿給一隻咳個不停的棕色小貓。小貓吞下薄荷後立即停止咳嗽，轉眼間消失不見。一團煙霧裊裊升起，其他貓和祂們所站立的沼澤就這樣淹沒在雲霧之中。

附近突然傳來呻吟聲，把黃牙驚醒過來。只見雲掌在窩裡扭來扭去，不停發出微弱的哀嚎聲。他因發高燒而全身滾燙。黃牙一掌輕輕地按住他的肩，再次把水滴進他的嘴裡。

「不要動，小傢伙，」她喃喃說道：「張開嘴巴。」等他安靜下來後，黃牙站起身，再次走到草藥庫，在昏暗的星光下憑著嗅覺摸索她所需要的草藥。

賢鬚在她背後醒來。「他的情況怎麼樣了？」她語帶睡意地問。

「發高燒。」黃牙應了一聲，終於找到她想要的草藥。

「雲掌！」

黃牙被那突如其來的呼喚聲嚇了一跳，她轉身看到莓斑從石縫中埋頭鑽進窩裡。「我得看看我的兒子！」她喵聲說。

賢鬚從床上爬起來，趁莓斑還沒靠近雲掌時，趕緊擋住她的去路。「現在已經是半夜，」她告訴她：「最好不要打擾雲掌，妳明天再來吧。」

「但我非看到他不可！」莓斑堅持。

「現在不是時候。」賢鬚好言相勸：「雲掌需要休息。我跟妳保證，如果他情況變嚴重了，我們**一定會**通知妳。」

莓斑猶豫半晌，隨後垂著尾巴轉身離開。黃牙雖然可以體會莓斑的焦慮，但看到她離去還是讓她鬆了一口氣。

「她的內心一定很煎熬，」賢鬚一邊說，一邊走過去查看雲掌的情況，臉色也跟著愈來愈凝重。「黃牙，」她低聲說：「妳不可能救活每一隻貓。」

「沒錯，但我可以救**這**隻。」黃牙咕噥：「我準備給他吃一些蒲公英，讓他退燒。」

賢鬚點點頭。「順便加一些琉璃苣葉進去。」她建議。

黃牙嚼碎草藥，把藥泥塞進雲掌的嘴裡。她再也顧不得逐漸見底的草藥庫存，一整個晚上反覆幫他餵了幾次藥。**雲掌一定要活下去！其他的都不重要！**

天空漸漸泛起黎明的微光，睡窩門口出現移動的聲響，一轉眼便見到鋸皮從石縫鑽進來。「他的情況如何？」他沙啞地說。

「他很努力在撐下去，」黃牙回答。看著虎斑戰士蹲在他那奄奄一息的見習生面前，黃牙的心也跟著糾結起來。當鋸皮準備離開時，她凝視著他的眼睛。「我一定會把他救活。」她發誓。她絕不能透漏他們在雲掌受傷時的行蹤，她很清楚鋸皮也一定會保守祕密，但彼此卻也同時藏著很深的愧疚感。

「我已經加派了邊界巡邏隊，」鋸皮告訴她：「以全面防堵惡棍貓再闖入。」

黃牙點點頭。「以後不准再讓見習生到那裡去巡邏，除非確定那裡安全無虞。」她建議。

鋸皮草草點頭說：「那還用說。」

他離開後，黃牙繼續陪在雲掌身邊。一整天下來，陸陸續續有影族戰士進來窩裡探視他。黃牙緊守在見習生旁邊，不讓任何訪客待太久──即使是蕁斑也不例外，她驚慌失措的模樣對孩子的病情一點幫助也沒有。

太陽下山時，賢鬚用尾巴拍拍黃牙的肩膀。「妳也該出去走一走了，」她喵聲說：「不准跟我說不要，」她不顧黃牙的反抗繼續說：「要是連妳自己都病倒了，怎麼照顧雲掌？到營地附近散散步，吃點新鮮獵物，喝口水，妳會有精神的多。我會在這裡照顧他。」

黃牙勉為其難蹣跚地走到空地，神情恍惚地四處閒晃，一路上可以感受到其他貓兒投來的目光，大家顯然都很掛念病重的雲掌。

亮花跑到她面前，把她帶到獵物堆。「過來嘗嘗這隻美味多汁的田鼠，」她把食物塞到黃牙面前，喵聲說：「我要一直坐在這裡看妳把東西吃完才行！」

黃牙一點食慾也沒有，但在嘗了一口獵物後，才猛然發覺自己早已經餓壞了。她狼吞虎嚥地吃完新鮮獵物，順便走到營地旁的小溪喝點水後才又回到睡窩。

黃牙又整整顧了雲掌一夜。她死守在他旁邊，像極了在緊盯一隻隨時到手的獵物。雖然見習生尚未恢復意識，但她覺得他的呼吸似乎已經比較穩定了。她再次抬起頭仰望綻放著冷冷光芒的星族。「如果祢們一定得帶走一隻貓，就帶我走好了。」她誠心祈求：「請放過他，他是無辜的，一切都是我的錯。」

傷心又自責的黃牙終於累得打起瞌睡。賢鬚戳戳她的肩膀把她叫醒。她慌張地跳起來。「是雲掌怎樣了嗎？」她急著問：「他的情況惡化了嗎？」

賢鬚的眼底射出光芒。「不是啦，」她發出呼嚕聲：「他醒了。他的傷口雖然還是很痛，不過他已經會喊著要喝水了。」

黃牙低頭看看見習生。他的藍色眼睛雖然呆滯，但呼吸已經恢復正常，燒也退了。

「我好渴！」他喵聲說：「我的肚子好痛！」

趁賢鬚去拿些濕青苔給他的當下，黃牙告訴他：「還會痛一陣子，不過你的傷勢已經開始好轉了。先不要動，我來幫你換藥。」

黃牙幫雲掌敷上新的藥泥後便出去找鋸皮，留賢鬚獨自照顧他。她最後在空地找到正在集合日間巡邏隊的鋸皮。他一看到她，立刻撇下其他貓，帶著焦急的眼神匆匆跑過來找她。

「雲掌醒了，」黃牙搶在他開口問之前喵聲說道：「他還沒脫離險境，不過他已經安然度過了最致命的感染期。」

鋸皮閉上眼睛，大大鬆了一口氣。「謝謝妳。」他喃喃說道。

「只能**稍微**散散步，」賢鬚吩咐道：「最遠到獵物堆就該回來了。這是你第一次到睡窩外面去，千萬不能讓自己太累。」

兩天過去了。雲掌恢復得很快，已經有體力到空地走走了。只見他不耐煩地抓了抓巫醫窩的泥地，黃牙猜他應該是等不及想回自己的窩裡去，而不是只是出去散散步而已。

「我陪他一起去。」她提議。

一大群族貓已經在空地等著和他打招呼。「雲掌！雲掌！」他一現身，全體立刻高呼。

雲掌困惑地看了黃牙一眼，「為什麼他們要為我歡呼？」

「因為你勇敢地奮戰到底，」杉星走上前：「等你的傷好了，將立刻晉升你為戰士。」

雲掌踉踉蹌蹌，興奮地跳起來。「謝謝你。」他向族長鞠了一躬喵聲說。

蕁斑迎面衝過來，匆匆擠到衫星旁邊找兒子。「我的寶貝孩子！」她發出呼嚕聲說：「喔，黃牙，謝謝妳，謝謝！」

「我只是在做自己份內的工作而已。」黃牙喃喃說。

雲掌一看到花楸莓和其他巡邏隊員簇擁過來，情緒顯得激動起來。

「雲掌，能再看到你真是太好了。」花楸莓喵聲說。

黃牙沒給雲掌回應的機會，立刻湊過去，露出嚴厲的眼神看著花楸莓和其他在場的貓。「不要一直擠過來，」她喝道：「他好不容易才可以出來走動走動而已。」

她瞥見站在群貓角落的鋸皮，便帶著雲掌穿過貓群走過去找他。鋸皮看著他，然後低下頭。「對不起害你受傷了。」他喵聲說。

雲掌一臉茫然。「不是你的錯！」他連忙反駁，「在那些惡棍貓突襲我們之前，我早該嗅到他們的氣味的。我讓你失望了！」

「你一點都沒讓我失望。」鋸皮喃喃說完轉身離開。

黃牙看到見習生開始低著頭露出痛苦的眼神，於是趕緊帶他回巫醫窩。

黃牙將雲掌在床上安頓好。「妳照顧族貓很有一套，」雲掌忍不住說：「妳一定是個好母親。妳會後悔不能有自己的小貓嗎？」

黃牙眨眨眼睛。「整個部族都是我的小貓，」她回答：「我沒有時間只對一兩個好。」

雲掌點點頭。「我想這就是巫醫的命，不過應該很辛苦吧。」他繼續說：「我已經等不及要有自己的伴侶和小貓了。」

「你還年輕，不用急著想這些！」黃牙逗他：「你有的是時間去尋找哪個倒楣的貓后，然後生一窩小貓，好讓我忙得團團轉！」

雲掌喵嗚大笑，隨後打了個大呵欠。他閉上眼睛，一下子便呼呼大睡起來。

賢鬚正忙著整理草藥庫存。「黃牙，妳能醫治好雲掌，真的很了不起，」她目光炯炯地看著黃牙，邊喵聲說：「很多巫醫——包括我在內——可能早就放棄了他，交由星族決定一切。」巫醫伸出尾巴，拍拍黃牙的肩膀。「是該讓妳結束見習升格正式巫醫的時候了。」

「哇！」黃牙大叫：「喔，賢鬚，謝謝妳！」

我已經準備好了，她心想，**成功救活雲掌對我意義重大，它讓我更清楚自己的使命……所以我決定放棄鋸皮，不再留戀過去。**

第二十三章

自從雲掌受傷後，黃牙終於能第一次安穩睡上一晚。她清晨醒來，伸了一個大懶腰，從耳朵到尾巴把全身澈底梳理了一遍。

賢鬚從床上起身，甩甩皮毛上的青苔碎屑。「我得去找杉星，我要去告訴他妳已經有當正式巫醫的資格了。」

黃牙轉頭看她，四肢開始慌亂。「拜託，賢鬚，先讓我去告知另一隻貓。」

巫醫瞇起眼睛，「妳是指鋸皮，對吧？」

黃牙一時說不出話來，只是默默低頭看著腳掌。**她怎麼知道？**

賢鬚扳著臉說：「妳現在必須受巫醫守則的約束。所有巫醫都一樣——妳也不例外。」

「當然。」黃牙低聲說。她沒時間等賢鬚繼續訓話下去，旋即衝了出去。第一個進入她眼簾的是正悠哉晃去獵物堆的果鬚。「你有看到鋸皮嗎？」她對他喊道。

「他帶狩獵隊到沼澤地了，」果鬚回應：

「他們才剛走不久。如果妳動作快的話，應該可以趕上他們。」

「謝謝！」黃牙衝出隧道，直奔林子。她一來到沼澤附近，便在幾個狐狸身遠的地方瞥見鋸皮的身影。此刻的狐心忙著在草叢裡追蹤獵物，蛙尾和泥爪也在遠得幾乎看不見的地方。

「鋸皮！」黃牙越過一個個雜草叢生的丘陵，跑過去找那隻虎斑貓。當她一靠近，突然瞥見草叢裡閃過一個東西，鋸皮轉向她沮喪地斥喝道。

「看妳幹的好事！快到手的蜥蜴就這樣給溜了。」

「對不起，」黃牙氣喘喘地說：「我有話要跟你說。」

鋸皮豎起耳朵，「什麼？該不會是雲掌吧？難道他——」

「雲掌好得很。」黃牙停頓了一下，這項消息比她想像中的還難啟齒。「賢鬚將在今晚的半月集會上讓我晉升成正式巫醫。」

鋸皮瞪著她。「妳確定這是妳想要的嗎？和我在一起的這幾個月妳難道不開心嗎？」

「你明知道我很開心。」黃牙嘆了一口氣說：「不過治好雲掌後終於讓我明白自己想要什麼，我必須當一名巫醫。」

鋸皮甩動尾巴，蓬起頸毛，朝她逼近一步。「妳這是在浪費自己的生命！」他大聲咆哮：「我還以為妳現在應該已經擺脫沉迷草藥和蜘蛛網的生活了。」

「你從沒有認真看待過我，」黃牙反擊，瞬間由難過轉為憤怒，「你根本不懂當巫醫的意義。」她的目光掃向遠方，匆匆瞥了剛抓到獵物的狐心一眼，接著氣憤地說：「你何不乾脆去和**她**生小貓？她總是愛跟在你屁股後面。」

「我對狐心沒感覺，」鋸皮吼道：「妳、還有我們共同的未來才是我全部的世界。」

黃牙一時間大為感動，似乎可以看到那未來。但她很清楚既然選擇了這條路，早已沒有反悔的餘地。

「這都是我的命，」她喵聲說：「你改變不了。」

「是，」鋸皮回應：「但**妳**可以。」

⚡⚡⚡

黃牙和賢鬚即將動身前往月亮石參加半月集會。賢鬚難掩興奮地踩著雀躍的腳步。黃牙先是檢查雲掌的傷口，確定他已經喝過水、吃完獵物後才行動，但此刻她的內心反而感覺一陣空虛。**我失去了如此珍貴的東西……就算是為了鋸皮，我也不能棄部族的責任於不顧。**

「真是太酷了！」雲掌睜大雙眼喵聲說：「我們竟然會在同時間結束見習，黃牙！」

黃牙點點頭說：「你一定會是名好戰士，雲掌。」

「而妳已經是**優秀的**巫醫了！」

等賢鬚為彼此備妥旅途用的草藥後，一過日昇，兩隻貓即刻從營地出發。黃牙每走一步，便感覺自己正一點一滴揮別過去。好幾隻族貓簇擁在隧道旁祝她一路順風，但鋸皮只是默默站在空地的遠處張望。

雖然巫醫有權在前往月亮石的途中穿越各族領土，但黃牙一想到要橫跨風族的地盤，還是有點緊張。幸好遠處只有一支巡邏隊出現，領在前頭的風族副族長蘆葦羽只是稍稍甩動尾巴朝兩名巫醫致意。

黃牙和賢鬚來到高聳岩時已是黃昏時分，其他巫醫已經在那裡等候。

和大家打完招呼後，賢鬚喵聲說：「黃牙今天是來受封成為正式巫醫的。」

風族巫醫鷹心走向前，尾梢擱放在黃牙肩上一會兒。「恭喜啦，」他喃喃說：「我和妳一樣，在當上巫醫前也是名戰士。到現在我還是覺得這樣的經歷很有幫助。」

雷族的鵝羽沒搭理她，只是和往常一樣睜著迷濛渙散的眼神，顯然正神遊在自己的世界裡。不過河族的棘莓很快擠到大夥兒的旁邊，閃動著眼睛，一襲白色皮毛在落日餘暉中泛著微光。「我真替妳高興！」她熱情地大叫。

黃牙感謝地回應祝賀，接著轉向羽鬚。雷族第二位巫醫一貫地用那充滿警覺和好奇的眼光看著她。「你們部族應該會很高興即將多一名巫醫。你們的族貓都還好吧？」

「影族好得很。」賢鬚不客氣地回應。

「那妳呢，黃牙？」羽鬚問：「從戰士轉當巫醫有讓妳很掙扎嗎？」

掙扎可大了！黃牙暗暗心想，但她可不想跟羽鬚說這些。**他應該少管別人的閒事，多管管自己的事！**

幸好賢鬚及時出聲，讓她省得回應。「趕快走，」她催促其他貓：「別一直杵在這裡閒聊，我們就快錯過月亮石的時間了。」

她帶頭攀上最後一段陡坡，來到山丘側邊的洞口裂縫。黃牙沿著蜿蜒的通道一路進入山丘深處，漸漸拋開心中的猶豫和感傷。

我將成為正式的巫醫！

當他們抵達漆黑的月亮石洞穴時，只有寥寥幾點星光從上方歪七扭八的裂縫灑落下來。巫醫們圍著晶石而坐，等候重要時刻的到來。最後月光終於從縫隙照了進來，月亮石瞬間籠罩在一片神祕的冷光中，黃牙像一隻興奮的小貓般忍不住驚嘆一聲。

這是我在世上見過最美的東西！不管看幾遍，都還是一樣驚豔。

賢鬚起身站到月亮石旁，搖搖尾巴把黃牙招過來。黃牙顫抖著四肢走進寒光中加入她。

賢鬚仰頭望著月亮說道：「我，影族巫醫賢鬚，懇請戰士祖靈俯視這位見習生，她已完成嚴格的訓練，足以明瞭巫醫的一切。希望在祢們的幫助下，讓她能長久地為部族效勞。」

黃牙感覺這世界彷彿只剩下她和導師置身在月光當中，其餘的一切全消失無蹤。她可以聽到從山洞邊隱約傳來喃喃細語和腳步的窸窣聲。**是過世已久的星族巫醫們來到這裡觀看嗎？**那長長一列的貓兒正是她在治療雲掌時曾在她夢裡出現的貓。那些貓將凝聚所有智慧傾力幫助黃牙！黃牙一想到自己即將成為祂們的一員，奉獻一生心力照顧影族，四肢不由得開始發抖。

「黃牙，」賢鬚接著說：「妳是否願意遵守巫醫守則，超越部族之間的仇恨，一視同仁，不惜犧牲生命保護所有的貓？」

「我願意。」黃牙應聲。

「那麼，我謹代表星族，宣布妳正式成為巫醫。星族將以妳的勇氣和勤勉為榮。現在過來，把鼻子貼在月亮石上，願妳好夢連連。」

黃牙蹲下來，緊張地猛吞口水，拉長脖子，將鼻頭貼在閃閃發光的石面。四周頓時暗下來，她全身發冷，感覺自己就要凍成冰塊。

星族，祢們在哪裡？黑暗消失，黃牙張望四周，月亮石、洞穴和其他貓早已全不見蹤影。她發現自己蜷伏在她成為巫醫見習生時和銀焰初次見面的空地裡，不過當時綠葉季草木繁盛的景象已消失，她腳下是一片遍地爛泥的沼澤，一陣寒風吹亂了她的皮毛。

幾個心跳時間過後，她終於看到銀焰從蕨叢鑽出來。「嗨，黃牙，很高興又見面了。」她語調雖是熱情地歡迎她，但黃牙可以從她眼裡看到些許憂傷。「妳……妳還好吧？」銀焰閃避她的問題。「我很為妳驕傲，跟我來。」她轉身穿過草叢，往溪水的方向走去。黃牙和她肩並肩走著，直覺這年邁的貓一定有什麼事瞞著她。銀焰沿著溪邊走，一路來到水流匯集的池邊。銀焰在岸邊坐下來，低頭看著平靜無波的水面。

黃牙跟著在她身旁坐下，「為什麼要帶我來這裡？」

銀焰用尾巴指了指水面。黃牙低頭與自己的倒影相望，一旁有銀焰的倒影。緊接著在她倒影旁邊突然浮出三隻小貓的影像，嬌小的身體緊緊依偎在一起，她看了不禁駭然。大感困惑的黃牙趕緊起身回頭看，但並沒有小貓在她旁邊，低矮的草叢也不可能遮住他們的身影。她用力吸了一口氣，空氣裡聞不出一絲小貓的氣味。

「我剛才明明有看到小貓！」她對銀焰大喊：「他們跑到哪裡去了？」

銀焰露出難過怪異的眼神，始終不發一語，隨後身影便漸漸消失。

「不！」黃牙連忙制止：「不要走！我不明白！」

銀焰的身體在池邊消失到僅剩一小點閃光，她的聲音隱約在黃牙耳際響起。「黃牙，不管發生什麼事，一定要記住我永遠與妳同在。相信妳的直覺，大膽決定。」

陽光被黑暗吞沒，黃牙發現自己又回到了月亮石洞穴內。銀光已經消失，在昏暗的星光下，黃牙依稀可以看到其他巫醫的暗影，一個個和她一樣蹲伏在月亮石旁，鼻子緊貼著石面。置身在冰冷與黑暗之中的黃牙，突然感到不知所措，身體直發抖，四肢湧起一股想逃到遠方的衝動，恨不得能遠離所有疑問和謎團，以及新職務的責任。

此刻棘莓已經醒來，弓起背，伸了一個大懶腰。「我做了一個美夢，」她對著在她身旁醒來的羽鬚說：「我的星族導師給了我很棒的指示。」

羽鬚點點頭。「我的導師總是能在我即將出錯時及時糾正我。」他發出呼嚕聲。

黃牙愈聽愈困惑，**為什麼我沒有像他們那樣，銀焰只有告訴我要相信自己的直覺。**

風族的鷹心站起身，眨眨眼睛，轉身看著黃牙。「妳現在感覺如何？」他雀躍地問。

「呃……很好啊，」黃牙支吾地說。

沒錯，我很好，她告訴自己，我是影族巫醫，這是我命中注定。

殷紅的森林在落葉季暖陽的照耀下成了一片金黃。黃牙和雲皮忙著在營地附近的空地採集蜘蛛網。她看著這年輕的白色戰士從攀長在橡樹的長春藤扒下一團團黏糊糊的細絲，心中的憐愛油然而生。雖然他的傷勢已經恢復得差不多了，但行動還不是很靈活，只能做一些輕鬆的工作，不過他總是一馬當先地搶著要幫黃牙的忙。她知道他之所以對她忠心耿耿是因為她救了他的命，也因為這樣，他愈來愈深得她的心。

我們之間將永遠保有這份緊密的關係。

黃牙突然感覺肚子抽痛了一下，不久便發現雲皮緊貼著樹幹，拚命拉長身子，想搆到上面另一團蜘蛛網。她輕輕把他推到一旁。「讓我來吧，」她喵聲說：「你也要小心點，不要讓傷口又裂開了。」

就在雲掌往後退時，空地邊的林子突然傳來亢奮的尖叫聲。剛升上見習生的夜掌、爪掌、黑掌、燧掌和蕨掌迎面衝過來，直往對面的草叢奔去。他們的導師狐心、鴉尾、花楸莓和焦風拚命在後面追趕。黃牙看到那些戰士手忙腳亂的模樣，忍不住噗哧一笑。

「嘿，跑慢點！」焦風嚷道：「我們是在巡邏，不是在賽跑！」

雲皮白了他們一眼說：「這些見習生也太瘋了！」

黃牙用尾巴彈彈他的耳朵。「三個日出前你自己不也是見習生。」她指出。

「啊，但我現在已經覺得自己是一把老骨頭了。」雲皮學起長老顫抖著聲音回應。

突如其來的尖叫聲引起黃牙的注意，她抬頭看到黑掌從草叢跑出來。這隻白色公貓一隻前掌高舉在空中，一跛一跛朝她走來。「我踩到刺了！」

「我來看看。」黃牙仔細檢查見習生的腳掌，最後終於在最外側找到一根細小的藤刺。「天啊，還真**大根**！」她喵聲說，接著熟練地用牙齒把它叼出來。她突然想起不小心咬到雀飛那一次，幸好自己的技術在那之後已經進步不少。

見習生用舌頭刷刷腳掌後，又匆匆跑進草叢。「謝謝妳，黃牙！」他轉頭喊道，轉眼間消失無蹤。

黃牙這才發現雲掌剛才全程緊盯著她拔刺的過程。

「我們真的很幸運能有妳這樣的巫醫」他喵聲說：「很高興星族選了妳。」

「這也是我自己的選擇。」黃牙回應。

⚡⚡⚡

滿月的寒光灑落在把四喬木谷地擠得水洩不通的群貓身上。當賢鬚宣布黃牙為正式巫醫時，黃牙感覺在場每一雙眼睛無不直盯著她瞧。

「黃牙！黃牙！」

她的四周響起歡呼聲，尤其是她的巫醫同袍們喊得特別起勁。黃牙想到自己已成為他們的一份子，有幸被賦予照顧部族和傳遞星族預言的重任，心中滿是驕傲和歸屬感。

這真的是我命中注定的！

隨後她觸到鋸皮的目光。他並沒有加入高呼的行列，反而是愁眉苦臉地瞪著她。自從她宣誓成為巫醫後，他已經有半個月幾乎沒有跟她說過話。

為什麼他就是無法諒解，無法由衷祝福我？黃牙納悶，立刻回瞪比燧石還銳利的眼神。**如果他未來是影族族長，我就是他的巫醫，我們將會同心協力領導部族。他還有什麼不滿意的？**

儘管如此，黃牙對自己所失去的難免還是會感到心痛和遺憾。現在狐心就像刺果一樣緊黏在鋸皮旁邊，在他耳邊親密地呢喃。

他一旦當上族長，一切就必須改變，他只能坦然接受事實。

石楠星開始說話的當下，黃牙突然感覺肚子開始不尋常地蠕動著。她在落葉上不停動來動去，想讓自己舒服點。

賢鬚戳戳她。「別亂動，」她嘶聲罵道：「我根本不能專心聽石楠星在說什麼。」

「對不起。」黃牙嘟噥。

「妳是不是有哪裡不舒服？」賢鬚問：「妳該不會是誤吃了鴉食吧？」

「肯定是。」黃牙附和。

不過她心裡很清楚那是什麼。依她診斷過許多懷孕貓后的經驗來看，就算母貓的肚子還沒有隆起來，她也已經可以辨出未出生小貓的胎動。黃牙試著把胎動的感覺阻擋在外，想找出身邊有哪隻是懷胎的貓后。但她的肚子還是不停抽動，就算她刻意屏住呼吸把注意力集中在自己的胃上，還是沒有用。

這表示這個感覺並不是來自其他貓，而是她自己的肚子裡真的有東西在踢蹬、蠕動、長大……冷冰冰的恐懼感瞬間在黃牙的皮毛流竄。

我現在是巫醫！天啊，我絕不能生小貓！

第二十四章

大集會過後的幾天，黃牙吃力地從床上爬起來，身上每一寸肌肉全發出無聲的抗議，她感到疲憊不堪，累到好像整整跑完三圈邊界似的。

黃牙勉強舉起腳掌梳理一下耳朵。「為什麼妳這幾天總是一副無精打采的樣子？」賢鬚問道，「而且妳也變胖了。如果妳少吃一點，或許可以增加工作效率。」

「也許吧，」黃牙咕噥。

如果我不是巫醫，妳應該早就看出端倪。妳一定沒想到我會是有孕在身，我該怎麼辦？

她鑽出窩，站在空地邊看著族貓們為工作忙碌。幾個見習生正拖著睡墊走出長老窩。黃牙看到燧掌抓起一球青苔往夜掌的頭上砸去。

夜掌一掌將它揮開。「別再鼠腦袋了，燧掌，」他喵聲說：「再這樣下去，工作永遠做不完。」

燧掌大吼一聲撲向夜掌。「我是風族戰

士！」他嘶聲叫道。兩名見習生就這樣在準備丟棄的青苔中扭打成一團。黑掌、爪掌和蕨掌見狀，發出興奮的喵叫聲，立刻加入戰局，把青苔踢得到處都是。

黃牙正在考慮要不要制止他們，但她看到最嬌小的見習生夜掌充滿鬥志地回擊，而打打鬧鬧基本上也無傷大雅。過了一會兒，黑掌、燧掌和蕨掌的母親冬青花快步來到空地，一嘴叼起燧掌的頸項，把他從混戰中拎走。其他見習生馬上坐起來，全身布滿了青苔，不約而同露出失望的表情。

「你們在做什麼？」冬青花板著臉說：「現在馬上把混亂清乾淨，青苔統統拿到營地外去。如果你們不把長老的睡墊清理完，等一下就別想上格鬥訓練。我會親自去跟你們的導師說。」

她這麼一威脅果然奏效。見習生們迅速收拾散落一地的青苔拖往隧道的方向。冬青花在一旁監督確定這幾個傢伙沒有偷懶後，便朝獵物堆走去。

剛吃完一隻烏鶇的蜥蜴紋，忍不住抽抽耳朵看著匆匆經過的見習生們。「妳一定很高興終於可以擺脫照顧小貓的責任重返戰士崗位吧。」她跟冬青花說。

冬青花嘆了一口氣，望向拖著笨重青苔走進隧道的見習生們。「可是我真懷念朝夕陪伴他們的日子！他們現在似乎都不需要我了。」

蜥蜴紋皺起一副誤吞鴉食的鬼臉說：「妳在育兒室時，不會有種被困住的感覺嗎？妳難道不想念出去巡邏和為部族狩獵的日子嗎？」

黃牙看到冬青花露出不解的表情。「我為什麼要有被困住的感覺？養育小貓，栽培他們成為戰士是每個貓后的職責。」

「妳不覺得很不公平嗎？」蜥蜴紋反駁：「即使公貓有了小貓，一輩子還是只要負責打獵和戰鬥就好了。」

冬青花伸出尾巴，親切地拍拍蜥蜴紋的肩膀。「我覺得當公貓也很不容易！蜥蜴紋，等妳懷上小貓的時候，想法就會改變了。」

「老實說，並沒有。」蜥蜴紋不屑地說。

冬青花興奮地大叫：「喔，蜥蜴紋，妳懷孕了！太好了！是泥爪的嗎？」

蜥蜴紋點頭。黃牙從沒見過這麼興趣缺缺的準媽媽。

「妳可能只是太緊張了，」冬青花安撫她，「小貓將會改變妳的生活！」

「可是我**不想**生活被改變。」蜥蜴紋甩動尾巴喵聲說：「我很喜歡我現在的生活，我只想全心當一名保衛部族的戰士。」

「一旦妳的小貓成了見習生，妳就可以回復戰士的身分了啊。」冬青花告訴她。

她那一副說教的口氣讓蜥蜴紋更火大。「被關在育兒室整整六個月？我一定會瘋掉！」

「妳和小貓都會沒事的，」她向她保證，似乎不敢相信蜥蜴紋竟然會說出這樣的話。「別忘了我們現在有兩名巫醫！」

蜥蜴紋氣嘟嘟聳聳肩，隨後起身踱步回營地另一邊的戰士窩。黃牙看著她，發現她的肚子的確凸了出來，比她自己的還大一些。

兩窩不被愛的小貓。她皺著眉甩開當下的想法。**喔，孩子，我當然愛你們，**她告訴肚子裡的小生命，**但事情將會變得很複雜。**

黃牙好希望能和蜥蜴紋談談，跟她訴說心中的煩惱，一起分享初次懷孕的點點滴滴。可惜黃牙只能將這個祕密深藏在心裡，況且，她和蜥蜴紋也算不上朋友。

更不能告訴鋸皮。從我決定當正式巫醫那一刻起，他已經表明不想再和我有任何瓜葛。

她突然看到那虎斑貓匆匆走出戰士窩朝杉星的窩走去。她不確定他是不是有看到她，不過他並沒有跟她打招呼。

「黃牙，妳怎麼還站在那裡恍神？」

賢鬚從窩裡匆忙走出來，忽然現身在黃牙背後把她給嚇了一跳。「我們得去檢查一下微鳥咳嗽的情況，」巫醫繼續說：「還得帶些著草膏給腳掌乾裂的石齒，而且妳還答應帶雲皮再去一趟森林。他現在還不能單獨出去，必須要有一名有經驗的貓在一旁看著才行。」

「對不起，賢鬚，」黃牙喵聲說：「我現在就去看看長老們，然後再去找雲皮。」她精疲力竭，拖著沉重的步伐前往長老窩，四肢有如千斤般重。

賢鬚跟在她後面。「別忘了帶著草膏過去，」她連忙說，瞇起眼睛，仔細打量黃牙。「妳沒事吧？」她問：「妳最近總是無精打采。妳要知道，巫醫也是會生病的。」

黃牙想到萬一賢鬚發現真相的情景，不禁開始驚慌起來。

她會怎麼做？革除我的巫醫資格？將我逐出部族？這裡是我的家和生命的全部！

「我沒事。」黃牙回應，試著在前往長老窩的途中打起精神邁開步伐。

儘管他們因為禿葉季的到來而變得脾氣暴躁和頑固，我仍有責任照顧他們。只要我還有一

天的資格，我就會盡一天的義務。

〃〃〃

黃牙發現自己置身在一處黑暗空曠的地方。一片漆黑的上空閃過幾抹殘餘的星光，光亮微弱到不見任何星宿的蹤跡。她很清楚自己是在作夢，但卻不知道夢境的意涵。

「是星族嗎？」她大喊：「有誰在那裡嗎？」

不久一隻嬌小的暗色貓從暗處走出來，注視黃牙許久，方才嚴肅地搖搖頭。「一隻貓即將到來，一隻不該出生的貓，他的一生將帶給森林腥風血雨的災難，而星族卻無力阻止他！」

黃牙驚恐地瞪著他，「我們難道都束手無策嗎？」

暗色貓點點頭，「只有一個辦法能阻止這隻一出生即遭詛咒的貓所帶來的仇恨風暴：有一個母親必須鼓起勇氣認清命運。」

「你難道是指我其中的一個孩子？」黃牙倒抽一口氣問：「你指的是什麼？這是預言嗎？」

「是**警告**。」暗色貓低聲說完，隨即消失在暗影處。

黃牙驚跳起來，在床上拚命掙扎。天空泛著黎明的微光，環繞睡窩的牆壁隱隱可見。她突然感到毛骨悚然，本能地蜷縮起四肢緊貼著隆起的肚子，急於保護裡面的生命。

我的孩子絕不可能在影族掀起血腥風暴！即將來到世間的他們是無辜的。她一度想將夢到的一切說給賢鬚聽。**不過銀焰告訴我要相信自己的直覺。如果跟她說太多，我的祕密恐怕會洩**

漏出來。

黃牙仰望著破曉時分的天際，寥寥幾個星族戰士仍閃爍著光芒。「星族，我在祢們面前保證，」她悄悄地說：「我向我的孩子發誓，我一定盡全力保護他們。很遺憾我無法成為一個他們所期望的稱職母親，但我將永遠愛他們。」

⚡⚡⚡

林子裡的殘葉已落盡，此時的天氣雖不像去年的禿葉季那麼嚴寒，卻始終陰雨連綿，又濕又冷。部族生活似乎慢了下來，戰士們只有狩獵和巡邏時才會外出，敵人也不可能在這惡劣的天候下發動攻擊。

一日清晨，黃牙側臥在睡窩門口，看著鋸皮在綿綿細雨中指派巡邏隊的工作。在場的戰士們個個露出心不甘情不願的表情。已完全康復的雲皮也在其中，他躍身跳過空地上一個個水窪，濺起地上的水花，是戰士群中唯一看起來有活力的。

「多虧妳救活那年輕戰士。」賢鬚來到睡窩門口找黃牙。

「這全是靠他堅強的意志力才挺過去的。」黃牙回應，厚重皮毛下的肥胖身軀讓她感到難受。

巫醫沉默了一會兒，然後戳戳黃牙。「走吧，我們去散散步，我已經好幾天沒有出營地了。」

黃牙內心雖然不願意，但卻不敢回拒，只好吃力地站起身，和賢鬚一起跟在動身出發的巡邏隊後面一起走出營地。她注意到這老巫醫竟已老態畢露，口鼻附近已經斑白，後腿一遇上潮濕的天氣就開始僵硬。黃牙開始擔心起來。打從她有記憶開始，賢鬚便一直是影族的巫醫，始終是部族的療癒功臣和精神支柱，很難想像她已經邁入遲暮之年。

一定要隨時盯著她吃一些舒緩疼痛的草藥。她現在需要我照顧，即使她不願意也得接受。

黃牙和賢鬚鑽過濕答答的蕨叢踏進沼澤地。

「我特別喜歡在下雨的時候到空曠的地方，」賢鬚喵聲說：「但我不能忍受樹上水珠滴到脖子的感覺。」她在沼澤地邊緣停下來，深呼吸一口氣。「這裡雖然很荒涼，但我就是喜歡這一帶的領土。」她告訴黃牙：「我是不折不扣的影族貓，很高興星族讓我出生在這裡。」

黃牙喃喃附和，但她的注意力幾乎全在蠕動的肚皮上。肚裡的其中一隻小傢伙冷不防大力踢了一下，她不由得倒抽一口氣。

賢鬚轉向她。「來這裡的草地坐一下。」她打量了迎面走來的黃牙好一會兒。「還有多久？」她問。

黃牙錯愕地瞪著她。「妳已經知道了？」她低聲問。

「我是巫醫，」賢鬚回答：「我接生過的小貓可比妳吃過的老鼠還多，我當然知道。」

「妳很生氣嗎？」

「有一點，」賢鬚直言，「妳發過誓，但卻沒有遵守。」

「不！」黃牙反駁：「自從我在月亮石晉升為巫醫後，我和鋸皮就沒有在一起了。」

賢鬚彈彈尾巴。「妳分明是狡辯，黃牙。妳在當巫醫見習生的時候，就不應該跟鋸皮再有來往。不過這不是最嚴重的，」她繼續說：「影族需要妳。我很快就會去見星族了，妳必須接下我的位子。妳有難得的天賦，但卻白白浪費掉。」

「我沒有！」黃牙堅定地說：「我會好好善用它，我保證。我不想放棄巫醫的身分，只是現在我得好好思考該怎麼做……」

賢鬚露出嚴厲的眼神。「妳是該澈底下定決心了，」她喵聲說：「如果妳想繼續走巫醫這條路，就不能一再逃避，凡事**須**以部族為重。」

黃牙一臉淒慘地點頭，「我知道，從現在開始我一定以部族為重。」

賢鬚伸出尾巴拍拍黃牙的肩，露出難得的關愛姿態。「可憐的黃牙，」她的柔聲細語把黃牙嚇了一跳。「願星族照亮妳的道路。」她恢復犀利的語調，話鋒一轉問道：「鋸皮知道嗎？」

黃牙搖頭。

「妳必須告訴他，」賢鬚喵聲說：「如果妳決定……讓這些小貓活下來，他就有權知道。」

「他們當然會活下來！」黃牙大喊。**她該不會以為我會殺了自己的孩子吧？**

「那麼，他們就更需要父親的照顧，」賢鬚告訴她：「他們不能一次失去雙親。」

黃牙點點頭。「我知道了，妳說得沒錯，但開口跟他說畢竟不是一件容易的事。」

我該怎麼跟他開口？他知道真相後會有什麼反應？

稍後黃牙回到營地，開始忙著在草藥庫上加鋪一些蕨葉，以防雨水浸濕。

賢鬚趕緊進來，搶過她手上的蕨葉。「這個交給我來做，鋸皮沒有出去巡邏，妳現在馬上去跟他說清楚。」她語調轉為溫柔地繼續說：「妳一定得這麼做，妳知道的。」

黃牙呆望了她一會兒，然後低下頭。她拖著步伐，勉為其難地走到空地，看到鋸皮正在獵物堆大口吃著一隻獵物。

「我們可以談談嗎？」她走向他問。鋸皮冷冷看了她一眼說：「我們之間沒有什麼好談的。」

「相信我，我們有談談的必要。」

黃牙帶著鋸皮走進森林，埋頭穿過草叢，直到看不見營地為止。然後她來到濕答答的樹蔭下和他正面相視。「我即將產下小貓。」她宣布。

她原以為鋸皮會大發雷霆，但虎斑貓瞪大眼睛，露出不可置信的表情。「這怎麼可能？」

「當然可能！」

鋸皮一掃眼底的困惑，露出欣喜萬分的神情。「我要當父親了！」他低聲說：「黃牙，太棒了！我們的孩子們一定會成為族裡有史以來最優秀的戰士和貓后。其中一個將來有可能會當上族長。」

「可是——」黃牙試著打斷他。她寧可看到鋸皮生氣，也不想他一味地拒絕看清問題。

「我一定要當個最棒的父親，」他興高采烈地說：「我要教他們戰鬥招式，帶他們到最棒的地方打獵。」

「可是我是巫醫！」黃牙終於有機會說出口，「我不能有孩子。」

鋸皮看著她說：「那麼妳就必須放棄巫醫的身分。」

「不行。」黃牙哽咽。

鋸皮的語調變得強硬，「是不行，還是不想？」

「都是。」黃牙坦承：「我會把他們生下來，全心全意愛他們，但卻不能當他們的母親。你必須獨力撫養他們。」

「我哪來的能力？」鋸皮叫了一聲，「我怎麼有辦法整天待在育兒室陪他們，給他們奶喝？」

「蜥蜴紋也懷孕了，」黃牙解釋：「她可以照顧我們的孩子直到他們斷奶為止。你可以告訴大家他們是你的孩子，但千萬不能說他們是我生的。」她嘆了長長一口氣，「很抱歉，鋸皮，我不能當孩子的母親。」

黃牙雖然言談犀利，但內心早已碎成了千片萬片。**這是我唯一的選擇，我必須走上星族為我鋪好的路。**

她的耳邊突然響起嬌小暗色貓在她夢中所說的話，警告她將在部族引爆的腥風血雨，但她刻意將它拋在腦後。她沒有理由相信那黑貓所指的就是她的孩子。況且，她連他的名字、或是曾經所屬的部族都不知道。

鋸皮一定會是個好父親，我的孩子一定會被保護得很好。

那戰士冷冷看著她，彷彿彼此素不相識似的。「妳是說，妳寧願當個巫醫，照顧沒有血緣關係的族貓，也不願照顧自己的親生孩子？**我們**自己的孩子？」他高聲大吼：「妳算什麼母貓？妳難道只會關心自己？」

傷心欲絕的黃牙努力不讓自己癱軟在地上。「我必須這麼做，」她緊咬著牙嘀咕說：「我們的孩子將不會受到半點委屈。」

「妳根本不懂在單親的環境下長大的辛酸！」鋸皮咆哮。

黃牙竟一時忘了他因為沒有父親所承受的痛苦遭遇，不過已經太遲了。「他們不同！」她試著反駁：「蜥蜴紋會在育兒室呵護這些孩子，而且他們還有你給的父愛和成就感！我求你，一定要為他們做到這一切！」

鋸皮怒瞪著她，把她看得比一隻老鼠還不如。「好，不過我有個條件，」他終於喵聲說：「妳必須發誓絕對不會將真相告訴孩子。我想他們寧可在沒有母親的情況下長大，也總比知道自己是被親生母親拋棄來得好。」

黃牙答應了鋸皮的要求，心又更痛了一些。**我絕不會拋棄你們，小傢伙，**她對著未出世的孩子喃喃說道，**我會永遠陪在你們身邊。**

第二十五章

黃牙被肚子突如其來的陣痛驚醒，咬著牙盡力忍住哀嚎聲。她知道這一次的疼痛是自己的身體在作祟。**是時候了，我該出發了，賢鬚會幫我隱瞞。**

黃牙早已備妥山蘿蔔和杜松莓等所需的草藥，並用幾片蕁麻葉包裹好藏在睡墊下，以免進出巫醫窩的貓兒發現。黃牙把草藥從青苔堆中挖出來朝門口走去。此刻賢鬚還在呼呼大睡。黃牙沒有叫醒她，搖搖晃晃獨自走到空地。

森林籠罩在一片夜色中。此刻不見月亮的蹤跡，只有幾點星光從雲縫裡透出來，這樣的暗夜讓黃牙安心不少。她隱約瞄到一襲淡色皮毛的暴翅在營地入口旁看守，她在心裡盤算應該可以偷偷從廁所溜出去。

黃牙沿著廁所走出林子，一波波劇烈的陣痛直往她肚裡鑽。她已經在幾個日出前找好了臨盆的地方：就在邊界外圍不明森林的一株枯木裡。待在那裡絕不會被巡邏隊嗅到氣味，也不可能被當場撞見。

在這之後不管發生什麼事，她心想，**我一定要全心全意專注在巫醫的工作上，部族比我的孩子們更需要我。**

黃牙鑽進枯木內，她知道孩子馬上就要出生了。空樹幹裡布滿了枯葉，充斥著毒菇和腐爛的味道，就算是鋸皮也不可能找到這裡來。

黃牙一心只希望生產過程趕快結束，但卻有種已躺在枯木裡好幾天的錯覺。她的全身疼痛不堪，下至毛梢和爪尖都發疼。她告訴自己她是巫醫，有能力應付這一切，但她虛弱到什麼也做不來，連把帶來的草藥吞下去的力氣都沒有。在經過一夜的折騰後，三團小小的身軀終於在她身旁的落葉堆上報到。其中兩隻扭個不停，而最後一隻卻是一動也不動地躺在那裡。黃牙用腳掌戳戳孩子的身體，不願面對擺在眼前的事實。這隻小貓在還沒出生時就已經死亡，連睜開眼睛看這世界的機會都沒有。

黃牙把剩下的兩隻小公貓和小母貓叼到身旁，使出僅存的一絲力氣開始舔舐他們的身體，試著幫他們暖暖身子，把他們叫醒。小公貓在被碰觸的瞬間立刻發出憤怒的哭嚎；另一隻則是扭動四肢，輕輕嗚咽了幾聲。

一看就知道小公貓將來一定是個勇猛的戰士。他遺傳了父親的暗色虎斑皮毛，長著一張寬扁的臉，小小的尾巴中間呈彎折狀，像一條斷裂的樹枝。他的肺活量驚人，聲嘶力竭的哭聲都可以驚動整個部族了。他一動就開始踢妹妹，但她幾乎沒有什麼反應。

黃牙心裡開始有種不祥的預感。她拚命舔著虛弱的小母貓，但她的呼吸愈來愈微弱，最後完全停止，只見她抽動一下尾巴，接著就一動也不動了。黃牙埋頭緊貼著這團小毛球，頓時感到傷心欲絕。這果然和星族的預言不謀而合。

他們就是我和銀焰在星族池邊看到的小貓，只不過他們不應該出生。

黃牙收起悲傷的情緒，將注意力轉移到僅存的孩子身上，端詳他扁平小臉上的表情。他才剛出生，還看不見，僅能勉強爬到她懷裡吸奶，但卻已面帶猙獰……

是憤怒？還是怨恨？我從沒在任何貓臉上看過這樣的表情，更何況是一隻剛出生的小貓。

黃牙不禁打起冷顫，一陣恐懼油然而生。**也許這隻小貓也終將註定夭折，**她心想。帶著巨大怨氣出生的小貓恐怕只會給部族帶來災難。她想到之前的夢和黑色星族貓的嚴厲警告，心裡又更加不安。**他就是即將在森林掀起腥風血雨的貓嗎？**

接著他突然扭身把頭埋進黃牙的皮毛，緊緊偎靠在她懷裡。**他還這麼小，又這麼無助，他需要我！**

她拚命告訴自己他只是一隻小貓——她的孩子，鋸皮的兒子，她的所愛。黃牙舔舔他，看著他發出微弱呼嚕聲。此刻她心中洋溢著莫大的幸福。**這世上怎麼可能會有不該出生的小貓？**

黃牙把小公貓留在空樹幹內，在不明森林中找個地方埋葬他的妹妹們。她在泥地上挖了一個很深的坑，避免任何貓、狐狸或獾嗅到她們的氣味，隨後回到她唯一倖存的小貓身邊。

「銀焰告訴我要相信自己的直覺，勇敢做決定。」她彎身舔舔小公貓的頭，邊對他喃喃說道：「我決定隱瞞母親的身分，讓你在部族長大，接受戰士的訓練。」她大嘆一口氣，「這對你我都將是最好的選擇，小傢伙。」

黃牙最後一次舔舔他，便悄悄穿越草叢回營地。她嘴裡叼著小公貓，皮毛揪成一團，渾身散發著毒菇的臭味。為了避免族貓起疑，她刻意先停在入口的池邊清洗一番。等到她和孩子進入營地，肯定不會有任何貓察覺出她剛才所歷經的磨難。

鋸皮看到她從刺藤叢鑽出來，正眼都沒瞧她一眼，只管盯著小貓看，他和黃牙都難掩興奮和期盼。他連忙從空地迎面跑過來，跟著黃牙走進育兒室。蜥蜴紋正在裡面看顧著幾天前才剛出生的兩隻親骨肉。她的淡棕色虎斑皮毛和白色腹部在幽暗的育兒室中隱約泛著微光。她帶著不友善的眼神，瞇起眼睛看著黃牙。黃牙一向不怎麼喜歡蜥蜴紋，也不太相信她。不過她別無選擇，蜥蜴紋是目前唯一能哺乳的貓后。

黃牙把小貓放在蜥蜴紋腳邊，小貓立刻發出一聲憤怒的尖叫。

「這是怎樣？」蜥蜴紋嚷道。

「這是小貓。」黃牙回應。

鋸皮鑽進育兒室，緊接著驕傲地說：「他是我的孩子。」

「喔，是嗎？」蜥蜴紋喵聲說：「這也太神奇了。如果我知道公貓可以生孩子，我早就該讓泥爪自己來搞定這幾隻搗蛋鬼了。」

鋸皮不理她。他一進來，黃牙突然有種空間在一瞬間變小的錯覺，彷彿裡面的空氣全被他吸進去似的。她好想緊貼著他的皮毛，跟他訴說自己所歷經的一切，以及告知他森林裡埋了兩隻死去的小貓。但她只能強忍住內心的激動，此刻的鋸皮還是沒瞧她一眼。

他蹲下來，聞聞自己的兒子。小貓試著抬起頭，一掌在空中亂揮亂擊，啪的一聲打在鋸皮的鼻子上。虎斑公貓嚇了一跳，猛然縮回脖子。

「你們看！」他高興地大叫：「他已經是個小戰士了！」

蜥蜴紋眯著琥珀色的眼睛冷眼旁觀的模樣，讓黃牙感到不自在。「他的母親不希望自己的身分曝光，」黃牙喵聲說：「她沒辦法照顧這隻小貓，所以希望妳能代為照顧他。」

蜥蜴紋甩動尾巴。「這是什麼鼠腦袋的話？」她破口大罵：「我為什麼得再多忍受一隻只會喵叫不停的小毛球？我也不願意養孩子，但我可沒把他們亂塞給其他貓啊。我可沒這責任照顧部族裡所有被棄養的小貓。」

鋸皮斥喝一聲，蜥蜴紋嚇得趕緊縮回睡鋪上。「他沒有被棄養，」鋸皮嘶聲說道：「他是我的親生兒子，而且永遠都會是我的骨肉。妳這不知好歹的貓，這可是莫大榮耀啊，副族長兒子很可能就是部族未來的領袖，大家可是搶破頭要當他的母親呢！」

蜥蜴紋低聲嘶叫幾聲，很識趣地不再跟鋸皮辯下去。黃牙心想或許她覺得他說得有道理，一旦當上照顧鋸皮兒子的貓后——即使全族都知道她不是孩子的親生母親——蜥蜴紋在部族裡的地位也會大大提升。

「好吧，」她粗聲粗氣說：「把他交給我。」

黃牙眼睜睜看著蜥蜴紋把孩子擁入懷裡，突然感到一陣惶惶不安。**在蜥蜴紋這樣野心勃勃的貓后的教養下，他將會過著什麼樣的生活？我是不是犯了什麼天大的錯誤？**

「他的名字叫小碎。」她語帶顫抖地喵聲說。蜥蜴紋點點頭，伸手摸摸他彎曲的尾巴。大家可能會以為這就是他名字的由來，但只有黃牙知道其中的真正意思。她之所以將她的兒子取名為小碎，是來自和孩子分離時的椎心之痛，她的心彷彿碎成了兩半，生命從此支離破碎。

黃牙走回巫醫窩，蜷縮在床上。她痛得無法自拔，任何草藥都醫治不了她的傷痛。忙著把蜘蛛網晾在刺藤叢上的賢鬚走過來說：「都處理好了嗎？」黃牙微微抬起頭點了兩下：「嗯，處理好了。」**一切都結束了。**

賢鬚走回草藥庫，順手抓了一片葉子塞給她。

「是荷蘭芹嗎？」黃牙問。

巫醫點點頭。「它可以幫助妳停止分泌乳汁，妳最好一天吃一片。」看著黃牙開始舔起葉子，她繼續說道：「妳做得很對。」

黃牙沒有應聲，她滿腦子想的全是自己年幼的兒子正躺在蜥蜴紋懷裡吸著奶的情景。她很想他，但一想到他剛出生時一臉憤怒的樣子，就不禁感到害怕。她不得不擔心他就是那隻黑貓在那可怕的預言裡所指的小貓。但黃牙希望能藉由放棄他，將他交給別的貓收養，能改變她夢裡所預告的噩運。

「未來將從這一刻起有所轉變，」她閉上眼睛對星族嘶喊：「小碎不再是我的兒子。」

第二十六章

「我會去找蜥蜴紋。」賢鬚在隔天清晨時說。「妳可以出去收集青苔。雨下成這樣，應該會有很多的！」

這副裝出的愉悅口氣並沒有讓黃牙高興些。她懷疑賢鬚是故意不讓她去育兒室，這樣就無法見到小碎了。

黃牙穿過空地要去找青苔時，亮花出現在她身旁。「妳昨天早上去哪兒了？我到處找，大家都不知道妳去哪裡。」她不太高興的說。「妳沒事吧？看起來氣色不太好。」

黃牙好想對母親坦白，然而她知道這是不可能的。「噢，只是巫醫的事情。」她含糊帶過。「而且我沒事，累了點而已。」

幸好，亮花看起來放心了。「我很驕傲妳成了巫醫呢！」她高興的說。「我有事要告訴妳。」過了一會兒後她才開口。「雖然蕨掌並不是果鬚的見習生，不過他最近很常跟她在一起。我真希望他趕快找個伴安定下來。要是他能夠有群孩子，那一定很棒！」

「太好了。」黃牙假裝很開心。「那麼不好意思，我要去忙了。」

她步入森林，試著忘掉腦中那股營區的氣味。少了懷中的孩子們，她感到頭暈目眩，傷心欲絕。**親愛的女兒啊，我會永遠為妳們哀悼的。還有你，我的兒子。**光是想到小碎，知道他還活著卻不在身邊，她就更加痛苦。

黃牙嘆了口氣，開始從樹皮底下與樹根附近開始收集青苔，堆在一條小路旁，打算待會帶回營地。她一邊收集，一邊慢慢接近訓練場，透過樹林看見五位見習生正在練習戰鬥。

「夜掌，別這麼軟弱無力。」狐心尖聲喊著：「拜託，我已經教過你那個動作了！」

「就是嘛，跟你對打一點也不好玩。」燧掌接著說。

夜掌唯一的反應就是咳了一陣。黃牙聽見，立刻丟下青苔，奔跳過樹林到空地邊緣。

「夠了！」她用命令的口吻說，「夜掌病了。」

狐心轉過來怒視她。「妳不應該到訓練場來的。」她厲聲說：「妳只是個巫醫而已。」

「這不是為了訓練，」黃牙反駁。「這是疾病。我要帶夜掌回營地。」

狐心氣惱的嘶了一聲。**但是她沒辦法阻止我，**黃牙在心裡得意的想著。

夜掌不再咳嗽之後，就小跑步到她身邊，離開之前，哥哥爪掌用鼻子碰了碰這位小見習生的耳朵。「趕快好起來吧！」他說。

黃牙對他點點頭表示贊同。雖然爪掌是隻健壯年輕的貓，可能稍微粗魯了些，不過在對待較為瘦弱的弟弟上一向都很好。

在和黃牙回去營區的路上，夜掌的咳嗽症狀緩和了不少。經過青苔堆時，黃牙停下腳步拿起了一大把。

「我可以替妳拿一些。」夜掌尖聲說。

黃牙搖搖頭。「不，你得休息。」

「我不會有事啦，真的。」夜掌很堅持。「拜託，我想要幫忙。」

黃牙遲疑片刻，然後讓步。他們大約帶了她剛才所收集的一半分量，愉快的回到營地。一進入巫醫窩，黃牙就把夜掌從頭到尾檢查了一遍。她聽見他的胸口有喘鳴聲，可是他的眼睛很明亮，牙齦很紅潤，心跳也很規律，沒有發燒的徵兆。

「哎呀，不知道你怎麼了呢。」她終於開口說話：「你沒有白咳症或綠咳症，但我不明白——賢鬚？」在她呼喊時，這位老巫醫也正好進來了。「妳可以看看夜掌嗎？他在咳嗽，但身體似乎沒有任何不對勁。」

賢鬚檢查過夜掌，接著搖了搖頭。「真奇怪。夜掌，會不會是你肚子裡有毛球？」

「不，」見習生回答。「我確定沒有。而且，我的毛很短，不會有毛球的。」

「那麼你可能是吞下了一顆種子或其他東西。」賢鬚下了結論。「我覺得你不必吃藥草。但是一定要喝很多水就是了。」

「我會的，賢鬚。謝謝！」見習生轉身看黃牙。「我現在覺得好極了，我去帶回剩下的青苔吧。」

他離開後，賢鬚便帶黃牙回她的窩。「妳得休息一下。」她喵聲說。「覺得還好嗎？」

「小碎怎麼樣？」黃牙問，不情願的躺到青苔墊上。

賢鬚回答時，露出謹慎的眼神。「他很好。吃得很好，也跟同窩的小貓一樣強壯了。」

老貓的語氣似乎有所隱瞞。「出了差錯，對吧？」黃牙問。「有什麼事沒告訴我的？」

賢鬚嘆了口氣。「多了新成員要餵養，蜥蜴紋似乎沒那麼高興。」

黃牙氣憤的說：「蜥蜴紋打從一開始就不想要小貓！」

賢鬚點了點頭。「我知道，不過這也沒辦法。這就是貓后的責任。」

「某些貓后不該有小貓的。」黃牙低聲嘀咕著，心裡非常擔憂兒子。

我無法想像他覺得自己沒有貓要也沒有貓疼愛的樣子！

賢鬚彷彿猜中了她的心思。「黃牙，妳絕對不能去育兒室。要讓小碎有機會跟蜥蜴紋聯繫感情。」

黃牙睡了一下，賢鬚則是到森林裡找尋藥草。她一回來，黃牙也正好醒了。

「我找到更多杜松莓了。」她高興的喵聲說，「還在某個隱蔽的地方找到一堆琉璃苣葉。我本來不指望會在新葉季之前找到呢。如果蜥蜴紋的奶水不夠，那些葉子就能派上用場。」

黃牙從窩裡起身幫賢鬚分類草藥，把太過乾癟沒有用的葉子丟掉。在她工作時，狐心衝進了巫醫窩，而且皮毛豎起，露出憤怒的眼神。

「妳幹嘛叫見習生幫巫醫跑腿？」她咆哮著說。

黃牙看見夜掌拖著腳步在導師後面，而且嘴裡滿是青苔。

「夜掌的身體好到能幫助我了。」黃牙喵聲說。「有什麼問題？」

「妳應該讓他回去接受訓練才對！」狐心厲聲說：「以後都別管戰士的事！」她猛一轉身，大搖大擺走出了巫醫窩。

夜掌把青苔放到堆上，對黃牙聳了聳肩膀表示歉意，接著就小跑步去追導師了。黃牙氣憤難平，一把抓起青苔丟向置放的凹地。她沒丟準，但是一點也不在乎。

我真想給那隻母貓的臉狠狠一掌，她實在是太自大了！

「放輕鬆。」賢鬚將尾梢放在黃牙的肩膀上。「去獵物堆吃點東西，冷靜一下吧。」

黃牙用力丟下最後一團青苔，跺著腳離開巫醫窩。穿越空地時，她看見狐心正在跟鋸皮交談，他們的皮毛都豎了起來，尾巴不停搖動。**大概在說我壞話吧**，黃牙心裡這麼想的時候，那兩隻貓也正望向她。

她試著不管他們，走到數量不多的獵物堆，從中選了一隻尖鼠，吃到一半，花楸莓就出現在身邊。「你聽說育兒室那隻多出來的小貓了嗎？」她的姊妹興奮問著。

「有，我聽說了。」黃牙隨口回答。

「大家都以為他是狐心的孩子。」花楸莓輕聲說：「看看她跟鋸皮，他們很親近呢。」

黃牙的心頭湧上另一陣怒火。她很想大叫：**不！小碎是我的孩子！**但她還是克制了下來，繼續吃著尖鼠。

「到底有哪種貓會放棄自己的孩子？」花楸莓繼續說著，語氣很憤慨。

「一隻想要在鋸皮領導之下成為副族長的貓？」灰心試探性的回答，蛙尾也一起走了上來。「狐心一向都很有野心。她大概覺得有了孩子之後，會讓其另一隻貓搶走她的機會。」她轉頭看著自己的族貓。「你覺得呢，蛙尾？」

「我才不聽八卦。」蛙尾回答。「就算那隻小貓是狐心的孩子又怎麼樣？要不了多久他就會成為見習生，然後導師就會取代父母的地位了。」他彈了一下尾巴。「如果我是母貓，也不會想困在育兒室的。」

黃牙把吃到一半的尖鼠丟了，往巫醫窩的方向回去。

「怎麼了？」賢鬚喵聲問。

「族裡都在談小碎的事。」黃牙告訴她。「他們都以為他是狐心的孩子。」

賢鬚看起來有一點驚訝。「哎呀，最好還是讓大家以為小碎的母親是影族的貓，而不是寵物貓或惡棍貓。」

黃牙嘆了一口氣，明白她說的沒錯。**但我不一定要喜歡這一點**。她又在窩裡縮起身子試著睡一覺，然而經過兩個月的懷胎之後，現在體內空蕩蕩的感覺反而讓她無法成眠。

幾天後，黃牙咬著一把山蘿蔔根再次經過空地，見到蜥蜴紋正從育兒室出來。黃牙停住腳步，納悶蜥蜴紋為什麼要留下小貓，這時亮花也出現在她身邊。

「小貓的眼睛張開了。」亮花的眼神閃爍著。「這是蜥蜴紋第一次帶他們出來哦。」

「希望不會出來得太早。」黃牙咕噥著說。**擔心是正常的，我可是巫醫啊！**

「不會有事的。」亮花安撫她。「今天天氣很好呢。」

有幾隻貓聚集在育兒室附近，等著看小貓出來。花楸莓、果鬚與枯毛在一起，而灰心跟狼步站得較遠。三位長老則在自己的窩外看著。

小鹿和小糾先蹦跳著出來，然後就停住腳步，環視四周，張大眼睛好奇地看著。而小貓之中體型最小的小涕則是慢慢跟著出現，在育兒室門口停下來嗅聞了好幾次，才突然決定要加入兄弟姊妹，衝上空地，結果被自己的腳絆倒了。

在旁觀看的貓低聲交談著，有些在讚美小貓，其他的則是感到很有趣，後來又有更多的族貓走過來看。蜥蜴紋正在舔腳掌，然後舉到耳朵上方，聽見族貓稱讚她的孩子時，眼神都亮了起來，這時泥爪也出現在她身邊。

或許她還是會對孩子們感到驕傲的，黃牙心想。她待在貓群的後方，尋找小碎的蹤影。沒過多久，他跌跌撞撞走出了育兒室，站在陽光下眨著眼睛，深色斑紋的皮毛都豎了起來。雖然他的年紀小了一些，不過體型就跟其他的貓一樣大。

「他是隻很棒的小貓。」黃牙聽見鼠翅說。

鹿躍點點頭。「他以後應該會成為一位強壯的戰士。」

黃牙很想接受大家對她孩子的讚美，但她不能表現出來，而且那些戰士的語氣聽起來也不是真心稱讚的。**他們不喜歡有不知道自己母親是誰的小貓。**

一會兒之後，琥珀葉走了過來。「妳覺得他看起來像是惡棍貓嗎？」她小聲問，而這更肯定了黃牙的疑慮。「如果狐心是他的母親，為什麼不說出來就好了？」

鼠翅悄聲附和：「雖然我不會說他有一半寵物貓的血統，不過看看他的父親。還記得鋸皮出生時他們是怎麼說的吧。」

黃牙不想再聽下去，於是轉身要離開，結果微鳥走上來攔住了她。

「妳好一段時間沒來看我了呢。」她喵聲說。

黃牙克制著自己的罪惡感。她一直刻意躲開微鳥，免得這位長老發現她肚子裡有過小貓。

「我一直很忙。」她回答。

「忙到沒時間見老朋友們嗎？」微鳥追問。她彈了一下耳朵示意，帶著黃牙走到一處陽光照射的地方，遠離其他的貓，然後縮起腳趴在地上。「真多小貓啊。」她說：「對族裡很好，但在禿葉季就不是件好事了。」

「蜥蜴紋似乎能夠應付。」黃牙說。微鳥的眼睛被陽光照成細縫，不過黃牙還是覺得長老好像在打量著她。

「那隻多出來的小貓呢？」微鳥問。「妳覺得他的母親是誰？」

黃牙別過頭。「我不知道。反正蜥蜴紋願意餵養他，母親是誰有這麼重要嗎？」

「我認為每隻小貓都有權知道自己的雙親是誰。」微鳥喵聲說。「我也覺得鋸皮一定會認同這一點。」

黃牙突然對這些暗示與言論感到很厭煩。「唔，這不關我們的事！」她不高興地說。

「妳可是巫醫。」微鳥驚訝地說。「族裡的每一件事都跟妳有關係啊。」

「不過或許有些祕密還是別說出來比較好。」黃牙低聲回答。

第二十七章

半月在散布的雲層中忽隱忽現，黃牙正費力爬上通往洞口的最後一道斜坡。其他巫醫已經在隧道入口等著她了。黃牙緊張的走向他們，憂心那些富有經驗的眼睛會看出她最近生過小孩。**真希望賢鬚能來這裡，而不是我。**可是賢鬚的腳跟腹部都很痛，情況嚴重到黃牙好不容易才能控制住她的病情。到高聳岩的路程對老巫醫太吃力了，而黃牙也不禁懷疑她以後是否還能再爬上那裡。

然而，黃牙根本不必這麼緊張。她走到巫醫身邊時，他們都親切的對她打招呼，只有鵝羽例外，他還是跟平常一樣自顧自咕噥著，幾乎不理會周遭的事。

「妳看起來很累。」棘莓喵聲對黃牙說。「影族裡出現了疾病嗎？」

黃牙聳聳肩膀。棘莓正好為她的疲態找到了藉口，讓她大大鬆了一口氣，但她試著不顯現出來。「就是禿葉季要忙的那些而已。」她回答。「沒有什麼應付不了的。」

「那是好消息。」羽鬚低聲說，臉上露出感到好奇的怪異神色，而這副表情黃牙熟悉得很。「影族裡其他一切也都還好吧？」

「都很好。」黃牙告訴他。「我們不是該前往月亮石了嗎？」

「我們知道！」鵝羽厲聲對她說。「這些年輕的貓，還想教我們這些長老怎麼吃老鼠嗎……」他又開始發起牢騷了。

「好啦，鵝羽。」棘莓親切的說，然後將尾巴放到老貓的肩膀上。「你跟我一起帶路吧。」她和鵝羽一起走進了隧道。

黃牙不想再回答羽鬚試探性的問題，於是跟鷹心一起走，讓雷族的巫醫跟在最後面。

「當巫醫的生活如何？」鷹心問她。「我花了好一段時間才忘記自己再也不是戰士呢。」

「我也是。」黃牙附和著，想起那場跟老鼠的戰鬥。

「如果我現在這樣對族裡比較有幫助，這麼一想，心裡也會寬慰得多。」鷹心繼繼說著，他的語氣在黑暗中聽起來很溫暖也很和善。「每一隻貓都有當戰士的潛力，可是我們之中只有少數能夠成為巫醫。」

「那倒是。」黃牙附和著。

「每當我見到受傷的貓，」鷹心繼續說：「我會試著想像傷口是怎麼造成的。這樣通常能幫助我找到最好的治療方式。」

「喔，我懂了！」黃牙喵聲說，她開始覺得放鬆，有心思聊天了。「就像知道傷口是牙齒、爪子或尖樹枝造成的。」

「沒錯。」鷹心說。「有時候──」他話說到一半就停住了。

在他們前方的鵝羽忽然停下腳步，黃牙還得往後退一步才不會撞上他。**否則可是會被他唸個不停的！**

鷹心撞上她，因為突然改變方向而失去了重心。「抱歉。」他低聲說，然後又補了一句話：「妳身上那是荷蘭芹的味道嗎？」

黃牙的胃裡一陣緊縮，她忘記自己身上可能還有用來止住奶水的藥草味。**老鼠屎！過來之前我應該在蕨類或什麼東西上打滾，先消除氣味才對啊。**

「我很訝異你們在禿葉季竟然還會有那種東西。」鷹心接著說，然後跟她繼續前進。

黃牙不知道該說什麼。「大概是我們運氣好吧。」她過了一會後才說。「是某天我在一處隱蔽草叢發現的。」

她在心裡暗自感謝星族，因為他們在此時抵達了月亮石的洞穴。月光已經從頂部的洞口照入，讓石頭中心顯現出一陣霜白色的光芒。沒時間聊天了。黃牙閉上眼睛，用鼻頭抵著月亮石如水晶般的冰涼表面。她全身上下都因為疲累而疼痛。**賢鬚跟我絕對不會讓才剛生完孩子的貓后這麼快就離開營地！**她慢慢進入了夢中。

一陣溫暖微風吹動黃牙的皮毛。她突然醒來，發現自己來到一處有陽光照射的沼澤地。四周有小水流的聲音，還有看不見的鳥兒在空中歌唱。黃牙躺著享受照在身上的陽光，突然有種被盯著看的感覺。她坐起身，發現銀焰就在身邊，正用溫和而憐憫的眼神注視著她。

「噢，黃牙啊。」她小聲說。

「妳早就知道了，對不對？」黃牙咆哮著問。「在賢鬚讓我正式成為巫醫的那一晚，我看見背後有三隻小貓的影子。妳為何不告訴我會發生什麼事？」

銀焰嘆了口氣。「說了又有什麼用？我沒辦法改變妳的未來啊。妳不必在事情發生之前先哀悼，這樣比較好。」

「我不應該再去見鋸皮的！」黃牙反駁。

銀焰表情嚴肅的看著她。「已經太晚了，就算是巫醫守則也無法讓妳那麼做。」

黃牙跳起來，開始踱步，腳邊的蜥蜴跟青蛙都因此跳開。**是我的想像，**她納悶著，**還是風真的變冷了？**「銀焰，那些小貓的事妳還知道多少？」她轉身問星族貓。「妳知道有隻黑毛的小貓嗎？他有沒有對妳說什麼？他是來自影族的嗎？」

「黑色小貓？噢，你指的一定是痣皮。」銀焰猶豫著，黃牙因此懷疑她有所隱瞞。痣皮是很久很久以前影族的巫醫。「就算在狀況最好的時候，他說的話也沒什麼意義。」銀焰喵聲說。「大家都對他很好，不過聽他的話不一定都會有好處。」

「他告訴我有隻小貓出生後，會給森林帶來火災與鮮血！」黃牙嘶嘶的說，聲音都發抖了。「如果不是我其中一個孩子，那他為什麼要告訴我？關於小碎……」

銀焰迅速用尾巴蓋住黃牙的嘴，不讓黃牙繼續說下去。

「母親不能說自己孩子的壞話。」星族戰士警告她。「要是妳不愛他們，還有誰會愛？」

「可是我沒辦法好好當小碎的母親啊。」黃牙的語氣很悲慘。

「沒錯，因為妳是個巫醫，必須把部族放在第一位。」銀焰往黃牙的方向走了一步，流露出溫暖的目光。「但這並不表示妳不能當他的朋友，不能成為他生命中的正面力量啊。別放棄他，黃牙。妳可能就是他唯一的希望了。」

銀焰說完話之後，四周的沼澤影像也開始淡去，黃牙知道自己快醒了。「等一下！」她大喊。「我的女兒呢？她們也在這裡嗎？」

雖然銀焰變成了一道模糊的輪廓，不過黃牙努力查看附近，瞥見了兩個嬌小蒼白的形體正從一堆草叢中看著她。**我親愛的孩子啊！**

黃牙的心跳在胸口加速。她試著跑向小貓，結果並沒有前進，而是感覺腳在又冷又硬的石頭上擺動。她睜開眼睛，發現自己回到了洞穴，一股悲痛襲捲了她，讓她幾乎克制不住要嚎叫出來。

黃牙跟其他貓站起來準備離開時，棘莓走到了她身邊。「壞消息嗎？」她低聲在黃牙耳邊問。

黃牙搖了搖頭。「只是難過的夢而已。」她回答。

ϟϟϟ

黃牙在晨間巡邏的隊伍離開之前悄悄走出營地。昏白的光線從枝葉間透入，不過陰影仍然長長的拖在地上。每片葉子和蜘蛛網上都有露水。黃牙抖開身上的毛抵禦寒冷，克制住打呵欠的衝動。天氣在日間稍晚才會變暖，而她偶爾會見到一些青綠枝葉的跡象。新葉季就快來臨，因此她每天都很早出來，在森林中尋找族裡經歷禿葉季後迫切需要的草藥。她會小心在腐葉土中挖找最細小的嫩芽，然後清理四周讓陽光能照射到，接著再看看有沒有什麼可以帶回去的東西。

黃牙回到營區時，陽光已經很刺眼了。她找到一些珍貴的紫草葉跟艾菊，可以用來舒緩夜掌不停咳嗽的症狀，另外還有可以放到賢鬚窩裡的鳥鶇羽毛。在她接近營地時，第一支狩獵隊從隧道出現了。領頭的是鋸皮，狐心在他旁邊，後面跟著泥爪、鹿躍、枯毛，他們經過時，枯毛還友善的對黃牙揮了揮尾巴。

鋸皮和狐心在交談；他們經過黃牙身邊時，狐心話說到一半便停住，用鄙視的眼神瞪了她一下。鋸皮則是連看都沒看她。

黃牙嘆氣，拖著沉重的腳步走向營區入口。**要是他們繼續那樣，只會讓小碎是狐心孩子的謠言變本加厲。除了她，我寧願選擇族裡任何一位貓后來當他的母親！**

到了空地，黃牙看見蜥蜴紋正在獵物堆附近一處有陽光照暖的地方，跟莓斑還有灰心在分享舌頭。沒有她孩子的蹤影。黃牙猜測他們都在育兒室裡，不過快回到窩裡時，她聽見了後方傳來尖銳的吼聲。

她從石頭後面張望，發現小鹿、小糾、小涕一起圍住了小碎，他豎起身上的深色虎斑皮毛面對著他們。

「我們不想跟你玩。」小鹿尖聲說，然後抬起鼻子。「你聞起來很好笑。」

「對呀。」小糾附和著。「大家都說你是寵物貓，就跟你爸爸一樣。」

「我爸爸才不是寵物貓。」小碎大喊，同時揮出一掌。

小糾往後跳，躲開攻擊。小碎現在已經比其他小貓體型更大也更強壯了。小涕和小鹿也跟他保持著距離。

「我爸爸是副族長；他是影族最厲害的戰士！」小碎憤怒地說。

「不過誰是你媽媽呢？」小涕哼了一聲。「連你自己都不知道！」

「沒錯，是誰都有可能。」小鹿喵聲說。「惡棍貓，寵物貓，或是一隻**獾！臭獾！臭獾！**」

另外兩隻小貓也跟著喊：「臭獾！」

黃牙丟下草藥和羽毛，大步走到他們中間。「夠了！」她大喊，同時怒視著蜥蜴紋的孩子。「小鹿、小糾、小涕，你們應該覺得丟臉的！怎麼可以這樣對待自己的族貓呢？」

小涕還算懂事，露出了羞愧的表情，低頭看著腳掌，還抽噎了一下。小鹿跟小糾則是很不服氣的樣子，可是他們不敢對巫醫頂嘴。

「小碎，跟我來。」黃牙喵聲說。她用厚實的尾巴勾住他，拉著他離開。

小碎在她身邊跺著腳想往回走。「現在他們會以為我害怕了！要不是妳出現，我早就揍扁他們了！他們太弱了，我才不在乎對方三打一！」

黃牙感到很困惑，她還以為孩子會感謝她讓他不被欺負。「哎喲，打架並不是解決一切的辦法。」她對他說。「你的小貓朋友得學乖點。我會告訴蜥蜴紋，然後她會處罰他們的。」

小碎跑到她前面，轉過來看著她，張大眼睛懇求著。「拜託別這麼做！」他請求她。「到時候蜥蜴紋只會怪我！她不喜歡我，她覺得我搶走了她孩子該喝的奶。」

「她才不會那麼想呢！」黃牙驚呼著說。

「會，她就是這樣！」小碎很堅持。「我聽見她對琥珀葉這麼說的。大家都不喜歡我。」

黃牙的內心被愛和悔恨糾結著。「我喜歡你啊。」她喵聲說。「而且只要族貓慢慢認識你，也會喜歡你的。好了，你要不要幫我把這些草藥跟羽毛搬回我的窩呢？你這麼強壯，說不定根本不必我幫忙呢！」

小碎驕傲的盡可能挺起胸膛，然後撈起一些葉子跟羽毛大步走進了賢鬚的窩。

賢鬚正蜷縮著身子躺在窩裡。她看見小貓出現，後面跟著黃牙，於是驚訝的抬起頭來。

「他不是應該跟同伴們一起玩嗎？」她問黃牙。

黃牙知道老貓在提醒她。她沒回答，而是示意小碎該把東西放在哪裡。

「我那些朋友都很笨。」小碎不屑的說。「現在黃牙才是我的朋友。」

黃牙感受得到賢鬚正瞪視著她，可是她不想分擔老貓的憂慮，或者甚至根本不想承認這件事。**我在幹嘛？**「小碎，要不要幫我拿一些乾淨的青苔呢？」

小碎點點頭，高興的跳著。「我能拿的青苔比任何一隻貓都還多！」他自負的說。

雖然黃牙知道她不能帶他離開營地，不過在長老窩後方的某些樹皮上長有青苔。她帶著他穿過空地，發現有些族貓用訝異的目光看著他們。

「好，你抬起樹皮，」她教小碎怎麼做：「讓我從底下剝掉青苔。」

「像這樣嗎？」小碎鑽進一塊樹皮下方，然後坐起來把樹皮頂在頭上，看起來有如一塊多餘的皮毛。

黃牙**喵嗚**了一聲，覺得很有趣。「不太像。」她喵聲說。「說不定有隻松鼠會以為你是一棵樹，想要爬到你身上呢。」

小碎發出一陣又尖又長的叫聲。「我是一棵樹！我是一棵樹！」他跳上跳下，直到樹皮從他的頭頂掉下來。

黃牙示範教他怎麼用一隻腳掌抬起樹皮，接著她就開始收集青苔。他們收集到足夠的分量之後，就把青苔綑在一起，由小碎幫忙她帶回窩裡。

黃牙欣賞著兒子結實的體格與充滿亮澤的皮毛，心裡感到非常驕傲。**我為什麼要懷疑他不該出生？或許他長大之後會成為我的見習生，**她心想，**然後這輩子都留在我身邊一起工作。這可是比擁有母親的名份更棒呢！**

第二十八章

明亮的新葉季陽光灑下，黃牙攤開一團琉璃苣葉子跟一些款冬，擺在窩外的平地上等著曬乾。小碎正在附近玩，有時候搥她的尾巴末端，有時候又把一片青苔拍打到半空中。

「接招吧，雷族的跳蚤皮！」他大喊著，然後對青苔揮動腳掌。「這個教訓會讓你不敢靠近影族的營地！」

「聽著，小碎。」黃牙喵聲說：「這些葉子叫琉璃苣，對發燒的貓很有療效。而這是——」

「妳為什麼要告訴我這些？」小碎打斷她的話。「我才不會當巫醫！我會成為戰士！殺啊！看我出擊！」他撲向青苔團，用爪子撕成了碎片。

黃牙疼愛的看著他。她知道賢鬚不贊同小碎跟她在一起的時間比小貓朋友還久。**但是我可以照顧他，讓他覺得自己很特別，沒有必要讓他被當成棄貓對待啊。**

她突然扭動耳朵，聽見吸鼻涕的聲音，抬頭就看見小涕蹲伏著躲在附近，專心看著她分類草藥。「嗨。」她喵聲說：「想要的話可以過來看。」

小涕嚇了一跳，皮毛因為警覺而豎起。他遲疑了一下，緊張的眨眨眼睛，然後又用力吸了一下鼻子，倉皇的跑向育兒室。

黃牙聳聳肩膀，回頭看著小碎。再過兩個多月，她的兒子就要成為見習生，忙著跟導師一起訓練，到時候她能見他的機會就很少了。他不會成為巫醫見習生接受她的訓練，一度讓她覺得很難過，但她還是安慰自己，至少他很明顯會成為一位偉大的戰士。

小碎蹦蹦跳跳的去找另一個青苔團，黃牙則是繼續處理藥草，接著她就看見夜皮走過來。他兩天前才成為正式的戰士，現在走起路來很有氣勢，抬頭挺胸的，黃牙看得出他對此感到很驕傲。可是他還是不停的咳嗽。

我已經試過所有辦法了：草藥、蜂蜜，而且也絕對不讓他吃有羽毛的東西。但還是沒有效果。

每次這位年輕戰士一使勁，就會開始咳嗽，不斷喘著氣。他走近時，黃牙看得出他很沮喪，他正想開口說話就又咳了起來。**他看起來又累又瘦，不像同伴那樣年輕力壯。**

「坐下吧。」黃牙喵聲說：「把呼吸放輕。我給你一點濕青苔。」

「一定有辦法解決這個問題的！」夜皮在她回來時粗聲說著。

黃牙搖了搖頭。「草藥都沒幫助。」她一邊說一邊將青苔放在他身旁。「你得冷靜下來，然後放輕鬆。」

「我知道，可是這並不容易。」夜皮反駁。儘管碰上這種麻煩，他的語氣裡也沒有憤怒；他還是很友善，而且很有幽默感。

「在最近一次半月大集會時，我向鷹心提了你的狀況。」黃牙說話時，夜皮開始高興舔著青苔上的水。「他說風族有隻貓的症狀也一樣——奔跑之後就會咳嗽——可是又沒有發燒或生病的跡象。鷹心不知道該怎麼稱呼這種情況；那隻貓也只能繼續這樣下去。」

夜皮擔心的抬起頭來。「那隻貓後來怎麼了？」

黃牙心裡有點後悔自己提起了這個話題，因為她要說的並不是好消息。「他沒辦法做好任何戰士的任務，不得不提早退居到長老窩。」她坦白的說。

「我才不要那樣！」夜皮驚呼著。「我想要當戰士！影族需要我的！」

黃牙將尾巴放在夜皮的肩膀上安慰他。「影族才不會讓身體狀況不佳的族貓太過操勞呢。好了，安靜坐著，讓呼吸回復正常。」

賢鬚急忙跑出巫醫窩，把小碎往前推。她的藍色眼珠露出厭煩的目光。

黃牙起身往他們走去。「怎麼回事？」

「我抓到這隻小貓從窩裡儲藏室拿走青苔！」賢鬚不高興的說。「那可是我們辛苦收集起來的！」

小碎抬起頭，用反抗的眼神看著老貓。「我想要拿一些來玩啊！反正妳再找就有了嘛！」

賢鬚用嚴厲的目光注視著黃牙，顯然是要她處理這件事。

「小碎，如果想要青苔，你知道可以去哪裡找啊。」黃牙喵聲說：「在長老窩的後面有很多。可是請不要從我們的儲藏室拿走好嗎。」**賢鬚是想要我處罰他嗎？**她心想。**他只是個孩子啊！**

她還在考慮該怎麼辦的時候，小鹿跟小糾跌跌撞撞出了育兒室，往小碎的方向跳。

「還在跟巫醫一起混嗎？」小鹿譏諷道，「你的朋友只有老母貓跟一隻生病的戰士而已！」

小糾往前走，直到鼻子都快要跟小碎碰上了。「你學到了什麼技能？」她用嘲弄的語氣問。「怎麼弄乾草藥嗎？哎喲，我們的敵人一定會很害怕呢！」

「對呀，我可以想像他在戰場上的樣子！」小鹿附和著說。「再向前一步，我就用這片葉子打你哦！」

小碎頸部的毛豎直起來，身體掃向小鹿，擊中了他的鼻子。

小鹿生氣的大叫。「很痛耶！」

「活該。」黃牙厲聲說：「回去育兒室，學乖了才能出來。」

兩隻小貓拖著腳步離開，一邊走一邊回頭怨恨的看他們。

「別聽他們的，小碎。」黃牙等他們走掉以後說。「這樣並沒有錯——」

小碎轉身面向她，眼中發出怒火。「他們說的對。我在這裡根本學不到有用的東西！妳只是一隻又蠢又老的巫醫，才不是戰士。為什麼要一直強迫我來這裡？」

「我並沒有**強迫**你啊。」震驚的黃牙將尾巴移向小碎，結果被他拍開了。

「別再煩我，也不要再找我了！」他憤怒的發出嘶嘶聲，然後就跑掉了。

黃牙難過的注視著他。**我做錯了什麼？**

「或許這樣最好吧。」賢鬚在她的耳邊低聲說。「他應該盡量像其他小貓一樣正常成長，才不會像現在這樣被孤立啊。」

黃牙轉身看著她。「妳懂什麼？」她問。「他是我**兒子**啊！為了不讓他受到傷害，我願意不惜**一切**啊！」

⚡⚡⚡

在接下來的日子裡，小碎都刻意避開巫醫窩。黃牙從沒放棄希望，覺得他會回來。每次她聽見他在外面，就會趕快跑到門口，但他總是別過頭不理會她。然而他還是很孤單；其他小貓仍然不理他，自從黃牙阻止之後，小涕就再也沒參與霸凌了，但他也一樣不理小碎。

黃牙看著小碎在空地中跟一根樹枝扭打，不禁為他感到心痛。他是這麼強壯、有自信，而且長得又好看；就連他那條無法完全伸直的尾巴，現在也因為皮毛長厚而變得不那麼明顯了。**但他還是沒有任何朋友。**

「小碎從來都不跟其他貓玩。」

黃牙很驚訝，因為她心中的想法被大聲說了出來。說話的是琥珀葉；這隻深橘色母貓正跟暴翅一起經過她身邊，準備加入在營地出入口附近安排巡邏隊的鋸皮。

「哎呀，他跟其他的貓不一樣嘛，對吧？」暴翅說。「不過他是隻強壯的小貓。等他成為見習生就會沒事的。」

兩隻貓繼續走，交談聲已經聽不見了。黃牙看著他們，試圖在心裡安慰自己，相信暴翅說的話不會錯。

巡邏隊離開後，鋸皮跳到小碎玩的地方，站在旁邊看著他。一會兒之後，小碎發現他在，於是抬起頭看。

「試著同時用兩隻腳掌攻擊。」鋸皮提供建議。「如果那是真的敵人，你就必須跳到他身上，全力使出爪子。」

小碎點點頭，再次撲向樹枝，用兩隻腳掌猛擊，把樹枝打碎了。鋸皮對他點頭表示贊同。

杉星從窩裡出來，看著鋸皮跟兒子互動。「他看起來很強壯呢。」他對鋸皮說。

「是啊，他已經準備好要成為見習生了。」鋸皮驕傲的回答。

杉星仔細看著小碎跟樹枝打鬥，黃牙瞥見他閃現出煩惱的眼神。「成為見習生不只要能夠跟我們的敵人戰鬥。」他喵聲說。「小碎也必須學習耐心、榮譽、忠誠的重要，就跟其他年輕的貓一樣。」

「那些他都會有的。」鋸皮向他保證。「你等著看吧！」

黃牙看著小碎怒視著樹枝的碎片，試著壓抑自己不去想痣皮那個可怕的警告。**小碎會沒事的！**

一陣揪心的喊叫聲從黃牙窩裡傳出，讓她忘了剛才想的事情。她立刻轉身衝進去，發現賢鬚癱倒在草藥儲藏室旁，痛苦的喘著氣。在此同時，黃牙也感到胸口裡一陣劇痛。她的心跳似乎一度要停止了，而且也沒辦法呼吸。

不！賢鬚！

她盡全力克制自己，忍受著痛苦勉強走到賢鬚的身邊。「撐住！」她哀聲說。「拜託撐住啊！我會幫妳的……」

「我不行了……撐不住了。」賢鬚牙齒緊咬著斷斷的說。「星族現在就需要我了……」

「怎麼了？」亮花出現在門口，立刻趕到賢鬚身旁。

就在此時，賢鬚全身開始抽搐，然後就靜止不動了。她那隻明亮的藍色眼睛也變得迷濛無神。

「賢鬚……」黃牙低聲說。

「她去和星族狩獵了。」亮花輕輕的說，接著用尾巴勾住黃牙的肩膀將她帶開。「她為族裡盡心盡力。」她喵聲說：「影族上下永遠都不會忘記她的。」

黃牙點了點頭，可是震驚到說不出話來。她知道亮花離開了巫醫窩，而沒過多久，杉星也出現了。黃牙看見他變成一團模糊的形體站在賢鬚屍體旁低頭致意。

「再會了，族貓。」他喵聲說。「你是位很棒的巫醫，也是個很好的朋友。希望你在星辰中悠遊時也能繼續引導影族。」

長老們跟著族長進入巫醫窩，將賢鬚的屍體帶到空地等著守夜。黃牙搖搖晃晃地跟在他們後面，悲傷到都麻木了。族裡其他的貓都走過來，用鼻子碰觸賢鬚冰冷的皮毛，輕聲分享他們在一起時的回憶。

接下來整個白天和晚上，黃牙都蜷伏在導師的身邊，星星在她頭上的天空迴旋著。「我很抱歉，賢鬚。」她輕聲說。「很抱歉讓妳失望了。我保證一定會用生命堅持巫醫的守則。」她的聲音變啞了。「我欠妳太多了……」

在乳白色的天空下，長老們過來將賢鬚的屍體帶去埋葬。守了長長的一夜，黃牙站起來時覺得四肢僵硬，頭暈目眩。

「願星族照亮妳的道路，賢鬚。」她依自古以來傳承的方式向死去族貓道別，聲音在營地中回響著。「願妳狩獵順利，奔跑如飛，入睡時有所庇護。」接著她往後退，讓微鳥、石齒、蜥蜴牙抬起屍體。

微鳥在她身邊停下腳步。「妳會是個好巫醫的。」她和善的輕聲說。「就跟賢鬚一樣。影族很幸運有妳。」

黃牙看著三位長老背負著賢鬚的屍體走出營地。

噢，微鳥，真希望我能夠相信妳！

第二十九章

「夜皮，你是位聰明肯奉獻的戰士。」杉星喵聲說。「我知道你會竭盡所能將這些特質傳給碎掌。」

夜皮向族長低頭致意。「我會竭盡所能，杉星。」他的語氣堅定，眼神閃爍著驕傲的光芒。在整個見習生儀式上，他幾乎沒有咳嗽。

「碎掌！碎掌！」

大家歡呼著黃牙兒子的新名字，讓她心裡驕傲極了。而杉星選擇了夜皮當兒子的導師，也讓她大大鬆了一口氣。夜皮很明理也很有智慧，一定會教導碎掌除了格鬥之外的戰士守則。

但她也開始覺得很不安，因為碎掌聽見杉星為他指派的導師時，臉上露出了驚訝的表情。他遲疑了一會兒，才走上前跟夜皮互碰鼻子。更令她擔憂的是，她聽見他低聲對鹿掌發牢騷：「我怎麼會跟那隻生病的貓啊？實在是太不公平了！」黃牙很確定夜皮一定也聽見這番話了，不過他並沒有表現出來。

後來鹿掌指派給雲皮，糾掌則是跟著狼步。他們兩個看起來驕傲興奮極了，就連蜥蜴紋也顯得很開心。而碎掌卻只是站在原地憤怒地看著自己的腳掌。

會沒事的，黃牙試著說服自己。**只要碎掌開始訓練，就會明白夜皮能夠教導他多少了。**她試圖不去想碎掌的事，而此時杉星也舉起了尾巴，要大家再次安靜。**我也有件重要的事該做，**她心裡想著，腳掌因為興奮而感到刺癢。

小涕用閃爍的眼神注視著族長，看起來也很興奮。

「過來吧。」杉星對黃牙說，然後用尾巴示意她。她走上前時，他繼續說：「少了賢鬚的過去兩個月大家都很難過，我知道我們影族會永遠為這位前任巫醫哀悼的。」

大家傳出附和聲，黃牙又突然感到一陣心痛，想念著教導了她這麼多的老貓。

「但是影族巫醫必須繼續傳承下去，」杉星說：「我們有了新的見習生，小涕。黃牙，你證明了自己是位有能力也很忠誠的巫醫。我知道你會將你所知全都傳授給小涕。」

「我會的，杉星。」黃牙承諾。

「小涕，」族長喵聲問：「你願意成為黃牙的見習生嗎？」

「願意，杉星。」小涕的聲音因為興奮而變得很尖，不好意思地扭了扭兩隻前腳。

「那麼從現在開始你就叫涕掌。影族祝福你。」族長說。

「涕掌！涕掌！」

在族貓的歡呼下，涕掌蹦蹦跳跳到了黃牙身邊，用力吸了一下鼻子，然後抬起來跟黃牙互碰。

黃牙的表情皺了起來。**我第一件要教他的事就是怎麼治好他的鼻涕。**

「我很快就會帶你去滿月大集會，跟其他巫醫見面。」她輕聲告訴涕掌，他因此高興的手舞足蹈。

大家分散開來——蜥蜴紋大大鬆了一口氣，回去加入戰士們——黃牙則是跟著其他導師帶見習生走出營地，讓他們初次認識自己的領土，涕掌跳到她身旁。

「我們會見到其他族的貓嗎？」他喘著氣說。「如果遇到了要怎麼辦？」

「我們可能會在轟雷路的另一邊看到其他巡邏隊。」黃牙說：「如果真的遇上了，就向他們打招呼，然後繼續走我們的。」她猶豫了一下，又接著說：「之後我會教你一些戰鬥的技巧。你得學會保護自己。不過千萬別忘記你是個巫醫，不是戰士。你不可以自找麻煩，而且也不行——絕對不行——先攻擊對方。」

涕掌認真的點了點頭。「我會記得的，黃牙。」

在認識領土的路上，黃牙的見習生發現森林竟然有這麼大而覺得很訝異，這讓她覺得很有趣，因此想起了自己第一次跟著鹿躍出來探險的情景。涕掌看見腐物場，聽黃牙訴說那場與老鼠的戰鬥之後，不禁嚇得發抖起來。

「可是千萬別忘了，」在他們保持安全距離通過時，黃牙提醒說：「雖然老鼠很危險，不過戰士更危險！而巫醫很清楚該怎麼處理老鼠咬傷。」

「用蜘蛛絲止血，對不對？」涕掌喵聲問。

「對，雖然有些傷口會感染，可以使用金盞花跟馬尾草，不過要治療老鼠咬傷，最有效的還是野蒜或牛蒡根。」

「金盞花……馬尾草……野蒜……牛蒡根……」涕掌嘀咕唸著。「星族啊，要學的實在太多啦！」

他們抵達轟雷路，看見怪物轟隆隆的經過，讓他嚇得停下腳步。「泥爪告訴過我們。」他喘息著說：「可是我從來沒想到會是這樣子！那些怪物很危險嗎？」

「只有在你想要穿過轟雷路的時候才會危險。」黃牙對他說。「我不知道為什麼，不過牠們從來不會離開那條路。」

「可是我們必須穿越這條路才能到四喬木吧？」

黃牙搖搖頭。「有一條隧道可以從下方穿過，通往其他三族領土交會的一小塊區域。」

涕掌的眼睛亮起來。「所以我們可以去看雷族的領土嗎？太棒了！」

「我們是可以。」黃牙嚴肅地說。「不過我們不會這麼做，因為我們有禮貌也有榮譽，不會毫無來由地就到別族的領土裡亂晃。另外還有另一條通道是直接通往風族領土的，就在那裡。」她揮動尾巴指向轟雷路後方的沼澤高地。「在你提問之前，答案是不，雖然你聽說過，但風族戰士不只是會吃兔子的麻煩對手而已。不過你也不必怕他們。」她感到一股溫暖，驕傲的說：「影族能夠與任何部族匹敵。」

他們繼續走，黃牙也開始尋找藥草，教導見習生如何分辨外觀，以及個別的用途。然而在接近兩腳獸地盤時，她加快腳步通過了邊界，儘管涕掌想要待久一些。

「我們會去那裡嗎？」他一邊問一邊好奇注視著尖銳呈現紅色的兩腳獸窩。「要是能見到寵物貓一定很酷！」

黃牙想起霍爾跟其他攻擊過營地的寵物貓，毛皮都豎了起來。「不，一點也不酷。」她厲聲說：「我們不會去那裡，他們也不會來這裡。我們不騷擾彼此，這樣對我們都是最好的。」

「好吧。」涕掌眨眨眼睛，看起來有一點失望。隨後他又高興起來，輕快地走在黃牙身邊一起回到營地。

接近營地入口時，黃牙聽見憤怒且高亢的聲音說話，她認出那是碎掌，因此嚇了一跳。

「可是我**想要**啊！**為什麼**不行？」

黃牙繞過一處刺藤叢，遇見碎掌和夜皮，他們正怒視著對方。碎掌的皮毛豎成身體兩倍大，黃色的牙齒反射出光芒。

「因為我們今天認識領土已經夠了。」夜皮解釋著。「我們——」他停下來咳嗽，這表示他正處於有壓力的狀態，而他的語氣很平靜，也很有耐心。

「可是我想要學格鬥技巧！」他的見習生很堅持。

「訓練明天就會開始。我們先練習狩獵，你不想自己抓到獵物嗎？」

「我想要戰鬥。」碎掌怒吼著，然後露出爪子撕碎一團蕨葉。「看看我多強壯！我的體型比其他見習生還大。他們可以去打獵，在營地附近做那些無聊的事情。讓我跟其他戰士戰鬥吧！」

夜皮的尾梢抽了一下。「目前沒有仗要打，碎掌。你會學到一切的，只是要按部就班。別失去耐心！」

碎掌生氣地瞪著導師一會兒，然後就轉身大步離開。「只會咳嗽的老笨蛋！」他咕噥道。

「你先回營地。」黃牙對涕掌說。「你可以從獵物堆裡選個喜歡的來吃。」

「謝了，黃牙！」見習生高興地說。「還有謝謝你今天帶我出去，真是太棒了！」

等他蹦蹦跳跳的離開之後，黃牙走到夜皮身邊。「你就不能示範一些招式給碎掌看嗎？」她喵聲說。「他說的對，他的體型比其他見習生大，而且似乎也覺得很無聊。他應該可以學得很快吧？」

夜皮瞇起眼睛，黃牙立刻明白自己可能太過分了。「我是他的導師，會決定何時才讓他學習戰鬥！」他反駁說。接著他又開始咳起來；咳完之後，他對黃牙低著頭。「很抱歉我對妳那樣說話。」他喘著氣說。「巡視領土讓我很疲累，我要去休息了。」

他有氣無力的離開，讓黃牙看了很擔憂。**他看起來比實際年齡老了——要是他的咳嗽影響了訓練，對碎掌可是很不公平的。**

一走出通道，黃牙發現杉星正背靠著溫暖的部族岩躺在地上，看著他的族貓吃東西。黃牙大步走向他。接近時她經過一群長老貓，他們在一處有陽光照耀的地方伸展著肢體，一邊聊天一邊進食。

「你們才沒辦法像我還是戰士的時候那樣抓松鼠。」鹿躍喵聲說；她最近才跟鴉尾和拱眼一起搬進長老窩。「我可以爬上森林裡最高的樹追松鼠，輕鬆得很。」

「哎呀，可是你能爬得下來嗎？」拱眼開玩笑的喵嗚問著。

「我已經不在樹上了，不是嗎？」鹿躍不高興的說，還用尾巴打他。

黃牙注意到微鳥正開心的聽他們鬥嘴，而蜥蜴牙則是坐立不安，推開了他那份松鼠肉。

「我已經老到不需要進食了。」他嘆氣。「我很快就會加入星族了。」

「胡說！」微鳥喵聲說。「你還會活很久呢，蜥蜴牙。」她撕了一塊松鼠肉放到他面前。「來，試試看這個，好吃又新鮮，是花楸莓特地為我們抓的呢。」

黃牙見到微鳥選了松鼠身上最柔軟的部位給同伴吃，對此非常感動。她發現杉星也在旁邊看。

「部族的平均年齡愈來愈老了。」族長輕聲對她說。「我自己也是。也該準備讓新的族貓接下領導部族的責任了。」他上下打量著黃牙，然後說：「賢鬚一點也沒看錯妳呢，黃牙。我承認自己一開始是有些疑慮……」

噢，不妙！黃牙心想。**他知道鋸皮的事了嗎？**

「但是妳完全證明了自己的忠誠與能力。」杉星接著說。「涕掌很幸運能有妳當導師。」

「我正想跟你談談導師的事。」黃牙抓住機會喵聲說。「是有關夜皮的。他的咳嗽症狀還是很嚴重，我認為這會影響他的教導。碎掌很強壯也很聰明；他需要一位能夠讓他維持進度的導師，而我覺得夜皮沒辦法做到。」

杉星瞇起眼睛用銳利的目光注視黃牙。「我是刻意選擇夜皮的。」他解釋道：「因為我認為碎掌應該學習耐心與無私。他必須在兩條道路中選擇：其中一條路是為部族盡忠，而另一條路……可能會對部族不太好。」

他的話讓黃牙打了個寒顫。**他知道痣皮的預言？**

杉星站起來，稍微低下頭，示意這段對話結束了。「我會好好觀察所有的見習生，確認他們的進度順利。」他喵聲說。他接下來的話帶有警告意味：「無論如何，碎掌都不能受到特別對待。」

黃牙不情願的點了點頭。

「告訴我其他巫醫的事吧！」涕掌蹦蹦跳跳進了巫醫窩，然後纏著黃牙，懇求著說道。

「為什麼？你很快就會見到他們了啊。」黃牙回答。

涕掌當她的見習生已經過了四分之一個月，而今晚他就要跟著她去參加這輩子第一次的滿月大集會。

「可是我很緊張啊！我不知道該說什麼。**拜託嘛**，黃牙！」

「好吧，不過你也要讓我一邊講一邊整理這些草藥。」黃牙打開第一個儲藏室，把腳掌伸進去。「我想一下……鵝羽是雷族的巫醫，他有一點……奇怪。如果他對你口氣很差，別放在心上，他並沒有惡意。雷族還有第二位巫醫，叫做羽鬚，他會問很多關於影族的問題，」黃牙轉過頭，一臉嚴肅看著她的見習生。「無論如何，**千萬**別告訴他任何事情。」

「我不會的，黃牙。」涕掌睜大了眼睛答應她。

「然後還有風族的鷹心。」黃牙繼續說。「他說話或許不太客氣，不過他是隻好貓。另外還有河族的棘莓——她個性很好也很友善，你一定會喜歡她的。」

黃牙蓋住第一個洞，再從另一個洞取出更多草藥，全部放在涕掌面前的地上。「這些是給蜥蜴牙的。」她說。「他說他老是很渴，而且體重輕了很多。那麼，告訴我這些草藥的名稱，還有我為什麼要給他這些。」

涕掌仔細看著地上的草藥。「那是酸模。」他喵聲說，用一隻腳掌指。「是用來增加蜥蜴牙的胃口。那是地榆，能讓他覺得身體比較舒服，感覺強壯一些，至於杜松莓……哎呀，星族啊，我忘記啦！」他猶豫了片刻，聞了一下，然後說：「杜松莓是用來改善他的胃嗎？」

「非常好。」黃牙讚許地說。

「我可以幫妳把這些拿給蜥蜴牙。」涕掌主動地說。「我還會給他濕青苔。」

「謝了，涕掌。」黃牙回答。「快去快回，然後到空地見我。出發的時間就要到囉。」見習生將草藥包進一片葉子裡，然後匆忙離開了。黃牙確認巫醫窩已經整理好之後，也跟著他出去。要參加大集會的貓已經抵達了空地中央，圍在杉星跟鋸皮身邊。黑夜已經降臨，不過月亮還沒升到樹頂上。天空很清朗，只有少數幾片稀薄的雲朵。

黃牙努力尋找碎掌的蹤影，找了一會兒才看見他；他並沒有像其他見習生那樣跟自己的導師在一起。她看見他站在鋸皮旁，而鋸皮也讓他待在那裡，沒叫他回到自己該去的位置。夜皮看起來已經放棄了，黃牙感覺到一股怒氣湧上來。**為什麼夜皮不能管好自己的見習生？**

杉星揮動尾巴，示意大家出發。黃牙在荊棘隧道外等待，環視四周找尋涕掌，看見他衝了過來。

「蜥蜴牙沒事。」他喘著氣說。「他吃了草藥。微鳥說需要的話她會替他多弄些水。」

「好極了。」黃牙對他點頭表示稱讚。

部族的貓緩慢穿越森林，循著隧道前往轟雷路另一邊的影族領土。他們走向四喬木時，碎掌突然脫隊衝了出去，奔向雷族領土的邊界。

杉星停下腳步，甩動尾巴，鋸皮則是大喊：「碎掌！回來這裡！」

碎掌在邊界停留了一會兒，然後才回到隊伍中。「我只是要確定雷族的氣味沒越界，」他解釋說。「這裡的領土很容易遭到入侵。前往四喬木的路這麼重要，我們可不能掉以輕心。」

鋸皮點了點頭。「是沒錯，不過下一次你衝出去之前要先問我們。」

黃牙注意到有兩三位較年長的戰士也呼應著鋸皮的話，心中頓時充滿了驕傲。

「幹得好。」黑足喵嗚說。

「對呀。」枯毛附和著。「我看得出來你會讓部族變得強大呢，碎掌。」

「你會成為偉大的戰士。」圓石也贊同。

影族之貓最先抵達四喬木。現在月亮已經高掛在天上，銀色光芒照耀著集會地點。涕掌在低地最上方停住，睜大了眼睛往下看。「真是太大了！」他吃驚地說。「黃牙，那就是各族族長站的巨岩嗎？」

「沒錯。」黃牙對他說：「他們——」

她話說到一半就被碎掌的嗥叫打斷了。他從斜坡衝進低地，超過所有的貓，直接奔向巨岩。他隆起肌肉準備跳上去，是夜皮叫住了他。

「你不能上去那裡。」他用責備的語氣說。「只有族長可以去。」

碎掌一度看起來很憤怒；然後他輕彈了一下尾巴。「總有一天會的。」他說得很肯定，接著就跑開去探索低地的其他區域。

在黃牙跟涕掌下到斜坡中間之前，碎掌就跑回來了。「更多老鼠要來了！」他大聲說。松星出現在低地頂部，後方跟著雷族的貓。黃牙看到了羽鬚，於是帶著涕掌去見他。

「妳好。」雷族巫醫喵聲說。「妳有自己的見習生了啊。歡迎。」他對涕掌打招呼。「希望能早點在月亮石見到你。」

涕掌低下頭。「謝謝。」

「鵝羽在哪裡？」黃牙問。

羽鬚搖搖頭。「很可惜，他生病了。」他回答。「今晚沒辦法來。」

「真遺憾。」黃牙話還沒說完，更多貓出現了。風族跟河族的貓一起抵達，涕掌看起來有點嚇到了。

「待在我身邊，」黃牙告訴他。「我們要前往巨岩了。巫醫都是一起坐在最下方的。」她跟涕掌一起鑽過貓群，羽鬚跟在後面。棘莓和鷹心親切的歡迎涕掌，黃牙也發現有另一隻貓跟鷹心坐在一起。

「這是我的見習生。」鷹心喵聲說。「他的名字是吠掌。」

「喔，太好了！」涕掌高興的大聲說，然後坐到這隻黑色公貓旁邊。「我們可以一起學習。」

吠掌不好意思的對他點頭。「我懂的還不是很多。」他喵聲說。「藥草的種類太多了，我會搞混。」

「我也是。」涕掌坦言。「不過我很會清理舊床墊哦！」

黃牙抬頭望向巨岩，看見四位族長低頭注視著自己的部族，準備開始大集會。於是她揮了一下尾巴示意見習生安靜。

四位族長中，杉星首先走出來到巨岩前方發言。「影族有好消息要告訴各位，」他喵聲說：「我們有四位新的見習生。糾掌、碎掌、鹿掌會接受戰士訓練，而涕掌則跟著黃牙學習，之後會成為巫醫。」

空地上的貓——尤其是影族——開始大喊新見習生的名字。涕掌坐得很直，露出驕傲的明亮眼神，鬍子輕輕顫抖著。黃牙找不到碎掌在貓群中哪個位置。

「我們的部族一直在鞏固邊界。」杉星在大家的喊聲消退後繼續說。「我們希望在新葉季和綠葉季能狩獵順利。」他意有所指看了看其他的部族，接著往後退，將位置讓給松星，然後是河族的霰星與風族的楠星依序發言。

其他的族長都有好消息，而黃牙有點訝異他們看起來竟然都還這麼健壯。**除了松星之外**，她心想，納悶這位雷族的領袖不知道怎麼了。**他似乎有點無精打采，精神也不太集中。**

風族族長宣布吠掌是新的見習生，眾貓也大喊著他的名字。吠掌坐在涕掌身邊，看起來很驕傲，也很不好意思。楠星接著談論起兔子數量很多，又提到一些腳程很快的年輕貓兒，而在此時黃牙則聽見空地邊緣爆發了一陣騷動。嗥叫聲與尖喊聲蓋過了風族領袖的話。

黃牙伸長脖子，看見一個熟悉的深褐色形體。**碎掌**！他正在跟兩隻年輕的貓纏鬥。從瘦弱的骨架看起來，黃牙猜測他們來自風族。

杉星從巨岩頂上跳起來。他的聲音在混亂中響起。「碎掌！立刻住手！現在是大集會！」他轉身面向楠星，低下頭說：「我很抱歉，楠星。他只是個年輕的見習生，這是他第一次參與大集會。我等一下會好好處理他的事。」

楠星也低頭回應。「沒有貓會怪你的，杉星。」她很有威嚴的說。「不過一定要提醒你們的見習生，在滿月時大家必須停戰。我也會讓我們的見習生明白這一點。」

黃牙的心一沉。碎掌打破了最重要的戰士守則，而且四位族長都清清楚楚看在眼裡。雖然那幾隻年輕的貓已經分開了，可是黃牙看不見現在情況如何。她身旁的涕掌站得很直，伸長脖子從貓群頭上看過去。「怎麼回事？」他喵聲說。「碎掌在**想**什麼啊？」

「我猜他根本沒在想吧。」羽鬚咕噥著說。

大家都低聲交頭接耳。最後，黃牙聽見枯毛對鋸皮說：「好像是碎掌指控風族見習生通過轟雷路底下的隧道來偷獵物。他們否認這件事，於是他就撲了上去。」

涕掌也聽見了枯毛的話。「大集會要怎麼辦？」他張大眼睛震驚的說。

結果回答的是羽鬚：「我們會繼續，因為月亮還很清楚。如果星族要我們停止，就會讓雲遮住月亮。」

黃牙抬起頭——但不是望向月亮，而是看著天空中圍繞著月亮的繁星。**星族的戰士現在也正看著碎掌嗎？**

楠星從剛才被打斷的部分繼續說完，接著四位族長就跳下巨岩。底下的貓鬆了口氣，開始跟其他部族的朋友聊了起來。然而杉星揮了一下尾巴，將影族的貓聚集起來。「我們要離開了。」他怒吼著。

「什麼？」暴翅不可置信的說。「這麼快？」

黃牙看見夜皮走過來，碎掌跟在他身邊；那位黑色皮毛的戰士很明顯非常憤怒，而碎掌卻只是沉著一張臉，看起來很不服氣的樣子。

「我們有位見習生不配留下來見其他的貓。」杉星怒視著碎掌，然後轉身帶著大家離開低地。

黃牙走在杉星身後，涕掌在她旁邊。走到低地頂部之前，她被猛撞了一下，差點失去重心，還好涕掌擋住了她。黃牙生氣地轉頭看是誰推她，結果發現是鋸皮。

那隻虎斑公貓走到杉星身邊。「你不必在所有部族面前這樣針對碎掌吧！」他憤怒的對族長說。「也不必罵得那麼狠啊。另外兩個見習生也有份！碎掌只是想要維護影族的榮譽！」

「碎掌打破了停戰的守則。」杉星的怒氣已經和緩了些，情緒也更平靜。「我不能讓那種事情發生。」

鋸皮哼了一聲。「忠誠和勇氣比守則還重要。」他大吼著。

可是那樣的忠誠與勇氣會引起戰爭，黃牙心裡有種不妙的感覺。**噢，星族啊，拜託讓碎掌學會好好控制自己的脾氣吧。**

第三十章

時值綠葉季後期，和煦的陽光照耀著營地。正午剛過，狩獵隊歸來，嘴裡叼滿了獵物。黃牙跟涕掌穿過刺藤叢，他們剛從沼澤收集完草藥。

「我去把這些放好。」黃牙說。他們把一大堆草藥放到窩裡。「你去看看微鳥。帶一些濕青苔給她。」

「好的，黃牙。」涕掌匆忙離開了。

黃牙嘆了一口氣。蜥蜴牙兩個月前加入了星族，現在微鳥也變得非常虛弱。黃牙很擔心自己再過不久就得跟老友道別了。

她正開始要整理草藥，就聽見腳步聲，結果是糾掌用三隻腳跳著進來。

「妳怎麼了？」黃牙問。

「我被抓傷了。」糾掌轉了一下，黃牙看見她一隻後腿上有個很深的爪痕。

「妳怎麼受傷的？」黃牙訝異的問，心想領土裡是不是有狐狸出現。

「我本來在跟碎掌練習一招打鬥的招式。」糾掌解釋著，語氣聽起來不怎麼在意。

黃牙震驚的看著這隻年輕母貓。「你們打鬥時是不可以使用爪子的啊！明明都知道的啊！」

「是沒錯，但碎掌說如果真的有可能受傷，我們才會變得更強啊！」糾掌閃爍著崇拜的眼神說。

「那妳有變得更強嗎？」黃牙冷淡的問。

「下次就會了！」糾掌很有信心的說。

黃牙要她舔乾淨傷口，接著從儲藏室取出一些金盞花，用葉子摩擦糾掌的傷口，然後說：「保持乾燥，休息至少一天，還有別再使出爪子了。碎掌說什麼我不管，我收集草藥可不是為了醫治鼠腦袋見習生的！」

她看得出糾掌完全無視這番警告。「我要回去訓練場了。」她一邊說一邊跳著離開。「我想要看碎掌打敗鹿掌！」

黃牙整理好草藥之後，往空地走去，看見了夜皮在獵物堆旁。「你知道見習生們打鬥時會使用爪子嗎？」她走到他身邊問。

夜皮點了點頭，看起來跟平常一樣疲累。

「你應該阻止他們才對。」黃牙提醒他。「雖然糾掌不會有事，不過總有一天會真的出事。」

「哎呀，妳應該很清楚碎掌才不會聽我的話。」夜皮突然用很諷刺的語氣說。接著他彈了彈耳朵，像是在趕蒼蠅一樣。「很抱歉，我太累了，脾氣也不好。」他話一說完就咳了起來。

「我會讓涕掌去找蜂蜜來讓你潤喉，咳成那樣一定很痛。」黃牙同情的喵聲說。

「再過兩個月我就不必擔心當導師的事了。」夜皮低聲說著。「我等不及了。」

「你已經做得很好了。」黃牙安慰他，不過心裡卻覺得夜皮應該做點較輕鬆的工作才不會太累。**而且我沒說錯，他不應該當碎掌的導師。要是杉星肯聽我的話就好了！**

⚡⚡⚡

腹裡一陣刺痛的感覺讓黃牙醒了過來。她小心不吵到在窩裡睡著的涕掌，搖搖晃晃走到了空地。杉星窩裡傳來持續的呻吟聲。黃牙探頭查看橡樹根底下，發現杉星在床墊上到處打滾，四肢痛得扭曲。

「杉星，怎麼了？」她輕聲問。

沒有回應，又是一陣呻吟。黃牙看得出來杉星並沒有完全清醒。她走進窩裡，想藉由感受他的痛苦來找出原因。在觸摸他的腹部時，她發現有另一隻貓站在門口。她轉頭看，原來是鋸皮，他的眼睛在星光下閃亮著。

「怎麼了？我聽見呻吟聲。」

「杉星病得很重。」黃牙喵聲說。「我不確定自己能不能幫他。」

鋸皮點點頭。「我知道妳會盡力的。」他對她說，這是他第一次語氣裡沒有敵意。

杉星拱起背部，痛苦的抽搐著。他眨了眨眼睛，然後聚焦在鋸皮身上。「我的最後一條命！」他喘息著說。「星族在呼喚我了。鋸皮，好好領導我的部族啊。」他的身體再次扭曲，同時奮力的呼吸著。

黃牙看著他起伏的胸口，知道現在她或其他巫醫都已經無能為力。杉星掙扎了一會兒，感覺卻像是過了好幾個季節；最後他全身鬆軟下來，跌回青苔墊上。生命從他的眼中流逝。

黃牙蹲伏在他身旁，止不住自己的悲傷。她很喜愛這位冷靜、睿智的族長，而且很信任他能夠照顧好部族。她不知道他竟會這麼快就失去了九條命，沒有久病的跡象，也沒有造成感染的傷口，甚至也沒有老貓那種虛弱的感覺。不管他是因何而死，都發生得非常快速，也沒太大的痛苦。也許他們應該感激這一點。

鋸皮低下頭對死去的族長致意，然後又抬起來。「我必須召集部族。」他對她說。「我們是不是今晚就該去月亮石那裡，讓我獲得九條命？」

黃牙驚訝的看著他。**杉星才剛死不久！**「如果……如果你要的話。」她結結巴巴地說。

「我確實想要這麼做。」鋸皮說。「不過首先讓我告訴大家。」

黃牙跟著他走出窩裡。鋸皮跳到部族岩上，提起聲音大喊。「所有年紀足以捕捉獵物的貓都到部族岩下開會！」

影族貓從窩裡慵懶走出來，聚集在部族岩周圍，大家都沒說話，覺得很困惑。鋸皮等到所有貓都到了之後才發言。

「杉星失去了第九條命。」他宣布消息。「現在他是星族的成員，這位偉大的戰士加入了我們祖先的行列。」

大家都感到很震驚。

碎掌打破沉默。「鋸星！鋸星！」

沒有任何貓跟他一起喊。鋸皮一開始顯得很驕傲，後來又低下頭看著自己的兒子。「先別那樣稱呼我。」他用告誡的語氣說。「在到月亮石向星族接受九條命之前，我不能用那個名字。」他看了黃牙一眼，繼續說：「我會立刻出發，你們留下來替杉星守夜。」

鹿躍和鴉尾進入族長窩，把他的屍體拖到空地上。黃牙看著其他的貓排隊準備致意。

枯毛低頭看著杉星的屍體，眼神格外悲傷。「謝謝你，杉星。」她輕聲說：「謝謝你給了我成為戰士的機會。」

圓石走到她身旁，舔了她耳朵一下以示安慰。「我也是，杉星。」他接著說。「你的寬容改變了我們的生命，我們永遠都不會忘記你的。」

鋸皮已經在營地出入口等待了。黃牙一走近，他就拔腿出發，在奔跑時顯現出強而有力的肌肉，黃牙勉強才能跟上。過了這麼久又跟鋸皮獨處，讓黃牙覺得很緊張。不過關於以前的事他什麼也沒提。

反倒是他在她跑到身旁時說：「我等這一刻已經等很久了。我會讓影族變得無比強大！」

黃牙根本沒有多餘的力氣回答。

他們通過風族領土，沒有碰上任何風族的戰士，在接近黎明時分抵達了高聳岩。**剛好剩下足夠的月光照在月亮石上。**

她跟鋸皮沒停下來喘息，直接衝進了黑暗的洞口。鋸皮這隻虎斑戰士太過急切，把黃牙都丟在後面了。等她抵達洞穴時，鋸皮已經坐在地上，一臉敬畏地看著水晶般閃亮的岩石。「現在輪到我了。」他低聲說。

「躺下來，用你的鼻子觸碰石頭。」黃牙教他，同時揮動尾巴示意。「閉上眼睛，星族就會召喚你。還有一定要記得，」她接著說：「你不能把等一下發生的事情告訴其他貓。如果你想要討論什麼，只能跟我說。」

鋸皮隨意點了頭，然後伸出鼻子碰觸月亮石。黃牙在他身旁坐下，石頭的冰冷滲入了她體內。沒過多久，她張開眼睛，發現自己已經在之前見到銀焰時的那片沼澤地。現在這個地方籠罩著霧，她聽得見鳥叫聲與輕輕的水流聲。

鋸皮站在她旁邊。霧氣開始消散，鋸皮身邊出現了九隻貓，領頭的是杉星。黃牙認出了蜥蜴牙跟賢鬚，可是其他的都不認識，不過她之前來見星族時曾經從遠處看過他們。

星族的貓在鋸皮周圍聚集，此時黃牙也聽見有個聲音喊著她的名字。「黃牙！黃牙，過來這裡！」

她爬上一處岩石峭壁上的松樹，從那裡能夠俯視沼澤。令她恐懼的是痞皮在等著她。

「時候快到了！」他嘶嘶的說。「前方籠罩著黑暗！要小心腳掌上有血的那隻貓！」

黃牙讓憤怒散發出來，驅趕了自己的害怕。「走開！」她厲聲說。「如果你不多給我一點線索，這個預言有什麼用？」

痞皮靠向她。「真相就在妳心中。」他嘶聲說。「妳很快就會看見了。」

黃牙拱起肌肉，像是攻擊獵物一樣撲向那隻黑貓。結果她的腳重重踩到地上，爪子插進了土裡而不是痣皮的身體。一陣急霧遮住了她的視線，等霧氣退去之後，他已經不見了。

黃牙回過頭，看見星族戰士仍然圍繞著鋸皮。她走過沼澤地要加入他們時，看見九隻貓中的最後一隻走上前跟影族新族長談話。那是一隻優雅的母貓，淡褐色皮毛，很有領袖的架勢。

「我的名字是晨星。」她喵聲說，同時用明亮的綠色眼睛看著鋸皮。「很久很久以前我曾是影族的族長。我賜給你生命，讓你帶領影族超越其他部族。森林中總共有四大族，不過影族一定會是最偉大的。」

她用鼻子跟鋸皮互碰；他畏縮了一下，腳步有點不穩，彷彿無法承受接收九條生命的痛苦。

晨星退回行列中，所有星族戰士便抬起頭發出勝利的嗥叫，聲音在沼澤回響著，也讓閃爍的星星升到了空中。

「鋸星！鋸星！」

黃牙突然驚醒，全身冷得發抖。鋸星也醒了，他正踏著強有力的步伐在洞裡來回踱步。「我有九條命了！」他在洞頂滲入的蒼白色曙光下大聲說著。「我是鋸星，影族的族長！」

鋸星跟黃牙回到營地後，黃牙第一件要做的事，是跟長老把前任族長的屍體埋葬。她抬頭看著星辰，唸出儀式的禱詞，心裡想著天上哪一顆才是杉星，不知道他現在是不是正低頭看著他們。

「願星族照亮你的道路。」她喵聲說，然後又低語：「燃燒光亮吧，好朋友，看顧好你的部族。」

等到她跟長老回來時，黃昏已經降臨了。鋸星正站在部族岩上，族貓也已經聚集。涕掌跑到黃牙身邊。「鋸星要指派新的副族長了！」他喵聲說。

鋸星的目光掃過部族。「我在星族面前說出這些話，」他大聲說著：「我們祖先的靈魂會聽見並認同我的選擇。」他再次掃視空地上的貓，黃牙懷疑他是不是刻意要製造緊張的感覺。「狐心，」鋸星終於開口了：「妳願意成為我的副族長嗎？」

狐心低下頭，眼神閃爍著。「我願意，鋸星。」

其他的貓開始交頭接耳，其中有一些並不服氣。「我**就知道**他們之間不太對勁！」亮花嚷嚷著。

「星族啊，她現在要變得更討厭了！」琥珀葉嘀咕著。

「狐心！狐心！」族貓服從的大喊著狐心的名字，蓋過了不滿的聲浪，接著鋸星鞠了個躬。

如果是我，一定會選別的貓，黃牙嘴上跟著大家呼喊，心裡卻這麼想著。**但那不是我能決定的。我只能忍下來。**

叫喊聲消退後，黃牙聽見鹿掌對碎掌喵聲說：「哇塞，你爸是族長了！」

「對啊。」碎掌尖聲回答。「他一定很希望我已經是個戰士，這樣我就能成為他的副族長了！」

「我才不覺得呢。」糾掌故意反駁。

碎掌氣到豎起皮毛，這時蕨影用尾巴輕撫他的肩膀。「很快的。」她喵聲說。「只要你繼續好好練習。」

涕掌輕碰了黃牙一下，讓她分散了注意力。「微鳥說她會頭痛。」他用耳朵比向長老貓的位置。「我是不是該給她點什麼幫助入睡？」

「我來處理吧。」黃牙回答。「到我的窩來，微鳥。」

一回到窩裡，她就從儲藏室取出罌粟種子，然後仔細的將一顆分成兩半。「這樣應該就夠了。」她提醒正在舔食的微鳥。「這些種子效果可是很強的。」

微鳥嘆了一口氣。「最近作的夢讓我很困擾，我不想閉上眼睛。」

黃牙用鼻子輕碰老貓的肩膀。「我會請星族給你安詳的夢。」**微鳥是不是夢到了血與火？噢，星族啊，如果祢們有不好的預兆，直接傳給我就好了！別讓我的同伴不敢入睡！**

⚡⚡⚡

黃牙正在清除巫醫窩門口一堆枯葉時，聽見鋸星大喊召集部族，她抬起頭，看見他站在部族岩上，冷風吹動著他的皮毛。杉星過世將近兩個月，在這段期間，鋸星讓族貓繼續做自己的事——巡邏、訓練、像母親保護孩子那樣守護著部族的邊界——因此贏得了大家的認同。

黃牙呼喚正在窩裡忙著計算杜松莓數量的涕掌，然後往空地走去。亮花跟蕨足從戰士窩走出，琥珀葉、暴翅、蛙尾緊跟在後。枯毛和圓石一起穿過刺藤叢趕來，接著坐到黃牙身邊，親切的對她點頭。其他見習生與導師從獵物堆過來。長老貓則是從窩裡出現。

鋸星低頭看著他們。「我為我的部族感到驕傲。」他開口說。「能帶領你們我已經別無所求。有這樣的戰士，我什麼戰鬥都不怕！而今天我們將有一位新的戰士。碎掌，過來。」

碎掌跳上前，站在部族岩下，族貓一陣驚呼。黃牙跟大家一樣都嚇了一跳。**他才當了五個月的見習生啊！**

「鋸星，」夜皮往前走，喵聲說：「碎掌還沒完成最後的評量。」

碎掌滿臉怒色地瞪著自己的導師，鋸星則是不以為然的彈了一下尾巴。「我看得出來一隻貓準備好成為戰士了沒。」他大聲說。接著他從部族岩跳下，面對著碎掌。「我，鋸星，」他繼續說：「呼喚我的戰士祖先看著這位見習生。他認真訓練，瞭解祢們高尚的守則，因此我向祢們推薦讓他成為戰士。碎掌，你能不能保證堅持戰士守則，保護並守護這個部族，即使犧牲生命也在所不惜？」

碎掌深深吸了一口氣，然後回答：「我保證。」

「那麼藉由星族的權力，」他的父親繼續說：「我給予你戰士的名字。碎掌，從現在起你就是碎尾——但是別讓其他的貓認為這是你的弱點。你是我所見過最強壯的貓，我也很期待跟你並肩作戰！星族尊敬你的勇氣和你的戰鬥能力，我們也歡迎你成為影族正式的戰士。」他用鼻子抵著碎尾的頭，碎尾則是舔了舔他的肩膀。

「碎尾！碎尾！」影族替新戰士歡呼，但是黃牙看得出來其中某些貓並沒有那麼開心。戰士們贊同的喊著他的名字，而跟他同輩的見習生卻既沮喪又憤怒的彼此對看著。黃牙的距離夠近，聽見鹿躍發的牢騷：「這實在是太不公平了！就因為他爸爸是族長！」

「這種事在我那個時代是絕對不會發生的。」坐在長老窩前的拱眼說。「接下來呢？讓小貓當戰士嗎？」

碎尾站在空地中央，接受部族的歡呼。黃牙仔細看著他，突然感到一股恐懼。他的腳沾染了血，褐色皮毛變得又暗又濕。在她周圍的空氣中出現一陣低語聲：「小心腳上有血的貓……」

黃牙迅速轉身，尋找痣皮的蹤影，可是只見到其他仍然注視著新戰士的族貓。她穿過群眾，走到碎尾身邊。「你沒事吧？」她低聲問。「你腳上那是血嗎？」

碎尾看起來很驚訝。「不，那是水。是我在沼澤追一隻蜥蜴時弄濕的，就這樣而已。」

黃牙心裡大大鬆了一口氣。現在她距離夠近，聞得到他身上的味道，才明白他腳上沾到的是泥濘的髒水。

一切會沒事的。還有別來煩我，痣皮，別再提起祢那些愚蠢的預言了！

她往後退開，其他的貓則是走上前來恭喜她兒子。

「我的巡邏隊隨時歡迎你。」黑足喵聲說。

「還有我的。」果鬚跟著說。「還有你能不能示範那招很難的跳爪攻擊給我看？我見過你使出來，不過我都做不好。」

「當然。」碎尾低頭致意，閃爍出愉悅的眼神。

圓石大步上前，友善的碰了他肩膀一下。「我很期待跟你一起追狐狸哦。」他對碎尾說。

新戰士也碰了圓石肩膀一下當作回應，結果讓他有點重心不穩。「我們會撕碎牠們的。」他說。

接著狐心也穿過群眾出現。「恭喜了，碎尾。」她親切的喵聲說。「影族需要像你這樣積極的年輕戰士。」

她以為自己已經是族長了嗎？黃牙心想。副族長自以為是的口氣讓她氣得豎起了皮毛。她發現鋸星就站在她身邊。「我的兒子會很有成就。」他在她耳邊低聲說。「我一切就指望他了。」他對黃牙露出挑戰的眼神，似乎要看她敢不敢說出碎尾也是她的兒子。

我才不會玩這個遊戲。我知道自己已經放棄擁有他的權利了。

黃牙對眼前曾是她一切的貓低頭致意。「我相信他在族裡的未來無可限量。」她喵聲說。

第三十一章

一身厚實皮毛的黃牙打了個冷顫。森林的禿葉季已經降臨，空地上現在覆滿了雪。她的腳掌深陷進雪裡，冷到感覺肉墊都快掉下來了。她輕彈耳後的一小片樹葉，知道自己該好好打扮自己。**不過似乎永遠都沒時間……**

現在她走向鋸星的窩，屈身鑽進被雪深埋的橡樹根下。令她沮喪的是狐心也在，而且跟族長談話時頭靠得很近。

先發現黃牙進來的是狐心，「妳要幹嘛？」

黃牙不理會副族長的無禮。「我有事要跟鋸星談。」

「妳看不出來他在忙嗎？」狐心厲聲說。「晚點再來吧。」

黃牙只是站在原地等待，目光盯著鋸星。

「不必了，妳現在就可以說。」族長的語氣似乎有點不耐煩。「有什麼事？」

「我覺得夜皮無法勝任戰士的工作了。」

黃牙告訴他。「他的咳嗽變得非常嚴重，身體也太疲累太虛弱，沒有辦法巡邏。」

狐心瞪大眼睛。「妳是說妳沒有辦法治好她？妳不是巫醫嗎？」

「我什麼都試過了。」黃牙咬著牙嘶聲說。「有些貓的咳嗽就是無法治癒。我想這可能跟他的呼吸有關。要是他不放棄工作，只會病得愈來愈重。」

「我們需要每一位戰士！」狐心反駁著。

鋸心將尾巴放在狐心的肩膀上。「叫夜皮來找我吧。」他對黃牙下令。「如果那是他要的，我就不會強迫他繼續擔任戰士。不過黃牙，這一切都要由他自己決定！」

黃牙回到窩裡，發現圓石在等她。「有什麼事情嗎？」她問。

圓石伸出一隻前腳。「我的腳裡有根刺。」他的語氣很愉快。「我試著自己弄出來，可是沒有辦法。」

「嗯，這就是巫醫的功用。」黃牙回答。「讓我看看吧。」

尖刺被深深推進了圓石的肉墊，黃牙舔了很久才總算咬到。

「我剛才跟碎尾去巡邏。」圓石在她治療時說。「偉大的星族啊，他真是個厲害的戰士！我們都應該向他學習。」

黃牙努力舔咬尖刺，刻意不對兒子受到讚美而做出反應。

「我太急著追一隻黑鳥了。」圓石繼續說。「老實說，我覺得自己是想引起碎尾注意。那隻鳥飛進一處荊棘叢，結果我傻到追了過去。」

「你有抓到嗎？」黃牙喵聲問。

「有啊——哎喲！」圓石在刺拔出時痛的大叫。

「那麼你並不傻囉。好好舔一舔自己的腳，」黃牙提醒他。「如果腫起來或者還痛的話就回來找我。」

「謝了，黃牙。」圓石用舌頭舔了肉墊幾下，然後站起來。「我最好回去巡邏。」接著他就跑走了。

涕掌本來正在窩裡後面整理儲藏室的草藥，現在轉過身來看著導師。「我可不想住在一個全都是碎尾的部族裡。」他說。「他太……暴力了。」他繼續整理草藥，然後又暫停下來，顯得若有所思，一隻腳上還有一片琉璃苣的葉子。「我真好奇碎尾的媽媽是誰。妳知道嗎，黃牙？她是不是寵物貓，就像其他貓傳言的那樣？或者根本就是狐心？」

「我沒時間聊八卦。」黃牙不以為然的說。「你為什麼像隻還沒被吃過的獵物呆站在那裡，還不趕快把紫草葉跟毛地黃分類好？」

涕掌吸了一下鼻涕，用受傷的表情看著她，不過外面空地突然傳來叫喊聲，打斷了他原本想說的話。黃牙從石頭之間望過去，看見有貓從刺藤叢衝出來，認出那是蜥蜴紋的巡邏隊。她只看一眼，就知道其中有幾隻貓受到了嚴重的抓傷。

「把蜘蛛絲跟金盞花拿來。」她吩咐涕掌，然後趕到空地中央去看受傷的貓。

鋸星和狐心從族長窩出現，也衝過去查看狀況。「怎麼了？」鋸星問。

「老鼠在腐物場附近攻擊我們。」蜥蜴紋喘著氣說。她的皮毛豎起，血從她腹部的一道抓傷滴下。

「而且我們還沒有獵捕牠們！」狼步憤慨的說。

在蜥蜴紋詳述事情經過時，黃牙跟涕掌也開始處理傷口。狼步的一隻耳朵有撕裂傷，不過血已經停住了；黃牙把血跡舔乾淨，然後給他一片金盞花的葉子敷用。

「看看這個咬傷。」涕掌喵聲說，示意黃牙到糾刺身邊。「我想這可能會感染。」

黃牙點點頭，一邊檢查糾刺的肩膀。「老鼠咬傷一定會有這種風險。糾刺，到巫醫窩裡等我，我會給妳一些牛蒡根。」

「謝謝，黃牙。」年輕母貓一跛一跛的走開了。

黃牙走向蜥蜴紋。「我得看一下妳腹部的抓傷。」她說。

蜥蜴紋揮了一下尾巴。「現在還不行，妳沒看見我在跟鋸星說話嗎？」

隨便妳，黃牙心想。**那就讓血流滿營地吧。看看我在不在乎。**

在她檢查蕨足跟蕨影傷勢的時候，更多貓從營地大門回來了。黃牙抬起頭，看見碎尾跟他的狩獵隊滿載而歸。

碎尾帶著一隻大鴿子，走向聚集在空地中央的貓。「怎麼回事？」他丟下鳥屍問。

「老鼠在腐物場附近攻擊我們。」蕨影告訴他。狼步則是興奮的喊：「好獵物啊，碎尾！」

「是啊，我爬到一棵樹上抓到的。」碎尾輕鬆的喵聲說，然後轉頭看著鋸星。「我們還要忍受那些老鼠多久？」他猛揮了一下尾巴。「我們得給牠們一個教訓！」

「你有什麼建議？」鋸星問。

黃牙還記得很久以前在腐物場那次可怕的攻擊，那時候杉星失去了一條命。**拜託，星族，別再發生了！**

「我們沒辦法跟所有的老鼠戰鬥。」碎尾告訴鋸星。「我們不知道牠們的數量有多少。所以我們應該孤立牠們其中幾隻，然後當著其他老鼠面前殺掉，以此作為警告。」

黃牙聽見碎尾附近有幾隻貓交頭接耳，似乎不太贊成，不過其他的貓都點著頭表示認同。

「或許值得一試。」蕨影咕噥著說。

「沒錯。」狐心喵聲說。「我們試過以突襲的方式大規模攻擊牠們，結果沒有用。說不定只能用這招了。」

鋸星沉思著，接著抬起了頭。「碎尾，跟我到窩裡。我們再仔細討論一下。」他把碎尾帶在身邊穿過營地。狐心跟在他們後面。

黃牙派涕掌回巫醫窩替糾刺準備一份牛蒡根敷藥，同時她也試著說服蜥蜴紋讓她查看傷口。現在傷口流的血已經停了。黃牙慶幸自己不必再多作處理，於是給了蜥蜴紋一些金盞花，就要她回戰士窩裡休息。

黃牙回到窩裡時，糾刺正要離開，牛蒡根已經牢牢敷好了。「明天再過來讓我看一下。」黃牙對她說。

糾刺跟她道謝，揮了一下尾巴之後就走了。

「敷藥做得不錯。」黃牙對涕掌說。「現在我們得替這場跟老鼠的戰鬥準備一些草藥。」

涕掌吞了吞口水。「妳是指**我們**也會參與戰鬥？」

「不，可是我們會在附近。如果有族貓受傷，我們就能當場治療。去準備多一點金盞花，還有一些山蘿蔔，最好也要帶牛蒡根。」

「我聽說過上次跟老鼠的大戰。」涕掌打開儲藏室，一邊喵聲說著。他看了黃牙一眼，表情很興奮也有緊張。「妳覺得這次的結果會怎麼樣？」

「我不知道。」黃牙嚴肅的回答。「可是我覺得不太樂觀。老鼠的數量實在是太多了。」她走到刺藤叢旁取下一些蜘蛛絲，才發現存量不太夠了。「我要再去多弄一些這個。」她對涕掌說。「用樹葉包好那些草藥，讓我們方便攜帶。」

黃牙離開營地，前往附近一棵覆蓋著常春藤的橡樹，那裡是收集蜘蛛絲最好的地點。她起身採集時，聽見後面有個聲音。

「需要幫忙嗎？」

黃牙轉頭，發現是夜皮。他開始抓下蜘蛛絲，然後捲成一球放在樹根旁。「這是為了跟老鼠的戰鬥準備，對吧？」他喵聲問。

黃牙點點頭。

「妳知道我不會參戰嗎？」夜皮小聲的說。「我決定加入長老了。」

黃牙暫停動作，然後看著他，心裡湧起一股悲傷。「很抱歉我一直沒辦法治好你。」

夜皮開口要說話，可是先咳了一下，接著才繼續說：「這不是妳的錯，我知道妳盡力了。我只是希望星族能告訴我為什麼要讓我這樣！」他長長的嘆了一口氣。「我想要當個偉大的戰士啊！」

「你是啊。」黃牙安慰他。「但是你的部族需要你過得安安穩穩，更甚於需要你的狩獵技巧。你仍然是影族生命的一部分。就像微鳥對族裡的貢獻並不會比她以前做得還少啊！」

夜皮點了點頭，不過黃牙看得出來自己並沒有消除他眼中的沮喪。

黎明將至，影族貓圍繞著鋸星，在空地中央聚集。灰雲覆蓋天空，落下一陣稀薄的凍雨。黃牙在跟涕掌加入群眾時打了個冷顫。

「計劃是這樣的。」鋸星提高音量喵聲說，讓大家都聽得見。「兩隻貓——狐心跟我——會假裝在腐物場邊緣狩獵，藉此引出老鼠。碎尾、雲皮、黑足、雀飛則是埋伏起來，等待時機衝出包圍最先出現的幾隻老鼠。這時碎尾會發出信號。蕨足、蠑螈斑、爪面、蕨影、焦風，你們負責擋住其他老鼠，讓牠們看著我們殺死同伴。」他用目光掃視戰士們。「還有問題嗎？」

大家都沒說話。碎尾的眼神閃爍著。

「那我們就出發吧！」鋸星大喊。

黃牙和涕掌拿起補給品，隨巡邏隊跟著族長離開了營地。她發現夜皮跟其他長老貓在窩外注視著他們。**你最好別參與這件事**，她心想。不過她也很清楚，那隻年輕的貓看見同伴留下他去戰鬥，心裡會有多麼失望。

腐物場逐漸逼近，黃牙聞到熟悉的臭味，聽見在兩腳獸垃圾堆上方拍動翅膀的白鳥尖喊著，不禁畏縮了一下。她開始做好準備，阻絕即將到來的傷痛。**我很好，我沒有受傷，我感覺**

不到痛。

她帶著涕掌到了一處冬青叢，這是她在上次戰鬥時跟賢鬚躲的同一個地方，一回想起當時的情況，她的肚子就感到一陣寒意。她把草藥放到枝葉底下時，發現那道銀色網子有一部分已經倒了，所以他們可以輕易進入腐物場。**而老鼠也可以出現在碎尾埋伏的地方。**

蕨足帶領他的巡邏隊穿過腐物堆，很快就消失了。在此同時，碎尾指揮自己的隊伍躲在大樹和矮樹叢間。鋸星和狐心則是獨自留在銀色網子缺口前，在最接近他們的一堆廢棄物邊緣。

「他們真是勇敢啊！」涕掌說。

黃牙低聲附和，同時看著那兩隻貓假裝狩獵：觀察四周，嗅聞樹根，蹲伏著身軀慢慢接近荊棘叢或蕨叢。她一直盯著看，心臟撲通撲通跳，這時有隻老鼠探出了頭，慢慢走到空地上。沒多久，第二隻老鼠出現，然後是第三隻，接著愈來愈多。牠們慢慢前進，位置差不多在銀色網子附近，閃爍的目光盯著那兩隻笨到沒發現他們的貓。

然而鋸星跟狐心很清楚牠們就在那裡。兩隻貓巧妙的走遠，引誘老鼠離開安全地帶。等他們完全走出銀色網子的範圍，碎尾、雲皮、暴翅、雀飛就從埋伏處跳出來，而鋸星和狐心往前衝，將老鼠包圍住。

「準備受死吧！」碎尾吼叫著。

第三十二章

一陣老鼠發出的沙沙聲從廢棄物堆傳出，但是蕨足跟巡邏隊從躲藏處衝出來守住了開口。雖然黃牙看見抽動的鼻子跟閃爍著惡意的眼睛，但是至少到目前為止還沒有半隻老鼠敢出來。

「別讓牠們過來！」蕨足大喊。「不過記得保持距離，讓牠們看得見發生了什麼事！」

「跳蚤皮！」碎尾嘲笑著被困住的老鼠，衝上前用爪子攻擊距離最近那隻的側身，然後又衝刺了一次。「吃鴉食的傢伙！」

巡邏隊的其他成員也學他，把老鼠趕成了一團，趁機抓傷牠們，但又保持足夠的距離不被抓傷。黃牙的爪子插進土裡。「在出事之前趕快解決啊！」她嘀咕著。

一會兒之後，兩隻害怕到走投無路的老鼠從同伴中衝出來，跳到了狐心的身上。黃牙不敢相信牠們的動作竟然這麼精準，就像受過訓練的獵手。狐心尖叫一聲，然後倒在地上，鮮血從她的脖子噴出。

「不！」鋸星大喊。

同一時間，碎尾跟雲皮撲向攻擊狐心的兩隻老鼠，折斷了牠們的脖子，把屍體丟向空中。鋸星衝進老鼠堆中，其他族貓緊跟在後，大家都露出爪子撕抓敵人。原本規劃好的行動，現在變成了一團混亂，充滿了尖叫與鮮血。

「星族啊！」涕掌低聲說。

就連黃牙也被眼前的大屠殺嚇到了，掙扎著想逃跑的老鼠都被抓了回去。老鼠撲向戰士，戰士則用利牙咬碎牠們；老鼠痙攣著倒下，鮮血浸濕了雪地。

沒過多久，一切都結束了。最後被引誘出來的老鼠已經死了，影族戰士則是踩著牠們的屍體，不斷喘著氣。除了狐心動也不動躺著，看起來情況不妙，其他的貓似乎都沒受到重傷。鋸星呼喊蕨足跟其他貓從腐物場出來，碎尾則是鑽到狐心身體下方，把她扛在肩膀上。雖然他的身上沾滿了血，不過就黃牙所見，那些都來自老鼠身上。

「我們贏了。」涕掌喵聲說，語氣聽起來很震驚。

「是的。」黃牙嚴肅的說，目光注視著狐心的屍體。不過我們付出了很高的代價。**我不喜歡她。我不想聽從她的領導。可是她死得太早了。**

戰士回來時，長老跟留在營地的貓都聚集起來。碎尾將狐心的屍體放在空地中央時，黃牙發現花楸莓在育兒室門口露出恐懼的表情看著他們。她看見她姊妹的孩子小煤和小胖正從媽媽身旁好奇探頭張望，心裡突然一陣喜悅，感覺溫暖了起來。

戰士死了，但是部族會活下去。

狐心的母親池雲從戰士衝出來，撲倒在她女兒身邊。「星族啊，不要！」她哭喊著。「為什麼祢們要帶走她？」

狼步跟著媽媽走出來，蹲伏在她身邊，用鼻子抵著姊妹被血浸濕的皮毛。「再見了。」他用粗啞的聲音說。「我們對妳感到很驕傲，妳本來會一定是位很偉大的領袖。」

跟狼步和狐心同父異母的雲皮也走到她身邊，然後低下頭來。「她死得像位戰士。」他喵聲說。

黃牙站到狐心頭部旁邊。「我們會替她守夜。」她說。

鋸星在副族長的屍體旁待了一會兒，接著就回到窩裡，在月亮高掛時才再度出現。他跳上部族岩召集部族，不過大部分的貓都已經在空地上，圍繞在狐心身邊。

「我為狐心哀悼。」族長開頭就這麼說。「她為我們做了很多，本來應該還能夠跟我們在一起很久很久的。可是為了保護部族不受老鼠侵害，她勇敢的戰死了。她在星族會榮耀的佔有一席之地。」他暫停了一下，低頭看著大家，而黃牙感覺得到一股緊張感開始升起，因為每隻貓都知道現在鋸星就要宣布新任副族長是誰了。好幾隻貓的目光瞥向碎尾，而他看起來十分期待，眼神閃爍著。

「無論我們有多麼想念狐心，」鋸星繼續說：「族裡還是需要一位新的副族長。我在她的屍體面前說出這些話，希望她的靈魂能聽見並且認同我的選擇。雲皮將是影族的新任副族長。」

雲皮跟碎尾看起來一樣訝異。黃牙看得出碎尾眼神中的失望，而且還齜牙咧嘴咆哮了一聲。

「哇塞！」涕掌小聲說。「看來我們都知道誰很想當副族長了。」

雲皮站起來，結結巴巴的說：「謝……謝謝你，鋸星。我保證會努力為部族服務的。」

鋸星跳下部族岩，其他族貓則是高聲替雲皮歡呼。黃牙看得出來他很受歡迎。她也對族長的決定感到高興；她知道要是狐心還活著，雲皮一定會做得比她好。

後來，黃牙發現鋸星在回到窩裡途中被碎尾攔住了。**我得聽聽他們說些什麼！**她小心翼翼走向他們，在部族岩的陰影中停步。

「應該是我當副族長的！」碎尾大吼。「攻擊老鼠是我的計劃，而且也成功了！」

鋸星瞇起眼睛看著他。「用用你的大腦吧。」他厲聲說。「我是你的父親，必須注意不能在其他戰士面前表現出偏心。而且，在當上副族長之前，你得先帶一位見習生。不過別擔心，我還會活很久，要是雲皮發生了什麼事，下一任就會輪到你了。」

⚡⚡⚡

冰雪融化，森林的新葉季慢慢到來。黃牙穿過一片新生的蕨叢，享受著陽光灑在身上厚重皮毛的感覺，也樂見霜凍的森林中到處浮現了綠色嫩芽。跟她同行的夜皮跳了起來，揮抓一隻在草地上振翅飛動的蝴蝶。黃牙高興的看著他追逐蝴蝶，心想他不再堅持做好所有戰士的任務之後，咳嗽的狀況就改善許多了。

「你是小貓嗎？」他氣喘吁吁回來時，黃牙這麼逗問著。

「再也不是囉。」夜皮愉快的**喵嗚**一聲回應她。「我大概只是很享受陽光吧，」他張著嘴，深深吸了一口氣。「還有那種獵物的氣味。我敢說這附近一定有隻老鼠。」他開始循著氣味走，消失在一處濃密的蕨叢中。沒過多久，黃牙聽見倒抽一口氣的聲音，然後他就驚訝的大喊著。

「黃牙，快來這裡！」

黃牙穿過蕨叢，到了另一側，看見了一棵小小的山楂樹。有隻貓用牙齒咬住了離地最近的樹枝，就這樣全身懸掛著，那是叫胖掌的新見習生，也是花楸莓的孩子。

「胖掌！」黃牙驚訝的說。「我的星族啊，你到底在做什麼？」

胖掌張開嘴巴正要回答，結果就狼狽的摔到了地上。「我現在麻煩大了！」他一邊站起來一邊哀號著。「碎尾叫我要一直待在上面，直到他回來為止！」

「什麼？」黃牙跟夜皮不可置信的對看了一眼。「沒有導師會這麼做的！你一定是誤會了。」

胖掌低下頭。「我在戰鬥練習的時候聊天，所以碎尾說我得學著怎麼閉好嘴巴。」

「應該用別的方式才對啊！」黃牙喵聲對夜皮說。**胖掌的嘴要是受傷，很可能永遠都好不了的！**

「我說了算。」黃牙迅速轉身，發現碎尾在她背後咆哮著。「別干涉我的事，巫醫。」他警告她。

黃牙眨眨眼睛，看著他黃色眼珠中流露的殘忍。「這是我的事。」她的語氣很堅持，但試著保持平靜。「那麼嚴厲的方式可能會讓見習生受傷。」

「胡說！」碎尾咆哮著，猛一轉頭看著胖掌說：「回去訓練場。」

胖掌拔腿跑開，碎尾跟在後面，離去之前還瞪了黃牙一眼。「別管閒事。」他用命令的口吻說。

「他還是見習生的時候，我從來沒那樣處罰過他。」夜皮在碎尾離開時說。

黃牙感到一陣恐懼。「也許你當初應該這麼做。」她咕噥著說。

黃牙回到營地時，看見另一位見習生煤掌正跟導師果鬚埋頭在獵物堆吃東西。胖掌正想走過去加入他們，碎尾卻站到他面前，擋住了他的路。

「等你為長老捉到足夠的獵物，就可以吃東西。」他厲聲說。

胖掌只好不情願的點點頭，拖著腳步走向營地大門。

黃牙覺得他看起來累垮了。**那太不公平了！**她的體內有一股怒氣竄上來，決定去找雲皮談一談。

副族長跟琥珀葉和雀飛坐在戰士附近一處有陽光照耀的地方，討論著哪裡是最好的狩獵地點。

「雲皮，我可以跟你私下談談嗎？」黃牙走上前問。

「當然。」雲皮站起來，帶她走到一段距離之外，不讓其他的貓聽見對話。「有什麼事？」

黃牙鼓起勇氣，因為她知道巫醫不該干預導師對待見習生的方式。「是碎尾的事。」她說。「我不認同他的教導方式，你見過他是怎麼對待胖掌的嗎？」

雲皮的眼神閃爍了一下，她看得出他知道是怎麼回事。「每位導師的訓練方式都不一樣。」他喵聲說。「我沒有立場干涉。」

「可是一定得做點什麼才行啊。」黃牙堅持說。「你一定無法想像我今天稍早見到了什麼……」她告訴雲皮胖掌掛在樹枝上的事情。

「胖掌有受傷嗎？」雲皮問。

「沒有」黃牙坦言。「但是很有可能會啊！」

「這樣的話，我就不能插手了——而且我也不想插手。」雲皮對她說。「聽著，黃牙，我知道妳很關心族裡的每位成員，但妳身為戰士已經是很久以前的事了。也許妳已經忘了見習生的訓練有多麼嚴苛！」

黃牙已經無話可說了。她冷淡的對副族長低頭致意，然後轉身大步回到窩裡。

「看，我帶了隻田鼠給妳。」涕掌在她穿過石陣時說。「很新鮮哦。」

「謝了，涕掌。」黃牙撲通坐在獵物旁，然後咬了一口。

「夜皮說妳跟碎尾吵了一架。」涕掌唧唧喳喳的說。他吸了吸鼻涕，繼續講下去：「希望妳別介意，不過我覺得妳跟那隻貓說話時要小心。他很壞的。」

黃牙對他眨眨眼，感謝他的關心。「你知道嗎，」她喵聲說：「你不該再當我的見習生了。」

涕掌一度露出恐懼的表情，後來才明白她真正的意思。「妳是指我可以成為真正的巫醫了嗎？哇塞！」

「你當之無愧。」黃牙告訴他。「我很幸運能有你當見習生。」

「我也很幸運能有妳當導師。」

黃牙開玩笑的哼了一聲。「我都沒教你怎麼治好流鼻涕呢！」

⚡⚡⚡

黃牙、涕掌以及其他巫醫坐在月亮石的黑暗洞穴裡，等待月光從上方的洞口照射進來。

「我有個壞消息。」羽鬚向大家報告。「鵝羽已經加入星族了。」

「我很遺憾。」棘莓立刻同情的喵聲說。「雷族只剩下你一位巫醫，有什麼感覺？」

感到輕鬆多了，因為再也不必聽鵝羽發牢騷，黃牙心想，不過她絕對不可能把這些話大聲說出來。

「我還在適應。」羽鬚回答。「有位很值得期待的新成員，名字是小斑，她對我的草藥很感興趣，所以如果星族同意，我就會讓她成為我的見習生。」

「我也有好消息。」黃牙接著說。「今晚我要讓涕掌成為正式的巫醫。」

所有巫醫都一起道賀。在微弱的星光下，黃牙看得出涕掌很高興也很不好意思。

「你真幸運！」吠掌喵嗚著說。

「很快就會輪到你的。」涕掌告訴他。

在他說話的時候，月亮出現了，月亮石也隨即反應，發出冷光滿照洞裡。黃牙站起來，示意涕掌跟她一起到月亮石邊。他走向她，興奮得發抖。

黃牙深吸了一口氣，記起當初她參加儀式時聽過的那些話。「我，影族巫醫黃牙，懇請戰士祖靈俯視這位見習生，他已完成嚴格的訓練，足以明瞭巫醫的一切。希望在祢們的幫助下，讓他能長久地為部族效勞。」她喵聲說：「涕掌，你是否願意遵守巫醫守則，超越部族之間的仇恨，一視同仁，不惜犧牲生命保護所有的貓？」

「我願意。」涕掌低聲用敬畏的語氣說。

「那麼，我謹代表星族，給予你一個巫醫的名字。涕掌，從現在開始你就叫鼻涕蟲。這個名字是一種提醒，讓你知道巫醫並不能治好一切——但是我們一定要有足夠的信心去嘗試。你的智慧與奉獻會受到星族榮耀。現在過來，把鼻子貼在月亮石上，願你好夢連連。」

鼻涕蟲慢慢往前走，用鼻子抵著閃亮的石頭表面。黃牙蹲伏在他身邊，其他的巫醫也各自就位。

黃牙一閉上眼睛，就被捲進了一個又暗又冷的地方。她感覺得到自己的腳站在石頭上，可是什麼都看不見。接著突然有三道鮮紅色閃光劃破黑暗，還有尖銳慘叫聲刺進她的耳朵。小貓的形影出現在黃牙眼前，但並不是族裡育兒室那些溫暖多毛的小貓。那些小身體是從母親的肚子裡被撕扯出來，噴出大量的鮮血，而那些母親只能無助的抓著他們。

黃牙來回奔跑，想要把他們從無形的爪子中拯救出來，不再被撕裂。可是她的腳踩到血而打滑，腥味充斥著她的鼻子與喉嚨。不管她怎麼努力伸出腳掌，就是碰不到那些垂死的小貓。

「不！不！」她大喊著。

有個東西推著她的側身。黃牙張開眼睛，看見鼻涕蟲用一隻腳掌戳著她。他睜大眼睛顯得很害怕。

「我——我很抱歉。」他結巴著說。「但是妳在哭喊，所以我就叫醒妳了，希望這樣沒做錯吧？」

「不……不，我沒事。」黃牙踉蹌的起身，用粗嘎的聲音說。月光已經消失了，洞裡只有微弱的星光。在昏暗的光線下，她看見其他巫醫正焦急的看著她。「我沒事。」她又說了一遍。「只是個惡夢而已。」

「還不只這樣。」鼻涕蟲的語氣很堅持。「黃牙——」

「夠了！」黃牙厲聲說。「我們只會跟族長說自己的夢境，這不是用來當八卦聊的！」

她不等其他的貓，立刻轉身大步離開。

第三十三章

黃牙穿過空地，往育兒室的方向去。一陣冷風吹動她的皮毛，提醒她綠葉季幾乎快結束了。很快的，樹葉會開始掉落，禿葉季也會慢慢降臨。

至少這些小貓到那時候會長得夠大夠壯，她心想。

她正要去查看羽暴剛生下的小貓：小青苔、小曙、小田鼠。他們前兩天才出生，所以眼睛都還沒張開。她進入育兒室，很高興能看見三隻蠕動著的小身體正舒服依偎在母親的腹部。**至少這些小貓不是我在月亮石那個夢境裡見到的。**

羽暴抬起頭向黃牙打招呼。「真高興妳來了。」她喵聲說，一邊驕傲的低頭看著小貓。「我想要妳聽聽他們的心跳，然後檢查耳朵裡有沒有蝨子。」

「沒問題。」

黃牙很確定沒有什麼好擔心的，不過她知

道像羽暴這樣年紀較大的貓后本來就比較會煩惱。再說，她也很喜歡跟這些小傢伙在一起，他們扭動著身體，大膽接近她，儘管看不見，還是很好奇的嗅聞著她。

在她檢查的時候，小貓的父親暴翅從門口探頭進來。「一切都好嗎？」他喊著。「有沒有我可以幫忙的？」

「我們都很好。」羽暴搖了一下尾巴回應他。「你們可以去幫我找吃的——要美味可口的。公貓們！」暴翅離開之後，她對黃牙說：「他們在小貓旁邊從來派不上什麼用場呢。」

霍爾是肯定不會幫上忙的，黃牙想起很久以前羽暴那位來自兩腳獸地盤的伴侶。**他不想跟自己的孩子有任何瓜葛。**

黃牙穿過空地要回窩裡時，聽見隧道入口有樹枝斷裂的聲音。她迅速轉身，看見碎尾趕過來，口中咬著半隻兔子。

「鋸星！鋸星！」他大喊著，把兔子丟在空地中央。

族長從窩裡出來，其他幾隻貓也趕過來聚集在碎尾跟獵物身旁。長老們從窩內探頭看，鼻涕蟲則是從巫醫窩跑到黃牙身邊。

「怎麼回事？」他喘著氣問。

「我不清楚。」黃牙往鼻涕蟲的方向走近。「碎尾剛帶著那隻獵物回來。」

「我在通往風族領土的隧道入口發現這隻死兔子。」碎尾大聲說，眼中閃現著憤怒。「這證明風族戰士在影族的領土裡狩獵！」

焦風走上前，胖尾跟煤毛就跟在他後面。「我們之前巡邏過那裡，」他喵聲說：「沒有發現任何風族的氣味啊。」

「這隻兔子還有溫度。」碎尾說。「他們一定是剛抓到的！我們必須馬上攻擊！」

「等一下。」鋸星用命令的口吻說。「我們得確認兔子不是受傷後越過邊界才死的。」

碎尾不滿的發出嘶嘶聲，把撕爛的屍體丟到族長面前。「看吧！上面有咬痕！這很明顯是入侵！」他暫停了一下，然後繼續說：「如果你害怕不敢挑戰那些偷獵物的傢伙，我會自己帶巡邏隊去！」

有些戰士點頭表示認同，似乎願意跟他去。黃牙發現胖尾跟燧牙也在其中。

「等等！」鋸星大喊，阻止轉身似乎想要帶隊離開的碎尾。「我當然不是害怕，不過這種事是需要計劃的。碎尾，跟我還有雲皮走。」

三隻貓離開之後，黃牙走上前仔細聞了聞兔子。她發現皮毛上有一些風族的味道，可是在咬痕上碎尾的氣味更強。黃牙感覺自己後頸的毛開始豎起。**好，所以他把兔子的屍體帶回營地，但這是不是他牙齒的痕跡？會不會是兔子自己亂跑到了轟雷路，結果被他抓到？**她開始發抖。**我應該告訴鋸星嗎？**

就在這個時候，碎尾跟雲皮從族長的窩趕出來，在荊棘隧道旁召喚戰士們。黃牙把握機會，深吸了一口氣，然後到橡樹根下找鋸星。

「你確定碎尾說的是實話嗎？」她的語氣很直接。「萬一兔子是他自己抓的呢？」

鋸星氣得皮毛豎起。「我的兒子才不會撒謊！妳怎麼會質疑他？」他咬牙切齒的大吼著。

「別擋我的路。」

黃牙覺得很受傷，往旁邊站開，跟著他走到窩外。她看著他趕著通過營地去找碎尾、雲皮，以及他們召集的戰士：胖尾、燧牙、焦風。鋸星揮動尾巴，衝進隧道，巡邏隊緊跟在後。

鼻涕蟲走到她身旁，眼神很驚慌。「我們要帶草藥跟著去嗎？」

黃牙搖搖頭。「這只是個領土的紛爭而已，不會有成員受重傷的。」不過她說話時，心裡卻很想跟著巡邏隊去。營地裡突然變得很安靜，周圍的刺藤彷彿朝向她步步緊縮。

我得離開！

「我要去找紫草。」她對鼻涕蟲說，然後往隧道走去。

「可是我們還有很多啊！」他對著她背影喊，聽起來很困惑。

黃牙不理會她。一離開營地，她就趕向轟雷路。一切都很平靜。**也許巡邏隊會留下新的邊界標記，然後就離開了**，她心裡滿懷期望這麼想。

黃牙喘著氣，來到接近通往風族領土那條隧道附近的樹叢。雖然她沒看見碎尾或巡邏隊，不過她嗅聞隧道入口後，發現影族戰士進去了，心裡不禁為之一沉。她往前走，皮毛撫過通道的牆壁。前面幾步路還有洞口透進的光線照亮，但是很快就變得愈來愈暗，讓她置身於黑暗之中。一陣轟鳴聲從頭上傳來，在通道裡回響，讓她嚇了一跳，胃也突然縮了一下，還覺得耳朵快炸開了。

只是一隻怪物而已，她對自己說。**妳幹嘛這麼緊張？那些大東西永遠不會下來這裡的。**

隧道的末端逐漸出現，在黑暗中呈現一個明亮的圓形。黃牙費力爬出去時，耳朵裡還因為怪物經過的噪音而嗡嗡叫著。前方某處傳來可怕的尖叫聲。**噢，不！他們打起來了！**

她拔腿就跑，倉促爬上一處覆滿堅韌荒草的短陡坡，然後攀上一堆多沙的峭壁。她站在頂端，往下看見一道狹窄的山谷，底部有一條溪。影族巡邏隊正在跟風族的貓扭打。黃牙認出了高尾和一隻叫紅爪的深薑黃色公貓。其他的貓她都不認識。

「入侵者！」高尾咆哮著，同時撲向碎尾。「滾出我們的領土！」

「小偷！」碎尾回罵，然後用爪子攻擊高尾側身。

「住手！」黃牙尖喊，但是大家根本聽不進去。

她一度想要投入戰場，幫助自己的族貓，不過克制住了。**我是巫醫。我絕對不能介入部族間的紛爭。**

她驚恐地看著，此時鋸星跟紅爪纏鬥在一起，有如一團發出尖銳叫聲的毛球，為了掙脫開來，都用強有力的後腿攻擊彼此。雲皮跳到另一位風族戰士身上，把對方的耳朵抓到鮮血直流。接著他又跳開，撲向已經把碎尾壓在地上猛抓著臉的高尾。一隻虎斑公貓把焦風壓制在地上，正想用利牙咬穿他的喉嚨。

黃牙的心跳愈來愈劇烈，因為她知道族貓正往隧道的方向節節敗退。雖然這支巡邏隊是由影族最厲害的戰士組成，卻比不上風族的猛攻。

鋸星跟扭打中的紅爪分開，勉強站穩身子。「撤退！」他大喊。

儘管臉上流著血，碎尾還是發出怒吼，不過鋸星已經將巡邏隊聚集在一起，一邊戰鬥一邊慢慢退回隧道，抵擋風族持續的猛攻。黃牙倒抽一口氣，感覺喉嚨有種被刺穿的痛苦。她查看同伴，發現雲皮絆倒在地上。他身上厚實的白毛變成了紅色。

她趕上前扶起雲皮時，聽見鋸星斷斷地說：「妳在這裡幹嘛？」

黃牙不理會這個問題。「我們得把雲皮帶回營地！」她喘著氣說。

幸好，到隧道口的距離已經不遠，而且風族的貓知道戰勝之後也不再追擊，總算退開了。

「別再踏上我們的領土！」高尾朝著他們大喊。

黃牙扶著雲皮穿越隧道，在黑暗中跌跌撞撞，還不斷有怪物經過時的轟鳴聲。副族長似乎快失去意識了，而她也幾乎支撐了他全身的重量。抵達隧道另一端時，焦風到雲皮的另一邊幫忙扶住他，整支巡邏隊就這樣勉強回到了營地。

「蜘蛛絲!快點！」黃牙將雲皮拖進窩裡時，立即對鼻涕蟲大喊。她記得自己曾努力救過他一命，當時他是遭到惡棍貓的攻擊。**我那個時候成功了，現在也會成功**。「星族，先別急！」

巡邏隊的其他成員跟在他們後面擠進來，不過黃牙只在意眼前這位倒在地上的白毛戰士。

「去弄一份杜松莓。」她接過鼻涕蟲帶的厚蜘蛛絲，馬上又直接下令。「壓碎之後看看能不能擠出汁液。」她用蜘蛛絲壓住雲皮喉嚨上的傷口，但是他的血立刻就濕透了蜘蛛絲。鼻涕蟲將另一份蜘蛛絲丟在她身旁，立刻去拿杜松莓。

「我需要金盞花跟百里香！」黃牙命令著，並且用另一份蜘蛛絲緊壓雲皮的傷口。

在她急救時，隱約聽見空地上傳來沮喪的嗚咽聲，因為大家都聽說巡邏隊戰敗了。這個時候，鼻涕蟲也在處理巡邏隊其他成員的傷勢，但他們的傷都不重。

「滾開！」碎尾對想要幫他清理臉上抓傷的鼻涕蟲厲聲說。「我才不需要笨巫醫碰我！」

鼻涕蟲聳聳肩膀。「隨便你。」他咕噥說。他看著碎尾大步走到窩外，然後就轉身檢查焦風身體側面的爪痕。

這一切都是我的錯，黃牙聽著雲皮微弱的呼吸，心裡這麼想著。**我應該堅持讓鋸星相信我關於兔子的那件事。**風族的攻擊特別猛烈，是因為他們受到了誣賴。

在鼻涕蟲的治療之後，巡邏隊其他成員都離開了巫醫窩。黃牙抬起頭，看見天色已暗，她早就忘記了時間。「你最好去睡一下。」她對鼻涕蟲說。「有什麼需要我會叫你。」

鼻涕蟲點點頭，擔心的看了雲皮一眼，然後就在窩裡縮起身體，閉上眼睛。

夜色愈來愈深。黃牙一直守在雲皮身邊，聽著他淺薄的呼吸聲，看著血仍然從他的頸部緩緩流出。等這位年輕戰士勉強眨著眼皮睜開眼睛，她已經不知道自己在這裡坐多久了。

「黃牙？」他虛弱的說。

「我在這裡。」黃牙一隻腳掌輕輕放在雲皮肩膀上安慰他。「我不會離開你的。」她抓起一團濕青苔讓雲皮舔。

「很好……」雲皮有氣無力的說。「我要加入星族了嗎？」

「有我在的話就別想。」黃牙嚴肅的說。

雲皮的鬍鬚抽了一下。「也許我會在那裡見到妳……」他的聲音愈來愈小，眼眼又再次閉上了。

黃牙悲傷得心都痛了，一直留下來陪著他。後來她才發現有另一隻貓站在她旁邊，抬起頭看，原來是碎尾。

「你是來治傷的嗎？」她問。

「不。」碎尾冷笑著說。「我是來告訴妳別在雲皮身上浪費時間，他已經沒有救了，他再也不能領導影族了。」他挺起身子，眼睛在黑暗中閃爍著。「在鋸星之後只有一隻貓能做到。我將會是影族的下一任領袖。」

「你怎麼會說出那種話？」黃牙倒抽一口氣。「我是巫醫，會盡全力拯救族貓！」

碎尾並沒有回應，只是低頭用閃現敵意的目光看著雲皮。接著他什麼也沒說，直接大步走出窩外。

兔子的事是碎尾撒謊，這點我很確定。而現在雲皮傷得非常嚴重，黃牙想起鋸星讓雲皮成為副族長時對兒子說過：**別擔心，我還會活很久，要是雲皮發生了什麼事，下一任就會輪到你了。**她抵抗著心中最深沉的恐懼。就算碎尾故意抓到那隻兔子，引起跟風族的戰鬥，他也不可能知道雲皮會受多重的傷。**雖然碎尾很有野心，不過這對戰士來說是件好事。我還是可以替他感到驕傲的。**

一整個晚上，黃牙試過所有草藥，運用所有知識，就是為了幫助雲皮，可是陽光穿過樹梢透進窩裡時，白毛戰士微弱的呼吸聲變得更加紊亂，最後陷入了寂靜。他的尾端抖了一下，然後就靜止不動。

他去和星族打獵了。黃牙低頭看著副族長的屍體，感到很哀傷，內心深處也非常害怕。**事情錯得太離譜了。**

她蹲伏在雲皮身旁，聽見鼻涕蟲的窩裡有動靜。他的聲音從後面傳來，聽起來剛睡醒。

「雲皮怎麼樣?」

「他死了。」黃牙哽咽著說。

「不!」鼻涕蟲起身站到她身邊，身上沾了一些青苔。「要我向鋸星報告這事嗎?」

黃牙搖搖頭。「不用了，謝謝，我自己來就好。」她拖著腳步穿過空地，走向鋸星的窩，鑽到橡樹根下，看見族長正縮在窩裡。「起來!」她喵聲說。

鋸星抬起頭，一看見黃牙就倉促起身。「什麼事?」

「最壞的消息。」黃牙說。「雲皮加入星族了。」

鋸星低頭致意。「他死得像位最高尚的戰士。」

「可是那場戰鬥本來就不應該發生啊!」黃牙不高興的對他說。

「別說那種話!」鋸星怒吼著。「如果妳真的這麼想，那就是在侮辱雲皮!」

「我絕對不會那麼做。」黃牙對他說，而且強迫自己看著族長的眼睛。「不過我認為碎尾是故意引起這次戰鬥的。雲皮根本就不必死。」

鋸星瞇起眼睛。「妳想說什麼?」

黃牙畏縮了一下。「我覺得你不應該讓碎尾取代他成為副族長。」

「我才不會聽這種話!」鋸星咆哮著。他那雙琥珀色的眼睛發出憤怒目光，像火焰一樣停在她身上。「妳是我的巫醫，黃牙，妳應該只對我跟我的戰士忠誠。永遠別再質疑我!」

月亮高掛在樹頂上方的天空。影族的貓在空地中為雲皮守夜。黃牙坐在他的頭旁邊。她記得他以前是位很積極的見習生，很想要有伴侶跟孩子。

很遺憾這些都不會有了。不過你是個很棒的副族長，而且你死得跟戰士一樣英勇。

黃牙發現附近有動靜，抬起頭看見鋸星跳上了部族岩。

「影族貓們！」他開口說。「我們失去了雲皮，我們也為他哀悼。可是部族的生命必須延續下去。該是指派新任副族長的時候了。」他暫停了一下，不過這次大家都沒有期待的感覺。每隻貓都知道雲皮的繼承者會是誰。

「我在雲皮的屍體前，在祖先的靈魂前說出這些話，希望他們會聽見並認同我的選擇。」鋸星大聲說。「碎尾將是影族的新任副族長。」在部族的貓像以前那樣歡呼之前，他抬起了尾巴示意大家安靜。「沒錯，碎尾的年紀比你們絕大多數都還年輕，但是影族從來沒出現過這麼勇敢這麼厲害的戰士。他是我們的典範，我很榮幸能跟他一起領導影族。」

大家開始呼喊著碎尾的名字。他站在空地上，頭抬得很高，眼睛像兩顆黃色的月亮閃爍著。黃牙回想起以前他一個朋友也沒有，因為大家都不知道他的母親是誰。從那個時候開始，她就對他很愧疚，對遺棄自己唯一的兒子也有很深的罪惡感。但是後來發生了太多事情，最可怕的是痣皮那個關於鮮血與火焰的怪異警告。無論黃牙怎麼嘗試，就是無法對站在眼前的這位戰士感到驕傲。她的心裡只有恐懼，害怕未來會發生的事。

從不知道母親是誰到現在，他已經做了這麼多。以後還會再做出什麼事？

第三十四章

黃牙被貓衝過刺藤叢的聲音吵醒。她在窩裡坐起來。今天晚上沒有星星，一片漆黑，落葉季的輕爽微風吹過營地。**我們遭到襲擊了嗎？**

接著，一陣熟悉的聲音傳進了巫醫窩，黃牙頸部豎起的皮毛才放鬆下來。**只是夜間巡邏隊回來了而已。**

一個月前，碎尾剛成為副族長沒多久，就決定部族應該開始在夜間巡視邊界。「其他部族可能會趁機摸黑攻擊我們。」他說。「不過他們會發現影族早就準備好了。」

在黃牙旁邊睡覺的鼻涕蟲動了動身體。「這些夜間巡邏的事根本就是浪費時間嘛。」他抱怨著。「我們跟其他部族一樣都不會受到攻擊，因為他們跟我們一樣都在**睡覺**啊。」

「狐狸屎！星族詛咒的刺啊！」附近傳來一陣聲音。

「至少我們是在睡覺。」鼻涕蟲冷冷說。

突然一陣動靜，有隻貓通過石堆走進窩裡；黃牙從氣味認出是蛙尾。「怎麼了？」她問。

「我巡邏的時候從一棵樹幹跳到地上，結果扭到肩膀了。」蛙尾說。「像這種夜裡，根本黑到連腳都看不見了嘛。」

黃牙嘆了一口氣。「過來這裡吧。」

她盡力在黑暗中檢查蛙尾的肩膀。她感覺到他肌肉的溫度，然後卸下防備，讓自己暫時感受他的痛苦，這樣才能判斷傷得有多重。「你會活下去的。」她咕噥著說。

「我需要**草藥**嗎？」蛙尾喵聲問。「吃點罌粟種子幫助入睡？」

「不必，你的傷勢沒那麼嚴重。」黃牙對他說。碎尾額外訂立的巡邏與訓練，讓族貓受傷的狀況比以前更多，而草藥的存量已經很低了。「多休息就會沒事的。」

「妳確定嗎？」蛙尾聽起來很失望。「我可不能錯過訓練，要不然碎尾會把我趕回去做見習生的工作的。」

影族目前並沒有見習生：羽暴的孩子小青苔、小田鼠和小曙都還太年輕。而蠑螈斑最近才生了小濕、小微和小棕。在小貓成為見習生之前，戰士就必須輪流做這些工作。

「那又不見得是壞事。」黃牙說。「見習生的工作比訓練或巡邏都還輕鬆呢。」

「大概吧。」蛙尾嘀咕著。「總之謝了，黃牙。」他一邊說一邊走出窩外。

鼻涕蟲已經又捲起了身體，不過黃牙回到自己的窩時，卻沒有半點睡意。等天空一開始出現蒼白的曙光，她就往空地上走去。地面很冷，而在昏暗的光線中，她看見每道枝葉上都有一圈白色的霜。**禿葉季就快來了**。

她聽見育兒室裡傳出小貓高興的叫聲，於是想像有六隻溫暖多毛的小身體在青苔跟松針之間蠕動著。一想到他們會慢慢長大、變得強壯，她的心裡也高興得溫暖了起來。不過她的期望之中也有擔憂。**我們的成員愈來愈多，要餵飽大家可能會很困難。**她考慮著是不是該到育兒室看一下，後來又覺得沒有必要。**羽暴是位很有經驗的貓后，蠑螈斑的母性本能也很厲害。**

黃牙的身後突然有陣咳嗽聲。她嚇了一跳，轉身看見夜皮從長老窩走出來。他看起來很吃力，天氣開始變冷時，咳嗽的症狀就會讓他更難過。

「我想去散步一下。」黃牙喵聲說。「你要來嗎？」

黑公貓點點頭，跟到了她身邊。兩隻貓穿越刺藤叢，經過站崗的鼠翅，然後走進樹林裡。黃牙看著在銀白色曙光下有如水晶一般的領土，知足的嘆了口氣。樹木與矮樹叢都覆著白霜，每個小水坑的邊緣都結了冰，在愈來愈亮的天色中閃爍著。

真高興這裡是我的家。

「有一次我跟燧掌還有爪掌在這裡訓練。」他們接近一處厚實濃密的矮樹叢時，夜皮喵聲說。「燧掌撞上了那棵樹的蜂窩——我從來沒聽過有貓可以叫那麼大聲！」

「我記得。」黃牙回答；她在治療那隻年輕貓的刺傷時，幾乎用完了所有酸模葉的存量。「他很勇敢不怕痛呢。」

夜皮點了點頭。「他才剛恢復，就說服我們到那棵大梣樹附近的小溪裡釣魚。結果我們全身濕透的回來，什麼也沒抓到。」

「而石齒叫你們別去釣河族的魚。」黃牙回憶著。「你跟你的同伴老是找麻煩！」她走了幾步，然後問：「你會在意自己不再是戰士嗎？」

夜皮想了一下才回答。「我的心還是個戰士。」他終於開口說。「我的精神不變，對部族的忠誠也不變。希望有一天，除了戰士的任務之外，我能找到新的方式來證明這一切。」

「我很確定你一定會堅持下去，找到方法來證明你對影族的愛。」黃牙對他說，然後用尾端輕輕觸碰他的肩膀。

在他們回到營地途中，遇見一支正要出發的巡邏隊。帶頭的是胖尾跟糾刺，花楸莓、黑足、鹿足緊跟著，碎尾殿後。

「你們要去打獵嗎？」黃牙喊著。

「不，這是格鬥訓練。」胖尾大聲說，鬍鬚興奮的抖動著。「碎尾要我們當狗，在森林裡追逐族貓。」

黃牙眨了眨眼睛。「不是應該先餵飽族裡嗎？」

鹿足彈了一下尾巴。「他們可以等啊，我們又不會很久。」

黃牙跟夜皮看著巡邏隊衝進樹林裡。

「我要爬樹！」胖尾喵聲說。「然後跳到狗的身上**撕碎**牠們！」

「可是我們的速度比你快太多了。」糾刺反駁。「你可以待在樹上等到凍僵！」

「碎尾真的啟發了他們。」夜皮一邊說一邊跟黃牙繼續往營地走。「想入侵我們領土的貓很快就會被趕走。」

黃牙點點頭。「部族目前確實很強大。」她發現他們都很小心自己說話的內容。**碎尾的方**

式有時候很嚴厲，相信夜皮也會同意我的這個想法。他們穿過刺藤叢進入營地，彼此沉默著，感覺氣氛很凝重。

他們一出現在空地上，羽暴就從育兒室趕過來。「噢，黃牙，感謝星族，妳終於回來了！」她大喊著。「小田鼠開始咳嗽了。」

「我馬上過去看他。」黃牙喵聲說。

她走進育兒室門口，就聽見小貓一直在咳嗽。小田鼠蹲在床墊上，像團可憐的毛球，小小的身體因為咳嗽而震動著。另外兩隻小貓睜大了眼睛焦急的看著他。

黃牙一隻腳掌放在他胸口，感覺到一陣高溫。「他這樣有多久了？」她問羽暴。

「晚上開始的。」母貓回答。「情況有多糟？是白咳症嗎？」

「我認為不是。」黃牙喵聲說。「我會弄片艾菊葉給他，應該有效的。」她撫摸著小公貓的褐色皮毛，繼續說：「你很快就會好多了，孩子。」

走出育兒室之前，黃牙在蠑螈斑的身旁停下腳步，她的孩子眼睛都還沒張開，正依偎在她的腹部。「如果是我，在小田鼠的咳嗽治好之前，不會讓孩子們靠近他。」黃牙建議她。

蠑螈斑點點頭，捲起尾巴像是在保護自己的孩子。

在回去拿艾菊葉的路上，黃牙聽見冬青花在長老窩的門口呼喊她。「池雲的關節在痛。」她對黃牙說。「有沒有什麼可以幫她的東西？」

黃牙點點頭。「我會帶一份雛菊葉讓她敷著。」她回答。「還有一顆罌粟種子幫助她入睡。」

不過在去拿草藥之前，黃牙先探頭進戰士窩裡查看，確認蛙尾有休息，然後對正在清理床墊的琥珀葉示意。「跟我來。」黃牙用命令的語氣說。「我該替妳更換耳朵上的藥了。」琥珀葉的耳朵在一次訓練中受到撕裂傷，而傷口一直很難痊癒。

琥珀葉嘆著氣站起來。「好吧，黃牙。我什麼時候可以繼續做戰士的工作？」

「等我確認耳朵沒有感染之後。」黃牙回應。

她拆下由蜘蛛絲跟菊葉製成的敷藥，很滿意的發現琥珀葉那道傷口看起來很乾淨也很健康。「妳不需要敷藥了。」她一邊說一邊用金盞花擦上去。「如果沒再惡化，妳明天就可以正常工作了。」

「太棒啦！」琥珀葉喵聲說。「我還想說要是再被長老們唸一次，我就會發瘋了呢。」

黃牙讓她回去，接著就替池雲準備雛菊葉跟罌粟種子。她在長老窩的門口遇見鼻涕蟲，他正搖搖晃晃地搬著一大團濕青苔。

「我可不想讓長老的腳被弄濕。」他一邊搬一邊咕噥著。「他們的床墊也該換了。」

「碎尾沒讓其他貓來做見習生的工作嗎？」黃牙問。

鼻涕蟲搖搖頭。「沒有，他們全都出去訓練戰鬥了。只有琥珀葉待著，而她還得自己整理所有戰士的床墊。」

黃牙嘆了一口氣。**鼻涕蟲的年紀並沒有比其他戰士小，經驗也不比他們少，不應該這麼辛苦的。**「算了。」她喵聲說。「等我處理好微鳥的事，就來幫你整理長老的窩。」

微鳥服過藥，感覺好多了之後，黃牙又再次進入森林，在這個明亮日子覺得很愉快的心情，卻開始擔憂起草藥使用太多的事。在她帶著一團青苔跟羽毛穿過空地時，鋸星走過來找她。

「妳有見到狩獵隊嗎？」他問她。

黃牙搖搖頭。「就我所知，他們要先練習戰鬥的樣子。」

族長的琥珀色眼睛顯露出憂慮。「族裡有貓餓肚子了。」他喵聲說。「長老、小貓、戰士，全都需要吃東西。」

你應該跟副族長談這件事，而不是找你的巫醫，黃牙心想。「嗯，我有一些旅行用的草藥，可以舒緩飢餓的狀況。」她說。「但是我不確定是不是該在禿葉季之前這麼快就用掉。」

「我才不要族貓吃你的草藥！」鋸星既震驚又憤怒地瞪大眼睛。「他們應該吃新鮮的獵物！」

在他說話同時，黃牙注意到大門有動靜，是碎尾衝進了空地。他的口鼻濺到了血，還流露出勝利的眼神。

「訓練太完美了。」他跑跳到鋸星跟黃牙身邊大聲地說。「花楸莓跟胖尾在狗前往邊界途中就圍住了牠們！」

兩位負責狩獵狗的成員跟著他進入營地，都是氣喘吁吁累得要命的樣子，不過顯然都對自己的表現非常滿意，另外三位戰士則是步履蹣跚的回來。黃牙很訝異他們看起來真是狼狽極了。鹿足跛行著，黑足的肩膀在流血，糾刺的身體有個地方少了一團毛。

他們一定是扮演狗的角色，黃牙心想。**看來被整得很慘**。

「下次你們要跑快一點！」碎尾告訴他們。「現在去清理一下，然後回到訓練場。我要你們練習防禦動作。」

「我覺得他們可以先休息。」鋸星喵聲說。

「而且我應該先檢查傷勢。」黃牙接著說。

碎尾瞪著鋸星。「休息？」他聽起來很驚訝。「我們不能因為疲累就中止戰爭吧！我說他們可以清理一下，然後我們就繼續。」

「狩獵隊怎麼辦？」鋸星反問。

「別擔心。」碎尾愉快的向他保證。「我已經派一些貓去找獵物了。前提是他們沒把所有的獵物都嚇得躲起來！」

黃牙注視著碎尾。**你這麼有抱負，有這麼多動力想將族貓變成跟你一樣強壯無懼**，她心想。**真好奇你的氣魄來自哪裡。有一部分來自我身上嗎？**

黃牙正在整理一堆新鮮的酸模葉，鼻涕蟲走到她後方，用尾巴碰了碰她的肩膀。

「妳忘了今天是半月之日嗎？我們應該在前往月亮石的路上了。」

黃牙眨眨眼，困惑的看著他。「這裡太多事要忙，我忘記了。」她坦承說。

鼻涕蟲輕拍她的肩膀。「如果妳需要，我可以留下來工作。」他提議。「我不介意錯過一次集會。」

黃牙用鼻子抵在他肩膀上，感激他的體貼。「我相信一定只是例行的內容而已。」她喵聲說。「我最近都沒聽到其他巫醫的消息了。」

黃牙簡短道別後，就離開營地，前往通向風族領土的隧道。她從另一端走出，跳過荒草堆，突然擔心自己會錯過月亮照在月亮石上的時機。後來她發現雷族的羽鬚跟河族的棘莓走在前方，頓時鬆了口氣，並加快趕上他們。棘莓帶著一隻年輕的貓同行，黃牙並不認識。

「這是泥掌，我的見習生。」她向黃牙打招呼，然後驕傲的說。

黃牙低頭向那隻年輕公貓致意。「歡迎加入巫醫的行列。」

「謝謝。」泥掌的眼神閃爍著。「真不敢相信要見到我們的祖先了！」

「下次我應該也會有位見習生。」羽鬚說。「小斑到時候就會是斑掌了。她老愛在我的儲藏室裡翻東翻西，我認為她將會成為一位很棒的巫醫！」

「我很想見到她呢。」棘莓喵聲說。

鷹心跟他的見習生吠掌在領土另一端等待，接著所有的巫醫一起前進。他們通過農地，那裡有隻黑白相間的年輕公貓，在一道牆的最上方看著他們。黃牙上次去高聳岩時見過他。他是最近才出現的，對經過的部族成員都算友善。

「嗨，大麥。」鷹心喵聲說。「適應的還好吧？」

大麥低頭致意。「一切都很好，謝了，鷹心。老穀倉裡爬滿了老鼠！你們想要的話可以停下來用餐。」

「謝謝，不過我們沒時間了。」羽鬚告訴他。「也許回來的時候再說吧。」

兩位見習生走在一起。泥爪的步伐有種蹦跳的感覺，彷彿他很想在山中狂奔。

「見到星族的貓感覺怎麼樣啊？」他問吠掌。「你們會對祂們說什麼？」

「每一隻貓的情形都不一樣。」吠掌對他說。「但是別擔心。你會沒事的。」

「你們只會見到自己部族的貓嗎？」泥爪繼續問。「黃牙，你只會看見影族的貓嗎？」

黃牙搖搖頭，克制住不讓自己發抖，因為她想到在夢裡曾經見過某些貓。「你可能會見到族貓之外的成員。」她對眼前這位急切的公貓說。「但是並不一定。你沒辦法知道會見到星族的什麼成員。」

泥爪的眼神發出光芒。「我等不及啦！」

到了月亮石的洞穴裡，黃牙發現要讓六隻貓就位，空間變得小了一些。她坐好之後，看見羽鬚刻意要擠到她跟鷹心之間，突然覺得有點不安。

為什麼他要到我旁邊？這是他第一次沒提起那些很煩的問題，他心裡到底在想什麼？他是不是覺得這樣就能進入我的夢？

漫長的路程讓黃牙感到疲累，而她也閉上眼睛開始放鬆。不過這種輕鬆的感覺並沒有持續多久。黑暗像是黑霧籠罩住她，隨即又被揮舞的爪子與翻滾尖叫著的形體劃破。黃牙處在某場可怕的戰鬥之中，被瀰漫著血腥與憤怒的空氣嗆得快不能呼吸了。然而這些戰士似乎有點不太一樣……

黃牙走近，身高只比他們高一隻老鼠的長度。他們的叫喊聲很尖銳，像老鼠聲一樣刺耳。

這不是戰士在打鬥，而是**小貓**！

黃牙低頭看著那些在啜泣的小東西，其中幾隻的眼睛還閉著，可是他們揮動小腳掌時卻造成了濺血的傷口，而且還用微小的牙齒深深咬進彼此的皮毛。

噢，星族，不要！黃牙在心裡泣訴著。**為什麼要讓我看到這種畫面？**

她衝入戰局，想要阻止小貓互相傷害，但是他們不理她，仍然猛抓亂咬。鮮血流到地上，像一條河慢慢淹到黃牙的腳與腹部，黏在她的皮毛上。

後方傳來一陣尖喊聲，她迅速轉身，發現痣皮站在一處土堆上，看著底下的混戰與血腥。

「火和血會毀滅部族！」他大喊著。

黃牙掙扎著想往他的方向去，但是一大片如潮水般打鬥著的小貓將她捲走了。鮮血嗆進她的喉嚨，一股濃重窒息的黑暗淹沒了她。

黃牙蹲伏下來，在黑暗與寂靜中顫抖著。她逼自己睜開眼，希望能看見自己回到了月亮石的洞穴。結果她發現自己蜷縮在一處由星光照亮的林間空地。一陣微風輕撫過草間，空氣裡充滿了新綠的氣味。銀焰正在舔黃牙的毛，彷彿她又變成了小貓，皮毛因為跟同伴玩耍而弄亂。

黃牙一度沉浸在銀焰的溫柔照護中，接著她輕聲問：「小貓！他們在打鬥！為什麼？」

銀焰用充滿悲傷的眼神看著她。「可怕的事要發生了。」她喵聲說。「很遺憾。」

「為什麼要遺憾？」黃牙跳起來問。「告訴我怎麼改變狀況！」

銀焰搖著頭。「妳沒辦法的，局勢已經轉變了。」

「但一定有什麼是我可以做的啊！」黃牙反駁。

「知道事情即將發生，並不代表我們有力量改變它。」銀焰喵聲說，語氣輕柔得讓黃牙乖乖聽她說話。「好了，趁現在還有機會，躺下來休息吧。妳的部族會比以前更需要妳。」

儘管心急如焚，黃牙還是讓她舔毛安撫，然後閉上了眼睛。一會兒之後，兩隻小舌頭加入了銀焰，黃牙也聞到令她心碎的熟悉氣味，那是她的女兒。

我必須為了部族堅強起來，她告訴自己。**但是星族啊，為什麼要這麼折磨我呢？**

沒過多久，黃牙感覺有隻貓在輕推她的身體。她張開眼睛，看見羽鬚正好奇注視著她。月光已經消失，黎明逐漸從洞頂透進來。

「妳還好嗎？」雷族巫醫問。「妳看到什麼了？」

黃牙腦中湧現剛才小貓打鬥的可怕景象。她無視羽鬚的問題，大聲說：「我得回到營地！」

黃牙留下其他巫醫，自己趕向隧道，腳掌在小圓石上飛掠滑過，從陡坡直衝而下。她一路奔跑，喘著氣，在涼爽的正午時分回到影族。

她趕過刺藤叢，朝著鋸星的窩去。**得讓他知道我看見了什麼！**

但是就在黃牙到族長窩之前，他也趕忙出來要見她。「我得跟妳談談。」他的口氣很緊急。

鋸星迅速推動她轉身，趕著她穿過通道進入樹林，遠離營地區域。等他們離開族貓聽力所及的範圍後，他立刻停下腳步看著她。

「我做了個夢。」他的聲音在顫抖。「小貓在打鬥！他們使出異常的力量，彼此自相殘殺！地上都是血，而我根本沒辦法阻止他們。黃牙，這是什麼意思？」

第三十五章

黃牙恐懼到快說不出話來了。「我也做了一樣的夢。」她終於勉強輕聲說出口。

鋸星驚慌地看著她。「偉大的星族啊，為什麼我們兩個都見到了這個景象？我是絕對不會派小貓上戰場的啊！這違反了戰士守則！」

「我知道你不會。」黃牙安撫他。

此時，打鬥的聲音從樹林間傳來。一陣尖叫劃破了清涼明亮的空氣，緊接著是碎尾的聲音，聽起來很響亮，很有威嚇感。

「不，鹿足，不是那樣！我看過比你更兇猛的**兔子**！還有糾刺，不准偷笑，妳也一樣弱。再做一遍那個動作，這次給我多用點力氣！」

黃牙跟鋸星對看著。族長張嘴正要說話，結果又被碎尾不滿的咆哮聲打斷了。

「你們都太軟弱了，全部都是！能不能別在戰鬥中舔傷口？如果受傷了，你們就會更快學好怎麼避免攻擊。」

「我犯了個可怕的錯誤，對不對？」鋸星低聲說。「我們的兒子一心只想讓影族投入戰爭。我從一開始就不該讓他當上副族長的！我們該怎麼阻止他才行？」

一股憤怒湧上黃牙心頭。「現在他就是**我們**的孩子了？」她大喊著。「我根本不被允許當他的母親！你說除非我永遠不認他為兒子，才會替我保守祕密。我還能做什麼去改變他？碎尾是你自己的問題，鋸星。」

「可是——」族長想要插嘴。

黃牙不理他。「你告訴過我不知道多少次，說我只是個巫醫。我只負責治療族貓，就這樣而已。你自己解決戰士們的事。」

鋸星眨著眼睛，震驚地說不出話來。

黃牙瞪了他一會兒，然後轉身跑開。**現在他還敢指望我影響碎尾？我根本什麼都做不了。**她回到營地之後，試著讓自己冷靜下來，深呼吸幾口氣，然後強迫自己有尊嚴的走著。

「黃牙！」蕨影從戰士窩跑過來找她。「妳一定猜不到的——我懷了狼步的孩子！」

黃牙只是盯著她看。

「我知道自己懷第一胎年紀是大了點。」蕨影高興的說。「而且禿葉季快來了，這並不是最好的時候，不過話說回來，部族還是需要年輕的新血啊！」

一聽見血這個字，黃牙就楞在原地，又看見從打鬥的小貓們那裡升起的紅色潮水。**不！**她很想大聲尖喊。**別孕育那些孩子！不能生下他們！會發生可怕的事情！**

結果她勉強自己喵聲說：「真是太棒了。跟我來，我給妳一些草藥讓妳保養身體。」

黃牙看見鼻涕蟲在巫醫窩裡，頓時鬆了口氣，接著就把蕨影的事交給他處理。

「小貓！」鼻涕蟲大喊著，眼神閃爍出愉悅的光芒。「蕨影，那真是太棒啦。躺下來讓我檢查看看他們的情況吧。」

黃牙看著鼻涕蟲用腳掌抵著蕨影微突出的肚腹，然後靠近用耳朵貼上去。「嗨，小貓。」他高興的說。「你們聽得見嗎？一定要長大強壯哦，這樣才能成為部族的好戰士。」

蕨影開心的輕輕**喵嗚**一聲。「我相信有你們兩個照顧，他們一定會很好的。」

黃牙取來對懷孕貓后身體有益的地榆葉，蕨影也乖乖的服用了。

「每天都要回來服用，」鼻涕蟲提醒她。「記得要吃飽，別害怕自己吃太多獵物了。妳要吃得好，這對孩子很重要哦。」

黃牙被窩外的談話聲分心了。

「真不敢相信鋸星做的事！」說話的是鹿足，語氣聽起來很震驚，不過黃牙覺得他只在閒聊。

「怎麼了？」糾刺問。

「他打斷了我們的戰鬥訓練，還試著告訴碎尾該怎麼做！他認為碎尾對我們太嚴厲了！」

「哎呀，鋸星是族長嘛。」糾刺說。「他有權告訴族貓該做什麼事，即使是副族長也一樣。」

「可他無權搞砸碎尾的戰鬥訓練！」鹿足很激動的反駁。「碎尾是很嚴厲沒錯，但是他讓我們變成了更棒的戰士啊！」

「結果碎尾說了什麼？」

「他照著鋸星的話做了，他是個忠心的副族長。不過我看得出來他很不高興……」

年輕戰士們開始走動，黃牙再也聽不見他們的對話，而她的心裡開始擔憂起來。**如果碎尾知道自己有戰士們的支持，會不會起身反對族長？**

蕨影離開巫醫窩之後，黃牙在獵物堆找到了鋸星。「一切都還好嗎？」她跳到他身邊問。

「很好。」鋸星回答。「我跟碎尾談過，要求他在訓練時別那麼嚴苛。」

而你相信他會照做？黃牙沒將心裡的疑問說出來。

「再過三個月，羽暴的孩子就能成為見習生，然後是蠑螈斑的孩子。」鋸星接著說。「不過在那之前，碎尾必須先把重點放在餵飽部族，讓大家撐過冰冷的季節。」

黃牙咕噥著附和。「蕨影懷孕了。」她告訴族長。

鋸星高興的張大眼睛。「那真是好消息！」

「可是關於我們做的那個夢呢？」黃牙低聲說。「這一定代表族裡會發生可怕的事。」

「小貓代表的永遠都是好事。」鋸星喵聲說，他的語氣帶有一絲警告，彷彿不想受到質疑。

黃牙知道再堅持下去也沒有用。於是她低頭行禮，繞過他身邊到獵物堆旁。

數量真是少得可憐！

由於狩獵的事根本不受到重視，所以也沒有什麼可以吃的獵物。最好的食物只有一隻田鼠跟一隻椋鳥，不過黃牙發現拱眼跟池雲走了過來，露出憂鬱表情在貧乏的獵物堆中搜找。**長老**

得吃飽一點才行，黃牙心想。**我就選別的吃吧。**

她找了一隻瘦巴巴的尖鼠，拱眼跟池雲則是坐下來吃田鼠跟椋鳥。可是就在他們開動之前，蛙尾衝到獵物堆旁，把長老推開了。

「我需要這些獵物！」他大聲說。「我是個戰士，必須保持體力。」

「什麼？」池雲豎起皮毛。「小貓跟長老應該先吃才對啊！那可是戰士的守則。」

「讓他吃吧。」拱眼消沉的說，然後將田鼠跟椋鳥讓給蛙尾。「沒什麼好吵的。」

池雲看起來還是很憤怒。

蛙尾蹲伏下來咬了一口田鼠，這個時候碎尾也大步走過空地，嚴厲的看著他。「蛙尾，你在做什麼？」他問。

「在吃我們的食物啊，這個偷獵物的傢伙。」池雲咕噥著。

「什麼？」碎尾瞇起眼睛，壓低聲音快要咆哮起來了。「蛙尾，把獵物還給他們。戰士守則說要讓小貓跟長老先吃。」

「早就告訴你了吧！」池雲得意的喵聲說。

「我很震驚，也對你很失望，蛙尾。」碎尾繼續說。「這並不是影族戰士的作風。」

「可是你說——」蛙尾反駁。

「我很確定沒告訴你要從更需要食物的貓那裡偷走東西。」碎尾插嘴，不讓蛙尾有機會說話。

「碎尾說得對。」一直在旁邊聽著的鋸星走了過來。「拱眼、池雲，你們就吃吧。蛙尾，你可以帶領一支狩獵隊出去，看看能不能帶些獵物回來補給。」

蛙尾繃著一張臉站起來，怒視著蹲伏下去迅速進食的長老，他們似乎很怕族長會改變心意。

在此同時，碎尾環視了營地，揮動尾巴向附近的戰士示意。「蕨足、胖尾、黑足，你們加入蛙尾的狩獵隊。」

族長跟副族長站在一起，看著巡邏隊離開營地。黃牙發現鋸星閃現出贊同與滿意的眼神。

他跟碎尾似乎暫時達成共識了，她心裡不安的想著。**但是能夠持續多久呢？**

黃牙在窩裡翻來覆去，眨著眼睛注視天空中的星族戰士。雖然她很累，可是肚子餓到睡不著。蛙尾的巡邏隊只帶回來一點點獵物，而她最後只能跟鼻涕蟲共吃一隻乾瘦的黑鳥。

「說真的，黃牙！」鼻涕蟲的聲音從他窩裡傳來。「雷族的貓大概都能聽見妳肚子咕嚕叫的聲音了！為什麼妳不自己去抓東西來吃呢？夜間巡邏隊已經出去一陣子了，所以要注意別讓他們以為妳是入侵者，剝了妳的皮哦。」

「我可能會去吧。」黃牙撐起僵硬的身體，走出窩外到了空地中。她沒離開營地，而是走到獵物堆旁，開始嗅聞附近是否有剩下的食物。

她正猛吞下一小份老鼠肉時，聽見隧道入口有動靜：一隻貓痛苦無比的尖聲嗥叫。黃牙全身的皮毛都豎了起來。她迅速轉身，看見碎尾衝進營地。他的毛很蓬亂，眼神快要發狂了。

「風族在隧道埋伏我們！」他大喊。「鋸星死了！」

黃牙楞住了。她腳下的堅實地面似乎開始崩解，讓她開始墜落，掉進黑暗之中。接著她回過神來，強迫自己動起來，趕到碎尾身旁。

「發生了什麼事？」她問。

「他們在等我們……」副族長的聲音顫抖著，他似乎被悲傷和憤怒沖昏了頭。「我們奮力戰鬥。鋸星帶領著我們……然後有隻風族的貓劃破了他的喉嚨。」他無助地搖著頭。「我沒辦法救他……」

「巡邏隊的其他成員呢？」黃牙心裡湧起一股恐懼。**別再有貓死了……**

「穿過沼澤追逐風族的貓去了。」碎尾回答。

黃牙沒等他繼續說下去，就直接衝出營地，穿過沼澤前往通向風族的隧道。在她看見現場之前，就已經聞到了濃烈的血腥味。鋸星癱躺在隧道口。他的旁邊有一圈被扯下的草跟蕨類，地面浸濕了他的血。他的雙眼呆滯，無神的面向天空。

黃牙躺在他身邊，用鼻子推著他的身體。從剛才起，她還希望他沒有失去所有的生命，希望她的巫醫能力可以救回他，甚至希望碎尾說族長死了的事是搞錯了。而現在她的希望破滅了。鋸星的傷口實在太嚴重，讓他所有的生命一下就流逝殆盡。他現在去和星族狩獵了。

「我好愛你。」她低聲說。「我只想要你。我們一起戰鬥，一起打獵，一起在陽光下玩耍……出了什麼差錯？我們是怎麼變成現在這樣的？」

黃牙突然想起生下碎尾的那個時候，她又再次見到充滿在那個小身體裡的憤怒。另一陣悲痛打擊著她，但是她將那段回憶推開了。

「好好跟星族狩獵吧。」她伸出舌頭慢慢舔撫他的皮毛。「我會再見到你的。」

她聽見奔跑的聲音，抬起頭看見黑足、焦風、圓石跑出了隧道。他們看見她跟鋸星在一起，便停下腳步，用恐懼的眼神看著他們。

「我們跟一些風族的貓打了起來。」圓石聲音嘶啞的說。「可是我們並不知道鋸星受傷了。」

「他怎麼可能會死。」焦風低聲說，然後往前走了一步，低頭看著兄弟的屍體。「他還有九條命啊！」

「如果傷勢夠嚴重，族長是會一口氣失去九條生命的。」黃牙輕聲告訴他。「現在你們必須把他的屍體帶回營地。」

巡邏隊聚集起來時，碎尾趕著出現了，他的眼神看起來很瘋狂。「別靠近我父親！」他用命令的口吻說。「我會背他，其他的貓都別想！」

黃牙突然感到一陣憐憫。**我可憐的兒子啊……**

圓石跟焦風把鋸星的屍體抬到碎尾背上，黃牙也用尾巴摟住他的肩膀，而碎尾展現了少見的溫和，沒有推開她，大家就這樣慢慢走回營地。

第三十六章

到了營地中央，黃牙站在鋸星的屍體旁，影族其他的貓則是接連走到窩外，為他們死去的族長守夜。大家的眼神看起來都一樣震驚，彷彿無法相信自己的領袖死了。

年紀較大的戰士跟長老貓格外悲傷。「鋸星當族長的時間太短了。」拱眼喵聲說。「他應該要繼續照顧部族很久很久的。」

「太可怕了，一下就失去九條性命！」冬青花低聲說著。

碎尾蹲伏在父親的頭旁邊，一隻腳掌放在鋸星冰冷的皮毛上。「那些風族的蛆決心要把他送去星族。」他用粗啞的聲音說。

悲痛至極的黃牙努力保持清醒，走到碎尾的旁邊站著。「你必須去月亮石接受生命。」她提醒他。「你現在是影族的領袖了！」

碎尾抬頭用憤怒的眼神看著她。「我才不會把父親的屍體留在這冰冷的夜晚。」他嘶嘶的說。「我們明天再去。」

黃牙很訝異——**我還以為他一心只想成為族長**——她並沒有反駁，而是低下頭。「當然，星族能理解的。」她低聲說。

天空慢慢出現曙光，長老貓聚集起來，要將鋸星的屍體帶到營地外埋葬。

「願星族照亮你的道路，鋸星。」黃牙大聲說。「願你狩獵順利，奔跑如飛，入睡時有所庇護。」

她看著長老將前任族長的屍體帶走，心裡突然一陣驚恐。**如果這是風族對我們做的，那麼我們就必須為戰爭做準備了。**她聽見憤怒的對話聲，發現焦風跟黑足擠在糾刺跟煤毛身邊。

「風族很可能隨時都會攻擊我們。」煤毛喵聲說。「他們會認為少了族長的我們一定很弱。我們該怎麼辦才好？」

「碎尾會決定該怎麼辦。」糾刺提醒他。她的尾梢在抽動，顯然正努力克制著自己的憤怒。「但是在接受九條生命之前，他什麼也不能做。」

「那麼他最好快點。」黑足嘶嘶的說。

「我們必須反擊！」焦風大聲說。「我們不能就這樣饒過風族。」

碎尾看著父親的屍體消失在刺藤叢間，然後轉過頭來。「在我們哀悼之前，復仇的事可以等，焦風。」他低聲說，語氣聽起來很悲慘。

他似乎不像以前那樣想對風族發動攻擊，黃牙心想，不確定這是好事或壞事。**他一定很想為鋸星的死報仇吧？**

她回到窩裡，發現鼻涕蟲心不在焉的把更多青苔球滾到儲藏室裡。「妳覺得碎尾想要當族長嗎？」他的問題呼應了黃牙內心的疑問。「他才剛成為副族長沒多久。」他嘆了一口氣。「這對他而言是很重大的責任。」

「這並不容易。」黃牙坦言。「可是他夠堅強。」她繼續說：「而且他並不孤單，我們會跟他一起。他需要我們的幫助，好度過這段黑暗時期。」

她離開巫醫窩去找碎尾，他卻不在營地裡。黃牙心中猜測，穿過了刺藤叢，在鋸星埋葬的土堆旁找到他。他注視著土堆，一隻大腳掌放在紛亂的樹葉上。

「碎尾，你該跟我去月亮石了。」黃牙喵聲說。

碎尾嚇了一跳，抬起頭來。「太快了……」他抗議著說。

黃牙搖搖頭。「你不能讓部族沒有領袖啊。」

碎尾猶豫著，然後深深吸了一口氣。「好吧，我會為了族裡這麼做。為了**我的**部族。」

他似乎很悲傷，沉默的走過黃牙身邊，穿過沼澤地。不過就在看到風族隧道之前，他停下了腳步，眼中閃絲一絲憤怒。「我才不要踏上那個邪惡部族的領土。」他大聲說。

黃牙嘆了一口氣。要是他們不穿越風族，那麼這段路就無法繼續下去了。然而她並沒有反駁，只是帶著他前往轟雷路，直到遠離了沼澤地。他們從旁穿過一小群兩腳獸的窩，黃牙不耐煩的撥開草叢，等待機會在轟隆隆的怪物之間衝過那條又硬又黑的路。這條路線帶他們通過霜凍區域，草地變得難以通行，踩在腳下也覺得很冰涼。一陣刺骨的寒風吹在他們臉上。碎尾壓低頭，嚴寒的強風將毛皮吹得貼在身體上。

他們抵達洞口時，天色已經暗了。黃牙帶著碎尾穿過長長的通道進入洞穴，裡面已經充滿了月亮石的炫目光線。她揮動尾巴要碎尾靠近，示意他躺在哪裡，並將鼻子貼到石頭上，此時她想起了上次在這裡做過的夢，不由得畏縮了一下。

拜託，星族，別讓我再見到那個場景了。

而黃牙進入夢中之後，看到的不再是發出尖叫、全身染血的小貓了。她站在一處荒涼有風的沼澤地上，很像影族領土內的某個地方。她四處尋找碎尾，發現一路上始終沉默哀傷的那隻貓不見了。現在她看見的是一隻虎斑公貓直挺挺站立著，扭曲的尾巴抬得很高，像是在發出某種信號。他的眼神閃爍，全身興奮的顫抖著。

「祂們在哪裡？」他問。「我的星族祖先呢？」

黃牙發現遠處有動靜，於是用尾巴指向那群貓，祂們正踩著穩定的步伐，通過沼澤地走過來。祂們的皮毛發出霜白色微光，眼睛閃爍著星光。帶頭的是杉星，跟他的副族長石齒走在一起。賢鬚跟蜥蜴牙也在，而其他的貓黃牙並不認識，不過她記得其中有幾隻曾經在鋸星成為族長時賜給他生命。

一開始黃牙只數出八隻貓，後來才發現其中一隻是小貓，在杉星腳下的草葉間蹦跳著。

「我的女兒……噢，我的女兒啊。」她低聲說。

她一度覺得很訝異，因為鋸星並不在九隻貓之中。**他一定很想賜給自己的兒子生命吧？**後來她又告訴自己，鋸星的靈魂一定是跟星族去旅行了。**他以後會看顧碎尾領導部族的。**

九隻貓中最先上前的是杉星。他低頭向碎尾致意，然後喵聲說：「我依戰士守則賜給你一條生命。記好了，碎尾，把這當成你的指引。少了戰士守則，即使是比你我更聰明的貓也會誤入歧途。」

黃牙發現他這番話裡有種警告的意味，不過碎尾仍然很有自信，跟杉星互碰鼻子接受了生命。黃牙知道族長每接受一條新生命就得承受一次痛苦，可是碎尾幾乎沒有什麼痛苦的表現，只有張大鼻孔，眼睛抽搐了一下而已。

杉星往後退回，九隻貓在碎尾附近圍成的圓圈中，石齒接著上前。「我賜給你代表責任的生命。」他喵聲說。「記得部族為你付出多少，你就要為部族付出多少。」他跟碎尾鼻子互碰，碎尾暫時縮起了爪子，然後靜止不動。

下一個出來的星族戰士是晨星，他是前任影族族長，曾經賜給鋸星生命。「我給你代表榮譽的生命。」她對碎尾說。「每隻貓都要有榮譽，尤其是族長。要好好重視領袖的榮譽。」

碎尾接受第三條生命時，首次展現了情緒。他彷彿因為痛苦而閉上眼睛，爪子也深陷進土裡。星族母貓退開後，碎尾再次張開眼睛，用挑戰的目光看著她，似乎在怪她賜給生命時竟然這樣折磨他，但是晨星對此並沒有反應，直接回到了圓圈中的位置。

第四隻貓走上前，黃牙不知道他的名字。那是隻很瘦的灰色公貓，在說話之前先仔細打量了碎尾。「我賜給你代表真理的生命。少了真理，親屬與親屬之間，部族與部族之間都會相殘。你做任何事情都要堅持真理，並讓它引導你所說的話。」瘦公貓遲疑了一下，然後像蛇發動攻擊一樣猛伸出頭，觸碰了碎尾的鼻子，賜給他生命。

黃牙待在圓圈之外觀看，開始不安起來。到目前為止，碎尾接受的每條生命似乎都是種警告，幾乎像是威脅，她也感覺到星族貓有種不情願的情緒，跟她參與鋸星那場儀式完全不同。

後來她揮了一下尾巴，撇開這些念頭。**碎尾原本是副族長，所以必須由他接任新族長。就算星族也無法改變這個事實，而且祂們有什麼理由想改變？碎尾是隻強壯又忠誠的貓。等他擁有足夠的經驗後，就會成為偉大的族長了。**

下一位上前的戰士是蜥蜴牙。黃牙很高興能見到他虛弱的身體又變得強壯，而且虎斑色皮毛也很厚實健康。「我給你一條代表判斷的生命。」他喵聲說。「影族正處於叉路口。為了你的部族好，要選擇正確的道路。」

碎尾接受第五條生命時，不再像之前那樣看起來無動於衷，他的四肢跟尾巴都在抽搐，彷彿暫時失去了控制。他碰觸蜥蜴牙的鼻子之後就搖搖晃晃，勉強才重新站好。似乎有某種強大又難以承受的東西壓在他身上，他每呼吸一次，就像在進行一場無形的戰鬥。

他有辦法撐過接下來的四條生命嗎？黃牙懷疑著。她見到下一隻貓，忍住不讓自己痛苦的哭喊出來。**噢，我的愛。我無時無刻不在想妳啊。**

碎尾的小妹舉高尾巴，從圓圈小跑步出來，站在他的面前。「我給你一條代表親屬之愛的生命。」她喵聲說。黃牙很驚訝，因為她這麼小的身體竟然能夠說出如此睿智的話。「身為族長，要記得每一隻族貓都是你的親屬。」

碎尾得低下頭才能從小貓那裡接受生命。他們互碰鼻子時，他痛苦的痙攣了一陣，而他閉起了眼睛，猛力別開頭，好像突然不敢看著眼前的某個東西。

第七隻貓黃牙並不認得，那是隻體型嬌小的褐色虎斑貓，眼神十分溫和。「我給你代表洞察力的生命。」她喵聲說。「碎尾，要瞭解自己以及自己的命運，但是也要明白，如果你選擇了正確的道路，命運是可以改變的。」

碎尾接受新生命時，腳步又無法站穩。黃牙覺得他看起來非常疲累。然而從一開始到現在，他完全沒發出任何痛苦的聲音，連嗚咽聲都沒有。

第八隻貓是隻胖嘟嘟的黑白色公貓，之前也賜給過鋸星生命。他走向碎尾，話說得很快。「我給你代表力量的生命。現在是你部族的存亡之際，你必須比以前更堅強。」

祂們是什麼意思？黃牙納悶著。好幾隻貓都說影族來到了分叉路口，而最終決定將會影響所有貓的命運。**碎尾的選擇是什麼，他會選擇對的路嗎？**

這一次碎尾接受生命時，似乎恢復了精神，就像那隻公貓賜給的力量已經流進他的四肢與心臟。現在儀式已經快要結束，黃牙也開始放鬆許多。

這段時間，賢鬚一直靜靜站在圓圈裡，目光盯著碎尾不放。現在她走上前，要賜給他最後一條生命。「碎尾，我給你一條代表憐憫的生命。你要運用它來照顧族裡最弱小的貓，包括小貓、長老以及生病的成員。運用它對你的敵人展現仁慈，並且選擇你該走的路。」

賢鬚賜給碎尾第九條生命時，黃牙看見他發出一陣痛苦的痙攣。她一度很害怕他會倒下。但是難熬的時刻過去了。當九隻星族貓呼喊著他的新名字，他又再次驕傲的挺立起來，眼神閃爍聽著直達星空的叫聲。

「碎星！碎星！」

呼喊聲消退後，他低下了頭。「我的祖先，謝謝祢們。」他嚴肅的喵聲說。「我保證會讓影族成為有史以來最強大也最受到懼怕的部族。」

星族戰士的形體開始消失，輪廓跟星光一起發出微弱閃光，最後完全不見了，只留下黃牙跟碎星在荒涼的沼澤地裡。

碎星轉頭看著黃牙。「該回去了。」他大聲說。他的聲音變成有如野獸般低吼著，然後揮動著尾巴。「該是**復仇**的時候了！」

⺦⺦⺦

黃牙跟碎星回到營地時，黃昏已經降臨。碎星衝向部族岩，召喚族貓聚集。「所有的貓都到部族岩下開會！」

黃牙很訝異他沒說「所有年紀足以捕捉獵物的貓」，不過她猜他應該只是忘記了。**他才剛上任。等他練習足夠後，就不會說錯了。**

蠑螈斑從育兒室走出來，小微、小濕和小棕在她的腳邊蹦蹦跳跳。羽暴跟在後面，不過沒見到小青苔、小田鼠和小曙。

碎星低頭看著羽暴，露出不滿的表情。「妳的孩子在哪裡？馬上把他們帶來！」

「可是他們才剛睡著！」羽暴反駁。「而且外面很冷。再說，他們年紀還沒大到能自己抓獵物，然後——」

碎星打斷她的話。「他們是影族的成員嗎？」他咆哮著。「那就把他們帶來！」

所以他真的要小貓也出席，黃牙心想。**為什麼？**

羽暴猶豫著，眼中很明顯流露出憤怒，但是她抵擋不住碎星的目光。她回到育兒室裡，一會兒之後又出現，讓孩子走在她的前方。三隻小貓帶著睡意搖晃著走到空地上，然後在母親的腳邊倒成一團。碎星隨便對羽暴點了點頭。

「除非風族受到懲罰，而且森林中的每隻貓都懼怕影族，否則我是不會善罷干休的。」他對部族宣布，音量逐漸升高成吼叫聲。「他們要在我們面前俯首稱臣！從現在開始，戰士只要戰鬥並接受戰鬥訓練。狩獵並不重要，大家以後就自己去找食物吧。」

他暫停了一下，可是族貓都很安靜，黃牙覺得震驚——也許還有一點恐懼——大家保持沉默，懷疑的對看著。

「此外，」碎星繼續說：「我也該選擇一位新的副族長。我在祖靈前說出這些話，希望祂們會聽見並認同我的選擇。黑足將是影族的下一任副族長。」

那隻體型高大的白色戰士站起來，走向部族岩。他的黑色腳掌在月光下看起來像是一道陰影，而他的目光流露著驕傲。「碎星，我對你的選擇感到很榮幸。」他喵聲說。「我會盡全力服務你跟我們的部族。」

黃牙感覺到周圍的族貓都鬆了口氣。黑足很受歡迎。**雖然他還沒有見習生，不過話說回來，我們並沒有小貓能讓他教導。**

「現在，」碎星繼續說：「我需要一位見習生。小青苔，上前來。」

「等一下！」黃牙插嘴。「他的年紀還不夠大啊。」

「安靜！」碎星的聲音蓋過了其他貓的附和聲。「我是族長，而這是我的決定。」

羽暴很不情願的將小青苔推醒。他是隻又大又健康的貓，但是就算如此，黃牙也很清楚他還沒做好當見習生的準備。他走上前，不確定的看了看四周。

「從現在開始，」碎星大聲說：「你就叫青苔掌，我會當你的導師。」他跳下部族岩，跟露出驚訝表情的小貓互碰鼻子。

「不公平！」小田鼠抱怨著，然後毫無掩飾地用妒忌的表情看著他兄弟。

「沒錯！」小曙附和著。「我們的年紀跟他一樣大啊！」

「我保證等你們長得跟兄弟一樣高的時候，就會讓你們成為見習生。」碎星喵聲說。「黑足會當你的導師，小曙，而爪面可以教導小田鼠。」

小田鼠突然拱起背部，踮起腳尖站著，似乎想立刻長高。

「別這樣！」羽暴厲聲說。「你們的兄弟當見習生還太小了，你們也是。」

「但這是很大的榮耀啊。」黑足安慰她。「妳應該覺得驕傲。」

蠑螈斑沒說話，只是用尾巴把她的孩子拉近身邊。

雖然有些貓仍然掛著憂心的表情，不過黃牙看得出來大部分族貓都覺得這樣很好。

「我們現在沒有任何見習生。」狼步說。「而我們得開始訓練年輕的貓了。」

燧牙點了點頭。「青苔掌體型夠大也夠強壯，他會做得很好。」

鼻涕蟲走到黃牙身旁，在她耳邊說：「看來我們最好多存一些治療抓傷的金盞花囉。」

他的語氣有點憂慮，但也很無奈。「妳看起來很不安，別這樣，」他繼續說：「一切都會沒事的，妳等著看吧！」他暫停一下，然後又說：「可以確定的是，風族一定會後悔殺了鋸星的。」

第三十七章

蕨影攤開四肢躺在育兒室的地上。她脹大的肚子劇烈動了一下，而她口裡用力咬著鼻涕蟲找來的樹枝，這樣才不會痛得大叫出來。黃牙不讓自己感受她的痛苦，這樣才能專心用腳掌檢查蕨影的肚子。她摸到她肚裡只有一隻貓，不過是隻大貓，而且還很頑固的不肯出生。

一團活蹦亂跳的毛球撞到黃牙肩膀。

「小貓出生了嗎？」小田鼠尖聲說。「我想要看！」

黃牙忍住沒罵他。光是接生這隻難搞的小貓就已經夠困難了，而現在旁邊還有其他五隻小貓跟他們的母親看著她一舉一動。**育兒室擠到我連根鬍鬚都動不了啦！**

「所有的小貓都出去！」她嘶嘶的說。「去見習生的窩跟青苔掌玩。」

「哎喲，我們想要跟新的小貓打招呼嘛。」小曙抗議著，語氣聽起來很失望。

「你們可以啊，」待在蕨影頭部旁邊的鼻涕蟲說，「但不是現在啦。到時候我會叫你們來的。」

五隻小貓擠著離開，發出一陣尖喊聲。

「我去盯著他們。」羽暴咕噥著說。

羽暴跟小貓走掉之後，黃牙總算有喘息的空間了。她看著蕨影又痛得抽搐了一下。「妳做得非常好。」黃牙鼓勵她。「很快就好了。」

她的目光跟鼻涕蟲交會，在他眼中看到了自己的擔憂。蕨影已經筋疲力盡，而她體內那隻小貓完全沒有要出來的跡象。

「摸摸這裡。」黃牙將腳掌放到蕨影的腹部，低聲對鼻涕蟲說。「我認為她的孩子頭尾方向錯了。」

鼻涕蟲伸出一隻腳掌，然後點了點頭。「妳說得對，那現在該怎麼辦？」

「按摩她肚子那個地方。」黃牙指示著。「然後我就像這樣推動小貓……」

一開始，什麼事也沒發生，只有蕨影繼續緊咬著口中的樹枝，眼神因為痛苦而變得暗淡呆滯。接著她體內的小貓猛然鼓起來，蕨影嘴裡的樹枝被咬斷，然後就有一隻小小的黑白色相間形體從她身體滑出，落到軟青苔墊上。

「好啊！」黃牙興奮的大叫。「做得好，蕨影！」

「是個很健康很英俊的兒子呢。」鼻涕蟲大聲說。

疲憊的貓后蜷伏在兒子身旁，眼神充滿關愛，開始舔著他的皮毛，引導他到她腹部吸奶。

「他臉上的條紋就像獾一樣呢。」黃牙說。

「那麼這就是他的名字。」蕨影輕聲說。「小獾。」

黃牙雖然累到了極點，不過能夠成功接生還是非常開心，她起身爬出育兒室。

狼步正在外頭來回踱步著，黃牙一出現，他就立刻轉過身來。「怎麼樣？」他問。

「你有一個兒子了。」黃牙對狼步說，看見他隨即露出愉快的眼神。「你可以進去，可是要小心一點。蕨影還很虛弱呢。」

她跟著狼步進去，放心的看著他輕輕坐到伴侶身邊，舔著她的耳朵。

「他是不是很漂亮啊？」蕨影把鼻子抵在狼步的肩膀上輕聲說著。「他的名字叫小獾。」

「他是森林裡最好看的小貓。」狼步低頭用關愛與驕傲的目光看著兒子。「而且名字也真的很好聽。」

黃牙看著他們，頓時感到滿意極了。「這是當巫醫最棒的部分了。」她對鼻涕蟲說。「為族裡帶來新生命。」而我們最近很少見到這種場景。

自從碎星成為族長之後，族裡似乎就變得很黑暗。黃牙覺得自己老是在處理傷口或處理葬禮。石齒在睡夢中安然死去，她很高興他不必見到碎星帶領戰士們參與的戰鬥。黃牙已經數不清他們對風族報復的次數了，而影族獵物堆也定期會出現偷來的兔子。四喬木的邊界附近疑似出現過雷族氣味，這也讓碎星將巡邏的範圍擴展到轟雷路之外，直到歸來的戰士爪子裡抓了雷族貓的毛，皮毛上也帶有敵人鮮血的味道。影族似乎跟其他所有的貓都處於戰爭中，而在這樣的動亂之下，小貓的出生就顯得更加珍貴。

黃牙留下眼前加入了新成員的家庭，悄悄走出育兒室，看見天色逐漸變亮，樹木的輪廓愈來愈清晰，明亮的早晨即將到來。她深吸一口氣，拱起背部伸展了好長一段時間。

「妳累垮了。」跟著她走出育兒室的鼻涕蟲說。「不如妳回窩裡睡一覺吧？我會去替蕨影拿些濕青苔的。」

黃牙張嘴正想反駁，卻發現自己早已經累到連頭都快抬不起來了。「好吧，謝了。」她咕噥著說，然後往巫醫窩走去。

她似乎都還沒睡著，就被一個小鼻子戳著身體叫醒了。「不好意思，黃牙。」對方尖聲說。「我很痛。」

黃牙張開眼睛，看見小褐站在她面前，舉著一隻腳掌。「是刺嗎？」她打了個呵欠，搖搖晃晃從床墊上起身。「讓我看看。」

可是不管黃牙怎麼找，就是找不到小腳掌裡的刺。她卸下防備，感受小褐的痛苦，才發現疼痛其實來自他的肩膀。他不知怎麼地扭傷了。

「怎麼會這樣？」她問他。「你在做什麼？」

「碎星讓所有的小貓跟青苔掌去訓練場，這樣才不會打擾到蕨影。」小褐說著，而且一邊說一邊眼睛還發亮。「真是太棒啦！我們學到了一些戰鬥技巧，你看這招——哎喲！」他想要揮動受傷的腳，結果痛得倒抽了一口氣。

「你的年紀還太小，不能離開營地，更別提接受訓練了。」黃牙咆哮著說，然後去找些雛菊葉來治療扭傷。

「才不會！」小褐尖聲說著。「我已經快三個月大了，就跟青苔掌成為碎星見習生那時候差不多大。妳應該看他現在戰鬥的樣子！太厲害了！」

「我相信他很厲害，但是你不准再訓練了！」黃牙警告他。

「妳又不是族長！」小褐反駁。「碎星才是！如果他說我可以接受訓練，我就是可以！」

黃牙沒說話，只是繼續替小褐準備敷藥，然後用蜘蛛絲固定好。「現在回育兒室裡休息。」她告訴他。「明天再來找我。」

小貓離開時，正好在門口跟鼻涕蟲擦身而過。「蕨影跟小獾都很好。」他對黃牙說。「她似乎有很多奶水，真是謝謝星族啊！」

黃牙點點頭表示聽見了他的話。「我要去找碎星談一談。」她喵聲說。「顯然他今天早上帶小貓去訓練了。」

鼻涕蟲眨了眨眼。「這不一定是壞事吧。這樣很好，他們可以到育兒室外做點運動，尤其是在蕨影需要休息的時候。」

「但如果他們受傷就不好！」黃牙反駁。她走到空地上，往橡樹根下的族長窩去，不過碎星正好在她抵達之前出現了，他跳上部族岩，大聲召集族貓。

影族戰士開始接連走到窩外，聚集在部族岩附近。黑足坐在岩石底部，耳朵豎了起來。燧牙跟糾刺走到他旁邊坐著。黃牙看看附近的族貓，覺得他們看起來實在太餓又太瘦了，而且幾乎每位戰士在經歷邊界衝突回來之後身上都會有新的傷痕。

花楸莓跟果鬚跳到黃牙身邊。「這是幹什麼？」果鬚喵聲問。

黃牙聳聳肩膀。「我不知道。」

長老貓從窩裡出現，而所有的小貓也倉促地從育兒室出來，聚集在群眾前方——連小褐都勇敢的用三隻腳跛行著。他們的鬍鬚因為期待而顫抖著，黃牙猜他們都很希望自己能夠成為見習生。

「蕨影在哪裡？」碎星問。

坐在黃牙身旁的鼻涕蟲站了起來，客氣的對族長低頭致意。「她睡著了，碎星。」他喵聲說。「我們應該不要吵醒她。」

碎星猶豫了一下，然後不甘願的點了點頭。「影族貓們。」他開口說。「你們在最近的戰鬥中表現很好。我們的部族對雷族跟風族取得了好幾場勝利，甚至還擊退了一些蠢到敢從兩腳獸地盤晃進森林的寵物貓。不過我認為部族還可以更強大。」他的眼神閃爍著。

坐在部族岩底部的黑足跳了起來。「每天都進行戰鬥訓練如何？」他提議。「這會加強我們的能力。」

那我們要怎麼填飽肚子，鼠腦袋？黃牙心想。

「我們可以在正午巡邏，就像早上跟晚上那樣。」枯毛提議。「讓雷族跟風族知道我們一直都在監視。」

「我們甚至可以固定在轟雷路另一邊巡邏。」鹿足補充說。

黃牙跟鼻涕蟲對看了一眼，在他的眼睛中見到了自己的懷疑。**我們沒有足夠的時間或成員來做這些事啊！**

碎星看著所有聚集在部族岩周圍的貓，目光在長老貓身上停留了最久。「就連長老們也有該扮演的角色。」碎星大聲說，眼睛還是盯著老貓不放，讓他們開始覺得很不安。

星族啊！黃牙心想。**他要叫他們訓練年輕的貓嗎？還是去狩獵？這樣不公平！**

在岩石上的碎星舉起一隻腳掌。「我知道為了讓我們更強大，他們會願意做任何事情。因此，我決定讓他們離開營地，這就是對我們最大的幫助。」

大家都震驚的沉默了，接著空地上就出現此起彼落的反對聲浪。「你不能那麼做！」花楸莓喊著。「這違反了戰士守則！」

「沒錯，他們有權跟我們在一起。」狼步大聲說。

黃牙一度不敢相信自己聽見了什麼。長老們也同樣訝異，用憤怒和恐懼的表情彼此對看著。

「長老不會戰鬥，不會狩獵，不會生育後代。」碎星揮了一下尾巴，不理會反對的聲音。「所以他們會浪費珍貴的空間或獵物，他們必須離開。」

黃牙看見某些戰士開始說服自己接受碎星的論點，不由得害怕了起來。

「他們在營地之外或許會過得更好。」鹿足說。

煤毛點點頭。「的確，尤其是這裡有這麼多小貓到處撒野。大家都知道小貓老是會打擾長老們。」

黃牙不想再聽下去了，於是她走向聚集在窩前的長老。

池雲肩膀上的毛豎了起來，然後揮動著尾巴。「碎星不能對我們這麼做！」她咆哮著。

「他忘了我們對族裡的貢獻了嗎？」

拱眼點頭，爪子深陷進土裡，眼神噴發著怒火。「就算他記得，也根本不在乎。」他不屑的說。「要是我們不肯走，他會怎麼樣？」

「我們應該不會想知道吧。」夜皮用提醒的語氣說，然後將尾巴放到他肩膀上。「他可以叫我們戰鬥，去入侵其他部族，證明我們還能當戰士。你想要參與這種事情嗎？」他壓低聲音繼續說：「我們都知道這些戰爭根本就沒有必要。」

冬青花嘆了一口氣。「我們還是走吧。」她咆哮著說。「這已經不再是我知道的影族了。」她用尾巴撫過鴉尾的身體。「來吧，我們去收拾床墊。」

夜皮抬頭看著仍然站在部族岩上的碎星。「我們會離開的，碎星。」

「很好。」族長喵聲說。「立刻離開，祝你們狩獵順利。」

長老紛紛進入窩裡之後，群眾也竊竊私語表示不滿，但是沒有貓敢大聲說出來。黃牙一隻腳掌放在夜皮肩膀上擋住他。「這樣是不對的，你很清楚。」她嘶聲說。

夜皮用充滿憂慮的眼神看著她。「我知道，」他低聲說：「不過碎星是我們的族長。星族給了他九條生命。祂們到目前為止完全沒有阻止他，所以祂們的想法一定跟他一樣。」

黃牙想不出任何反駁的理由。**不！這不可能是星族要的！**

氣憤難平的她進入長老窩，幫忙收拾他們最喜歡的床墊。鼻涕蟲跟著她，把青苔跟蕨葉捲起來好讓長老攜帶。她不肯看碎星，直接走向大門，明顯感覺到族裡其他貓都在盯著她跟長老看。

這群貓沉默不語，緩緩走出營地，通過沼澤區域。黃牙帶他們到了一處稀疏的小樹林，當成居住的地方，這裡仍然是影族的領土，距離營地也不遠。她在一處小丘找到一個岩石掉落後形成的空洞，上方有拱形的蕨葉覆蓋。黃牙跟鼻涕蟲清掉洞裡的碎屑，再多挖掉一些土，讓空間大到足以容納所有的長老貓。夜皮想要幫忙，不過一劇烈運動就又開始咳嗽。

「我們來做就好了。」黃牙告訴他。「你可以四處偵察，看看能不能找到獵物。」

窩裡整理好之後，長老就把床墊搬進去開始安頓。

「這樣就行了。」鴉尾喵聲說，語氣聽起來很堅定。「我們在這裡會過得很好的，黃牙。」

黃牙不知道眼前這隻黑色虎斑母貓是不是在說服自己跟同伴們。「我每天都會帶草藥跟抓到的獵物來。」黃牙向她保證。

「別忘了妳的職責。」池雲嘲諷著說。「要不然碎星很可能也會放逐妳。」

「你們又沒有遭到放逐！」黃牙反駁。「你們仍然是影族的成員，仍然住在我們的領土裡啊。」

夜皮嘴裡叼著一隻老鼠小跑步回來，正好聽見她說的最後那句話。「感覺就像是被放逐了。」他低聲說。

黃牙留下鼻涕蟲幫助長老安頓，然後邁開大步去找碎星。接近營地時，訓練場傳來了可怕的尖叫聲，於是她轉身往聲音的方向去。到了空地的邊緣，她看見五隻小貓跟青苔掌正繞著彼此慢慢走，然後張牙舞爪撲向對方，練習戰鬥動作。碎星坐在一根覆滿常春藤的斷裂樹幹上，滿意的看著他們。

黃牙大步走向碎星。「我得跟你談談。」她喵聲說。

碎星低頭看著她。「那就說吧，告訴我。」

黃牙深吸了一口氣。「你在幹什麼？」她問。「訓練年紀還不到的小貓去戰鬥？把長老趕出去？這根本不符合戰士守則啊！」

碎星瞇起眼睛。「質疑族長也不符合守則吧。」他咬牙切齒說。「妳是**我的**巫醫，所以我說什麼都要照做。長老們安全嗎？有地方住嗎？」

「是。」黃牙不情願的回答。「不過——」

「那麼他們會沒事的。」碎星打斷她的話。「而且要是小貓想學習戰鬥，我為什麼要阻止他們？我們可是有很多敵人的，黃牙。」

你是指你為我們樹立了很多敵人嗎，黃牙心想。

碎星別過頭，對空地上的貓大喊：「不對，小微！要用後腳掌！小褐、小濕，再試一次圍攻青苔掌。記得要同時攻擊他。」

黃牙知道再跟碎星爭論下去並沒有任何意義。她轉身正要離開，卻聽見空地另一邊傳來一陣尖叫，於是立刻轉身，看見小褐跟小濕正從青苔掌身邊退開。小見習生躺著一動也不動，看起來不妙。

「我們試著使出圍攻那一招，就像你說的那樣。」小褐尖聲說。「我們做對了嗎？」

黃牙心中湧起了可怕的念頭，馬上衝向青苔掌。他的頭扭成奇怪的角度，眼睛雖然張開，但是眼神呆滯。

星族啊，他死了！

黃牙努力保持鎮定，走到小貓跟青苔掌的屍體之間。「立刻回營地。」她命令他們。「全部都是，快點！」

五隻小貓困惑的對看著，然後聽話的蹦蹦跳跳跑開了。「我猜青苔掌一定傷得很重！」小田鼠在離開時大聲說。

碎星走過來質問黃牙。「怎麼了？妳為什麼要中止練習？」

黃牙氣到幾乎快控制不住，想要撲向族長抓出他的眼睛。「看看發生了什麼事！」她大喊。

碎星低頭看著動也不動的小身體。「我應該教得更清楚一點。」他喵聲說。「他們一定是弄錯角度了。」

「那不是重點！」黃牙咆哮著。「有個見習生死掉了！」

碎星低下頭。「妳說得對，真是太糟了。」他的語氣聽起來確實很後悔。「現在正是部族最需要見習生的時候。」

心中悲痛不已的黃牙從頸部咬起青苔掌的屍體，把他帶回營地。**他甚至還沒四個月大！**回到窩裡，鼻涕蟲震驚的看著黃牙放下青苔掌的屍體，然後整理亂掉的皮毛。「星族啊，到底是怎——」他開口說。

黃牙打斷了他的問題。「去找羽暴過來。」她下令。

鼻涕蟲趕忙出去，一會兒之後就帶著青苔掌的母親回來了。羽暴一開始只是動也不動站在那裡，凝視著兒子的屍體。

「我很遺憾。」黃牙喵聲說。

羽暴似乎沒聽見。她抬起頭，哀傷的尖喊著。「不！不！」

「我去拿點百里香葉讓她平靜下來。」鼻涕蟲低聲說，然後從黃牙身邊走過。

羽暴轉頭看著黃牙，眼中充滿了悲痛與困惑。「他只是在訓練啊。」她的聲音顫抖著。「怎麼會發生這種事？」

黃牙決定不該把殺死族貓的事怪在那些小貓身上。「是個可怕的意外。」她回答。

羽暴蹲伏在兒子身邊，用鼻子輕推著他，這時黃牙聽見碎星正大聲召集部族。「又怎麼了？」她咆哮著說，然後走到空地上。

碎星再次站在部族岩上。其他的族貓開始聚集，黃牙忍不住往長老窩的方向看，等著他們出現。**他們不在這裡，感覺真奇怪！**

「我要宣布一件很難過的事。」碎星大聲說。「青苔掌死了。」

小褐跟小濕尖叫出來，其他族貓則是震驚得不可置信，開始交頭接耳起來。

「那只是個意外。」碎星繼續說。「小貓們都很勇敢，為了獎勵你們，我要讓你們全都成為見習生。」

小貓的驚訝立刻變成了興奮的尖叫。黃牙閉上眼睛。**碎星什麼都沒學到嗎？**

「田鼠掌，你當我的見習生。」碎星輕快地說，根本不管之前儀式上該說的那些話。「爪面，我知道之前答應過要讓你帶他，不過你可以教導微掌。我要訓練青苔掌的兄弟，這是我欠他的。黑足，你帶曙掌。圓石，你帶濕掌，胖尾則是帶枯掌。」

大家引頸看著四隻小貓蹦跳上前，跟新的導師互碰鼻子。只有田鼠掌待在部族岩下方，用閃爍的眼神往上看著碎星。

「我對部族感到驕傲。」碎星大聲說。「我們有五位新見習生！我們每一場戰鬥都會獲勝的！」他環視四周，問：「羽暴在哪裡？」

「在我的窩裡。」黃牙回答。

「帶她過來。」

在黃牙移動之前，羽暴就從巫醫窩出現了。她低著頭，尾巴拖在地上。

「影族很感謝妳生育了這麼多戰士。」碎星對她說，「我想妳現在最好加入長老貓，在他們那裡休養並感到驕傲。」

羽暴一開始並沒有反應，只是用疑惑的目光看著碎星。黃牙心想她是不是想讓族長知道他們是親人，知道她是他父親的母親。接著她點了點頭，什麼也沒說。黃牙難過的看著她搖搖晃晃地走過空地，消失在刺藤叢裡。

「又有一隻貓死了。」花楸莓擔心的對爪面說。「碎星到底在想什麼？」

「星族才知道。」她的伴侶抖動了一下鬍子當成回應。「要是他再不小心點，營地外面的貓就會比裡頭還多了。」

「注意你說的話！」糾刺在他身旁嘶嘶地說，「別找麻煩。碎星都聽得見的！」

群眾紛紛散開，新導師則是帶著見習生出去認識邊界。小貓們並不像以前的見習生那麼興奮，因為他們已經離開過營地到外面練習戰鬥，不過等他們知道影族的地盤有多大，應該還是會感到吃驚的。

黃牙看著他們離開，然後發現亮花已經走到了身邊。她看起來很興奮，但又有點憂心，鬍鬚也在顫抖著。「蕨足跟我要有孩子了！」她說。

黃牙希望自己能像以前聽到部族要有新成員時那麼興奮，不過這一次她卻只是注視著這位貓后，心裡感到一股絕望。

「願星族庇佑你們。」她低聲說。

第三十八章

碎星站在巨岩上，四喬木邊橡樹光禿的樹枝掛在他頭頂。一陣冷風將碎雲吹過天空，滿月則是斷斷續續的發出光芒。黑足坐在岩石底部，旁邊緊貼著枯毛、胖尾、枯掌、蕨足。亮花這次並沒有前來參與大集會，因為她的孩子就快要出生了。

黃牙跟其他巫醫坐在一起，不過處在他們之中，她已經不再有輕鬆自在的感覺了。星族有在夢境中告訴他們影族發生了什麼事情嗎？在她自己關於星族的夢中，只見到鮮血和死亡，只有年紀小到都還沒睜開眼睛的小貓在打鬥。如果這些是預兆，那麼影族就完了——而且她似乎無計可施。黃牙憂慮的聽著族長開始報告。

「影族比以前更強大。」碎星露出勝利的眼神說。「我們在所有的邊界上都遭到挑戰，但是每一場戰鬥都獲勝了！」他的目光掃過下方空地的貓。「所有部族都要知道，我們不會容許越界、偷獵物、不榮譽的事。」他瞇起眼睛，似乎在蔑視著任何想要開口回話的貓。「而我們有了一位新的見習生：獾掌。」他說完了。

黃牙看著獾掌從導師燧牙身邊站起來。那隻黑白色公貓高舉著頭，不過看起來還是很小。

他才不到三個月大啊！

「獾掌！獾掌！」

旁邊的影族見習生大聲歡呼，可是黃牙不禁想到，他們跟其他部族的見習生比較起來實在是太小了。悲傷的回憶讓她心裡一陣糾痛，從上次大集會到現在，影族少了一位見習生：田鼠掌在跟老鼠戰鬥時受傷感染死掉了。

碎星現在都會讓受訓的見習生去跟老鼠戰鬥。他瘋了嗎？

大家對獾掌的歡呼聲消退之後，吠臉靠過來在黃牙耳邊小聲說：「快告訴我那個見習生年紀夠大可以開始訓練！」他的語氣很緊張，還流露著不認同的眼神。

雷族的新巫醫斑葉則是焦慮的睜大眼睛。「沒有貓會訓練還不到六個月大的小貓吧？」

「星族應該不會同意這麼做吧？」吠臉接著說。

「這完全違背了戰士守則嘛。」泥毛大聲說。

所有巫醫的語氣都很沉重，提醒著黃牙應該做點什麼來阻止小貓接受訓練。

我怎麼能承認自己無法影響碎星呢？她氣惱的彈了一下耳朵。「碎星知道自己在做什麼。」她大聲說，然後背對其他巫醫。「這不關你們的事。」

她聽見他們咕噥著說她脾氣真差，但是她並不理會他們。**我沒有辦法替碎星辯解，所以最**

好還是別跟他們說話。

黃牙已經放棄希望，不期待族貓會挺身對抗族長。碎星已經說服了他們，讓他們認為所有生物都是敵人，而為了保全部族，他們願意做任何事，甚至是交出自己的孩子。至於長老們，族裡曾經很倚重他們的智慧，現在仍然被放逐在沼澤中。

他已經獲得了權力！偉大的星族啊，沒有任何辦法了嗎？

大集會結束時，碎星在四喬木上猛然轉身，帶著部族離開。獾掌小跑步跟在他身邊，眼神還是充滿了興奮，因為這是他第一次見到其他部族的貓。黃牙走在他們後面，聽見了對話。

「你很快就會參與第一場真正的戰鬥了。」碎星向見習生承諾。「你已經訓練半個月，準備好了。」

「真的嗎？」獾掌倒抽了一口氣。

碎星點點頭。「我在我們的領土上發現了風族的氣味，所以我們要在黎明出擊！那些吃兔子的傢伙很快就會發現，他們不能隨便到影族的地盤上撒野。」

獾掌既興奮又驕傲，衝到導師燧牙身邊，「我要戰鬥了！」他大聲說，然後在那隻強壯的灰色公貓身邊蹦跳著。「是碎星說的！我會使出你教我的雙腳攻擊，還有那招跳抓……」

燧牙低頭看著他。「要記得我教過你的一切，以及輸掉第一場戰鬥並沒有什麼好可恥的。」他喵聲說。他的語氣很沉重，讓黃牙納悶他到底有多想帶著這位小見習生去面對敵族。

蕨影走在黃牙身邊，用關愛的目光看著獾掌。「我真是為他感到驕傲！」她大聲說。「我本來以為自己沒辦法生下他，他就是我的一切。而現在他就要成為真正的影族戰士了！」

黃牙吸了一口氣準備回答，不過還是忍住了。**他根本還不該成為見習生啊！**

⸻

黃牙蹲伏在多刺的草叢間，注意聽著族貓跟風族在轟雷路另一邊打鬥的聲音。太陽高掛在她頭頂上，新嫩綠葉間的枝枒在森林邊緣沙沙作響。

今天不該有貓死的。

黃牙後方傳來腳步聲，她轉過頭，看見夜皮咬著一隻死田鼠走過來。雖然這隻年輕的黑色公貓跟長老一起遭到放逐，不過他看起來適應得很好，也很有自信。黃牙知道他已經找到了生命的目標，那就是為同伴肩負起主要的狩獵任務，讓遠離營地度過餘生的長老們打起精神。

夜皮放下獵物，坐在黃牙身邊，豎起耳朵聽著戰鬥傳來的尖喊聲與重擊聲。「妳覺得這會持續多久？」他低聲問。

「直到每一隻貓都死了。」黃牙痛苦的回答。「不是我們的貓就是風族的。」

「為什麼星族會讓碎星這樣？」夜皮問。

「或許祂們對他感到很驕傲吧。」黃牙說。**我懇求過星族給我答案，但是祂們不理我。祂們遺棄了我們，讓我們跟著碎星走向滅亡。**「畢竟，」她大聲說：「影族現在是所有部族中最強大最可怕的了。」

夜皮搖搖頭。「真不敢相信祖先會對這種無止盡的流血紛爭感到光榮。」他長長嘆了一口氣，然後咬起獵物，走向小樹叢裡的長老窩。

黃牙有一股深深的罪惡感。每天晚上，她的夢裡都充滿了鮮血與黑暗，一次又一次顯現碎星根本就是做錯了。但是星族並沒有指引她，銀焰甚至也沒出現，向她保證一切到最後都會圓滿解決。無論黃牙怎麼做，終究還是要靠她自己。**我必須阻止他！**她心想。**我是他的巫醫，他一定要聽我的話！**

就在這個時候，枯毛氣喘吁吁的出現。「黃牙！」她上氣不接下氣的說。「鼻涕蟲要我來找妳！亮花的孩子快出生了！」

黃牙立刻起身，趕回營地。不過她到了育兒室的時候，亮花已經蜷起身體摟著兩團小毛球，鼻涕蟲則是露出滿意的表情。

「噢，他們真漂亮！」黃牙大聲說，然後對鼻涕蟲點點頭表示讚美。「妳替他們取名字了嗎？」

正在舔著一隻黃褐色小母貓的亮花抬起了頭來。「這是小金盞花，」她喵嗚著說：「而這隻灰色小公貓叫小薄荷。孩子，這是黃牙，她是你們的大姊哦。」

兩隻小貓看起來都很健壯，他們緊閉眼睛在亮花腹部吸著奶水，柔軟的腳掌則是有韻律的捏抓著。黃牙心裡突然感到一陣刺痛，因為她想起了自己的女兒，她們的生命都還沒開始就去見星族了。她低下頭，輕輕用鼻子碰了碰小貓的頭。「你們好啊，小貓。」她輕聲說。「歡迎加入影族。」

「妳會是個很棒的母親呢。」亮花輕輕說。

黃牙緊繃起來。「絕不！」她嘶嘶的說。「現在這就是我的生活。」

她看見小金盞花用小小的腳掌踢打著母親，心裡頓時又湧起一股慈愛與渴望。「他們真是太完美了！」她輕聲說。

貓群回到營地的噪音，打斷了育兒室裡幸福的寧靜。黃牙抬起頭。「有戰鬥的消息了嗎？」

她急忙趕出育兒室，看見燧牙從大門出現，口中叼著一個扭曲的黑白色形體。

「噢，不！」黃牙大喊。「獾掌！」

她衝到空地中央見燧牙。灰色公貓將口中的重擔放下，用一隻腳掌順了順見習生頭上的毛髮。那位戰士的眼神呆滯，彷彿仍然看得到戰場上的鮮血與恐怖。

「他搏鬥時就像隻獅子。」燧牙粗聲說，同時轉開悲痛的眼神不看黃牙。「他不應該死的，因為他根本就不應該參與戰鬥！我再也不要訓練小貓了。這是不對的，而且會為我們的部族帶來恥辱。」

黃牙蹲伏在獾掌瘦小的身體旁，舔乾淨他戰鬥時所流的血與沾染到的髒污。「你現在可以去見星族了，獾掌。」她一邊舔一邊說。「你會發出非常明亮的光芒，我向你保證。」

「他已經不是獾掌了。」燧牙輕聲糾正她。「在他死前，我給了他戰士的名字。希望這樣沒關係。他現在叫獾牙了。」

黃牙心裡對旁邊這位茫然又悲傷的戰士湧起一股憐憫之意。「這個名字很棒，」她對他說：「而且是他努力得來的。你說的沒錯，不能讓這種事情再發生了。」她停止動作，然後站起來。「我得告訴蕨影這個消息。」

「我來告訴她吧。」燧牙勇敢的說。「這是我欠她的，而我會讓她知道，她的兒子死得像位真正的戰士。」

就在燧牙走向戰士窩的時候，大門附近傳來了更多聲音。碎星跟他的巡邏隊從刺藤叢之間跳出。每隻貓都露出驕傲的喜色，抬高蓬鬆的尾巴，眼神也散發著光芒。

「我們今晚要大吃大喝一頓！」碎星大聲對見習生說。「你們去吧。」他對站在面前的小貓們下令。「帶獵物回來，我們一定要好好慶祝。影族又勝利了！」

見習生跑走之後，黃牙大步走向碎星。「我有事情要告訴你。」她咆哮著說。

碎星盯著她看了一會兒，然後點點頭，帶路往他的窩去。他的皮毛、肌肉與閃爍的目光，似乎塞滿了橡樹根下的空間。

「獾牙死了。或者你早就知道了這個消息？」黃牙用質疑的語氣問他。

一開始她覺得碎星看起來很震驚，不過他很快又恢復了自信的神態，所以她無法確定。

「真是可惜。」他喵聲說。「他本來會是位很棒的戰士。」

黃牙咬牙切齒，有一股比狐狸利牙還尖銳的憤怒。「或許有一天是吧，但他實在太年輕了！」她厲聲說。「你必須停止訓練還不到六個月大的小貓，否則在他們成為戰士之前，你就會毀掉我們的部族！」

「這由我決定，不是妳。」碎星吼叫著說。

「那我就會到夢中去找星族。」黃牙威脅他，而且感覺自己的腳掌因為哀傷和憤怒而抽動。「我會一五一十告訴祂們你做的事，祂們會取走你的九條生命。」

碎星突然**喵嗚**狂笑了起來。「星族根本不會做什麼事來阻止我的，老貓。」他反駁著。「我榮耀了祂們的部族！讓祂們試吧！妳是絕對不可能阻止我的。」他對她揮了一下尾巴。「現在，盡妳的職責，在我們慶祝之前把我的戰士治好吧。」

黃牙氣憤難平地離開。經過空地時，她發現有一群受傷的貓已經在她窩外排好隊等著了。**戰鬥實在太多了，所以每隻貓都知道一回來就要到我這裡報到**，她心想。**受傷成了家常便飯。**

她跑過空地，穿越石堆進入巫醫窩。鼻涕蟲正在把一份金盞花敷藥弄到焦風的肩膀上。黃牙看見同伴，心中頓時出現一股暖意。**身邊有一位這麼有耐心又忠實的巫醫，我已經別無所求了。**

焦風一直轉頭跟耳朵滴血等著治療的圓石說話。「你有看到我抓傷那隻風族的公貓嗎？」他激動的說。「我讓那個毛球見識到誰才是最強壯的！」

「你應該看看我跟他們的副族長戰鬥。」圓石回答。「我猜他現在還在逃跑吧！」

他們知道今天獾牙死了嗎？

黃牙嘆了口氣，去拿了金盞花、菊葉、蜘蛛絲。「耳朵讓我看看。」她厲聲對圓石說。「看在星族的份上，別亂動！」

在她清理受傷的耳朵時，微掌慢慢走進窩裡，抬起一隻正在流血的腳掌，上頭有根爪子被扯掉了。「是真的嗎？」他喵聲說。「獾牙真的死掉了？」

「對。」黃牙簡短回答。

讓她訝異的是，微掌的眼神竟然因此亮了起來。「哇塞，他現在是個真正的戰士了！希望他會在星族看顧著我！」

一股悲哀的感覺重擊著黃牙。**這些小貓把戰場上的死亡看得這麼輕鬆。如果他們沒有活得夠久直到成為長老，那麼戰士守則也等於白白被踐踏了。**

等治療好最後一位受傷的戰士，鼻涕蟲就開始幫忙黃牙清理剩下的草藥。「妳要參加慶祝嗎？」他問。

黃牙搖搖頭。「我不餓。你去吧。」

鼻涕蟲離開之後，黃牙盡力不去理會外頭的歡慶聲，然後在床墊上蜷縮起來。睡意襲來，她將思想轉向星族。**祂們不能永遠躲著我！我得跟祂們談談！**

黃牙在夢中睜開眼，發現自己來到碎星接受九條生命的那片沼澤地帶。她穿過蘆葦跟矮樹叢，找到了杉星，祂正低著頭在一處池子旁喝水。

過去幾個月裡黃牙壓抑著的憤怒，一口氣全部爆發了出來。「祢們為什麼要讓碎星成為族長？」她尖喊著。「祢們這些鼠腦袋狐狸到底在想什麼？」

杉星抬起頭，甩掉鬍鬚上的水珠，眼神很嚴肅。「我們有什麼選擇？」他問。「碎星是鋸星的副族長，鋸星死後，我們必須讓他成為族長。戰士守則就是這樣規定的。」

「祢們犯了大錯！」黃牙回嘴。「有的小貓還不該成為見習生，更別說參與戰鬥了！祢們必須阻止他。」

杉星把頭別開。「我們無計可施。碎星答應要讓影族成為森林裡大家最懼怕的部族，而他做到了。」

「怎麼，連**星族**都怕嗎？」黃牙譏諷說。她的心裡湧出了沮喪、憤怒，以及對死者的同情。「我要詛咒祢們，竟然讓我們這樣受苦！」

她尖喊出這些話時，突然在自己的窩裡驚醒過來。星族、杉星、祖先的氣味全都消失了。她的問題還是沒有找到答案，星族什麼忙也幫不上。黃牙的怒氣消退，只留下空虛跟一種奇怪的失落感。她從來沒像現在這樣覺得孤單，覺得被應該保護她的祖先遺棄了。**從現在開始，我連星族都無法信任了。**

「今晚要集會。」鼻涕蟲提醒著。「我們應該去月亮石。」

距離黃牙夢見杉星已經過了半個月。從那個時候開始，她就沒跟星族有過任何聯繫，甚至也沒再夢見暴力與鮮血了。她知道自己沒辦法去見其他巫醫，將鼻子貼在月亮石上，假裝什麼事都沒發生過。「你自己去吧。」她喵聲說。「我對他們或祖先都沒什麼好說的。」

鼻涕蟲焦急的說。「妳不能放棄希望啊。」

「只要碎星還領導著這個部族，就沒有希望可言！」黃牙咆哮著。

「那就別放棄妳的族貓。」鼻涕蟲懇求著。「他們需要妳，我需要妳。拜託，黃牙，妳一定要堅持下去。」

「堅持什麼，繼續埋葬應該待在母親身旁的小貓嗎？」黃牙憤怒的低吼著。「繼續治療根本不必有的戰爭傷患嗎？繼續把長老送到領土的邊疆，把他們的智慧視為比塵土還不如嗎？」

鼻涕蟲搖了搖頭。「我發過誓要為影族奉獻，」他輕輕的喵聲說：「任何族長都無法改變這個決定。」

黃牙用尾巴碰了碰鼻涕蟲的肩膀。「我很佩服你的忠誠，」她低聲說。「當初讓你當我的見習生真是一點也沒錯。」

黃牙跟著這位好朋友走到空地，然後看著他離開營地去參加集會。她對星族的憎恨，就像體內有個冰冷堅硬的死結。在她周圍，部族仍然繼續過著生活；黑足帶領一支巡邏隊出去，見習生則是從戰士窩裡拖出床墊。可是現在已經見不到長老貓在窩外曬太陽，也沒有狩獵隊滿載獵物而歸。

影族勝利了，而且讓所有部族都感到懼怕，就跟碎星當初說的一樣。但是族裡籠罩著黑暗。

空地另一邊傳來興奮的喊叫聲，把黃牙從陰鬱的情緒中拉了出來。她看見亮花的孩子在育兒室外面玩，心情跟著輕鬆許多。後來她才發現小金盞花正在攻擊一團青苔，用小小的腳掌撕成碎片，而小薄荷則是在地上拖著一根羽毛，彷彿當成了戰敗的敵人不斷啃咬著。

年紀這麼小就在玩戰鬥的遊戲？

黃牙跑過去。「我知道更好玩的。」她大聲說。「看看你們能不能抓到我的尾巴。」她在小薄荷面前抽動尾端引誘她。

兩隻小貓停止了動作。他們看著黃牙的尾巴，接著彼此對望，結果都沒有反應。

要是有貓對我或我的族貓這麼做，黃牙心想，**他們的尾巴早就被扯爛了。**

多高。」

「好吧。」她喵聲說。「這個怎麼樣？」她將尾巴舉到跟地面平行。「看看你們可以跳得高。」

「那算是戰士的訓練嗎？」小薄荷尖聲問。

「呃，不算吧。」黃牙坦白地說。

「這樣的話，」小金盞花客氣的低頭行了個禮，「我們還是繼續練習戰鬥技巧好了，謝謝。碎星說在他指派導師給我們之前，我們要盡量讓自己強壯一點。」

黃牙記得自己以前在育兒室跟果鬚和花楸莓玩的日子。**攻擊長老的尾巴，是我們所做過最接近戰鬥的事。沒錯，我們會假裝他們是風族的入侵者，可是我們很清楚真正的戰鬥距離我們還很遙遠。而這些小貓很可能在綠葉季結束時就戰死了。**

她心煩意亂看著小金盞花回去玩她的青苔，小薄荷則是繼續抓弄羽毛。

一會兒之後，亮花從育兒室走出來，站在黃牙的身邊。「他們已經這麼強壯了。」她喵聲說，然而黃牙看見她的眼中閃現一絲恐懼。

「他們很活潑。」黃牙說。「一定讓妳很忙吧！」

她的母親點點頭。「等他們一離開育兒室，我就會去加入長老了。」她坦言。「他們不在身邊，感覺真是奇怪呢，」她接著說：「不過我絕對不會在碎星面前說這種話。」

「他們應該要在這裡的。」黃牙喵聲說。

亮花迅速查看四周。「別讓族長聽見妳說的話！」

黃牙抽動耳朵。「哎呀，長老們在新家似乎過得還滿快樂的。」她一想到沼澤地的那個小洞，就很難繼續說下去。「夜皮會替他們狩獵。」

「等我加入他們時，我也會幫他的。」亮花說。「我很想過寧靜的生活，跟這些小傢伙在一起，我很明顯感受自己上了年紀呢！」

黃牙覺得很震驚。「亮花，妳才不老！」

「不，我老了。」她的母親溫柔說著。「妳也是呢，黃牙。我們都不會永遠活著的。」

黃牙看著周圍的族貓，看著母親臉上出現灰白的跡象，再看著她身旁玩著青苔跟羽毛的孩子們。突然之間，一切似乎都變得跟飛蛾的翅膀一樣脆弱，跟露水一樣的短暫。

沒有什麼能夠永遠存續下去——包括由碎星領導的影族。

第三十九章

「黃牙，快醒醒！」

黃牙感覺到側腹一直被戳。她一睜眼就看到亮花豎著皮毛，焦慮地站在她旁邊。

「怎麼了？」黃牙瞬間一躍而起，「小貓有問題？」

亮花焦急地點點頭。「兩隻小貓都不在育兒室。我睡前和他們在一起，可是醒來都不見了！」

「我們會找到他們的。」黃牙喵聲安慰道。

她望向還在深睡的鼻涕蟲，本來想叫醒他一起幫忙，但他前一晚才剛從月亮石回來，她決定除非不得已，不然不要打擾他。

恐懼涓流而出，黃牙立即衝入空地。夜已深了，月亮隱隱約約在天空被雲帶遮掩著。

「也許他們都跑去見習生的窩？」她猜測著。

當她和亮花到見習生的窩時，只看到四隻蜷縮身子、正在夢鄉的見習生。

「戰士窩呢？」亮花也猜測道。

當黃牙穿越荊棘叢時，只看到營地漆黑一片，不見任何一隻貓身影。她伸展身子進入戰士窩，用爪子戳戳爪面的尾巴，喚醒他。

「噢！誰啊？」爪面醒過來。「是妳啊，黃牙。什麼事？」

「你有看到亮花的小貓嗎？」黃牙問道，「他們都不見了。」

爪面搖搖頭說：「他們沒在這裡，也許他們都假裝去夜間巡邏了。晚上的時候他們問過我可不可以加入夜間巡邏隊，被我拒絕，我告訴他們要等它們當上見習生才可以。」

小貓作風！黃牙心想。「謝啦，爪面。」她喵聲說。

棕色貓兒轉身再次離開戰士窩，黃牙快步走向亮花，告訴她爪面剛剛說的話。

「那他們一定都跑去夜間巡邏了！」亮花驚呼，「也許他們沒事，和其他族貓在一起。」

正當他們倆說話時，夜間巡邏隊回來了。黑足帶著枯毛、狼步，但是身後沒有小薄荷和小金盞花的身影。

「你有看到我的小貓嗎？」亮花急忙衝向黑足面前。

黑足搖搖頭說：「沒有。發生什麼事？」

亮花忍不住哀嚎哭泣，黃牙用尾尖拍拍她的肩膀表示安慰。

「他們不見了。爪面說他們有可能跟夜間巡邏隊在一起。」黃牙對黑足解釋道。

「那我們再出去找他們。」枯毛語帶擔憂地喵聲說。

狼步點點頭。「妳覺得他們是偷偷跟在我們後面，可是卻迷路了？」

「有可能。」黃牙同意道。

「我們巡邏時是穿越樹林後走向邊界，然後沿著邊界走，」枯毛告訴她，「走到兩腳獸地盤才繞回來。」

「星族啊！」亮花驚呼，雙耳貼平擔心著，「他們可能被兩腳獸抓走了！」

「他們可能一開始就跟丟了，」黃牙冷靜地說，「他們才一個月半大，不可能走太遠。也許沿著巡邏隊的路線很快就能找到他們，而且……」她知道要怎麼安撫亮花，「妳應該把營地裡其他沒找過的地方再檢查一遍。枯毛，你能幫忙嗎？」她對著戰士暗示道，讓她也幫忙加強亮花的信心。

「沒問題，」枯毛喵聲說。「營地檢查後我們會再針對森林周圍再確認一次」

黃牙匆匆走出營地，沿著巡邏隊的足跡搜尋。雲朵漸漸增厚，月光慘淡無光，黃牙集中精神，緊貼樹木地面，以防氣味消失。突然，她聽到前方有狐狸穿越樹叢的聲音，她緊張地加快腳步。牠該不會是發現小貓了……

她的舌頭感覺到另一股殘酷的味道和夜間巡邏隊的氣味交雜。黃牙的心開始劇烈地怦怦跳，她開始狂奔，鼻子已經聞到一股濃烈的血氣。夜間巡邏隊並沒有提到他們有和哪族在邊界產生衝突，但這確實是貓咪受傷的氣味。黃牙的皮毛直豎，她的直覺告訴她有什麼不對勁的情況發生。

她在一排樹之間衝行，卻跌了一跤，摔在一處小空地。她氣喘吁吁地起身，凝視四周。一顆微小的星光在某棵樹枝頭上顫動。有兩隻彷彿在休息的皮毛軀體，正躺在寒冷的岩石塊上。

一隻灰色、一隻玳瑁色，身體有著四分五裂的傷口，就連殘忍的動物看了那傷口都會不忍心吃了他們。

黃牙注視對面空地外圍的兩具軀體，他們的血液飛濺在周圍的蕨類植物上。

噢，不！星族啊，祢們怎麼可以這麼殘酷。

她顫抖地上前檢查他們是否還有呼吸，內心痛苦的希望眼前只是假象。如果心臟還有在跳動，那一切還有希望。

黃牙拼命地想把她所學的巫醫技能都用上。她環顧四周是否有可用的東西，一張蜘蛛網能裹住傷口，或是金盞花可以續命，但是貧瘠的空地什麼都沒有。黃牙抱著最後一絲希望，用她的身體包圍住他們，並且瘋狂舔著他們的皮毛。

拜託，求求你們要活下來！

一陣凌亂的腳步聲從她身後傳來，緊接著是一聲可怕的哀嚎。黃牙抬頭看到亮花眼神恐懼地站在空地另外一邊。碎星只是默默地站在亮花後面。

「這是怎麼回事？」碎星詢問道。

「我發現這個，」黃牙聲音顫抖地回應，「這好像是狐狸毛！」

碎星嗅聞空氣。「我沒有聞到任何狐狸氣味。」

「不會有錯！」黃牙堅持道，「我還沒有發現這個以前就有聽到聲音。」

亮花走向前，蹲低身子看著兩個不動的微小軀體。「我的孩子，我的孩子！」

黃牙盯著碎星。「你要找出那隻狐狸才行！也許他就在附近！」

「黃牙，我很確定我只聞到妳的氣味，」碎星冷冷地說，「現在和我一起回營地。」

「那狐狸的事怎麼辦？」

「這裡沒有狐狸，」碎星低吼道，「走吧。」

黃牙失魂落魄的無法動彈，她的皮毛被血液沾黏在一起，嘴邊傳來一陣陣死亡的味道。

「我要將這些小貓帶走。」她喵聲說。

「不，」碎星命令道，「我會讓其他戰士過來帶，亮花，妳留在這裡。」

亮花走上前去用尾巴將她的小貓攏在一起。當黃牙或碎星要離開這裡時，亮花甚至沒抬頭看他們一眼。

碎星緩步走在黃牙身旁，一同走進營地。當月亮升到最高點時，他們已經抵達營地空地。天空布滿灰色的烏雲，空氣中散布著微濕的雨氣。

全部的影族貓陸續從窩裡走出來，成年貓各自找尋自己的小貓。

圓石首先注意到黃牙，並停下腳步盯著她。漸漸的，其他貓都停下腳步站在空地，黃牙眼神與每一隻族貓相視，同時全身顫慄。她看到每隻貓兒的眼神中因為小薄荷和小金盞花的消息充滿著不安、憤怒與悲痛。

「枯毛、蛙尾。」碎星的聲音劃破靜默的空氣，他用尾巴示意兩隻戰士上前。「依照我們的氣味標記，去把亮花和她的孩子帶回營地。」

碎星等到兩位戰士離開後，走向部族岩，同時緊盯著黃牙。「大家集合。」他一臉哀慟地跳上部族岩，召喚族貓聚集。

這次部族集會的氣氛憂慮又哀傷，鼻涕蟲從巫醫窩前跳向黃牙。「妳受傷了？」他氣喘吁吁地說，「妳流好多血……」

「這不是我的血，」黃牙看了一下自己的身體，想告訴他關於這件恐怖事情的真相，「這……這是小貓的血。」

族貓們發出震驚的哀叫，黑足走上前，眼神充滿恐懼。「告訴我們到底發生什麼事了？」

「我在那個空地發現他們——」黃牙試圖解釋。

碎星揮揮尾巴，同時打斷黃牙的話。「亮花之前去找黃牙，告訴她小貓失蹤的事，」他說明道，「當我發現她的時候，她和小貓們在一起，只是小貓都死了。黃牙的解釋是，小貓是遭受狐狸攻擊。」

「狐狸！」蠑螈斑驚叫，眼神中充滿恐懼，「在我們的領地？他會殺了我們的！」

「我們已經先派一支巡邏隊去追蹤他的氣味。」黑足喵聲說。

族貓間開始不安與啜泣，但是碎星揮揮尾巴示意大家冷靜，「不過我沒有在小貓周圍發現任何狐狸氣味。」

「那他們怎麼會死掉？」胖尾問道。

「對，怎麼死的？」鹿足重覆道。「我們必須查清楚！」

碎星朝黃牙走進一步，「只有一隻貓知道真相。」他冷冷地喵聲說。

黑足兇狠地看向黃牙。「是妳殺了他們？」他低聲問。

「當然不是我！」黃牙尖叫道。她作夢都沒想過，她的父親居然是第一個質疑她的貓。

「我發現他們的時候，他們就死掉了！」

「黃牙沒有理由殺了小貓，」碎星提出他的看法。「大家覺得？」

「也許是因為壓力太大，因為我們最近的打鬥太多。」狼步指出。

「她曾說過不想幫我治療傷口，說那樣太浪費藥草了！」曙掌蓬起尾巴表示憤怒。

「沒錯，她最近都這麼暴躁，」糾刺喵聲說。「我跟她說我肚子痛，結果她居然反咬我的耳朵。」

「但是她還是有給你一顆杜松莓讓你消除疼痛。」鼻涕蟲反駁她，不過似乎沒有任何一隻族貓聽見這句話。

「她在影族本來就是倍受討厭的老傢伙。」煤毛不以為然地說。

蠑螈斑走上前一步，憤怒地嘶嘶說：「你覺得黃牙有可能看到受傷的小貓，不治療他們，然後就跑掉嗎？」

原本震耳欲聾的喧嚣突然沉寂下來，黃牙知道所有的族貓都聽到蠑螈斑的這句辯白。

亮花的哀嚎聲打破沉默，她和枯毛、蛙尾一同進入營地。枯毛、蛙尾身上各自背負著一隻動也不動的軀體。

亮花一看到黃牙就咆哮道：「是妳殺了我的小貓？」

黃牙感覺到一陣恐懼令她動彈不得，她還來不及反駁任何一句話，鼻涕蟲跳到她面前護著她，「這怎麼可能，亮花！」他嚎叫道。

碎星高舉尾巴示意大家安靜。「我們永遠不會知道今晚發生什麼事，」他語帶悲傷地喵聲說，「我們只知道今晚有兩隻年輕的小貓死了，而黃牙就在他們身邊。黃牙，妳身為巫醫，一定可以救他們。」

「我試過了，只是——」黃牙抗議道。

碎星忽視她。「枯毛，」他繼續說，「小貓身上有任何傷口可以證明是狐狸下手的嗎？」

枯毛悲痛地看著黃牙。「不，碎星。」

「當我發現他們的時候他們都死了！」黃牙反駁道。她感覺到腦袋一陣天旋地轉。她不敢相信怎麼可能會發生這種事，每一隻族貓居然相信這麼瘋狂的栽贓。

「蛙尾，他們的屍體還是溫熱的？」碎星走向前。

蛙尾難過地低頭。「嗯……沒錯。」

震驚與憤恨的氣息在影族貓之間蔓延。花楸莓和果鬚必須穿越擁擠的族貓，才能走到黃牙身邊，鼻涕蟲和蠑螈斑的抗議聲已經失效。黃牙知道這一切有太多的疑點，而族貓們卻已經被仇恨蒙蔽，不會再理性思考這些疑點。

碎星轉頭看向黃牙。「妳不能再待在影族了，為了妳的安全，我勸妳離開比較好。」

「你的意思是……讓我加……加入其他族？」黃牙結結巴巴地問。**我是在這裡出生，我一直效忠我的部族，我的族貓需要我。**

「沒錯。」碎星露出鋒利的黃色尖牙不屑地說，「在發生這種慘事後，我沒辦法維護妳，族貓們對這件事非常憤怒。妳要明白，我這麼做是不得以的。我只能選擇將妳驅逐出影族。」

他的每字每句在黃牙耳中如同從岩石縫中不斷涓涓湧出的泉水，逐漸擴大清晰。她曾信誓旦旦地告訴星族，萬一碎星做了什麼不該做的，她一定會讓他當不成族長，並且取走他的九條命。而她認定的正途完全違背了碎星一心要做的事，所以他要解決她這個大麻煩，趕走她是最好的辦法。

黃牙深深吸了一口氣。剛剛碎星擔心沉默維持太久，可能會有變卦，所以連讓她解釋的機會都沒有。除非她有三寸不爛之舌，不然任憑她怎麼解釋，族貓們永遠也不會忘記那兩隻被殺的小貓。

「這就是你想要的吧。」她噓了一聲。「你當時就知道這兩隻小貓死掉了，正好利用他們來擺脫我！我是影族的巫醫貓！我只會待在這裡！」

黑足走上前一步，他語氣沉重且遺憾地說：「妳不再是影族貓了，黃牙。走吧，我陪妳走到邊界。」

他用尾巴輕撫黃牙的肩膀，黃牙立即撇開他。「滾開！」她憤怒地大吼。「要走我自己會走！」

她茫然著，跌跌撞撞地走向出口，其他族貓都讓出一條路來。

「對不起！」鼻涕蟲哀傷道，想陪她走到邊界。「我一定會證明那是狐狸下手的！妳很快就會回來的！下次的半月之日一定可以再見面！」

黃牙停在營地入口看著他，「鼻涕蟲，」她喵聲說，「你是我最要好、最忠誠的朋友，但是我不能留在這裡。我無法接受碎星的規定，那完全違背了星族的旨意。」

她瞥了一眼聚集在部族岩的族貓們，又補充道，「族貓們很幸運還有你。願星族照亮你未來的路，再見。」

「但是，黃牙——」鼻涕蟲哀嚎。

黃牙不理會他，轉身朝荊棘交錯的路離開營地。

第四十章

內心悲憤交加的黃牙舉步蹣跚地穿過領土，終於忍不住向星空發出怒嚎。她不知不覺走到沼澤邊緣的時候，又轉身離開營地外的長老窩。

我用不著把這不幸的消息帶給他們，他們很快就會知道了。

通向四喬木的隧道口終於出現在黃牙面前，她強迫自己繼續往前走，一步步踏進充滿回音的黑暗中。她的身邊不斷落下的水滴回響一直擴遠，而濕滑的地面也讓她連連滑腳。

彷彿走了好幾季，黃牙終於看到前方有個白色出口，她拚命爬出隧道，看見早晨的亮光已經灑滿天空。

她精疲力竭四肢沉重，搖搖晃晃地走過影族最後一段領土，跌跌撞撞倒臥在一塊被冬青樹多刺的樹枝遮蔽住的低地休息。

就在黃牙躺在樹叢裡時，早晨的陽光突然轉變成陰冷的天。接著就開始下起小雨，不過黃牙實在沒有力氣再去找更好的庇護所了。她想要睡，可是矗立在上方濃密的四喬木枝葉發出沙沙巨響，簡直就像雷鳴般震撼。黃牙待在那裡，驚愕得連該移動或進食都沒想到，只有族貓嚴厲的言詞一次次的浮現在她腦海。

星族，祢們看到我了嗎？祢們知道碎星現在做了什麼嗎？

沒有回應，連祖靈是否聽見的跡象都沒有。儘管她以前也感到過孤單，但也沒有像這次這樣孤立無援。

她身體底下的冬青枯葉終究還是刺著她凌亂的皮毛，她起身撐了起來。夜晚又來臨了，一點星光都沒有，無法看清四喬木。這對黃牙已經不重要了，如果星族已經棄她於不顧，四喬木頂多就只是每個月貓群來這裡炫耀空洞勝利的地方，除此之外不具任何意義。

她開始往前走，並不是因為知道自己要上哪兒去，而是她已經不想再待著不動了。她的肚子咕嚕咕嚕地叫，但感覺不到飢餓。或許她有一天會再進食，或許不會。她一點也不在乎。

她想到小金盞花和小薄荷，又冷又僵硬地躺在陰暗處。希望他們現在已經與星族同在，和她女兒一起玩耍，被銀焰悉心照顧著。他們在那裡比在影族好，在影族碎星似乎很樂於把小貓派去送死，這些小貓連自己獵捕食物都還不會。不過這樣的想法並無法停止黃牙感到深深的自責，她認為自己沒能及時救他們。

哦！小金盞花，小薄荷，很抱歉你們就這樣孤單恐懼地死去。如果可以重來的話，我一定要把你們救回來。

黃牙蹣跚地走到一塊空地的邊緣，穿過一排會鉤到她毛皮糾結的羊齒植物。她微微感覺到一股氣味標記——是雷族的，她心想——不過她並不在乎。她是巫醫，想到哪兒就到哪兒。就算她不是巫醫，會像無賴貓一樣被追趕，最後落得飢寒交迫無家可歸，也沒關係。

她累得腳開始發抖，即使她根本還沒走出四喬木以外多遠的地方。她鑽進一處羊齒樹叢，躺臥在拱型的綠蔭下。被放逐的恐懼、為小貓的憂傷、以及體能的耗盡讓她再也無法刻意阻擋自己敏銳的感知能力。她身體一陣痙攣，感受到遠方族貓的傷痛，附近某處一隻母狐狸生產的痛楚，以及一隻老鼠傳來的恐懼及苦楚，它正成為雷族戰士口中的獵物。森林中各種生物的痛苦蔓延到她的四肢，衝擊著她的內心。

最後，她終於精疲力竭地睡了。

黃牙不知道她在羊齒叢裡度過了幾個日出，神智游移在清醒和不清醒之間。她知道她該去打獵，也該好好梳理自己，還得找個棲身之所，盡可能遠離星族——那個被她詛咒的部族。但是過了這麼久，她就是打不起勁做任何事情。

終於她感到陽光從羊齒樹叢間灑進來，溫暖她一身毛皮，讓她想起松林間家鄉的快樂時光。一股緩緩升起的怒火取代了她的悲傷。**我的部族把我放逐了，而我並沒做錯什麼事！我絕不妥協！**

一絲絲力量漸漸回到她四肢，她聞到了水的味道，也聽到附近流水的聲音。我要喝水、打獵、離開雷族的領土。

但當她強迫自己起身時，聽到一陣低吼聲從溪流的方向傳來。她從羊齒叢往外望去，看到有隻一身火焰色的年輕小貓朝著她擺出狩獵的蹲伏姿勢，好像在追蹤偷襲獵物一般。黃牙知道一定是風把她的氣味傳向他了。

狐狸屎！偏偏在這個時候碰上雷族貓，如果我現在要逃一定會被抓的。黃牙亮出她的爪子，插進柔軟的森林地面。我一定要為自己殺出一條生路。

黃牙慢慢地從羊齒叢爬進一處灌木叢，現在的風向對她有利，她聞到強烈的雷族氣味。那隻年輕的小貓停下腳步，狐疑地環顧四周。他又再聞了一次，好像搞不清楚剛剛的味道跑到哪兒去了。

獵物是不會靜止不動的，鼠腦袋！

黃牙發出一聲怒吼，從灌木叢裡衝出來撲向那隻橘色的公貓，把他撞倒。他嚇得尖聲嘶叫，黃牙感覺到一陣功擊的快感，她把腳爪掐住他的肩膀，用她的下顎緊緊咬住他的脖子。

「喵嗚──」他咕噥作響。一時之間，他想要掙脫，不過突然他放鬆肌肉，發出驚恐的嚎叫，然後全身癱軟。

黃牙腳掌還壓在他身上，不過她鬆開嘴，發出勝利的嘶吼。「哈！小小見習生！對我黃牙來說，實在是再好抓不過的獵物了。」

就在她正要再次張口咬向他脖子的同時，這雷族貓突然猛力彈起，爆發出他年輕身體裡的所有力氣。黃牙嚇得尖叫一聲，身體瞬間被拋開，往後跌進金雀花叢裡。

公貓站穩以後甩甩身體。「我這隻獵物不好抓吧？哼！」

黃牙好不容易才從樹叢裡脫身，嘴裡仍嘶嘶地對著樹叢咒罵。「不賴嘛！小伙子！」她罵回去，「不過你必須表現得更好一點才行！」

這隻年輕小貓挺起胸膛，「妳誤闖雷族的狩獵場，請立刻離開！」

「誰敢管我？」黃牙不屑地撇撇嘴，「我要先在這裡抓點東西吃，等一下才離開，或許我會再待久一點……」

「不行！」年輕小貓吼回去。

黃牙察覺到他體內的變化，她知道他戰鬥的慾望蠢蠢欲動，他要保衛他的領土，保護他的部族。以一個見習生來說，他的勇氣可嘉，她閃過一絲敬意。

我得耍些手段才行……

她低下頭不再瞪他，開始退後。「沒必要那麼衝吧！」她的語調軟了下來。

這見習生沒有被她的伎倆給耍了，他發出一聲怒吼，往前撲過去。黃牙也迎上前去，爪子掐進他的肩膀，兩個扭打成一團，尖牙利爪盡出。好不容易掙脫了，黃牙撐起後腿站了起來，朝年輕公貓的頭部猛撲。出乎黃牙意料之外，他及時閃開，她的牙齒撲了個空，差一點就咬到他的耳朵。

在黃牙再度出擊之前，見習生揮掌過來，猛然擊中她的耳朵。黃牙錯愕之餘，跌坐在地上，甩甩頭想讓自己恢復正常。就在這個時候，她的對手往前一撲，緊咬住她的後腿。

「啊——嗚——」黃牙尖叫，轉身去咬年輕公貓的尾巴。

就在她的牙齒咬合之際，不禁洋洋得意。見習生把他的尾巴甩開，生氣地揮來揮去，綠眼睛裡閃著怒火。黃牙蹲低身體，想要展開新一波攻擊，不過她感覺到自己越來越沒力了。她的呼吸傳出惡臭，飢餓就像隻活老鼠囓咬著她的肚子。

突然間這隻火焰色的貓猶豫了一下。黃牙猛撲過來，想要攀上他的背，來個致命的一咬，但因為腿部受傷而未能如願。

「滾開！」見習生大罵，弓起背，想把她甩掉。

但黃牙伸出利爪，死命抓緊，用她全身的力量迫使年輕小貓趴在地上。他扭動身體，想避開黃牙後腿的踢打；再一次他們又纏鬥在一起，翻滾互咬。

黃牙知道她已經沒有打贏的機會了，她的後腿根本支撐不住，只好鬆開嘴放了年輕公貓。

「妳打夠了沒？」他吼道。

「沒！」黃牙罵回去。不過她那隻受傷的腿撐不下去了，整個身體跌坐到地上。她瞪著見習生嘶吼，「要不是我又餓又累，早就把你撕成碎片了。」她的嘴痛苦得扭曲變形，「要殺就殺，我認了。」

這樣一切就結束了，再也沒有痛苦，沒有掙扎……

年輕公貓這下猶豫了，他的眼中有種黃牙無法解讀的神情。

「你還在等什麼？」黃牙嘲笑他，「你怎麼像寵物貓一樣懦弱啊？」

他的綠眼睛裡燃起怒火，「我是雷族的見習生！」他怒吼。

黃牙瞇起眼睛，她看到這隻貓因她的話而略顯退縮，知道她擊中要害了。「哈！」她不屑地說，「難道雷族現在已經窮途末路到得徵召寵物貓來撐場面了？」

「雷族沒有窮途末路！」公貓嘶吼。

「那就證明給我看啊！像個戰士一樣立刻殺了我，才算是幫我一個大忙。」

那見習生盯著她看，黃牙發現他的肌肉放鬆了，眼中充滿好奇。「妳好像很想死掉！」他說。

「啊？那是我的事，關你這鼠目小輩什麼屁事？」黃牙罵道，「妳是不是有毛病啊？寵物貓？你打算用口水把我淹死嗎？」

不過飢餓和疲倦隨著每個心跳在消耗她的體力，她知道她什麼也做不了，她的命運就在這隻貓的手裡。**真的就這樣結束了嗎？星族？這就是我的下場嗎？**

「妳在這裡等我一下！」年輕的貓最後說。

「妳別開我玩笑了，寵物貓？我還能去哪兒啊？」黃牙咕噥著，一跛一跛走向一片柔軟的石南叢。她撲通一聲坐下，開始舔腿上的傷。

這隻火焰色的公貓轉身，然後又回頭看她一眼，怒吼一聲之後，往林子裡走去。黃牙看著他離去，仍然感到驚魂未定，搞不清楚到底她將會發生什麼事。雷族會把我當成囚犯，或是把我送回影族？她不知道。她知道就算是在碰上這隻薑黃色公貓或是其他巡邏隊之前，她早就沒有力氣離開雷族領土。這難道意味著她要不戰而屈嗎？

不過這隻大膽的小見習生很了不得，讓她想起年輕時候的自己。「這我可不能讓他知道，驕傲的鼠腦袋，」她咕噥著。

她會等他回來的。

我現在沒有部族，沒有前景，沒有地方可以去，沒有任務要完成。就讓未來帶著我走吧。

黃牙嘆了一口氣，不過有股寧靜的決心在她內心升起。不知怎麼的，她覺得她的前景沒那麼淒涼、沒那麼絕望。這裡雖然不是她的家，不過枝葉濃密的樹林和沙沙作響的羊齒植物比她從前熟悉的地方更平靜。

她沒有熟識的雷族貓——其實她沒有任何熟識的貓，或許，除了鼻涕蟲以外——不過碎星說過雷族太過於婦人之仁，對敵人心太軟。所以或許他們會仁慈待她，把她當成為了逃離動亂部族而越界的難民。而且，不管他們對她做什麼，都不會比她自己的兒子還糟。

我的兒子！

黃牙顫抖地深吸一口氣，她不能離開森林。就算要在敵對的貓族尋求庇護，她還是有任務要完成，有問題只有她能解決。她要幫小金盞花、小薄荷、雲皮、被驅逐的長老，以及所有因為碎星的野心而犧牲的貓報仇。孤單、飢餓、被出賣，黃牙在此立下了她這一生中最重大的誓言。

我知道我的道路將再度和碎星交會，而且有一天，我將站出來阻止他在森林裡掀起的這場腥風血雨。

國家圖書館出版品預編目資料

黃牙的祕密 / 艾琳．杭特（Erin Hunter）著；羅金純、彭臨桂 譯. -- 初版. -- 台中市；晨星 2013.08
面；公分. --（貓戰士外傳；5）（貓戰士；29）

譯自：Yellowfang's Secret

ISBN 978-986-177-732-0（平裝）

874.59 102010026

貓戰士外傳之V Warriors Super Edition

黃牙的祕密 Yellowfang's Secret

作者	艾琳．杭特（Erin Hunter）
譯者	羅金純、彭臨桂
責任編輯	郭玟君
校對	許芝翊、吳依柔、鄭乃瑄
封面插圖	萬伯
封面設計	許芷婷
創辦人	陳銘民
發行所	晨星出版有限公司 台中市407工業區30路1號 TEL：（04）2359-5820 FAX：（04）2355-0581 行政院新聞局局版台業字第2500號
法律顧問	陳思成律師
初版	西元2013年08月31日
再版	西元2023年09月30日（五刷）
讀者訂購專線	TEL：（02）23672044 /（04）23595819#230
讀者傳真專線	FAX：（02）23635741 /（04）23595493
讀者專用信箱	service@morningstar.com.tw
網路書店	http://www.morningstar.com.tw
郵政劃撥	15060393（知己圖書股份有限公司）
印刷	上好印刷股份有限公司

定價 399元

（缺頁或破損的書，請寄回更換）

ISBN 978-986-177-732-0

填回您的讀後感言即可獲贈貓戰士會員卡

請告訴我們您最喜歡哪一隻貓戰士?為什麼?

我最喜歡：

姓　名		職 業：	性 別：□男 □女
通訊電話		生 日：西元　　年　　月　　日	
通訊地址	□□□		
電子信箱			

你通常怎麼買書：□自己去書店買 □自己上網站買 □請爸媽買
□在學校買 □用傳真 □其他＿＿＿＿＿＿

如果您想將《貓戰士》介紹給您的朋友，請務必填寫下列資料，我們將免費寄送貓戰士電子報或刊物給您的朋友，請他與您分享閱讀的喜樂。

姓　名：	年 齡：	電 話：
通訊地址：□□□		
電子信箱：		
姓　名：	年 齡：	電 話：
通訊地址：□□□		
電子信箱：		

謝謝您購買貓戰士，也歡迎您到貓戰士部落格及討論區，與其他貓迷分享你的閱讀心情!

請填妥後對折裝訂，直接投郵即可，免貼郵票。

貼郵票處

407

台中市工業區30路1號

晨星出版有限公司

TEL：（04）23595820　FAX：（04）23550581

e-mail：service@morningstar.com.tw

http://www.morningstar.com.tw

請沿虛線摺下裝訂，謝謝！

貓戰士 會員卡

趕快加入貓戰士讀友會，即能享有購書優惠、限定商品、最新訊息等會員專屬福利。

1. 寄回此回函可獲「貓戰士VIP卡」一張
2. 貓戰士網站http://warriors.morningstar.com.tw/
3. 貓戰士部落格http://warriorcats.pixnet.net/blog